生命至上

2020年春中国战疫纪实

主编　李朝全

图书在版编目（CIP）数据

生命至上：2020年春中国战疫纪实/李朝全主编. —广州：广东高等教育出版社，2020.9

ISBN 978-7-5361-6817-6

Ⅰ. ①生… Ⅱ. ①李… Ⅲ. ①纪实文学-作品集-中国-当代 Ⅳ. ①I25

中国版本图书馆CIP数据核字（2020）第161772号

SHENGMING ZHISHANG：
2020 NIAN CHUN ZHONGGUO ZHAN YI JISHI

出版发行	广东高等教育出版社
	地址：广州市天河区林和西横路
	邮政编码：510500　电话：(020) 87554152　87551163
	http://www.gdgjs.com.cn
印　刷	广东信源彩色印务有限公司
开　本	787毫米×1 092毫米　1/16
印　张	22.25
字　数	318千
版　次	2020年9月第1版
印　次	2020年9月第1次印刷
定　价	49.80元

一场惊心动魄的大决战

李朝全

2019年12月底,在中国的武汉发现了一种不明原因的肺炎。开始时,多数人认为它可能只是一种流感。几乎每年冬天,人们都会遭遇一种流感,甲流、乙流、禽流感……对此人们几乎已司空见惯,因此在这种不明原因肺炎出现的初期,社会大众虽然有所警惕,却都未给予高度重视。

但是,国家疾病预防控制和卫生健康主管部门,却始终都给予了充分的重视,先后三次向武汉地区派出了专家组,希望能够尽快弄清这种新发肺炎的病原体。当时所掌握的患者病例发病情况相对有限,因而认识也相对有限,前两批专家组做出的论断都是未发现明显人传人现象或者有限的人传人现象,疫情属于可防可控可治阶段。

随着武汉地区新发病例不断增多,也随着对这种新发病例的科学研究的快速进展,尤其是弄清了这是一种新型冠状病毒后,科研团队第一时间研制出了检测试剂盒,从而能够对更多的病例进行检测和准确诊断。在此基础上,第三批以钟南山院士为组长的高级专家组对新冠肺炎做出了准确的判断,即存在人传人现象,希望政府部门和全社会都对此给予高度警惕和重视,全力抓紧防控。

从2020年1月20日开始,新冠肺炎疫情逐渐成为全社会关注的热点事件。这时,李兰娟等专家敏锐地注意到疫情已经蔓延,特别是从武汉离开的患者在外地造成了二次传播,而随着春节临近,可能会有越来越多的武汉本地的潜在患者离汉,在此情形下,专家们向政府主管部门及时地发出了警报，提出了重大的建议，即关闭离汉通道。

政府部门明智地采纳了科学家的意见，并在第一时间做出决断，于1月23日起关闭离汉通道，从而将当时最主要的患者集聚地武汉市彻底封闭，遏制了新冠肺炎疫情进一步向全国各地扩散蔓延的态势。与此同时，全国各地纷纷启动公共卫生事件一级紧急响应，对发现的患者和从武汉来的人进行了有效的管理与监测，对发现的病例第一时间予以收治、隔离，对密切接触者进行集中隔离观察，从而在武汉和湖北以外的地区迅速有效地控制住了疫情，为夺取全国疫情防控战胜利奠定了扎实的基础。

为了打赢湖北的疫情防控阻击战，全国四面八方的医疗队迅即向武汉及整个湖北地区汇集，各种医用物资、医疗设备等也迅速汇聚，从而使该地区疫情防控的战斗力极大地得到了增强。科研人员、医疗专家和医务人员第一时间奔赴战疫前线驰援，齐心协力地进行科研攻关和医疗救治，最大限度地挽救患者生命，最大可能地投入疫苗研制，探索推广针对性医治方法、有效药方，他们承担着与新发现病毒的正面战、遭遇战和阻击战。在这里，科学家和医疗工作者们齐头并进，并肩作战，有力地抗击了这种人类从未遭遇的病毒，救治了成千上万的生命。如果说医院是主战场，那么社区、村镇的管理，则是牢固的后方。为了做好社区和村镇管理，社区干部、村镇干部、基层干部、党员、志愿者集体出战，齐心协力抓好社会疫情的防控。广大人民群众充分体谅并且理解疫情管控措施的必要性与重要性，给予了积极主动的配合，从而为打赢这场疫情防控的人民战争提供了根本保障。

为了支援战疫前线的正面作战，各种医疗物资、防护装备、医疗器械和药品等生产企业大力克服春节期间招工难的问题，迅速复工复产，不断增大医用物资供应，保障前线作战之需。海内外爱国人士、志愿者、社会各界人士广泛动员，全力支援武汉和湖北主战场的疫情防控战。

为了解决患者井喷式急剧增长造成病床数严重不足、医疗资源供给濒临崩溃的严峻考验，有关方面迅速做出决断，开工建设火神山医院、雷神山医院。以王辰院士为代表的科研人员创造性地提出了开辟方舱医院的建议，政府部门第一时间采纳，大大地拓展了救治患者的战场和战线。

随着收治患者的定点医院不断增多，病床数量不断增加，特别是方舱医院陆续开仓，武汉地区成千上万的原先只能留在家中观察的患者，包括轻症患者、普通型患者都能及时得到有效的科学救治，从根源上切断了新冠肺炎疫情的传播与扩散。

随着检测能力的提升，以及有效药物的不断发现、应用和推广，武汉的疫情逐渐得到了有效的控制。2月中旬，武汉关闭离汉通道不到一个月时间，武汉疫情的局势已经得到了扭转，出院病例数量超过了新增病例，医院病床出现了余剩，医护人员的战斗力得到了休养和调整。3月中旬，武汉和湖北地区的新增病例逐渐归零，疫情防控战取得了阶段性的成果。在此情形下，4月8日，武汉如期打开离汉通道，按下了重启键，重新开启了正常的生活和工作，新冠肺炎疫情战取得了重大成果。

然而，境外疫情迅速蔓延，境外输入病例成为我国面临的疫情扩散的新风险。我国一面做好对外援助，帮助世界各国抗击新冠疫情，一面大力抓好外防输入、内防反弹的工作。5月初，外防输入的风险逐渐得到了缓解，国内的疫情基本上控制住了，从而有效地保证了正常生活和工作秩序的重启，在保障人民生命健康安全的同时，迈开了重启经济社会发展的步伐，同时也为世界的疫情防控赢得了宝贵的战机，提供了丰富而有益的经验教训。

历时4个多月的中国抗击新冠肺炎疫情的防控战取得了重大成果，挽救了千千万万的生命，保障了亿万人民的生命健康安全。在这场艰苦卓绝的人类与未知病毒的大决战中，涌现出千千万万感人的人物和故事。他们当中，既有科研人员、医护工作者，有社区干部、人民警察、志愿者，也有普通群众，无数人付出努力和牺牲，为打赢疫情防控战做出了自己的贡献。报告文学是文学的轻骑兵，具有迅速反映社会重大事件、记录历史、表达思考的重要功能。在新冠肺炎疫情扩散传播蔓延的过程中，文学界涌现出一大批记录疫情防控战的鲜活的报告文学。这些作品对于人们记住、认识和了解这段难忘的历史具有重要的作用，而作品中所刻画的一个个性鲜明的人物，所讲述的一个个惊天地泣鬼神的故事，都能带给人以情感的共鸣、情操的陶冶和思想的启迪。广大读者特别是青年读者和学生读者，一定能够从这些人物身上汲取主动担当、勇敢拼搏、积极奋进的力量，从这些故事中受到感染、鼓舞和激励。

本书所收录的报告文学均曾刊发于《人民日报》《人民日报·海外版》《光明日报》《文艺报》《解放军报》《人民文学》《中国作家》《解放军文艺》等有影响的大报大刊，作者既有成就突出的报告文学大家名家，也有许多基层的文学工作者。他们从疫情防控第一线采撷得来的这些人物和故事，既真实可信，又具有典型性、代表性。这些人物和故事勾勒出了疫情防控阻击战、总体战和人民战争的总体面貌。这是一段段珍贵的历史记忆和国家记忆，也是一笔宝贵的文学财富和精神财富。相信无论过了多少年，这笔文学财富都有助于人们认识新冠肺炎疫情发生发展的历史经过，有助于人们铭记那些为疫情防控战做出贡献、付出心血和牺牲，具有大爱情怀的医务工作者、不计其数的无名英雄、青年战士、巾帼风流和社会各界人士。

目录 CONTENTS

白衣战士

铁人张定宇　李春雷　/　3

男护士　李春雷　/　16

苍生守护人：记抗疫中的钟南山　熊育群　/　24

一心赴救　无惧生死：同济医院战疫纪实　李朝全　/　37

火神山第N次破晓　王昆　/　59

千里驰援　张培忠　许锋　/　87

与你的名字相遇：写给白衣战士　李舫　/　97

白衣天使在作战　张国云　/　107

我来自北京　李琭璐　/　116

医者伯礼　仁心接力：记抗疫中的张伯礼
　　　　谢沁立　陈建强　刘茜　/　121

青春力量

一位叫"大连"的志愿者　李朝全　/　137

爱的温暖和力量　曾散　/　147

迎风吐蕊　朵朵花开　曾散　/　156

老唐这一路　普玄　/　168

他们的名字叫美德　普　玄　/　174

找到了当志愿者的价值和理由　普　玄　/　186

想看看你年轻的模样　韩生学　/　197

那些汇聚起来的力量　王国平　/　203

曙光　许丽莉　/　212

勇敢女性

哭笑天使　李春雷　/　219

三月正青春　李春雷　/　225

接力"妈妈"　何建明　/　236

春天的声音　纪红建　/　242

甘心　曾　散　/　247

温暖的光　曾　散　/　254

一千个祝愿，飞向"金银潭"　汪渔　/　261

执着的力量　吴　洛　/　266

无名英雄

生命之舱　纪红建　/　273

一个武汉民警的春天　纪红建　/　280

人民战疫　纪红建　/　301

白玉兰的春天　何建明　/　314

打开生命的通道　徐向林　/　324

攻坚　陈　果　/　330

真挚的情怀　冯　锐　/　336

情满鸡鸣山　李　英　/　342

白衣战士

铁人张定宇　李春雷

男护士　李春雷

苍生守护人：记抗疫中的钟南山　熊育群

一心赴救　无惧生死：同济医院战疫纪实　李朝全

火神山第N次破晓　王昆

千里驰援　张培忠　许锋

与你的名字相遇：写给白衣战士　李舫

白衣天使在作战　张国云

我来自北京　李璟璐

医者伯礼　仁心接力：记抗疫中的张伯礼
　　　　谢沁立　陈建强　刘茜

在人民生命健康受到极度威胁之际，医务工作者始终冲锋在前，奋斗在最前线，承担起极度危险的工作。他们是战士，是披上了白衣战袍的天使。他们在与强悍的新冠病毒作战中救治了成千上万的患者的生命，让千千万万的家庭得以保全。这是一群有着宽广心胸和大爱情怀，勇敢担当的大写的人。有他们在，人民的生命健康就有了保证；有他们在，人民的心里就更多了一分安心和信心。他们有的致力于对疫情的科学研究和分析判断；有的从事病毒研究和疫苗研制；有的深入病房与病毒展开正面较量；有的奔走于病床间，夜以继日地护理患者。他们的贡献和牺牲是最大的，在这场没有硝烟的战斗中，他们是令人肃然起敬的战斗英雄。

李春雷

河北成安人，1968年生。文学创作一级。中国报告文学学会副会长，河北省作家协会副主席。主要作品：长篇报告文学《钢铁是这样炼成的》《宝山》等21部；中短篇报告文学《木棉花开》《夜宿棚花村》《朋友——习近平与贾大山交往纪事》等200余篇。2005年、2018年两次获得鲁迅文学奖，2012年获得全国精神文明建设"五个一工程"奖，还曾多次获得徐迟报告文学奖、中国新闻奖等。

铁人张定宇

无疑，在这次武汉抗击疫情战斗中，金银潭医院始终引人关注。

这里，累计收治了2220名新冠肺炎确诊患者，其中包括武汉市大多数危重症患者。

这里，还因此曝光了一个备受关注的人物。

他，就是身患渐冻症的"铁人院长"张定宇。

铁人，并非仅仅形容他的意志刚强如铁，还因为他的身体状况。由于病情日益加重，他双腿僵硬，犹如铁具……

山雨欲来

2019年12月27日晚7时。

像往常一样，张定宇滞留办公室。

每个傍晚，都是属于他的黄金时间。大家都下班了，再没有人来人往，再没有电话喧闹，整个楼层，像空山一样静谧。沏上一杯茶，静心地处理文件、细心地翻阅报纸、安心地回复微信，既处理了当天的事务，又避开了堵车高峰。晚上7时半，大街空敞了，开车回家，回归自己的小生活。那里，是妻子热腾腾的饭菜和甜蜜蜜的微笑。

秋冬交替之后，是呼吸道疾病和常见传染病高发期，可今年格外稀少。虽是好事，却也有些不正常。因为暖冬？还是别的原因？张定宇的心里隐隐有一丝不安。今天，他邀了业务副院长黄朝林留下，想聊一聊。

两人刚刚打开话题，手机响了，本市同济医院的一位专家。

对方语气急迫，有一位不明原因肺炎患者，肺部呈磨玻璃状，疑似一种新型传染病。对方还说，第三方基因检测公司已在病例样本中检测出冠状病毒RNA，但该结论并未在检测报告中正式提及。鉴于这种情况，询问是否可以将病人转诊过来。

心底，一道闪电掠过。

张定宇所在单位是武汉市唯一的传染病专科医院。相关法律规定，传染病要定点集中治疗。

"你们做好准备，我马上通知值班医生，带车接人！"

可，一会儿后，对方又打来电话，病人不愿转院。

又是这样，总有患者因忌讳"传染病"三个字，对金银潭医院避忌有加。

他叹息一声："那就做好隔离，密切观察吧。"

虽然患者没有过来，但张定宇的内心，已经风起浪涌。

当即联系那家第三方检测公司。反复沟通，由对方将未曾公开的相关基因检测数据发送本院合作单位——中科院武汉病毒研究所，进行验证。

几个小时后，初步基因比对结果提示：一种类似SARS的冠状病毒！

12月29日下午，湖北省疾控中心来电，省中西医结合医院出现7名奇怪的发烧患者，所述病状与同济医院的那名患者类似。

心头，一阵惊雷震响。

张定宇马上安排黄朝林副院长亲自带队，前往会诊，并叮嘱务必做好二级防护，出动专用负压救护车。最后，又严正强调：每名患者单独接送，一人一车，不要怕麻烦！

就这样，小心翼翼、战战兢兢，直到深夜12时左右，才把患者陆陆续续接入金银潭医院南七楼重症病区。

他的双腿，禁不住颤抖起来。

他隐隐约约意识到，考验来临了。

这是一场战役，一场新中国历史上规模空前的抗疫战斗。

我本医生

张定宇，1963年12月出生于武汉市汉正街。小时候，他跟着哥哥，跑遍了那里的每一条街巷，体味着老汉口的繁华。1981年，他考入华中科技大学同济医学院医疗系。

大学期间，最亲爱的哥哥患病而亡。凶手，是一种名叫流行性出血热的传染病。

这，是他生命中永远的痛。

医学院毕业后，张定宇进入武汉市第四医院，成为一名麻醉科医生。

个头不高、浓眉大眼、身材清瘦、医术精湛，说话办事风风火火，严肃认真从不服输，这是他留给所有人的印象。

出色的表现，使他成为组织重点培养的对象，从医生、副主任、主任、院长助理，直到副院长。

在这里，他还邂逅了爱情。妻子程琳，武汉卫校毕业，本院护士。贤惠的妻子，无微不至地照料着他和全家人。父亲病故后，母亲跟随他生活。婆媳亲好，宛若母女。

2013年12月，张定宇调任金银潭医院院长。

金银潭医院，几年前由本市三家具有传染病业务的医疗单位合并而成。

相比许多综合型医院，业务比较单调。

虽然如此，他却没有灰心。

别人不知道，因为当年哥哥的早逝，他与传染病，一直较着劲呢。

针对医院的不景气状况，他开始尝试各种探索、多方突破。

专科医院？综合医院？创伤中心？肝移植技术？后来，思路逐渐清晰：还是立足传染病业务，这才是正路。

于是，下定决心，在原有基础上加强管理、全面提升、重点突破。

第一个突破点，便是把艾滋病防控工作争取回来。法律规定，法定传染病由各地传染病医院负责。但是，由于种种原因，原来这方面业务大都挂靠在别的部门，颇不顺畅。张定宇多方努力，终于捋顺关系，进一步确立了金银潭医院在区域传染病界的影响和地位。

同时，针对传染病治疗的关键难点，引进一系列先进设备，全面提高治疗水平，吸引广大患者。

最精妙一步，是费尽千辛万苦，建立 GCP 平台。

什么是 GCP 呢？

简言之，就是新药试验平台，即在国家支持下，对所有预上市新药进行系统且缜密的试验确证。这是庞大的系统工程，需要专业团队和设备，还有结构合理、人数众多的志愿者队伍。当然，在整个过程中，如果表现良好，自有经费补贴。而他们打造的平台，在全国评比中，名列第二。

年近六十。就这样再干几年，光荣退休，享受生活，无悔无憾，此生足矣。

他万万没有想到，一场突如其来的疫情，打乱了他的生活……

新冠肺炎

12 月 30 日，市疾控中心相关人员来到金银潭医院。他们反馈，已收治的 7 名患者的检测结果显示，所有已知病原微生物，均为阴性。

张定宇大吃一惊。

"你们取什么检测的?"

"咽拭子。"

咽拭子取样是在上呼吸道,而肺炎病人的感染已经抵达肺叶。

"不行,马上做肺泡灌洗!"

张定宇通知纤支镜室主任,采集患者的肺泡灌洗液样本,火速分送省疾控中心、中科院武汉病毒研究所检测。

当天下午5时,标本采集完毕。

三个小时后,初步结果出来了:病原体均呈阳性!

第二天清晨,国家卫健委派出的工作组和专家组,乘坐第一班飞机,抵达武汉。

专家组来到金银潭医院,会诊病人和查看相关影像资料。同时,相关人员进行传染病流行病学调查。

当晚,武汉市卫健委10楼会议室,灯火通明。

专家组向国家卫健委派驻武汉市工作组汇报临床观察意见。

这次会议一个最为紧要的任务,就是分析新发疾病,抓紧商议制订一个诊疗方案。会议开到第二天凌晨3时。

真正的跨年会议!

2020年1月1日早晨8时,检测人员紧急采集环境样本515份。

1月3日,四家权威科研单位对病例样本进行实验室平行检测,初步评估判定为不明原因病毒性肺炎病原体。

1月10日,紧急研发的PCR核酸检测试剂运抵武汉,用于现有患者的检测确诊。

1月12日,这种全新疾病被正式命名为"新型冠状病毒感染的肺炎"。

别无选择

1月3日,金银潭医院新开两个病区,转入50多名新冠肺炎患者。

同时，紧急采购呼吸机、监护仪、输液泵、体外除颤和心肺复苏设备。每个楼层，大致准备25台呼吸机和25个输液泵。

1月5日，患者已达100余位。

查房时，张定宇猛然发现一个问题：病人自费用餐，非但标准不高、营养不全，而且任由剩饭剩菜裸放床头。保洁员束手无策，不便清理。

这是一个巨大隐患。

他马上下令，即日起，所有病员餐饮费用由本院负担，标准与本院干部职工相同。且全部统一送餐，统一保洁！

有人表示不解，这会额外增加医院的经济压力。

张定宇说，特殊时期，不算小账！

形势越来越紧张。

正在这时，金银潭医院的50多名保洁员不辞而别。

怎么办？

护士和行政人员顶上！

第二天，18名保安也全部离岗。

怎么办？

生死关头，不能回头！

所有党员、后勤人员，全部上前线！送餐、保洁、保卫……

在此期间，张定宇紧急招聘多家外部工程队，聚合院内所有人力物力，日夜苦战，用最快速度将全院21个病区全部改造完毕、消毒完毕、布置完毕。

大战之前，这是多么艰巨的工程！

事后证明，这是多么及时的工程！

关键时刻，张定宇身边两位最重要人物，先后感染。

妻子在武汉市第四医院门诊部负责接诊，虽然小心注意，但还是感染了。听到确诊消息，张定宇眼前一黑，瘫倒在地。

他已经好多天没有回家了，现在更是分身无术，不能前往探视。

仅仅几天之后,他在工作上最倚重的战友——业务副院长黄朝林,也不幸感染,且是重症。

无奈的张定宇,愤怒的张定宇,疲惫已极的张定宇,眼泪夺眶而出。

此中悲痛,此中心焦,如坐针毡,如火焚烧!

别无选择,别无选择,只有拼命地工作,拼命地工作,把所有的措施补防到位,把所有的预案准备到位。

每天晚上,他都要闭眼、面壁,单腿直立半小时。

是在祈祷吗?

当然不是!

除夕夜

大年三十。傍晚 7 时,办公室。

吃过饭,张定宇突然想起,要与病房里的妻子视频,说几句安慰话。"这个可怜的女人啊,为我付出了一切,现在身染重病、生死未卜,不仅没有得到我的探望和照顾,连暖心的问候也少之又少。"想到这里,张定宇心如刀割。

他擦擦眼泪,使劲摇晃麻木的脑袋,想出了几句温柔话。可刚刚酝酿好情绪,电话响了。

紧急通知,解放军陆海空 3 支医疗队共 450 人,已乘军机星夜驰援,3 小时后降落。其中,陆军军医大学 150 人医疗队,将直接奔赴金银潭医院。

少顷,电话再响:上海医疗队 136 名医护人员也将进驻,凌晨 2 时抵汉!

"好!好!马上布置,马上迎接!"他挺直身体,一下子来了精神。

放下电话,急速召集人马,分头行动,再次冲锋。

真是武汉有幸、天道垂青。前些天,他已经抢在大疫来临之前,把全部病区规划改造完毕。这个"提前量",在这个节骨眼上帮了他的大忙。

想到这里，心底涌上一阵职业的自豪。他伸出大拇指，狠狠地为自己点一个赞！

的确，张定宇提前完成的这一系列改造工程，太果断，太给力了。

这，才是一个优秀管理者真正的责任感！

日历翻至1月25日，大年初一。

这是全国人民万家团圆的欢乐之夜，人们看完春节联欢晚会之后，大都进入了甜美的梦乡。

可张定宇和他的战友们，却不能停下。他们要立即清洁消毒、摆放物品，为即将进驻的医疗队能最快投入战斗做好准备。

1月26日下午1时，陆军军医大学医疗队接管两个病区。

下午2时，上海医疗队入驻另外两个病区。

截至当晚11时，金银潭医院已累计收治重症患者657人。

火线48小时，张定宇兵不解甲、马不停蹄！

铁 与 冻

金银潭医院的空气中，溢满了浓浓的消毒水味道，像硝烟，似雾霾。

楼道里，大家时时看到张定宇跛行的身影，常常听到他的大嗓门。

只是，他的嗓门越来越大，脚步却越来越迟缓了，特别是双腿僵硬，如假肢般愈发不灵便。

上楼时，必须用双手紧握栏杆，用力地拉、拉。有一次，走着走着，居然趴倒在地，好久站不起来。

1月28日早上8时，全体病区主任见面会。

简短地汇报完工作后，大家准备四散而去、各就各位。但这一次，张定宇破例要求大家留下，似有话说。

人们颇感意外。

而他，却又吞吞吐吐，足足一分钟。

众人纳闷了。这完全不是张院长的作风啊，从来没有见他如此局促啊。

他停顿一下，慢慢张口。

"兄弟姐妹们，事到如今，我不得不说。再不说，可能要耽误大事。"

大伙儿瞪大眼，眼神里翻动着惊疑的问号。这些年来，单位由乱到治，由弱到强，发生了太多太多细细碎碎而又轰轰烈烈的事情。对于这些，大家都已习惯了，只要有张院长在，便没有什么大事。就像现在，天大的事，不也是他在硬挺挺地支撑着吗。

"我的身体出了问题……"

大家一惊，会场一片寂静。

"我是……渐冻症！"

什么？什么！大伙儿不敢相信，不愿相信。

"是的，渐冻症，前年确诊。"他缓缓地却是平静地说，"医生告诉我，或许还有六七年的寿命。现在，我的双腿已经开始萎缩……"

渐冻症，即运动神经元病，属于人类罕见病。此病多为进行性发展，其病变过程如同活人被渐渐"冻"住，直至身体僵硬、失去生命。更重要的是，这种病，无法医治。

在座的都是医生，谁不明白呢。

联想他这些天来的异常行动，大家恍然大悟。

张定宇沉默少许，接着说："我向各位兄弟姐妹道歉啊。这两年，我脾气不好，批评你们太多，你们都受委屈了！现在，我的时间不多了。在这最后的日子里，我必须跑得更快，才能跑赢时间；我必须跑得更快，才能抢回更多患者；我必须跑得更快，才能和大家一起，跑出病毒的魔掌。现在，形势万分危急。我们要用自己的生命，保卫武汉！"

说完，他用尽全身力气，站起来，一跛一拐地走向前台，双手抱拳，深鞠一躬："拜托大家了！"

泪水模糊了大家的眼睛……

白衣执甲，冒死前行！

最疲惫的时候，最痛苦的时候，张定宇就仰躺在办公室沙发上，与妻子视频聊天。一是问候，二是排解压力。

"疫情过后，我陪着你，好好休息。"

"咱俩相差5岁，正好可以一起退休。到时候，我给你一个人当护士，你给我一个人当院长。"

"只是我脾气不好、急躁、不服周，老毛病改不了。"

"这才是武汉人。一代代都是犟脾气，好像会传染一样。"

"别提传染。我不想听！"

"好吧。张院长英明，张院长能干。在张院长领导下，汉正街永远正，长江水永远清，金银潭永远风平浪静。"

"哈哈哈哈……"

笑着笑着，却没有声音了。

再听，却是一串串呼噜声。

他睡着了。

灵丹妙药

如何提高治愈率、降低死亡率？

在张定宇主导下，金银潭医院采取了多种治疗方法，比如大量补充氧疗设备，在病房里尽量多地匹配氧气面罩、高流量氧疗、体外膜肺氧合等手段。

但仅有这些常规武器，还不行啊。

探讨新路！

他们在国家专家组指导下，根据病情给予鼻导管氧疗、高流量湿化氧疗、无创通气治疗、气管插管呼吸机辅助通气等疗法，同时酌情给予抗病毒、抗感染、抗炎、抗休克，纠正内环境紊乱、纠正酸碱平衡失调等治疗。

还有血浆疗法。

大部分患者康复后，体内都会产生一种特异性抗体。这种抗体可有效杀灭病毒。目前，在缺乏疫苗和特效药物的前提下，采用这种特免血浆制品治疗，可以增加重症患者存活的机会，也可为医生的救治争取更多时间。

张定宇妻子康复后，经过身体检查，符合捐献血浆的条件。2月中旬，她来到丈夫所在的金银潭医院，捐献400毫升血浆。

很快，在国家卫健委印发的《新型冠状病毒肺炎诊疗方案（试行第六版）》中，赫然增加"康复者血浆治疗"一项。

遗体解剖，无疑是寻找致死根源的最直接途径。

目前，医学对新冠病毒感染、致死的病理机制认识不够，也没有对症特效药。通过遗体解剖，可以最快地掌握和判断其传染性和致病性变化规律。

金银潭医院的第一个死亡病例出现在1月6日。

在ICU病房外，张定宇耐心地与患者家属沟通将近一个小时，试图说服对方同意对逝者尸体进行解剖，但是，没有成功。

后来，凡有可能，他都会走上前，真诚哀悼之后，苦口婆心地劝说："我们知道凶手是谁，但它到底如何行凶，我们需要知道。只有这样，才能挽救生者。请您理解，请您支持啊……"

终于，有家属同意了。

2月16日，第一例、第二例患者遗体解剖工作在金银潭医院完成。十天之内，共完成12例。

由解剖获得的直接数据，有望给未来的临床治疗提供有力依据！

疫情发生后，科技部紧急启动针对该病毒的应急科研攻关。

金银潭医院承担的多个临床研究项目也陆续上马，涵盖优化临床治疗方案、抗病毒药物筛选、激素使用等急需解决的问题。张定宇当初建造的GCP新药平台，此时发挥了大作用。

在武汉前线的几位院士、教授和相关科技人员，迅速在这个平台上展开了克力芝、枸橼酸铋钾、瑞德西韦等药物的临床研究。

各种武器，一齐开火。瞄准新冠，精准射击。

最后的战斗

2月9日,已经超负荷运转43天的金银潭医院,再次接到收治一批危重症患者的紧急任务。

21个病区,每层楼都在走廊添加10~14张病床。

这天晚上,这里又吃力地接纳了256名危重症患者!

那段时间,每天都是如此节奏。

而调动整个医院运转的张定宇,无疑是其中最忙碌、最劳心而又最坚定的那个人。

一天天在萎缩的双腿,时时疼痛,好似抽筋。最痛苦的时候,必须单腿站立,把全身重心压迫到一条腿上,连续站立半小时左右,才能缓解。满头大汗、浑身颤抖、咬牙切齿、气喘如牛。

当然,还有他的战友,这些可敬的勇士们。在那些漫长的日子里,他们有家不能回,大都寄宿在自己的汽车里。

"汽车宾馆"就是他们战火中的家!

魔高一尺,道高一丈!

整个武汉市,战斗都是如此激烈。

在党中央的统一指挥下,来自全国各地的十多万医务工作者、志愿者和各界爱心人士,和武汉人民并肩作战,共同筑起一道道血肉长城,抗击疫魔!

日日夜夜、风风火火、铿铿锵锵。

希望之光、胜利之光,就这样吃力地从最初的慌乱和暗淡中走出,走向黎明、走向日出、走向满天朝霞……

2月21日,金银潭医院收治患者13人,出院56人。出院人数首次超过入院人数。

黄朝林副院长的病情也稳住了。最终,他获得了新生,并于3月2日回归医护队伍。

截至战疫尾声，金银潭医院的 820 张病床，累计收治 2220 名新冠肺炎患者，其中大多数为危重症患者。

而金银潭医院的勇士们，在与病魔决斗的同时，最大限度地保护了自身。作为战斗最激烈的一个主战场，这里只有 9 名医护人员感染，且全部治愈。

这，堪称奇迹！

张定宇和他的战友，用最大努力和最小牺牲，为保护这座城市尽了全力！

肺腑之言

一场大战，正在收兵。

张定宇，已近三个月没有休息了。

3 月下旬之后，他偶尔回归原来的节奏：晚上 7 时下班。

他，终于可以回家了。家里，有妻子热腾腾的饭菜和甜蜜蜜的微笑。

生活，如此美好；生命，如此温馨。

只是这样的美好和温馨，对他来说，太有限了！太有限了！

但是，无论如何，现在的他，已经释然，足以欣慰。

因为，他问心无愧。

作为传染病专家，他想通过这场新冠肺炎之战说出自己的肺腑之言——

未来世界，重大传染病将是人类面临的最大敌人。人类，必须改变生存方式，进一步与自然和谐相处。

我的祖国、我的武汉、我的亲人，我爱你们，祝你们康宁恒好！

（选自《人民日报》2020 年 04 月 01 日 20 版）

李春雷

男 护 士

> 90后的男护士张明轩,在武汉市第七医院重症病房工作48天,共护理危重患者80余人次,0差错、0抢救、0死亡!他的青春,在武汉燃烧。
>
> ——题 记

在人们印象中,护士向来是温柔细腻的女生们的专利。"粗枝大叶"的男子汉们,似乎不太适宜,就好比张飞绣花、李逵煲汤。

的确,这个洁白的世界里,多有红颜,极少须眉。

既然我在武汉写这篇文章,那就以武汉的数据举证吧。

据2019年9月8日《楚天都市报》报道:武昌理工学院护理学院已有20多年办学史,入读者清一色女生,只是最近一两年才有男生报考:2018年23人,2019年46人,占比约13.7%……

男护士体质好、力气大、动作快、心理抗压能力强,较适合现场抢救、重症护理等方面工作。另外,男护士使用医疗器械和电子设备也相对娴熟。

总之,随着社会发展,男护士会越来越多。

张明轩,就是一位男护士。

我本浪漫

1991年6月，张明轩出生于石家庄市行唐县一个普通农民家庭。2012年从唐山市职业技术学院护理专业毕业后，考入河北医科大学第一医院，先后在心脏外科、院前急救中心、重症医学科担任护士。

和许许多多的男孩子一样，张明轩从来都是浪漫为怀，有着多种多样的爱好和想象。青春期的张明轩，曾经有过许多梦想，有的小成功，有的花落去。对于从事护士工作，他有一种职业的热爱，却又缺少一种事业的炽爱。他想和这个像美女一样的职业谈一次轰轰烈烈的恋爱，结一生恩恩爱爱的婚姻，生一个漂漂亮亮的孩子，却又总感觉缺少一种激情。于是，便总有一种不甘，总有一种渴望。

渴望什么，却又说不清楚。

万万没有想到，鼠年春节，新冠肺炎疫情的暴发，使他的青春，有了一次炽烈的燃烧……

请 战 书

岁月如水，波澜不惊。

张明轩命运的小船顺水漂流，浪漫而恬淡。而这一切，很快被打破。

2019年9月，儿子出生了。从此，时光像被按下了快进键，陡然提速。

又是一年将尽，不觉已是春节。4个月大的儿子虎头虎脑，煞是可爱。这位新上任的爸爸，总是情不自禁地摸出手机，拍照，发朋友圈。

妻子见他"得意忘形"的模样，高兴地"嗔怪"：已经当爹的人了，还像个孩子。

静下心来想一想，是啊，自己已经不是孩子了，是应该有所出息了。可是，平静的工作，平静的生活，无从下手啊。

唔，就要过年了，还是从长计议吧。

年关已至，新冠肺炎来犯。举世震惊，聚焦武汉！

确诊患者与日俱增，全国民众心急如焚。出于职业本能，张明轩敏锐地意识到，那里肯定需要大量医务人员。

此时，他心中怦然震颤，自己已近而立之年。古人说，三十而立。立是什么？立就是独立，就是担当，就是不能再让父母担心，就是要让领导同事放心，就是要对社会有所贡献。对照这些，自己还不够成熟啊。

想到这里，他突然深深地自责起来，同时也产生了一个巨大的冲动：我要上前线！

抗日战争时期，白求恩就在自己家乡一带的战地医院工作，去世后也埋葬在那里。儿时，自己就崇敬白求恩，学医之后，更是景仰有加。也曾有过冲动，学习白求恩。现在，不就是最好的机会吗？

于是，那几天，他同妻子和岳父岳母谈起疫情时，或是给老家父母打电话时，总是有意谈论这方面的话题，国家有难，正是有志男儿大显身手的时候，同事们都在秘密商议着，报名去武汉……

他不动声色的渗透工作刚刚开始，"集结号"骤然吹响。

大年初一值夜班的时候，医院通知说，省里将组织医疗队支援武汉，自愿报名。

虽然已有打算，还是心底犹豫。妻子是石家庄市儿童医院的一名护士，即将休完产假返岗，此时如果自己离家远行，又情况未明，想想襁褓中的儿子，实在于心不忍。

旋即，他又骂自己懦弱。于是，连夜写下了"请战书"。

早晨下班回家，妻子得知此事，沉默不语，眼中泪花晶莹。

中午，医院通知：下午两点半，集结出发！

放下电话，默默地看看妻子。这个瘦弱的女人，泪流满面，却已开始为他收拾行装……

在"战场"

大年初三凌晨4点，河北省援鄂医疗队抵达武汉。

硕大的武昌火车站广场上，空无一人，只有迎接医疗队的公交车孤寂地趴在一旁，上面贴着一张写有"武汉加油"字样的白纸。

医疗队未及休整，由国家卫健委专家亲自授课的培训便开始了。

培训内容除了介绍新型冠状病毒的凶险和防护要诀，专家还着重宣讲了医护人员的紧急自救措施。比如防护服意外破损怎么办，为患者穿刺时扎伤自己怎么办，等等。

张明轩边听边记，却又有些不以为然：身为医护人员，如果为患者穿刺时出现扎伤自己的脑残级失误，岂不让人笑喷？还是专业护士？

第二天早晨8点，张明轩在武汉市第七医院重症病房正式上岗。

病房里原有6张床位，随即增至12张，而后15张。其中14名患者使用无创呼吸机，而且有10名需要俯卧位通气，还有3台血滤机24小时紧张运行……

每位护士分管2~3名危重病人。工作强度让人望而生畏，而困难，更是超乎想象！

进入病房不久，护目镜镜片悄然起雾，像冬天里结雾的车玻璃，一片朦胧。

为患者输液或采血穿刺，眼睛看不清楚，用手触摸又没有感觉，而患者重度昏迷，也不可能配合。

张明轩摸摸索索，试试探探。正要进针，不放心，再次用手探摸，进针位置竟然是自己的左手。

天啊，他不由地倒吸一口凉气。

培训课上专家所言，绝非玩笑！

万般无奈之际，他发现护目镜镜片上的水珠，正亮晶晶地映射着灯光。

水珠不是会产生凸透镜的效果吗？把目光集中到一个较大的水珠上，说不定还能把聚焦点放大，看得更清楚呢。

他立即俯身。然而，水珠太小了，光线散射，眼前只是麻麻乱乱的一团。

身体前倾，护目镜几乎贴在了患者的手腕上。

奇迹出现了，一个芝麻大小的暗青色斑点，映现在了水珠上。他屏气凝神，小心试探，慢慢进针……

竟然一次穿刺成功！

分享新发明

夜晚下班后回到驻地，张明轩想想白天的操作，不禁后怕。

患者多多，每天输液、抽血、抽血气，一遍遍穿刺，不会总是这样幸运吧？

他立即用手机上网，搜索护目镜防雾办法。佩戴护目镜之前，在镜片内侧涂抹皂液，简便可行。

第二天进行实验，效果差强人意。后来他又试用沐浴液、洗发水、洗手液，也不理想。这时，他忽然想到了剃须泡沫。随后如法炮制，效果明显。可是，两三个小时之后，热汗蒸腾，仍然失效。

年轻人总有很多稀奇古怪的想法。护目镜镜片再次结雾后，他把脑袋伸到紫外线消毒机的风口下，模拟冬季汽车玻璃除雾法。

石破天惊，竟然奇效！

从此以后，病房里经常会看到这样怪异的场面：医护人员把头伸到消毒机前给护目镜除雾。

患者使用无创呼吸机，肺部插管后痰液和其他分泌物增多，会引发呛咳，产生大量的气溶胶和气沫，从而导致病毒扩散。

必须定时为患者吸痰。吸痰后要对痰液进行采样，留置标本。

呼吸机与吸痰器是通过软管相连的密闭系统，所以痰液采样时，必须将吸痰管断开，不仅操作程序烦琐，而且还会致使气溶胶溢出，病毒扩散风险大大增加。

能不能使吸痰器与痰液标本留置装置直接密闭连接呢？

这，无疑是亘立在医护人员面前亟待解决却又难以攻破的壁垒！

张明轩细细观察，暗自琢磨。

注射器、输液器、留置针、医用胶带、一次性医用导管等常用器材，他逐一研究，但无一可用。

最终，他惊喜地发现了医用玻璃接头和负压吸引软管。

对吸痰器和标本留置装置进行简单改装，然后用玻璃接头和负压吸引软管进行密闭连接。经过反复试验、改进，竟然有效攻克了这一难题。

同事和科室领导见状，倍加赞赏，笑称这项技术完全可以申请实用新型技术专利。

张明轩淡淡一笑，随即将成果在微信群里公开。

而后，这项技术从第七医院出发，飞遍了武汉市全部的重症治疗室。只是，大家都不知道它的"发明人"是谁。

秘密公开了，"专利"失效了，但重症医疗的质量明显提高了。

与死神拔河

对于医学护理的重要性，我们多数人或许只是一知半解。

1854年初，克里米亚战争中的英国参战官兵死亡率一度高达42%。

弗洛伦斯·南丁格尔经过分析发现，英军死亡的主要原因，是官兵受伤后没有得到适当的护理，因感染导致伤情加重，而阵地死亡，反而不多。

同年10月，南丁格尔率领38名护士抵达前线。经过认真的战地护理，伤病员死亡率竟然降至2.2%。

南丁格尔，由此成为人类护士的形象代表！

随着医学科学的发展，现代护理更科学、更专业、更精准，能够极大地降低重症患者的死亡率。

我们只需看一看张明轩所在重症病房的护理场景，便可管窥全豹。

重症患者，也是病危患者，多数处于重度昏迷状态，长时间同一姿势卧床，极易引发血流不畅和压疮，因此必须定时为其翻身。

由于患者身上装有氧气管、吸痰管、鼻饲管、输液管、导尿管、生命体征监测仪线路等管线，为其翻身前后必须妥善整理，仔细检查，确保正常。接着要为患者拍背，以防引发坠积性肺炎而导致病情恶化，同时还要进行吸痰……

所以，为患者翻身护理，必须多人通力协作。

张明轩与同事为15名患者翻一次身，需要一个多小时。而每隔两个小时，就要重复一遍。间隔期间，不仅要为患者测量体温、脉搏、呼吸、血压，而且还要清理排便、擦洗身体，等等。

他们时时刻刻的努力，都是在与死神拔河！

患者病情陆陆续续好转，从而转入轻症病房，走向新生。

2020年3月14日14时46分，张明轩送走了最后一名患者。

截至此时，他已在重症病房工作48天，共护理危重患者80余人次，时间长达200多个小时。

最让人惊奇的是结果：0差错、0抢救、0死亡！

年轻的护士长

在河北医科大学援鄂医疗分队中，张明轩年龄最小。

赴鄂之初，大家相约：共同照顾这位小弟弟。

但谁也没有想到，仅仅一天之后，这种照顾与被照顾的关系竟然颠倒过来，大家反而成了他的照顾对象。

抵达武汉的第一天，经过长途跋涉和紧张培训，大家都已疲惫不堪。

可是，刚刚就寝，却突然接到去火车站领取医疗物资的通知。

张明轩翻身起床，冲到楼下。队长爱惜地说，你明天一早上岗，就别去搬运物资了。

"放心吧，我能行！"

连日来，张明轩似乎不知疲倦，不仅病房里的工作井井有条，时有创新，而且业余时间还主动担任起了医疗队的后勤保障员。交班之后，接连到机场、车站搬运医疗物资。

和所有年轻人一样，张明轩也喜欢电子产品和网络，能够熟练使用多款软件和系统。拍视频、拍照片、视频剪辑、制作音乐相册等，样样在行。业余时间里，他为同事制作小视频和留念影集，活跃枯燥的生活气氛，缓解紧张的工作压力。

他还主动承担起了对"后方"的请示、汇报，以及与兄弟医疗队的协作沟通等任务，而且还是医疗队的"新闻发言人"和战地宣传员呢。这期间，他先后写作20余篇稿件，在中央人民广播电台、湖北卫视、河北卫视、河北新闻广播电台等媒体播出。

2020年3月5日，国家卫生健康委、人力资源和社会保障部、国家中医药管理局联合授予张明轩"全国卫生健康系统新冠肺炎疫情防控工作先进个人"称号。

3月10日，河北医科大学第一医院党委宣布任命：张明轩拟任院前急救中心护士长。

同事们纷纷竖起了大拇指，小伙子，长大了！

（选自《人民日报·海外版》2020年03月28日07版，有改动）

熊育群

湖南汨罗人，1962年生。中国作家协会会员，广东省文学院院长，同济大学兼职教授、杰出校友。入选全国文化名家暨"四个一批"人才。著有诗集《三只眼睛》《我的一生在我之外》，长篇小说《连尔居》《己卯年雨雪》，散文集及长篇纪实作品《春天的十二条河流》《西藏的感动》《路上的祖先》《一寄河山——大地上的迁徙》等，其作品在多国翻译出版。获得第五届鲁迅文学奖、第十八届百花文学奖、第十三届冰心文学奖等。

苍生守护人

记抗疫中的钟南山

疫情再度告急

2020年1月18日晚，钟南山及助手赶到了人山人海的广州高铁站。正当春运，去武汉的高铁票早已卖光，事情紧急，颇费周折他们才挤上了G1022次车，在餐车找了两个座位。

他走得非常匆忙，只穿了一件咖啡色格子西装。接到请他紧急赶到武汉的通知，他就感觉此行不同寻常。尽管疲惫，他打开电脑，开始仔细研究每份材料和文件。

这一天，武汉不明原因肺炎患者增加到了59例。这种原因不明的病出现在新闻中，给这个漫长的暖冬带来一丝隐忧与不安。但人头攒动的春运景象，越来越浓的新年喜庆的氛围，人们不以为意，南来北往的人流正在向着家的方向聚集。人们奔波忙碌了一年,都在筹划着怎样过大年。谁也想不到一个潘多拉魔盒正在打开……庚子鼠年注定因此而进入中国历史。

图1　坐高铁奔赴武汉的钟南山院士

钟南山一直伏案工作,实在困了,他在低矮的靠背上仰头睡一下。这张打盹的照片后来迅速在网上传开。照片里可以看到红色的硬座,乘客都在低头看手机,他几乎是唯一的老年人。4个多小时后,他在深夜时分抵达武汉。

在会议中心住下,钟南山的神经仍是紧绷的。当年非典过后他就判断非典并没根绝,还有重新出现的可能。武汉出现的病例让他高度警惕。这一路奔走,如同梦境中穿行,不只是空间在跨越,时间似乎也在这个时刻恍惚。17年前那场令国人记忆深刻的非典,钟南山临危受命,担任广东省非典型肺炎医疗救护专家指导小组组长。也是春天,疫情在广东突然出现。不久,北京等地开始传播,一些国家也接到了病例报告。疫情呈全球蔓延之势。

疫情最初在河源、中山、佛山发生,患者急急送来广州。与病人接触过的人倒下了,医生护士也不能幸免。患者发烧,面部、颈部充血,接着出现呕吐、干咳,肺部出现白肺,呼吸开始变得困难,病人多死于呼吸衰竭或多脏器衰竭。

一时谣言四起,人们抢购罗红霉素、板蓝根、醋……这些平素不起眼的东西价格飞涨,板蓝根一包原价8元,有的卖到40元,抗病毒口服液原价十几元,有的涨到了130元……

钟南山急了,他第一时间请缨,要求把所有的重症病人全部集中到他所在的广州呼吸疾病研究所来。病因不明、病症难治，糟糕的是疾病传播途径尚不清楚，个别医生有顾虑，钟南山知道事情的严重性，他坚定地说："医院就是战场，作为战士，我们不冲上去谁上去？现在是需要我们站出来的时候，不能丝毫犹豫，因为我们是医生，这是我们的职责！"在他看来，他们就是搞呼吸疾病研究的，最艰巨的救治任务不由他们承担靠谁来承担！？

武汉的病人发烧、乏力，部分出现干咳，痰很少，少数有流鼻涕、鼻塞，还有少数有胃肠道的症状，个别的有心肌、消化道、神经系统的问题。这与非典既相似又不一样，很多病人并没有高烧，开始时症状也不太严重，肺部情况也不像非典。他判断，两者相比，尽管有很多同源性，但应是平行的完全不同的两种病毒。这种新型病毒到底有多危险，会怎么变异，他并不了解。这正是他忧虑的地方。

抗击非典那年钟南山67岁，今年84岁，17年的岁月在他青丝上留痕，秋霜似的白发笼在他的额头。想不到耄耋之年他还要与病毒交战！有网民说，"他劝别人不要去武汉，他却去了。明知道老年人最易感染"。在高速行驶的车上，他不知是怎样一种心情，他嘴角深弯向下，不难看出，他不只是疲惫，还有衔悲。从此刻的忧心到后来多次哽咽、含泪，疫情的发展比他估计的还要严重。武汉一夜，钟南山难以入眠。国家又一次面临考验，人民又一次受到瘟疫的威胁。他辗转反侧，等来了天亮。树叶落尽枝丫光秃的冬天景象出现，凛冽的北风刮过街巷。他实地调查研究，今天与昨天、昨天与前天，情况都在变化，两天内确诊了136例，出现了人传人的情况，还有医务人员被感染了，这是一个非常重要的标志……

历史似乎在重复，他最不想看到的一幕又出现了。当年央视王志的《面对面》新闻节目，面对瞒报非典疫情和权威部门病因的错误结论，钟南山面对观众说出了真相。同样是央视，白岩松的《新闻1+1》节目，他再一次说出了真相，他郑重公布："新型冠状病毒肺炎是肯定的人传人，在广东有2个病例，没去过武汉，但家人去了武汉后染上了新型冠状病毒肺炎，现在可以说，肯定的，有人传人现象。"

图2　钟南山院士噙着泪水,为武汉加油（图片来源:新华社）

此言一出,惊醒了国人,人们匆忙的脚步停了下来,迎大年的节奏打乱了。当年非典那一幕瞬间回到了人们的记忆中。

1月20日下午,他答新华社记者问,提出了对武汉防控的主张,即武汉减少输出,要对火车站、机场等口岸实行严格的检测措施,首先是测体温,有症状特别是体温不正常的须强制隔离;除非极为重要的事情,外地人一般不要去武汉。这实际是关闭离汉通道的建议。

他提醒疫情预防和控制最有效的办法是早发现、早诊断,还有治疗、隔离。对已经诊断,或者将要确诊的病人要进行有效的隔离,这是极为重要的!目前没有特效药。戴口罩很重要……

他呼吁各级政府领导要负起责任来,这不单纯是卫健委的问题。他提醒政府、医务人员、全社会都要关心,属地领导要担起责任。现在处在一个节骨眼上,春节期间得病的人数会增加。但他不希望呈现链式的发展。要防止它传播,要害是警惕在传播过程中出现超级传播者。

这些呼吁在他武汉考察后及时发出。

天下救人事最大

事态急剧发展。年关逼近,钟南山在武汉、北京、广州三地奔波,再无喘息之机。

武汉在大年三十前一天关闭了离城通道。不久,紧挨武汉的黄冈关闭离城通道,远在千里之外的温州乐清市、瑞安市、永嘉县也关闭了离城通道……大小城市街道静悄悄,人影难觅。史无前例的举措举世震惊。一切都是这样措手不及。但灾难从来就是猝不及防的。

庚子大年,烟花爆竹突然沉默不响了,大江南北一片寂静。人们关在家里,不再相聚相庆,不再串门拜年,喜庆之气祥瑞之气被疫情冲得踪迹全无。

国家进入战时状态。中央沉着指挥。大年初一召开了政治局常委会议。一场只能打赢不能打输的战争打响,保卫生命必须争分夺秒!

18日,钟南山到武汉,立即投身战斗。19日一早,国家卫健委、武汉卫生部门和专家召开会议,分析疫情,接着去武汉金银潭医院、疾控中心实地考察调查;下午专家研究,5点钟南山等专家赶去机场,飞抵北京参加当晚国家卫健委召开的会议,子夜一点半散会。这一夜他只睡了4个小时。20日6点起床,研究汇报材料后,赶到国务院,向孙春兰副总理汇报,接着列席国务院常务会议。午时一点半,又去中南海,参加国务院和国家卫健委召开的全国电视电话会议,布置新冠肺炎疫情全国联防联控工作。随即新闻发布会召开,直到7点结束。9点半,钟南山以连线嘉宾身份出现在央视《新闻1+1》中,公开了重要的疫情信息。21日,他又在广东省首场疫情发布会上,介绍广东全面加强疫情防控情况……忙碌的节奏一直到除夕之夜,作为疫情应急科研攻关组组长的他,大年三十也回不了家。

钟南山再次成为新闻公众人物,他分秒必争的身影出现在大众视野中:29日下午,他领衔广州医科大学附属第一医院专家团队与武汉前方的广东医疗队ICU团队进行远程视频会诊，5个危重症患者出现在大屏幕。会诊室里，他坐在中心位置，从视频察看患者病情，十几个专家坐在他的身后，从用药到基因全测序，大家讨论着，关键时候，钟南山怕ICU医生听不清他的话，他摘下了口罩。这一次会诊时间持续了3小时25分钟。

有"病毒猎手"之称的美国哥伦比亚大学教授利普金到访中国。30日凌晨6点，钟南山与他会见。由于钟南山当天要赶到北京参加全国疫情防治策略座谈会，利普金教授在他前往机场的车上就疫情与他进行探讨。白云机场到了，他们在航站楼前告别。飞机起飞，几个危重病人的治疗方案摊开在钟南山的活动桌板上，他要在飞行时间内确定救治办法。

座谈会由中国疾控中心召开，李克强总理亲自参加，总理就进一步加强科学防控疫情听取专家意见。总理进入会场，他对专家说，本该与大家握手的，但按你们现在的规矩，握手就改拱手了。会议结束，李克强总理与专家们告别，他特意走过来对钟南山说："还是握一次手吧！"

钟南山在会议结束后赶回广州，北京卫视的记者上了他的车，在路上对他进行专访，许多社会关心的重要问题需要他及时回答。钟南山在广州为又一批广州驰援武汉医疗队送行。广东是最早派出援助武汉医疗队的省。先后派出了二十多批两千多人。解放军医疗队也出动了。全国各地医护人员救援的调动规模和速度大大超过了当年汶川地震，达四万多人。白衣天使们义无反顾就像军人开赴前线一样，子与父别，妻与夫别，儿与母别……虽不能说是生死诀别，但谁又能保证每个人都能平安归来？就算他们严防得再好，也难保在枪林弹雨中不被击倒啊！这些白衣战士有的是钟南山的学生，有的是同事，他得细细叮嘱。

在抗击非典期间，钟南山带领的呼研所医护人员像一队尖兵，向病魔发起一次次冲锋，救治每个重症病人就像战士炸碉堡攻城池，他们前仆后继。先后有26位医护人员倒下了，但全院没有一个人后退。有的治愈后又投入了战斗。当世界卫生组织的人询问钟南山，你们有没有医生离开，钟南山自豪地告诉对方："一个也没有！"

这一次同样也是如此，没有一个逃兵。钟南山对他们说："你们是去最艰苦的地方、最前线的地方、最困难的地方、最容易受感染的地方来进行战斗，我向你们致敬！我们等你们胜利回家！"他一直把他们送到车上。

随后，他参加了国家卫健委、广东卫健委和专家举行的电视电话会议，根据近期的疫情救治工作和病毒研究成果，对新型冠状病毒的流行病学特点、临床表现、诊断标准和治疗方案进行讨论、优化和修正，为新冠肺炎临床救治工作提出指导意见。最后专家们集中了三条意见，这些意见迅速向全国参加抗疫的医护工作者传达。

同一天，钟南山院士团队和李兰娟院士团队分别从新冠肺炎患者的粪便中分离出病毒。钟南山对新冠肺炎是否会通过粪口传播又接受了媒体采访……

冠状病毒形如皇冠，在微生物的世界里无影无形，藏在人的身体里，躲在空气中，四处皆暗藏杀机。它肆虐的速度就是人类高铁的速度、飞机的速度。人们惶恐、无助，盼望权威出现。网上有人把钟南山、李兰娟画成了一对守门神，取代了神荼、郁垒。甚至有谣传钟南山某晚连线央视直播节目，专题介绍当前疫情。钟南山不得不频频出镜，及时回应社会关切，为大众答疑解惑。他的出现给了众人信心，安定了人们紧张的情绪。

钟南山亲自示范脱口罩的正确方式，回答一个个问题，譬如：哪些症状必须到医院就诊检查，哪种情况可以在家隔离，群众自己可以做什么；患者没有发热症状，怎么排查隐形的感染者或潜伏期患者；什么时候能够接种上新型冠状病毒疫苗；疫情的走势如何判断，疫情还要持续多长时间，预计什么时间疫情将达到高峰；返程春运拉开了序幕，对疫病防控会有什么影响，会不会出现大传染，返程人员应该采取什么防护措施……他的发声甚至影响到了股市的走势，很多炒股软件不放过他的每一句话。

这一切，对于一位84岁的老人意味着什么？他这是在用生命战斗！他把人民的生命看得比自己的生命更加重要！为他着急的莫过于他的家人。妻子李少芬看到熬红了眼睛的他，既生气更心疼，却又无可奈何！她知道自己劝也劝不住，他这一辈子最在乎的就是病人。

仁心乃本心

的确,作为医生,钟南山最牵挂的还是病人。死亡人数一天天上升,很快就突破了一千,又升到了两千。钟南山寝食难安,他变得容易落泪,容易伤感。病人对他从来就不是一个数字,都是一个个鲜活的人,他怜惜他们,心痛他们。除了指导、提供专业意见、决策、科研攻关等工作之外,只要一有机会,他就要去救人。

钟南山手机24小时开机,他并不喜欢用手机,为的是医院有什么请求,他可以及时处理。一个求救电话打来,无论什么情况,他都不能耽搁。看到这么多同行病倒,他十分揪心。在武汉抗疫一线有他很多学生和同事,特别是他的团队有7位干将在武汉协和医院西院ICU奋战,20个床位安排的全都是重症中的重症。特别之处是这个重症隔离监护室并排放置了两台大屏幕,24小时连线广州钟南山院士团队的50位专家。钟南山除了给重症病人会诊,每天都要了解医生护士的身体状况,询问隔离措施是否到位。有个学生给他发信息,说外面街巷的老百姓突然唱起了国歌,钟南山顿时热泪盈眶。他知道艰难时刻士气非常重要,大家的劲头上来了,有了一种精神,有了团结协作的力量,很多东西都能解决。

抗非典时就是这样,即使最艰难,他们的士气也是高昂的。钟南山带头进入重症隔离监护室检查病人,亲自制订救治方案。有一次,一个呼吸衰竭的病人等待抢救,但呼吸机还在调式,情况紧急,钟南山将病人从车床推到抢救床上,他用简易人工气囊给病人做人工呼吸。这样做感染的风险非常高。许多医生就是因为做人工呼吸时被病人从气管喷射而出的血和痰液感染的。但是生死一刻,需要的就是这样的勇气!

新冠肺炎广东确诊人数达到一千多人,是除湖北省外感染人数最多的省,压力同样巨大,丝毫不能掉以轻心。钟南山也是广东领衔抗疫的专家,他亲自来到深圳的重症隔离监护室救治病人。他领导的团队主要负责对武汉市定点医院重症患者救治进行巡诊，评估患者病情和治疗方案，确定需要转诊集中收治的患者，确保重症患者科学的救治办法。

　　一生与病人在一起，钟南山心里装下的全是病人，哪怕出差在外，他也不忘给病人打电话，询问他们的身体状态。抗击非典时钟南山病倒了，肺部出现阴影。他以家为病房进行自我治疗。第三天高烧刚退他就出现在病房里。离开病人三天他就已经不能忍受。现在，在他家门框一角还有一颗长铁钉，那是他自己给自己打吊针留下的纪念。如今八十多高龄了，他仍然天天工作到很晚，双休日则安排工作会议，从来没有休过假，从来没有陪同妻子旅游过。

　　钟南山在病房查房时喜欢坐在病人身边细心听病人说话，拉着病人的手询问病情。有的病人身上散发出异味，有的病人病得很重，他都无所顾忌。在他看来病人并无贵贱。开专家门诊他总是提前半个小时到，一直看到晚上七八点，常常是妻子送饭来。他认为医生救人于痛苦危难之时，如果硬以上班 8 小时画一条线，那不是一个好医生。冬天的时候，他会先搓暖自己的手，怕冷手让病人不舒服。他的细心还表现在巡房时给病人送上生日祝福。钟南山人到哪里，哪里的病人就对自己治好病充满了信心，哪里就变得轻松愉快。而他自己最开心的是病人治愈出院的时刻。他从病人的喜悦中找到了自己人生的价值和快乐。

敢医敢言是天性

　　钟南山还有一张网传很广的照片，是他接受新华社记者采访的视频截图。他讲到武汉人唱国歌，相信武汉能够过关，武汉是一座英雄的城市时，两眼噙泪，嘴唇紧紧抿成了一道弧线。非典时期最艰难的时候，他都没有在公众面前流过眼泪。这张照片把他刚毅与深情的两面展露无遗。

　　武汉感染人数呈爆炸式增长，从几十人到数千人数万人，有限的医疗设施接收不了这么多病人，人们向着医院蜂拥而来，挤满了各家医院的大厅，一床难求，出现了"堰塞湖"。中央第一时间下令开建火神山、雷神山医院。前者只用了10天，后者13天就建好了。接着增加十几个方舱医院，扩张几十家医院和定点医疗点……

钟南山知道疑似和已经确诊的患者不能住进医院，回家自行隔离，这种行为有多么危险。对一个心中时刻装着病人的医生来说，他心里无比沉痛，忍不住落下眼泪。

所谓医者仁心，医者乃学者，需要的是严谨坚毅的意志去攀登医学高峰，而仁心则需要一颗慈爱之心。钟南山就是二者完美的结合。他的性格似乎是双重的对立统一，智慧与拙朴，硬朗与宽厚，坚毅与脆弱，不屈与妥协，尊严与随和，铁面与柔情……前者更多表露在他那张坚毅的脸庞上，后者却深藏于内心。

钟南山是岭南知识分子最典型的代表，对人和生命有着最纯朴的理解，对事业和生活有着最单纯的热爱与赤诚。岭南多耿介之士，因为这片土地凝积了厚重的务实精神。

钟南山的家安在一栋外墙水泥粉刷的旧房改房中，连电梯都是后来加装的。室内是20世纪的老式家具，又笨又大的布沙发上满铺花布，空调是老旧的机型，天花板悬挂吊扇，墙上挂满镜框，桌上用一座奖杯装了水果。因为家里较小，摆的都是钟南山和孙子的东西，妻子的都收起来了。一进房就有一种扑面而来的年代感，一种时间错位感。屋主对物质生活的淡泊可见一斑。钟家人聚在一起，谈的是医疗，讲的是学术追求，从来不谈钱。钟南山连自己的工资是多少也不知道。

他教导子女第一要永远有执着的追求，第二是办事要严谨要实在。看事情或者做研究，要有事实根据，不轻易下结论，要相信自己的观察。他一生记住的是父亲对他的期望——一个人对社会要有所贡献，不能白活。这句话成了他们家庭的人生信仰。

八十岁后他觉得自己慢慢懂得了父亲，觉得自己初步实现了父亲的愿望。但他还不满足，对着父亲的像他动情地说："爸爸，我还有两项工作没有完成。只有这两项工作做好了,才是真正地达到了您的要求。"

钟南山的家有两大特点,一是运动器具多,有跑步机、单车、拉力器、单杠、哑铃;二是书多。这充分体现了钟南山的两大爱好——医学和体育。这两者也成了他家庭最自豪之处:一是医生世家,父亲是儿科专家,母亲是高级护理师,他们都曾赴美深造。儿子子承父业,当上了主任医师、博士生导师;二是体育之家,妻子曾是篮球明星,担任过中国篮球协会副主席,在1963年亚洲太平洋新兴国家运动会上,作为中国女篮副队长,她随中国队出征。女儿是优秀蝶泳运动员,曾打破过短池游泳的世界纪录,获得世界短池锦标赛100米蝶泳冠军。儿子也是医院篮球队的"中流砥柱"。钟南山本人则在首届全运会以54.4秒的成绩打破400米栏的全国纪录。1961年,他还获得了北京市十项全能亚军。钟南山高龄之下抗击疫情的毅力与体力都能从这里找到答案。他奔走各地之间,两脚仍然生风。

钟家墙壁上挂着一幅字:"敢医敢言"。这是四年前别人送他的。这四个字无疑道出了屋主人的风骨。他的敢医敢言就是天性,是"一个人要说真话,做实事"的钟南山用一生践行的家风。他推崇讲真话。科学追求真理,如果连讲真话都做不到,谈何真理。对待科学,钟南山那股岭南人的耿介劲就像一头蛮牛——他只认真理不认权威。

早年留学英国,他挑战英国医学权威牛津大学雷德克里夫医院克尔教授。钟南山在爱丁堡研究人工呼吸对肺部氧气运输影响时,发现他的实验结果与克尔教授论文的结论完全相反。钟南山毫不犹豫提笔写出了论文。有人说他胆大狂妄。在剑桥学术会议上,专家们被这个中国年轻人的发言惊呆了!先是一阵沉默,继而变为骚动。克尔教授的三个高级助手连珠炮一样提出了8个问题,钟南山一一做了回答。

按会议规定,钟南山论文是否发表要参会的常委举手表决。举手的时候,全场安静下来了,可谓鸦雀无声。接着,常委们一个个举起了手。在科学面前他们的手举得高高的,一个也不少。

当年非典的一场新闻发布会上,有人宣称疫情已经得到了有效控制。

钟南山当场开炮:"什么叫控制?现在病源不知道,怎么预防不清楚,怎么治疗也还没有很好的办法,特别是不知道病源!现在病情还在传染,怎么能说是控制了?"

为了抗疫救人,钟南山又跟"权威"叫板。北京某些权威专家通过中央电视台、新华社正式发布结论:"引起广东部分地区非典型性肺炎的病原基本可确定为衣原体。"甚至有专家说,对付衣原体治疗变得很简单,用对衣原体有效的抗生素就可以了。

权威部门的结论让广东的专家震惊了!按他们的结论,推荐特效药四环素、红霉类抗生素就可以了,但如果是错的,那将是许许多多的人付出生命的代价!在广东省卫生厅召集的紧急会议上,钟南山又站了出来,他不认为是衣原体,衣原体只是最终导致病人致死的原因之一,而主要病因可能是一种新型病毒。他的观点随后被广东省卫生厅采纳,成了抗击非典的重要分水岭。

非典对外封锁消息,他要搞国际合作。他认为这不是一个国家所面对的问题,也不是一个国家的医务人员能独自承担和解决的问题。在来势汹汹的疫情面前,需要联合世界上所有人的智慧来共同面对,靠人类的集体智慧战胜病魔和灾情。他首先跑去香港进行交流。

钟南山知道自己如果不站出来,后果将是使疫情失去控制,人民将付出不可想象的生命代价。他不能跟着说谎。他天天面对一个个抬进来的病人,在生与死的面前,还有什么压力比死人更大!?他并不怕讲实话,因为他有依据,因为他是大夫,正在第一线抢救病人。如果说有压力,只是来自医生的责任。天下没有比救人更大的事,在生死面前其他的事情都不重要了。

有人据此上纲上线,说他有个人目的,想利用这个机会为个人捞取名利,甚至把他定性为敌我矛盾。他与香港的交流被视作泄露国家机密,对他进行调查。关于他的报道一律不得见报……

可想而知,当年抗击非典如果没有钟南山,结果可能就不会是这样。

从非典到新冠肺炎，同样，钟南山公布"新型冠状病毒肺炎是肯定的人传人"作用重大。公开真相为挽救无数的生命赢得了宝贵的时间。

钟南山就是这样一个蛮人。他的认真有时连命都不顾。留学英国时，为了搞清一氧化碳对血液氧气运输的影响，他用自己当试验品——吸进一氧化碳。他请来皇家医院的同行，向他体内输入一氧化碳，同事不停地抽血检测。他血液中一氧化碳浓度达到15%时，医生和护士都叫了起来："太危险啦！"他们要他停止。这时钟南山就像连续吸了50到60支香烟，头脑开始晕眩。但钟南山摇着头，一脸的刚毅与坚决。他不能半途而废，他要靠实验画出一条完整的曲线。他继续吸入一氧化碳，血红蛋白中的一氧化碳浓度在上升，直到22%，曲线完整显示。钟南山感觉天旋地转。在场的医生都被他的献身精神打动。

正是这种科学精神、献身精神，钟南山取得了医学上丰硕的成就。在抗击非典的生命博弈中，他摸索出了一条行之有效的"三早三合理"治疗办法，这成了广东抗击非典战役的一个转折点。从此，广东非典疫情的气焰渐渐被压制住了。抗击新冠肺炎疫情，广东患者死亡率非常低。钟南山率领他的团队投入到病人救治和医药科研攻关上。他一开始就让中医直接介入，以中医药做基础实验和临床试验，在医疗过程中观察新的治疗办法。团队结合岭南气候、水土、饮食、人文等特点，针对疫病四诊资料，很快拟定出新冠肺炎预防凉茶处方，既可为医护人员定期饮用，也适用居家隔离防疫的市民饮用……

新型冠状病毒的气焰开始下挫了，疫情出现了拐点，胜利的曙光已经出现……

中国有一个钟南山，这是我们这个时代的幸运！

(选自《光明日报》2020年03月01日01版，有改动)

李朝全

福建仙游人。现任中国作家协会创作研究部副主任、研究员，中国报告文学学会副会长。入选全国文化名家暨"四个一批"人才。著有纪实文学《中国好人》《最好的时代》《国家书房》《梦想照亮生活》《世纪知交：巴金与冰心》等。曾获全国"五个一工程"奖、庄重文文学奖、中国人口文化奖、全国优秀科普作品奖、中华优秀出版物奖"抗震救灾特别奖"、冰心儿童图书奖等。

一心赴救　无惧生死

同济医院战疫纪实

这是一个寂静的春天。原本车水马龙的道路，只偶尔有寥寥数辆车辆驶过，宽阔的人行道上，偶尔能遇见一两个清洁工人或执行公务的人。春雨淅沥，梅花、樱花、玉兰花寂寞地绽放。武汉，这座中国地理中心的城市，沉浸在一片肃穆的宁静之中。

2月6日深夜，一声新生儿的啼哭打破了沉寂的夜晚。在华中科技大学同济医学院附属同济医院中法新城院区，一位感染新冠肺炎的产妇小陈顺利地产下了一名男婴，在场的每一个人都流下了激动的泪水。主刀医师是妇产科的乌剑利大夫，虽然汗水湿透了他的三层防护服，雾气迷住了他的护目镜，但是他还是努力透过护目镜所剩无几的缝隙来看清手术的操作，顺利地完成了手术。

"妇产科给大家带来的是新生命的喜悦，这一场特殊的手术经历刻骨铭心，生命的希望不可阻挡！"乌剑利说。

最近的武汉，安静得出奇。同济医院产房里发出的婴儿的啼哭声，是现在武汉最美好的声音。

2月17日，出生已两周的婴儿小石榴终于和他的父亲龙仁勇通过视频见面了。在这次疫情中，孩子的父母不幸感染新冠肺炎，但父亲龙仁勇很快就痊愈了。出院隔离期间，这个年轻的父亲通过网络直播看到自己的亲生儿子，非常激动。他说："我们的孩子正好是正月初十6点出生的，因此给孩子起名叫'石榴'。也希望我们中国人像石榴籽一样团结，在这场疫情中紧紧地抱在一起，并肩作战。"

小石榴一出生就和妈妈分开，住在暖箱里。每天照顾他的都是"护士妈妈"。在征得孩子父母的同意后，从2月17日开始开通了网上直播。很快，网上就有了数百万的点击量。每天，小石榴的一举一动都牵动着千千万万"云爸爸""云妈妈""云哥哥""云姐姐"的心。孩子吃奶，打嗝儿，翻身，一举手，一抬腿，都让人觉得是那样的美好，就像一个天使一般的存在。有的网友给小石榴弹琴，有的网友给小石榴弹古筝，有的网友给小石榴画漫画，无数的网友隔空献花祝福。看到睡梦中的小石榴，从被窝里抽出右手，握紧小拳头，再把手放到耳朵边，又香香地睡过去，网友们的心都快化了。面对镜头，龙仁勇对襁褓中的婴儿动情地说："孩子，希望你在长大以后对关心你的人特别是'医护妈妈'们铭记在心，长大以后做一个对社会有用的人。"

让人欣慰的是，龙仁勇已经治愈出院，孩子的妈妈也已康复。又经过了14天的隔离，现在，这一家人已经团聚，幸福地生活在了一起。这是这个寂静的春天我在武汉听到的最美的一曲乐章，小婴儿的每一声啼哭都是世界上最动听的声音。

循着婴儿的这一声声啼哭，2020年2月底，我从北京南下，找到了同济医院，采访了医院院长王伟。

战 场

自 1955 年从沪迁汉以来，同济医院一向是老百姓口碑中屈指可数的好医院，是中部地区最大的综合医院，在湖北省一直占据着门诊服务量和住院服务量第一的位置。平时日均门诊服务量近 2 万人次，日均在院病人近 8000 人。这所创立于 1900 年的医院有着 120 年的光荣历史，是湖北老百姓最为信任的一所医院。平常在同济医院看病的患者中，超过 70% 是来自武汉市以外的。

在位于武汉市解放大道上的同济医院主院区，日常发热门诊的就诊区只有 110 平方米。每年进入冬季，发热门诊都有不少的患者，每天有 50～100 人，往年也有一些危重病症和少量的住院死亡病例。但是，2019 年的这个冬天，情况似乎有些异乎寻常。

2020 年元旦刚过，王伟院长到发热门诊去巡视查房。他感觉有些不对，位于第二门诊楼的发热门诊在街边上，患者特别多。他当即指示，进行发热门诊改扩建，并把感染科一层楼病区腾出来，作为发热病人的留观病房。

但是，改扩建后的发热门诊和留观病房还是不够用。很多病人不得不坐在地上打针。急诊科副主任医师严丽都急哭了，在这个狭窄的空间里没法给病人提供更好的诊治条件。

那时，大家对于当时称之为不明原因肺炎的传染性的认识还不足，但是发热病人往往都具有一定的传染性，因此许多医护人员都感到了防护的压力与对交叉感染的担忧。

同济医院意识到这种状况对于疫情的控制不利。

1 月 15 日，医院紧急召开了办公会。决定把老内科楼全部腾空，再度扩大发热门诊的面积。因为老内科楼一楼是急诊外科，楼上 2 层是传染科门诊，其上 3 层的传染科病房，可以快速改建成满足传染病治疗所必需的"三区两通道"（污染区、半污染区、清洁区和医护人员通道、患者通道）

要求的就诊环境，建立一个比较规范的传染病房。经过连续数日的紧张工作，发热诊区的改造顺利完成，主院区发热门诊和病房面积从最初的 110 平方米增加到了 5000 多平方米。

"开始时谁也没预想到会有这么大的疫情。我们就是一步一步地往前走。刚开始每天有 50～100 人的发热门诊量，等到我们改造完病区，没几天主院区日发热门诊量就飙升到了 1000 人以上。"王伟院长说。

幸亏当时决策得及时，如果不大幅扩大发热门诊病区，那么每天这 1000 多个发热患者一下子涌入医院，情形将不可想象，后果也将不堪收拾。

山雨欲来风满楼，同济医院党政领导意识到有可能会迎来一场更为艰巨的战争，那么，在这场战争开始之前，就需要先准备好战场！

谁都不是先知先觉者，有的只是勇于担责的人。同济医院这家全国综合排名前八、中部地区医疗服务量最大的医院，在一场即将到来的严重疫情面前，无疑首当其冲，必须身先士卒。

很快，同济医院就发现，重症新冠肺炎病人越来越多，而发热门诊楼上只有 60 张住院床位。那时谁也没有认识到新冠肺炎疫情会比普通肺炎或传染病更为凶险，但是，大家都注意到重症病人越来越多。院党政领导预测会有一个大的波峰，医院的专家组也是这么判断的，大家意识到，恐怕同济医院要承担更多的责任。

同济医院有两个新院区：光谷院区和中法新城院区都是新开业三四年的院区。特别是中法新城院区，更是被医疗建筑界誉为"花园式医院"，2018 年被评为"最美医院"。这是由德国建筑专家精心设计，投入了大量财力、物力和精力的一所医院。来到这儿的患者，感觉犹如步入了一座花园。更难得的是，按照德国人的设计，这座医院的病房空调等都是相对独立的，便于控制病情在院内传播。但是，如果要作为传染病区收治传染病人，就需要重新改装。

医院党委书记吴菁主持党委会讨论分析，大家一致认为形势不容乐观，应该未雨绸缪。通过进一步规划分析，最终院委会一致决定将 1100 张病床先拿出一半来进行改造。

说干就干,他们很快就将住在院区里的病人做了清散,能出院的病人就安排出院,不能出院的就让他们撤离到主院区,将整座中法新城院区腾空。再把这座精心设计建造的花园式医院综合改造成传染病区,建立"三区两通道"的隔断。1月27日,同济医院中法新城院区550张床位启用,作为武汉市政府指定新冠肺炎重症救治定点医院,开始接收重症患者。

然而,550张新冠肺炎重症床位几天内即收满,同济医院领导又决定主动作为,决心改造中法新城院区剩余的病区,再启用550张床位,并启动光谷院区改造,启用830张床位。

就在同时,1月31日,同济医院护理部接到赴火神山医院规划准备病房的任务,前线要开两个病区。"如果病房早一分钟准备好,病人就可以早一分钟入住,接受治疗。"护理部干事席新学心想。在搬东西时,他发现,步子迈小一点,频率快一点,跑起来就更能节省时间。那一天,他和护士姐妹兄弟们一起,4个小时跑了5万步,2分钟组装1架高低床,6个小时准备了94间病房。

"火神山信息化系统今天凌晨刚正式上线了,我们现在已经奔赴雷神山了!"2月4日凌晨,同济医院计算机中心4名工程师转身赶往雷神山医院支援。"特殊时间,没有人考虑休息不休息,更何况我还是一名党员。现在床位紧张,很多病人没有床位,我们只希望加班加点尽快完成两山医院的信息化工作,救治更多的病人。"那时,90后工程师庹兵兵已为火神山医院信息化建设项目奋战了6个日夜。

2月5日,中法新城院区床位数扩充至1100张,全部用于收治新冠肺炎的重症患者。

2月9日,同样由德国设计师设计,因建筑大气磅礴而一样被称作"最美医院"的同济医院光谷院区改建启用830张床位,专门收治危重病人。由于人手缺乏,先期到达的护士们都兼任搬运工,每位护士长带领团队负责清空一层楼。"为了能及时收治病人,我们必须与时间赛跑。"光谷院区E3病区护士长李虹霖说。

在疫情高峰期，同济医院三院区一共开放了2025张重症病床，很好地落实了中央提出的"集中患者、集中专家、集中资源、集中救治"的要求，承担了此次疫情武汉市收治重症病例最多的重任。孙春兰副总理、中央指导组和国家卫健委的领导同志到同济医院中法新城院区、光谷院区视察时，高度肯定了同济医院的担当和远见，赞扬同济医院提供了一个很好的战场。

正是因为同济医院的战场准备好了，中央指导组决定将国家派来的35个医疗队、4000余名精兵强将派到中法新城院区、光谷院区，让这两个院区成为国家战疫技术高地。

在这里，来自北京、上海、吉林、山东、山西、江苏、陕西、河南、浙江、广东、湖南、福建等一大批重点医院的一流专家和医护人员汇聚于此，边工作边制订诊疗方案。大家协同研究制定了救治流程、管理方案、技术方案、防护系统措施等抗疫指南，为这场抗击新冠肺炎战疫提供了全局性的理论指导，为打赢抗疫攻坚战创造了很好的条件。

重大疫情席卷而至，医用防护品十分紧张，在多数时候都是紧缩着用。院里就将最好的物品都优先配置给了来支援的友军。

王伟说，那个时候他天天最忙的也是最挠头的一件事，就是到处筹措防护用品，因为防护用品日消耗量太大，总是不够用。他找了省里，找了市里，找了华中科校大学的校友，多方筹集这些防护用品。

回顾当初为何能够有远见提前把战场准备好，王伟说，这要归功于院党委班子非常团结，大家的大局意识很强，经过集体的讨论，最终达成了共识。这样一次伤筋动骨的改造，一是要改变原先优良的装修，损失大；二是要花钱改造成标准的传染病房，投入大；三是将来疫后重建也还要付出很大的财力。因此开始时也不是所有人都很赞同，好在院党委班子很团结。今天回过头来看，大家都对当时的果断决策感到满意。大家说，如果当时全院没有打好提前量，那么今天就打不好这场硬仗。

"在这次病房改造过程中，同济医院确实体现了科学谋划、群策群力、为国担当的医疗国家队的精神。"王伟院长不无自豪地说。

战　　士

在重大的疫情面前，同济医院广大的医护人员体现出了一种英雄主义的气概，王伟说："我们医护人员真不愧为英雄，这也是医者职业精神使然。"

1月中旬起，同济医院将三个院区所有的呼吸内科、重症医学科、感染科的医生护士都集中起来，仍满足不了发热病人的就诊需要。于是，医院决定将全院各科室的医护人员进行基本培训后也调上前线，一同参加战斗。

同济医院有许多护士都生了二孩，有的医护人员自己的父母或者家人也感染了新冠病毒，大家压力很大，但是到最后，没有一个人在战场上当逃兵，一是因为非常激烈战斗的感召，二是看到众多的医护人员都非常投入工作，那些还有一些畏惧退缩情绪的人也都不知不觉地受到了影响和感染，自然而然地融入了这场战斗。

这就是我们的医护人员，他们是名副其实的白衣战士！他们都是平凡的无名英雄！当大战来临之际，没有一个人选择后退或者逃离，恰恰相反，一个个身在外地的、新婚不久的、家里孩子幼小的、正准备与家人度假的医护人员都纷纷赶回医院，奔赴前线。

急诊科副主任医师严丽三个月前就申请获批，年休要陪同双胞胎儿女去度假。一月初完成第一轮发热门诊值班并隔离后的她，准备与丈夫儿女开启休假行程。临近登机时，她得知两个同事生病，就果断地退掉了手中的机票，迅速赶回医院。她说："战斗的集结号已吹响，我们会一直撑下去，直到春暖花开。作为党员，我责无旁贷。"

在听说医院发热门诊急需支援时，入党19年的副主任医师桂伶俐递交了请战书："每到国家以及社会存在着这些重大的危机的情况下，我想总有千千万万的人承担这个责任，我愿意成为千千万万人中的一员。"

"因为专业原因，我无法承担重症患者的主要治疗工作，但做好基础工作我一定行。"眼科教授李贵刚也是第一时间请战到前线担任住院医师。他说:"我给自己的定位是,值一线班、夜班,做最基础的临床工作;照顾病人、问病史、写病历、开医嘱,做好上级医师的助手。"

感染科第一批进发热病房的郭威医生说:"不计报酬,无论生死,防疫一线我们上!"道出了大家共同的心声。

他们中,有"逆行战士"、湖北省医疗专业组组长、呼吸内科主任赵建平教授;有"最危险的,我们上"的护士带头人汪晖主任;有首批支援金银潭医院、经历过感染又重返岗位的钟强教授;有曾经参与抗击非典,如今又主动要求前往发热门诊的胡娜护士长;有取消婚礼,投入到紧张疫情抗击工作中的护士;有关闭离汉通道的最后时刻,在高速路口递出孩子火速返岗的急诊科夫妇;有辗转返汉参与抗疫的药学部青年员工。

"医者担当,护佑健康!"这是疫情袭来时同济人发出的铮铮誓言!

医院成立了发热门诊临时党支部、中法新城院区重症救治定点医院临时党支部、光谷院区重症救治定点医院临时党支部、光谷科技会馆方舱医院临时党支部。党委书记吴菁、院长王伟和医院党委班子以身作则,率先垂范。1月30日,大家一道站在党旗前宣誓,重温入党誓词。通过党员带头、干部带头带动了全院上下,唤醒了每位医护人员的本性和使命感,激发起了大家崇高的职业道德和职业精神。与国家同舟,与人民共济,同济医院120年的文化在这个危难时刻再次彰显溢彩,"格物穷理、同舟共济"这句院训深深烙刻在每一个同济人身上、脑中。"敬佑生命、救死扶伤、甘于奉献、大爱无疆"的医者精神,成为今天抗疫一线所有医护工作者精神状态的一个缩影。

在同济医院门口,有一块巨石,上面用红色的字体镌刻着:"生命之托,重于泰山。"这行字也深深地镌刻在每一位同济人的心上。2月9日,医院党委发出《致同济医院全体职工的公开信》。信中写道:"生命重于泰山,疫情就是命令,防控就是责任。……同胞同袍,大疫大义,大爱无疆。在此疫情防控关键时期,全体同济人要坚决树立大局意识,坚决听从国家召唤,坚决服从组织安排;全体党员干部要以身作则、履职尽责、落实落细;全体职工群众要弘扬格物穷理的科学态度,守护生命、守卫健康;发扬同舟共济的人文精神,加强防护、科学轮休、守望相助。……让我们紧密团结起来,在党中央的坚强领导下,在全国同仁和各行各业的大力援助下,以对人民群众生命和身体健康高度负责的态度,同舟共济、一心赴救,奋力夺取防控新型冠状病毒肺炎疫情阻击战的最后胜利!"

与此同时,医院加强了科学管理和防护,注意对值班医护人员的轮班倒休。

医院在防护上做足了功课。医院特地做了一项研究工作。从发热门诊、发热病房中抽取医护人员 100 人;普通门诊、普通病房抽取医护人员 100 人;未进入病房的普通工作人员中抽取 100 人,同时进行核酸检测,结果显示三组人员无明显差异。通过这项检测告诉每一个医护人员,在医院里工作被感染的风险是一样的,只要大家做足了防护就完全可以避免被感染。

同时,医院还对院感处理后的发热门诊和发热病房的环境,如电梯门扶手、工作台、空调等进行 100 次采样检测,结果均未发现新冠病毒。院方将结果及时告知医护人员,使其安心工作。

对于那些已经确诊感染新冠肺炎的医护人员,同济医院不惜代价,组织最好的专家全力进行救治,使绝大多数的医护人员转危为安,病愈出院,从而极大地稳定了军心。

在新冠肺炎疫情刚刚蔓延时,医护人员的压力非常大,尤其是看到自己的同事倒下,被送进了重症病房,更是给少数人带来了很大的恐慌。大家已经意识到发热门诊风险大,特别是在给患者做咽拭子采样时。在张口时,患者嘴里喷射出的唾液飞沫可能都具有传染性。而且,刚开始大家对于新冠肺炎的传播途径并不是很清楚,大多只戴口罩注重防护口鼻,而多数都忽略了对眼结膜的防护。急诊科的青年医生陆俊有可能就是这样被感染上的。

1月初的一个晚上,陆俊值夜班,一个人接诊了 30 多个发热待查病人,那时候大家对新冠肺炎认识不足,也不清楚这个病毒会不会人传人,因此在值夜班时陆俊除了戴上能防病毒的 N95 口罩外，并没有穿防护服戴护目镜。

1月5日，陆俊发起了高烧，通过 CT 检测发现双肺感染，乙流检测阳性，接着持续9天高烧不退。新冠肺炎核酸检测试剂启用后，陆俊成了医护人员中第一例确诊的新冠肺炎重症病例。1月17日他被转到了金银潭医院，一度出现了呼吸困难。

在专家组主任赵建平、重症医学科主任李树生等的精心救治下，陆俊经过输液、雾化、服用抗病毒药物和呼吸支持治疗，他的核酸检测两次为阴性，脱离了危险。1月23日陆俊得知网上关于自己的谣传消息后，委托支援金银潭医院的协和眼科医生刘伟拍下自己活动的视频发到网上，替自己辟谣。作为一个危重症患者，他在医务人员的救治下成功脱险，他希望用自己的亲身经历告诉大家不要畏惧，要自信。

1月29日，陆俊回到了同济医院的普通病房，正在康复中。

陈广是感染科的大夫。1月13日同济医院主院区的发热病房正式投入使用，陈广主动请缨。第一天他一口气就收治了7名高度疑似感染新冠病毒的肺炎患者。有一位60多岁的大妈突发急性心功能衰竭，医生们毫不犹豫冲上去就给她做心肺复苏，根本来不及戴防护面罩，他们的脸距离患者的口鼻只有30厘米，回想起来都让人后怕。

给患者采集咽拭子标本，患者一张嘴就会产生大量夹带病毒的气溶胶，这是一线护士必须面对的风险。为了减少护士暴露的时间，陈广所在小组的所有医务人员都参与采集咽拭子。最多的一次陈广和心内科的白杨大夫一起采集了32个标本。作为医疗小组组长，陈广说："大家都是一条战线上的战友，危险的工作，我们一起来分担。"

2月5日，中法新城院区将床位扩充到1100张，全部用于收治新冠肺炎的重症患者。本该轮岗休息的陈广又主动请战。

与此同时，他的妻子、同济医院妇产科医生袁明也主动报名奔赴一线。

"老婆，一定要做好防护，发热门诊比病房更辛苦，风险也更高。门诊病人特别多。"陈广再三地叮嘱。

为了去一线,袁明狠狠心给刚满一岁的小儿子断了奶。4岁的大儿子哭着恳求妈妈不要走。袁明说:"宝贝乖,晚上妈妈跟你视频哦。"硬是扔下两个幼儿也上了战场。

同济医院综合科的一名护士在发热门诊上班,她的父母、丈夫都不幸被感染了,她的丈夫病情尤其严重。但是那时因为没有床位,只能在发热门诊里留观。这位护士便把丈夫的CT照片通过微信发给陈广,请他帮忙看看肺部的感染情况。

收到微信,陈广马上给这名同事打电话:"我跟院里说说,想想办法给解决一个床位。"

同事却说:"不用了,谢谢!您帮着给定个治疗方案,我们就在家治疗,比我们更重的病人还很多,优先收治他们吧!"

听完同事的话,陈广坐在那里就哭了起来。

这就是自己的战友呀!在每一名大夫的身后,站着的是他们的父母,他们的孩子、老师、亲戚、朋友、同事和同学。"我们真的已经无路可退,我们只能向前冲,只能挡在最前面,这时候医生不上,还有谁能上!"

在这场战役中,有许多像陈广这样,夫妻、父母或子女都是医务工作者,都在前线冲锋陷阵。在这场没有硝烟的战争中,医生就是战士,他们只能英勇向前!

张霓是同济医院感染科三病区的一名普通护士。1月18日晚,她从发热病房下班赶往大伯家探望送饭。张霓1岁时父亲因车祸去世,在后来的30年的人生里张霓都是奶奶和大伯把她拉扯大的,大伯也把她视作自己的女儿。

张霓和往常一样敲门,足足敲了20多分钟,又不停地拨打大伯的手机。房间里没有任何回应。撬开门,就发现大伯倒在地上,已经去世了。她打开大伯的手机,发现最后一个电话就是打给自己的,他打电话一定是想向她求助的,但是那时张霓正在隔离病房里,不能带手机,因此永远错过了这个生死攸关的来电。

张霓抱着大伯冰冷的手臂，一遍又一遍地哭着说"对不起"。

在过去的十几年里，再急的事大伯也不会给她打电话，怕影响她工作，这是他第一次也是最后一次在她工作的时候打给她的。

这是一个永远也接不起的电话！

她每天都守护在患者身边，但却救不了最亲的人的生命！

料理完大伯的后事，张霓便向护士长请求重返一线。护士长劝她多休整两天。

张霓回答："所有的医护人员都在抢救患者，我的亲人已经没了，不能再让更多的人失去亲人，何况我还是一名党员。"

她很快就回到了病房。在她随身携带的背包上，别着一朵白色的绢花，小布条上写着黑色的"哀念"二字。

都说给重症病人上ECMO难、撤ECMO更难，但最难的是这一过程中的守护。新冠肺炎抗疫任务中，有一支平均年龄仅有26岁的"红色娘子军"，她们巾帼不让须眉，坚守住生命的最后一道防线，用实际行动撑起了抗疫"半边天"。

"第一个星期是我最痛苦的时候！因为没有人能够接替你的活，电话时刻响起，整晚睡不着觉！"2月9日，管志敏作为同济医院心内科CCU（冠心病监护病房）护理的骨干，第一时间接到任务来到了光谷院区。

"最难的不是技术层面，而是心理压力。"ECMO一分钟两三千转速，一旦操作不严密，不仅连累其他设备的运转，还会毁掉整个系统，甚至让病人的血喷溅整个病房。现在，红色娘子军坚持4小时轮班，24小时坚守，已经能够随时应对各种不可预料的突发状况。

"ECMO护心小组群内消息一响，所有医生护士都会第一时间查看，是不是有什么突发情况。"管志敏说，"看到病人顺利恢复中，大家都很开心，因为过程实在是太艰难了！如果救不活，我们都会很受打击。"

鏖 战

同济医院承担着新冠肺炎重症危重症治疗基地的重任。自1月底开始，35支各省市医疗队会师于此，目标只有一个：降低重症病亡率，提高救治成功率。但是，针对这个病症也没有特效的方法和药物，这是大家遇到的最大的难题。

如何让"35+1=1"，让同济医院与35支各省市医疗队聚丝为绳，形成最大合力，是我们面临的一个挑战。因为36个医疗组织，各自的文化背景、医疗优势不尽相同，所以要打好阻击疫情这场大战，第一件事就是要统一规范，统一指挥。

为了总结临床救治经验，吸取各支医疗队特色诊疗方法，规避因规范标准不同带来的误差，在国家卫健委的直接指导下，同济医院成立战时专家组和医务处进行质量控制，建立会诊制度和死亡病例讨论制度。由医疗队联合成立核心质控组，交叉查房，层层讨论，提出更优建议。

同时，同济医院还联合北京协和医院、中日友好等医院共同发布《重症新型冠状病毒感染肺炎诊疗与管理共识》（下称《共识》），对患者院前评估及转运、病区设置及管理、医疗质量评估、多学科联合诊疗及整体护理等诊疗流程进行明确规范。《共识》的形成，以及临床中大量临床实操和经验讨论，让专家们初步勾勒出患者病程进展规律，并有针对性地总结出一套"组合拳"。

而针对各支省市医疗队在诊疗过程中普遍遇到的临床问题，同济医院发挥综合医院多学科优势，组建了7支专科临床支持小分队，包括护心队、护肾队、护肝队、护脑队、中药特殊治疗和气管插管队、体外膜肺氧合（ECMO）队、康复队。各临床小分队均由中国科学院院士、同济医院外科专家陈孝平，内科主任王道文等各专科主任担任队长，专家们在总结前期治疗经验的基础上，对患者特别是危重患者病情发展中出现的情况进行预判并提前干预。

"ECMO 能撤，得益于关口前移救治理念的突破"，陈孝平院士多次参加两个分院区的病例讨论，"只要病人还没有撤掉气管插管，就不能算是病情好转。不到最后一个病人出院，就不能说取得战疫的最后胜利"。突破的取得，得益于各地医疗队的通力协作，得益于救治过程中经验的积累。

通过密切合作，大家形成了一套比较完整的诊疗技术规范，统一流程。在七八天的时间内，便将重症病例的死亡率从 5.58% 降低到了 3.39%。这样一个战果得之不易。

1月29日，78岁的新冠肺炎患者卢金活老人治愈出院，成为湖北全省首个高龄重症患者治愈病例。

1月初，卢金活在打乒乓球时接触到染病的球友，随后出现发热、乏力症状，1月9日进入同济医院接受隔离治疗。因为老人患有20多年的高血压和糖尿病，入院后病情逐渐加重，1月18日一度出现危重症状。同济医院呼吸与危重症医学科主任赵建平在老人一入院就给他服用抗病毒的药。卢金活出现了严重的呼吸困难，低氧血症，双肺都白了，医生接着又给他上了呼吸机。医护人员一直都瞒着他的病情，像哄小孩一样安慰他："老爷爷，您没事儿，有我们医院最好的赵主任亲自给您治病，您很快就会好的。"

老人也很听话，每天都把自己收拾得干干净净，身体再难受也努力地吃东西，心态乐观，积极配合。

通过对症治疗，老人的烧退下来了。开始时他也有些害怕，烧退下来以后他就不害怕了。经过20天的全力救治，医生终于把他从死亡线上拉回来。

在老人出院这一天，赵建平亲自去送他。"这是我最开心的一天。"他说。

有一位70多岁的女病人，入院时血氧饱和度只有70%多，上了无创呼吸机后，血氧饱和度也只有80%，赵建平大夫一直守护在她身边，精心调整无创呼吸机参数，慢慢地调试药物和激素的使用量。到了第四天，患者的血氧饱和度达到了90%~95%，第七天达到了98%，终于脱离了危险。

这个转危为安的病例给赵建平带来了莫大的信心。他发现，对于氧合情况不好的病人，精准调好无创呼吸机，配合小心调试药物，能有效地避免一系列的并发症，提高救治成功率。

"越是难的病例越是要用心。每一个都是鲜活的生命，我是全省专家组组长，我首先是一个医生。"赵建平说。在治疗中他坚持以病人更好的康复、更好的生活质量为目标，积极实施自己的想法，在临床上悉心探索、照料，帮助病人度过最危险的时期。

"我是一个肾移植12年的患者，2月4日感染新冠肺炎，13天后出院，是医生给了我另一次生命，也让我看到了人性的光辉。"郑先生是一位肾移植患者，常年需要使用免疫抑制药，不然自身免疫力会不断攻击移植器官。而这又与新冠肺炎病毒用药的关键，提高免疫力，形成截然的矛盾。

怎么办呢？"这就像在走平衡木，我们必须在其中小心取舍，选择对患者最好的治疗方法。"同济医院器官移植研究所所长陈知水说。考虑到患者接受肾移植手术已经12年，情况较稳定，但新冠肺炎症状比较重，且持续发烧，所以决定让其先停药同时密切观察。

2月2日郑先生开始停用抗排斥药，2月6日被收治在同济医院中法新城院区。同济医院心内科医师徐西振和吉林援鄂医疗队杨俊玲主任医师共同努力为郑先生制订了周密的治疗方案，考虑到郑先生是肾移植患者，他们在抗病毒治疗和预防细菌感染的基础上，应用了小剂量的激素，在控制肺炎的基础上还具有一定的免疫抑制功能。

住院3天后，郑先生体温恢复到36.4℃，食欲不振得到明显改善。杨俊玲和徐西振立即与器官移植研究所的专家们讨论，决定给他增加半量的免疫抑制剂。

住院7天后，郑先生成功脱掉了氧气机，核酸检测呈阴性，大家决定让他回到正常的免疫抑制剂的剂量。

住院 9 天后，郑先生核酸检测再次呈阴性，CT 结果显示此前的病灶已经完全吸收，而且移植肾功能也始终保持正常。

经过同济医护人员和 35 支援汉医疗队的和衷共济，勠力同心，新冠肺炎重症患者的救治取得了较好的战果，病亡率得到了大幅降低，重症危重症转为轻症和痊愈出院的比例越来越高。每一支医疗队都有自身的医院作为后方支撑，譬如北京协和医院通过远程会诊，提高了对重症患者的综合诊治。同时，同济医院在光谷院区、中法新城院区也组织有专门的救治专家组，经常进行会诊，每天都开展死亡病例讨论，进行 24 小时危重症报告。

患者黄先生感染新型冠状病毒肺炎住进同济医院，接诊时医生发现"肌钙蛋白到达 13 000（pg/mL），高出正常值（≤34.2pg/mL）数百倍！"这意味着他出现了心肌梗死。更糟糕的是，黄先生有着近 10 年的高血压、糖尿病及脑梗死病史，原本就伤痕累累的身体再次经历心梗和新冠肺炎的双重打击，病情危重。

2 月 20 日上午，心内科周宁副教授和汪潞芸医生一道，在三级防护下为患者开展主动脉内球囊反搏治疗。在两位医生的密切配合下，手术顺利，他的血压和循环很快就稳定下来了。最终黄先生的肺功能也逐渐好转，血氧饱和度上升至 98%～100%，心肌损伤标志物肌钙蛋白也稳步下降至 6 700，心脏状况较之前明显好转，给进一步的肺部治疗带来了一线生机。

来自 5 家医院的 18 位麻醉医生在光谷院区组成了一支混编的"插管敢死队"，他们要应对来自医院 16 个病区和 1 个 ICU 的急救气管插管任务。紧急的气管插管风险极高，同济医院新冠肺炎病人病情重、体质差，无法耐受长时间缺氧及血压、心率的剧烈波动。所以想要把握这些病人的插管指征，顺利完成插管任务，只有统一标准才行。华山医院医疗队、青岛医疗队、同济队的麻醉医生，拿出此次疫情救治任务中可执行的"麻醉医生共识"。因为气溶胶扩散会导致病毒传播，而当麻醉医生在病人口鼻附近进行近距离操作时，呼吸道会喷射出大量的病毒气溶胶，其风险可想而知。"我们不上，谁来上？"这就是小分队队员们所想的。

麻醉科支部书记万里教授介绍，通过统一的标准流程，30天的时间里小分队已成功完成近200例气管插管操作，成功率100%，为病人争取到更多的时间和更大的希望。其中，年龄最大的病人是一位85岁的老人，合并有高血压、冠心病等多种基础疾病，麻醉医生在插管过程中熟练应用多种血管活性药物，在顺利完成气管插管的同时，保证了在整个过程中病人生命体征的平稳。

74岁的王奶奶于1月底开始发烧、胸闷、咳嗽、气喘，经确诊感染了新型冠状病毒肺炎，2月11日，因病情加重被转至同济医院。

"炎症因子是正常值的10倍，极有可能出现炎症风暴。"王奶奶入院时神志模糊，在面罩给氧的情况下，血氧饱和度只能维持在95%以下，存在严重的呼吸衰竭。同时，接诊医生发现王奶奶还合并有多年的慢性肾功能不全，这无疑是雪上加霜。

同济医院肾内科主任徐钢教授立即带领"护肾队"对王奶奶进行会诊，新冠肺炎患者由于病毒感染导致机体释放大量的炎症因子，炎症因子会损伤心脏、肝脏、肺部、肾脏等多器官，严重者可能引起急性多器官脏器的衰竭甚至死亡。利用血液净化技术清除炎症因子阻断炎性风暴，对患者的各器官提供支持治疗，避免重症转化为危重症，将为患者的后续治疗赢得时间，有效提高救治率。

2月15日，"护肾队"为王奶奶进行了血液净化治疗，之后几天又连续进行了多次治疗，目前王奶奶的肺功能、肾功能逐渐好转，血氧饱和度上升至98%~100%，体内的炎症因子也基本恢复至正常值。

每天"护肾队"的医生会通过监测炎症指标对各病区患者进行筛查，一旦发现患者炎症因子值增高，达到预警值，就主动与各医疗队医生对接，对预测有可能出现炎症风暴的患者制定血液净化方案，避免后续心脏、肺部产生不可逆转的损伤。

中药特殊治疗团队与支援医疗队中的中医团队联合，制定了《同济医院关于新冠肺炎治疗中成药推荐意见》以及中药免煎套餐，在救治过程中积极发挥中医药作用。这些小分队集中了优势医疗力量，重点解决单个支援医疗队力量薄弱的问题，以实现医疗质量同质化，是提高新冠肺炎的治愈率，降低死亡率的一个重要举措。

十指成拳，2月28日，同济医院一位危重症新冠肺炎患者成功脱离呼吸机、ECMO体外心肺支持，恢复自主呼吸。正是通过MDT多学科合作，大家共同筑起了救治新冠肺炎的最后一道防线。

患者的康复需要密切的医护配合。医院护理部通过构建联合护理部管理体系、提供同质化的整体护理，践行可视化、标准化护理质量管理、开展多学科协作，提高危重症护理质量，打造有温度的护理。现已形成了全国护理共识，拟定基础护理指标15个，专科护理指标7个，制定专业操作标准10余种，如ECMO术前准备核查清单、俯卧位机械通气流程并创新"糖果翻身法"、鼻肠管床边置入流程、肺康复护理计划清单、住院病人营养筛查表等，为病人提供高质量专业照护。

国务院应对新冠肺炎联防指挥部医疗救治组还下文专题推广同济医院重症患者救治管理经验。

全国人大常委会副委员长、原卫生部部长陈竺得知该消息后，专门发来短信，对同济医院的工作给予了高度评价："你们所在做的必将开创人类医学史尤其是重症医学史的奇迹。"

战争是需要讲究战术的。同济医院在与疫情作战的战术上，注重科学防护，精准施治。医院高度重视院感管控，建立定期的防护系统。对医护人员进入病房进行全程监控，由院感部门对各科室进行监控，对于医院内的污染情况进行有效控制，通过培训、宣教，普及防护知识。严格院感控制，起到了很重要的作用，也增强了广大医护人员的信心。来同济医院支援的35支医疗队4000多名医护人员一个多月来没有出现一例感染病例，这说明同济医院的院感管控是扎实的。

同时，同济医院特别重视保障医护人员的心理健康。院方发放了心理调查问卷，5000多位医护人员填写了答卷。通过对答卷进行数学分析，结果发现，工作10年以上的女性医护人员，有的是双胞胎的母亲，有的是父母或亲人感染新冠肺炎，这部分医护人员发生心理应激反应的约占20%；另有10%~15%的人表现出心理焦虑；而对医院党委、科室的关怀表示满意的则占90%以上，对医院的消毒防护措施表示放心的占80%以上，对排班轮值满意的占80%以上……医院用数学模型进行了分析，通过领导鼓励、党员挂帅、合理排班、做好防护和后勤保障，安排好医护人员的宾馆住宿和饮食休息等，能够对消解医护人员的焦虑和应激反应起到很好的作用。这方面的研究成果已经形成了专门的论文，在杂志上发表，受到世界卫生组织专家的高度肯定。

同济医院还通过缩短工作时间，加强防护，切实保障医护人员的健康。同时重视解决医护人员的后顾之忧，包括给各家发放捐赠品等。医院党委的关怀使大家能够保持身心健康，精神面貌越来越好。

在与疫情艰苦的较量中，同济医院因为每个点都踩准了，都打足了提前量，做到了科学管理，同心赴救，从而使医院的运行相当高效，甚至创造了一些奇迹，譬如一天收治400多例重症患者。有一个晚上，有150多例重症患者同时转移到中法新城院区，要逐一完成分诊，把病人分到不同的病房，而且没有出现一点纰漏，这是非常难的。然而同济医院的白衣战士们做到了。

抗击新冠肺炎疫情是同济医院当前的第一要务，但是，作为一家综合性医院，同济医院还承担着治疗其他危重疾病的重任。在主院区集中对包括恶性肿瘤、心梗、脑梗等危急重症患者进行治疗，医院领导一直想恢复主院区的非新冠病人门诊，但是总是不断有复诊的发热病人。同时，还有许多急诊患者需救治，包括住院、手术治疗，这些病人如果和发热门诊混杂在一起，极易发生交叉感染。为了做好其他急症患者的治疗，院方听从抗疫指挥部命令，将主院区的发热门诊关闭，将病人引导至指挥部指定的医院。

同济医院必须承担起在两个战场上同时作战的重任，主院区开放急诊病房,开展手术,拉开第二战线。

原先在同济医院住院的病人,在过年之前已经出院了一批,过年之后留在医院里的病人,因为离汉通道关闭又无法回去。目前共有900多人留在主院区,院方需要照顾好这些住院病人的生活。而那些感染新冠肺炎的病人,分诊到中法新城和光谷两个院区,很多患者都非常惊恐,都没有带洗漱、生活用品,医护人员还要为他们一一准备生活用品,给他们送去温暖,让他们镇静下来专心治病,因此医护人员的工作任务十分繁重。

除此之外,医院还承担着管理武汉市光谷方舱医院任务,委派院长和管理团队,同济医院还向金银潭医院派出了专家组,赵建平教授还担任了湖北省医疗组专家组组长。

同济医院特别注重运用互联网、AI等高科技,在全国率先创立了线上发热门诊和疫情期间常规视频门诊+药品配送。1月24日,同济医院发热门诊在线问诊开通,当日问诊量超1万人次,有效缓解了发热病人蜂拥就医。截至目前,先后为武汉市和湖北全省的8万多人次的发热病人提供了网上问诊,通过这一创新做法,有效地将轻症患者挡在家中,对分流病人、稳定病人及其家属情绪,安定人心,尤其是防止交叉感染发挥了很大的作用。呼吸内科张惠兰教授根据2000例在线咨询,总结了六大常见问题给群众参考,成为通俗易懂的百姓问诊宝典。专家们还自发成立科普专家团,精心编写了12篇科普,图文并茂地进行网络传播,成为普通群众的一颗定心丸。

面对疫情严峻形势和防疫封闭管理要求,慢性病患者等方面患者的医疗需求日益凸显。同济医院再次创新,2月14日率先开通了"居家+网络视频问诊"功能,患者可以线上问诊,通过可视化的视频来进行诊疗,再进行网上配药,快递到家,使患者足不出户即可得到有效的诊治。

现在,同济医院每天还要接诊500多名急诊患者,开展手术和住院治疗。而在这些患者中,有些是以消耗性疾病入院的,这其中也散发有发热和新冠肺炎患者,而有的新冠肺炎患者非常隐蔽,没有症状,因此需要对这些病人在排查区进行系统的排查。为了做好排查，就需要通过测量患者的体温，做必要的CT或者核酸检测，入院伊始都要安排在专科观察区一人住一个单间，经过检测确认没有问题，隔离一段时间后才可以转到其他病房进行治疗。同济医院坚持做到严防死守，不让新冠肺炎在院内发生聚集性感染。

如此严谨求实的作风是同济医院120年的历史和传统造就的。正是由于实施了如此严密的防控，才使得同济医院医护人员的感染病例降低到了较小幅度，在最近一段时间内已经没有新发医护感染病例。

而对于早期由于不了解新冠肺炎传播途径而感染的本院医护人员，同济医院给予了最大的关怀和关爱。一是组织最好的专家团队全力进行抢救，使绝大多数的感染者能够很快康复，或者使病症减轻。同时院方也在考虑对这些被感染的医护人员建立定期检查随访系统，建立长期的身心健康档案，将他们康复以后的健康状况很好地管理起来。

对于感染新冠肺炎的医护人员，院方将本部、国家和社会各方面的捐赠、红十字会给的津贴等都及时送到其手中。而有的医护人员还坚持不要这些津贴和补助。

2月27日，院方专门给医护人员的全体家属去信，对大家的奉献、牺牲和付出表示高度的赞扬，同时送去了院方的温暖和关心。信中写道："这个国家之所以英雄辈出，是因为有一群积极培育、支持英雄的伟大的人民；同济之所以能'与国家同舟，与人民共济'，是因为在任何时候都有一群勇赴国难的同济人以及你们这样的家属！英雄们的伟大成就国家的伟大，你们的伟大成就英雄们的伟大，英雄们是这个春天的象征，你们是这个春天的底色！"

对于医护人员的家属包括其父母和亲人如有感染者，同济医院也都安排在本部就诊。对奋战在一线的3000多名医护人员则注意对他们实行轮班轮休，强制性休息。

医护人员在前线奋战，后勤部门也竭尽全力做好保障。后勤、工会、共青团等组织都充分动员，及时收发各种医疗设备、医护用品和社会各界的捐赠物资。后勤科在改造病房时，为了尽快完工，甚至采用"土法上马"，比如将病房的墙壁凿开，给每个病房安装独立的排风系统。在病房里集中供氧压力不够，稳定性不足，这就需要往病房里送大氧气罐，送进送出都要进行消毒。后勤科安排了专班的人马来运送氧气罐。全院一天就要用掉300多罐氧气。

在诊治过程中，同济医院创造了许多有益的经验和实用的方法。譬如对发热孕妇生产的管理，医院在中法院区临时改造了35个病床，开辟了新生儿和儿童病区，收治了十几位幼儿。其中有的是父母感染，有的是孕妇感染。这些感染者经过治疗没有出现重症病例，感染者的新生儿也没有出现死亡病例。

3月6日，在《明天会更好》的歌声中，由同济医院接管的光谷方舱医院最后21名患者治愈，光谷方舱贴上了封条！同济人带领480名国家医疗队员实现了"患者零死亡、出院零回头、医护零感染"的目标，完成了又一个使命任务。

3月初的武汉，这里的春天静悄悄，正在日夜不休地上演着一场场与死神的争锋战。这里的人民，对于生的渴望永远是坚定执着的，他们对于生活的热爱从来没有因为瘟疫、因为战争而有过丝毫的改变。而同济医院，这座有着120年历史的古老而年轻的医院，在这场与新冠肺炎疫情搏战的过程中，义不容辞，挺身而出，义薄云天，自觉担负起自己的职责和使命，很好地践行了"与国家同舟，与人民共济"的初心。

正是因为有成百上千像同济医院这样的医疗机构的自觉担当，有成千上万的白衣战士在奋勇作战，武汉，这座处于水深火热之中的危城，已经渐渐地看到了曙光，感受到了春天的温暖。

（选自《中国作家·纪实版》2020年第4期）

王 昆

安徽淮北人。2000年入伍,先后服役于某特种部队、步兵旅、警备区、侦察艇大队等,现役于联勤保障部队。在《人民文学》《十月》《青年文学》《解放军文艺》《文学评论》《解放军报》等刊发表各类文学作品百余万字。代表作品有长篇小说《天边的莫云》《终极猎人》《猎人日记》《六号哨位》及中短篇小说集《我的特战往事》《绝非兵家常事》。

火神山第N次破晓

你见过凌晨四点的火神山吗?当沈利透过交通车前方的风挡玻璃,看到远处那片灯火通明的地方——火神山医院时,脑海里不知怎么突然就闪过这样一句话。沈利,一所军队医院的重症监护室主任,身高一米八三,业余称号为灌篮高手。凌晨四点,他将开始与病毒之间的又一场"生死赛跑";凌晨四点,他知道,那也曾是NBA球星科比开始一天奋斗、奔向胜利的时刻。

但此时,交通车还在路上,黑沉沉的夜,仿佛无边无际的浓墨重重地涂抹在天边,虽然小雨渐停,但寒意并未散去。车厢内寥寥几位,都穿着迷彩服军装,路边上站着几位身穿荧光服的工作人员,司机说是傍晚的暴雨把供电系统搞瘫痪了,工人们正在连夜抢修。

交通车由公交公司统一派出。专门服务火神山医院的,有一个固定的班组。司机一边开车,一边放着一组轻音乐曲子,车厢内的人就着黑暗靠在椅背上,在颠簸中不言不语。公路上来来往往的车,许多是往返火神山的,它们或运送病房所需的设备物资,或运送病人所需的食物和用品。这座被封了的城市，充满悲伤，又充满希望。

沈利轮值今天的小夜班，接班时间是凌晨四点多。深夜两点，沈利手机上的闹钟就响了。第一次从火神山医院回来的时候，沈利就测算了时间：从火神山医院抵达酒店需要40分钟。当然，现在的情形，这里24小时不需要考虑塞车。在缓冲隔离区换防护服大约需要半个小时，就算更衣室需要排队，这个提前量也足够了。其实，沈利再晚一会儿起床赶到火神山医院时间完全够用，但他还是习惯着早去一会儿，他想让大夜班的同行们早一点回去休息。

沈利一边穿衣服一边给自己打了一针胸腺五肽。紧张而大体量的劳动，体能会很快透支，胸腺五肽药物可以有效地提高人体疲乏状态下的免疫力。医疗队从单位出发时，院里为每个人都配备了一支胸腺五肽药物以增强体质，沈利一直留着没用，但这几天天气降温幅度太大，还是打了稳妥。大家原本都是互相帮着打针的，但这个时候沈利不想麻烦别人，大家都很累，休息的时间又短，能自己打就自己解决吧。沈利上军医大学第一年时，注射都是基本课，技术还没有忘光，就算执行了一次战时注射吧。

不能吃辣的沈利还是打开了一碗香辣方便面，深夜两点多的武汉，天气还比较冷，火神山医院的缓冲区里设施还没有完善，换衣服时不得不冒着寒冷进行，他需要吃点辣的暖和暖和。

来回接送的公交车一个小时发一次，司机师傅们总是早早就等在了那里，让出了门的医护人员不至于受冻。喝完最后一口方便面汤，沈利背着挎包出了酒店房间。外面下着雨，在大厅里碰到即将与他同行的三名护士。他们四个人是从同一个单位抽组来的，彼此熟悉，但是按照疫情管控规定，四个人在住宿地点不能串门，每个人只能待在自己房间，就连去餐厅领盒饭也是岔开时间各自领取。平时大家基本不会见面，只有在病房里，在全身防护服的保护下，见面机会才会多一些。今天四个人同时轮值一班岗，见到熟悉的人，身在异乡倍感温暖。

负责洗消作业的董红娜曾经参加过抗击非典和赴外维和医疗任务，早就锻造了在特殊情况下应对险情的沉着与冷静。防疫洗消虽然并不直接接触病人，但因为要接触医护人员与确诊病人亲密接触后换下来的防护衣物、器具，同样存在很大的风险。对此，良好的职业经验给了董红娜强大的自信，在她手里的工作可说是万无一失。有这样的洗消人员为一线医护人员的自我防护把守着第一道安全关口，这让同行的医生们非常放心。洗消组的劳动量也是很大的，每一次的值班班组都面对一百人的服务量，强度可想而知。

董红娜的洗消小组共有三个人，除了她之外，还有两名连队战士。洗消组干的是苦活累活，不仅要有技术，还要有体力。当然，这两个得力助手也不是一般人，他们可都是医科学院毕业的"防疫尖兵"。

王巧玲和刘慧是病房护士，在原来单位，她们业务优秀技术精湛。王巧玲有着十二年的护士经历，刘慧也有着二十多年的护理经验。此次抽组到医疗队，她们对完成任务充满了信心。在火神山医院，她们和沈利一样，都要与病人直接面对面打交道。火神山，考验着每一个人，无论病人还是医务工作者。

车子外面的小雨停了又下，下了又停，反反复复。雨水淅淅沥沥，打在车窗玻璃上，也打在车厢内每个人的心头。出了城，有一段路没有路灯，司机师傅说这都是暴雨"搞"出的临时故障，很快就能修好。车子缓缓前行，经过一段积水时，整个车身都在抖动，司机使劲打着方向盘，一阵嘈杂的发动机响后，车子才恢复了正常。

从公交车停靠处走向医院入口的道路上，有一段地面还没来得及完全硬化，军靴踏进黄泥汤里，发出扑哧扑哧的声音。通道口值班的战士来不及敬礼，他们正在协助几名工作人员搬运一批设备，从斜梯向着二楼行进。

火神山医院接收病号的前一天，沈利和同行们去看了现场，尽管还有一些地方有待优化，但设施齐全功能完备的病房设置还是让他大为惊讶，大家都在说这是真正的"中国速度"，果然厉害。

淅淅沥沥的小雨随风飘洒，滴落在苍茫大地上，洗刷着万物，也洗刷着每天的疫情数字。打开手机网页，沈利查看了一下全国新冠肺炎病例实时变化情况，湖北省外的确诊病例数量不断下降，湖北省内的确诊数也在逐渐递减。

一切就是这样，一切都在超出想象中运转。接到组建医疗队通知时，沈利还在家休假，因为在单位他的职务是 ICU 主任，危重病号较多，一般很少在春节休息。在家看电视的时候，火神山医院还在浇灌混凝土，但仅用十天时间，便建成拥有一千张病床的医院，这是让世界惊叹的"中国速度"。当然，和很多人一样，沈利也是来到现场才知道，这座战地医院位于汉阳知音湖畔，只有碧波荡漾，并无青山耸立。人们之所以将之命名"火神山"，是因为楚国人被认为是火神祝融的后代，人的肺部五行属金，火克金，同时毒害人类肺部的新冠病毒据说惧怕高温，火神正好能驱瘟神。

抖了抖衣服上细密的水滴儿，沈利走上台阶，之后来到病区更衣室的门口。在火神山医院，每个病区都有两个更衣室、两个淋浴间，男女专用，这里属于医院的清洁区。从更衣间进入，正中间一条走廊叫内走廊，是医疗上常说的"黄区"，内走廊连着医生和护士工作站，也用来发放病号饭和口服药等。内走廊两侧是病房的后窗，后窗旁边有一个传递窗，传递窗有两道门，护士们先打开一道门将盒饭放进去，病人才能从室内打开另一个门取出来。病房以及病房门前的外走廊属于"红区"，外走廊连着各个病室的门，也属于重污染区域。通常情况下三个病人住在一个房间里，一旦情况发生变化，也有备用的隔离病房。

每次值班都要由两个人共同完成，最主要的原因是为了在穿脱防护器具时可以相互帮忙，确保防护措施严密细致。搭档是随时变换的，首次搭档的小伙子和沈利一样，都来自同样性质的单位。在第一更衣室穿戴完第一套防护措施，进病房前还要在缓冲二区再加一层隔离衣，以及口罩、帽子、防护面屏和靴套。他们把每一层都穿得很仔细，系带拉得很紧，对于医生来说，这是最基本的自我防护。

穿上两层防护装具之后，沈利的一只耳朵突然疼痛起来，而且产生轻微的耳鸣。在做了一阵各种呼吸吞咽之后，症状稍缓解了一下。进入污染区需要穿雨靴，除了更好地隔离病毒，由防护服带来的汗水也可以迅速渗透到雨靴里面。相互做完检查之后，沈利和搭档用白板笔在相互胸前写各自的名字——这副穿戴，如果个头一样，一转身就无法辨认了。

负责收拾医疗垃圾的董红娜弯腰探身到垃圾桶里去捡拾一个外包装的拉链头，所有的服装都是新的，包装产生的垃圾也多，清理需要及时、干净、有效、彻底。她们穿着厚厚的防护服，身体一下子臃肿了许多，而原本灵活的手，这个时候也显得特别笨拙。第一、第二更衣室属于进入通道，这里的工作环境相对安全；在另外两个通道上，则要面对刚刚换掉的、可能沾染了大量新冠肺炎病毒的防护器具。

二次使用的器具分别归类后要反复多次洗消，在经过严格多道的消毒程序之后，方能视作重新具备防护病毒的功能。隔离衣和口罩这些一次性消耗品将被小心地放入专用医疗袋，封闭袋口之后还要在捆扎处消毒；专业的人员和车辆会把这些传染源送到另外一个地方，在那里，这些病毒将永远不再翻身。

手机"嘟"地响了一声，董红娜的手机装在最里面的衣服口袋里，因为工作中无法接听和看信息，董红娜下载了"短信听听"软件。信息是父亲发来的，语音播报着一条"战斗指令"："你已进入阵地，应以战士的心态、必胜的信心投入战斗。在战略上藐视敌人，在战术上重视敌人，注意细节，是获全胜的保证。希望你和同事们不怕困难，团结奋斗，平安凯旋。"

父亲年纪大了，不会用微信。知道女儿主动请缨出征武汉的消息后，老人非常自豪，作为一名戎马一生的老军人，他对于女儿的选择极为理解、支持。知道董红娜在执行任务中不便接打电话，父亲从不主动打电话过来，只是想起什么，就会发上一条斗志昂扬的短信。董红娜清楚，父亲的眼睛花得厉害,这条好几十个字的短信,不知道用了多长时间才写成的。

董红娜红着眼睛,在防护面具下,她可以尽情地流泪不用担心被别人看到。确实,自从来到武汉,除了第一天报平安外,她竟然忘了给家里多打几个电话,难怪父亲不怕麻烦、非常郑重地发来那条信息。但是,事实就是这样,到了前线的董红娜,令人焦灼的战情、紧张的状态,让她无暇思忖太多,也没有空闲去思念家人。她所在的防疫洗消组要负责全部四个缓冲间的医疗垃圾,还要把护目镜、防护屏、雨靴、拖鞋等服装鞋具进行分类,有些装箱送去销毁,有些是可二次利用的,要简单处理后送往后方基地。

由于进出人员太多,每次都要回收处理近百人换下来的医疗废品和污染品。这些原本柔弱的护士们,此刻变成了强"劳力",她们全副武装,一刻不停地清理和消毒。她们推着沉重的垃圾车,一包包地装好,再一包包地卸下,然后抬着送到指定地点。柔弱的她们瞬间变得异常坚强。工作中既要防止被感染,还要讲求效率,必须不怕苦不怕累才行。一个班次下来,她们腰酸背痛不说,下班后也只能仰面躺在床上不敢翻身。

病房里的人数和人员变换比较快,为了最大限度地增加救治量,房间病人从最初的一个增加到三个。有些病人出院了,有些病人没能熬得过这一轮病毒疯狂的袭击倒下了,腾出的空位很快就被新转来的病人补入了。这些补入的病人,有些是从方舱医院转来的,也有从隔离酒店送来的,他们中有些症状轻微,有些已经危重。从名单上看,最后收进来的一批病人是昨天上午才来的,从入院到现在还不到二十个小时。这些病人的情况咋样,治愈希望有多大,沈利心里没底。每次来到医院,沈利的心情都格外沉重,但作为一名军人、一名医生,不消说他是知道自己的职责的,他必须全力以赴,他在这里的任务就是与病毒展开一场关乎病人生死的赛跑。

但无论如何,火神山医院仍然想尽一切办法,为病人提供了一个心理温暖的救治氛围。医院为每名被收治的病人都安排了"二对一"接诊入院方式，由一名医生和一名护士全方面摸清病人的现有状况，为此后每一天的变化留下分析对比的准确依据。

走过长长的外走廊通道，沈利走进第一间病房。一个40多岁的中年病人首先吸引了沈利的目光，他正钩着身子在拔自己的氧气面罩。沈利走到跟前，那个病人大汗淋漓，似乎有些不太清醒，但他的声音很暴躁："医生，我长这么大从来没生过病，发烧感冒从不吃药，人家说，这样的体质一旦得病就完蛋了。你看，得上这个肺炎了，横竖是一死，我不用戴着个罩子，我受不了了。"沈利看着他，认真地说："你住到这里，就得配合医生的治疗，现在不是感冒发烧那么简单的事情，你总得为家人着想一下吧。"那个病人索性一躺："没事，我给家里人视频的时候，都给他们交代好后事了，告诉他们不用管我，我浑身都是病毒，死了烧掉就行了。"

正在这时，中年病人的电话响了一下。沈利一瞅，他是正在和家人视频，还没来得及挂掉。病人举了举手机："是我老婆，整天哭哭啼啼的。来来，你是医生，你给她个准信，说说我的病到底会咋样。"沈利说："那好吧，我给大嫂说几句。"

沈利拿着电话来到走廊，视频里是一张泪痕满面的脸。看到是医生的头像，中年病人的爱人不停地哀求："你们救救他吧，尽一切可能地救救他吧！他一辈子从来没住过院，腊月二十八还在工地干活，结果就这样发烧得了病，我们有两个儿子，他要是走了我可咋办啊？"

沈利告诉她说："你们家人必须配合医生一起给他做思想工作，他现在情绪不稳，根本不配合医生的治疗。其实，他的情况并不严重，只要愿意配合医生，会好转的，而且转阴概率非常大。"

挂了电话之后，沈利又回到病房，病人手里正拿着一个苹果，但显然并没有吃的意思。床头放着各种水果和一份饭菜，水果是入院之后为每个病人特别配发的，一只被剥开的橘子吃了一半散落在那里，而专门为病人配送的饭菜他连动也没动。床头的两侧，配备好了输液泵、心电监护仪、供氧设备、空气杀菌装置，房间里还安装着网络和电视。

看到沈利进来，中年病人又问能否让他老婆来一趟医院看望自己。沈利说这绝对不行，病房都是与外面隔离的。病人又说他在住院的前一天晚上，住在另一个小区的大儿子曾回家去看他。但他马上又转换了口气："这个儿子不太孝顺，他穿着防护服来家里看我，站在那里还一个劲哆嗦。我问他怎么回事，他竟然说怕我传染给他。晚饭他也不愿陪我吃，晚上我让他在这陪我别走了，你知道这兔崽子接下来干了啥事，半夜的时候，他趁我睡着竟然跑了。兔崽子，想想都生气。唉，可是我还得想着给他分遗产。"

病人的一番话把沈利弄得哭笑不得。沈利板起脸来批评了他几句，然后开始询问他一天来的身体情况。病人说他除了有些咳嗽，其余的都还好。询问中，沈利得知病人是半个月前被汉口医院收治的，当时的症状是发烧、咳嗽和呼吸急促。在被收治之前的一周时间里，中年病人已经有了轻微寒战和干咳的症状。沈利问他这个情况为什么没有写在既往病历上，病人说那就是一般性感冒，没有必要。

根据转入火神山医院之前的 X 光片判断，病人的双肺已出现斑片状阴影，咽喉测试标本确诊他已经患了新冠肺炎。然而，目前中年病人的症状反应却不严重，仅仅从外表看，和一般性感冒没有大的区别。这种反常的情况，在其他一些新冠肺炎患者身上也同样存在，甚至有的潜伏期长达二十多天。想到这些，沈利觉得这个病人情况比较凶险，提出转入重症监护室加配呼吸机，但病人说他最受不了的就是重症监护室那个气氛和压抑，宁可肺炎而死，也不愿在那里面闷死。看着病人的精神状态还好，沈利对他开玩笑道："你不但患了新冠肺炎，还有幽闭恐惧症呢。"沈利又提出给他进行高流量鼻插管氧疗，这位病人还是不同意。无奈之下，沈利只能先调配一些药物配合治疗：每日两次雾化以补充干扰素，一些抗病毒口服药。针对他的病情，首要任务是防止继发性感染，接下来才能更好地介入治疗。沈利问病人平时有什么不舒服，病人说自己低血糖比较严重，于是沈利又给他补开了一点药，静脉注射葡萄糖，每天两次。

可能说话快了些,护目镜上全是雾气,放缓了语速,雾气也慢慢消散开来。中年病人对沈利说,很多一同在汉口医院治疗的病人都出院了,自己却被转到这里。病人认为这是个不好的预兆,反复问,你说这病有法治吗?沈利说,你不是说一直都在看手机吗?病人说,是看着呢。沈利说,每天都有那么多治愈出院的病例,难道你没看到,你为什么会怀疑无法治疗呢?病人又说,新闻上也说了,到现在没有特效药。

沈利说,对于你来说,现在最有用的"特效药"就是免疫力,估计你在手机上也看到了,很多人宅在家里改善伙食,指标自己就"转阴"了。接着,沈利向病人提出了要求,他说,你的任务就是要配合医生,好好吃饭,保持身体健康状态,用免疫力去配合医生的治疗方案,而我们医生做的工作,就是帮助你把最难过的两个星期"熬过去"。病人一听,慌忙问道:"就是说只能活两个星期吗?"沈利笑笑解释说:"不是只能活两个星期,是说对于得了这个病的人来说,前两个星期是很难熬的,但你的症状明显比其他人要好很多,这很不容易。"病人又叹了口气:"没有特效药出来,我看是活不了了。"

沈利说,如果心情够好,意志力够强,也是可以治愈的,那些不断出院的病人,你难道相信他们都是吃了什么特效药、神仙药吗?病人停顿了一下,不像开始时那样说话了,不过情绪依然低落,低着头说,我怕是见不到我父母了,他们年纪都大,身体也不好。沈利安慰说:"首先你要庆幸,你的父母是安全的,妻子孩子是安全的。你想想他们的期盼,你要自己鼓起信心,七八十岁的老人都能治愈出院,你这身强力壮的怎么会治疗不好呢?"病人又沉默了一下,眼泪从眼角流了出来,他说,这个钢铁一样的房子让他想家,他家里的房子很大,生活过得很幸福。沈利对他说,现在你躺在这里,从一定意义上来说你是幸运的,政府用不可想象的速度在这里建了医院,短期内创造出这么好的条件,解放军和武警部队从很多地方调集顶尖的医疗专家过来,而你被收治到这里,某种程度上就是最大的生命保障。有了这个保障,你很快就能回到自己的家中去。

病人有些怀疑："我还能回家吗？我看那么多人都死了。"沈利说，如果你知道这个病会死人，你就更应该配合医生。病人又说，我觉得自己还没达到去重症监护室的地步。

很多病人都会有这样的感觉，这就是这个肺炎的狡猾之处。但是，即便是感觉很好的病人，病情也会随时恶化，而一旦恶化，极可能会很快进入一种多脏器功能衰竭的状态。从医学角度来说，患者的体内由感染、药物或某些疾病引起的免疫系统过度激活，免疫力大大弱化，形成细胞因子风暴……换种通俗的说法就是，患者体内的免疫系统在杀死病毒的同时，也会杀死大量肺的正常细胞，严重破坏肺的换气功能，也就是X光片上的那片白色，再严重下去就会呼吸衰竭，缺氧死亡。但这种病情的发展不能如实告诉患者本人，严重的心理恐慌可能比病情本身更可怕。

病人说，我不是不相信医生，但我除了有点咳嗽、有点喘不上气来，其他确实感觉很好。沈利说，我已经告诉了你这个病情的严重性，但我也得尊重你的个人意见，你实在不愿转入重症监护室，我也不能强迫你，但是这种病的危险性你也明白，你想通了再喊我。

沈利理解幽闭恐惧症患者的心理感受，一时半会儿也确实不好再多说重症监护室的事，他希望病人会尽快克服这一点，认识到自己病情的严重性，带着治愈的希望，以积极的心态，主动配合医生治疗。

沈利深知，要治好这个中年病人的病，首先就要解决他的心理问题，如果患者一直带着这样悲观的心情，那就很难谈得上什么好的治疗效果。

病人的恐惧心理比较严重，有必要和他进一步沟通。接下来，沈利从肺炎的相关知识讲到一些救治成功的案例，把一些病情十分危重的案例从各个不同角度进行分析，细心地对中年人讲述，让他对比自己做个积极的判断。经过沈利的反复讲解，病人的情绪好了起来，主动提到自己的肠胃不太舒服，想吃点这方面的药。沈利一听，立刻打开对讲机，通知医生值班室下医嘱，让护理人员配些胃肠药物送到病房。

看了看那份丝毫未动的饭菜，沈利对他说，吃饭和吃药同等重要，增强抵抗力和杀灭病毒你一样也不能放松，只要保持好的心情，你相信能行，就一定能很快战胜这个疾病。病人似乎还在回味沈利给他讲述的病理常识和病例分析，又问了几个问题之后，他看起来心理上轻松多了："不怕你笑话，我真怕死，得了这个病之后更怕，但是这会儿好多了，我感觉有希望了，医生你放心，我一定好好配合！"

看到病人的语气和缓，沈利再次建议他转入重症病房加配呼吸机，但病人仍旧不同意，他说现在这样就可以，有个面罩吸氧很舒服，如果氧气量再大些就更好了。沈利用对讲机喊来王巧玲，让她赶紧去护士站为患者调配过来一台高流量湿化氧疗仪，这个仪器一般为重症病人提供的流量最高可达60升，氧浓度可达100%。

病人戴上吸氧机之后，感觉更好了，开着玩笑说，要是天天都能这样吸氧，那啥肺炎也不用怕了。沈利仔细看了看，患者食指上的实时检测仪显示的血氧饱和度此时已经上升到了93%。

内过道的隔离门边站着一个穿蓝色工作服的人员，刘慧觉得那应该是值班的医生。她走上前主动打了个招呼，但是对方没有吱声。刘慧凑上去，把脖子调整到一个位置后才看清楚，原来是隔离门上贴的蓝色"清洁区"标识，她竟然活生生地看成了一个人。

上一班的两个护士累得瘫倒在值班室的椅子上，看着刘慧进来，她们俩没说话。透过护目镜，她们眼睫毛上的汗水依稀可见。穿好隔离衣，戴上护目镜，刘慧把治疗车推起来要进病房的时候，她们才精疲力竭地说："九床、十床的两个老人，生活都无法自理，一个总是掉地上，一个总是蹬被子，你们检查到他们的时候，一定要格外注意一下。"

从外走廊最右侧的病房开始，刘慧忙开了今晚的查房。和她一起搭班的王巧玲则去了病房的另一端，她需要先检查一下各个病房的交换窗上是否还有未领取的病号饭——有些行动不便的，需要等着护士们帮忙取下来。

刘慧和王巧玲到火神山医院半个多月了，今天是第一次搭配值班。王巧玲踏实肯干，工作起来不怕吃苦、敢于拼命，这让刘慧打心眼里佩服。两人一起进入病房区域一号通道换穿防护服时，刘慧的帽子和护目镜衔接不紧密，王巧玲赶忙找来宽胶带帮她粘贴了缝隙。这一细小的举动，让刘慧心里感到一阵温暖。两人在外通道口分手时，王巧玲对刘慧做了个这里医护人员通用的手势：仰角，六十度。

一间病房的门虚掩着，正是九号病人所在的房间。在外通道上推着治疗车的刘慧从眼睛的余光中瞥到一个老人的身影。她警觉地停下了步子，朝里面观察。老人应该是昨晚转送到火神山医院的肺炎患者。刘慧想起昨天下午自己值班时这里还是个年轻人。老人躺在病床上，眼睛一直盯着那小袋正在滴落的透明输液器。刘慧顿了一顿，轻轻走了进去。

老人躺在床上，上身穿着秋衣，下身穿了条短裤，被子已经被踹在了地上，氧气面罩也散落在一旁。此刻，他双眼微闭，眉宇间透露出一股虚弱，头发眉毛和胡子都稀疏斑白了，上下嘴唇微微颤抖着。见此情景，刘慧赶紧上前，把老人的被子捡起来，给他盖好，又帮他翻身舒展，查看他身下的皮肤。这是对生活自理困难的病人必备的检查，对于这样的老人而言，如果长期卧病在床，不及时翻动身体，保持皮肤干爽，就很有可能产生压疮。

老人身下的床单已经湿了，刘慧赶紧替他换上新的床单，替他一点点擦干已湿的皮肤，帮他活动活动身体。老人舒适地呼了一口气，眉宇舒展开来。看着老人的变化，刘慧的心情轻松了许多。

谁知她刚刚直起腰，护目镜内突然涌起的雾气让她无法看清病房里的情形。火神山医院病房内的温度基本都调整在27摄氏度以上，从投入使用那天，这样的病房给了那些在寒夜里转来的患者很多的温暖和安全感。这几批患者都是在黎明时分转到火神山医院的——环境趋于寂静的时候，病人的情绪会相对缓和很多。然而，较高的空间温度给医护人员带来一些行动上的困难。

进到病房外通道之前，刘慧把护目镜和眼镜用碘伏处理了好几遍，但还是起雾。病房内温度太高，被防护服严密包裹的医护人员机体散发的热量在眼镜片上凝聚了无法分散的热量。这样的情形持续时间不长，忙碌中的医护人员很快就有了共通的"秘招"：变换调整上身，在一个合适的仰角上，护目镜里的视线会出现一块比较清晰的"取景框"。

刘慧不停地调整脖子，抬头低头，终于找到一丝"曙光"，在侧脸、仰头大约60度的时候，她看清了老人的表情，老人正诧异地看着她。

午餐和晚餐都放在床头的柜子上，那是护士们习惯摆放的位置。饭盒一动未动，这让刘慧有些警惕。住进来的患者有的情绪比较暴躁，他们的心理承受能力相对有限，本来并不危重的症状在他们那却常常是把死亡挂在嘴边。老人应该是两顿饭没有吃了。

刘慧也是两顿没吃。每次值班，不管医生护士，大多会出现这样的情况。自从来到火神山医院，时间仿佛进入了无限的循环，没有黑夜和白昼的区别，也不知道每天过的是星期几，因为太忙、太累，人们很少有精力去想、去推算。对于她们来说，每天忙完后最奢侈的事就是能躺在床上好好地睡一觉。相比夜班而言，白班的时间更长。对于白班来说，最大的挑战就是连续六个小时的不吃不喝、不能大小便。每次值班，刘慧都会空出两顿饭，以确保生理上完全可控。

刘慧把老人的身体调整到一个舒适的位置，老人耳背有些听不清楚，刘慧大声地和他交流，对他说昨天又出院了好几十个，希望很快轮到他。老人开始很失落，但交流了一会儿，他表示愿意吃饭。老人行动有些不便，努力了几下，想坐起来，刘慧向他比画，示意他不要动，她看到床头的水杯里放着一副假牙，于是小心地拿过来帮老人装到嘴里。

刘慧先是剥开一个橘子，掰成几小瓣儿，接着把橘子瓣轻轻地放进老人的嘴里。老人慢慢地咀嚼起来，有些干瘪的嘴巴吮吸着橘子的汁液。老人的吞咽功能似乎有些障碍，并不能完全把嘴里的橘子肉咽下去，嚼完了以后就要吐出来。刘慧见状，就用手接住老人吐出的橘子肉。

一个橘子喂完，老人的脸色稍有好转。刘慧摸了摸旁边的盒饭，其中一个还是温热的。她打开盒子，试着想让老人吃些米饭和菜，但是没能够成功——老人根本咽不下去。刘慧有些着急，站起来转了一圈，突然想起医院有为吃饭困难的病人准备的鸡蛋羹等流食。刘慧赶紧用对讲机联系内走廊的护士，请他们送一份鸡蛋羹过来。她试着让老人用吸管吮吸，试了几次也不行。刘慧看着老人胳膊上的输液器，灵机一动，拿过一个注射器，一管一管把鸡蛋羹慢慢地打进老人的嘴里。

刘慧耐心地给老人喂饭，同病室的另外一个老大爷一直盯着，那个老大爷的腿脚不好，平时行动比较困难。看到刘慧半跪地上尽心尽力的样子，那个老大爷感叹着说："唉，这个大哥自从昨天进来就不说话，醒着吧还好，一旦睡着了就使劲翻身，好几次摔到床下，上一班的护士累坏了。"

刘慧说，老人年纪大了，如果不是这个病，必须得有家人陪床才行，大家都在一起，同病相怜，看着多帮帮他吧。

那个老大爷说，他每次掉地上把我们也累坏了，我们要去叫值班护士，我们还要帮着护士抬他上床。刘慧笑了笑说，困难时期，大家都互相照应一下，谢谢你们了。老大爷又说，说谢谢就客气了，互相帮助是应该的，这个老哥可能是胃口不好吧，来了一直没吃没喝。

刘慧说，你看这不是吃得挺好挺多的嘛，他可能是身体不舒服，起来比较费劲，又不想麻烦别人，所以就一直没有吃。

老人显然听见了这句话，眼角竟然流出了泪水。

稍微平息了一下，老人很费劲地说，他的身体很不好，家里条件也不好，身上慢性病很多，就算不得这个病，也活不了多久，他不该占着这个床位，想留给年轻的病人，年轻的人健康了，还能给国家做贡献，他已经没有什么用了。

刘慧轻轻拍了拍老人的肩膀，没有说话，也不知道能说什么，此时此刻她什么也说不出来。在这样一个举国困难的特殊时期，无论贵贱高低，每个人都在努力，都在为武汉加油，都在为消灭疾病做斗争，都在做着自己最大的奉献，即便这样一个患了肺炎的老人，也在想着腾出一张病床留给年轻人，留给希望。

戴着三层手套、手指笨拙的刘慧从床头柜的纸巾盒里抽出一张湿巾，轻轻地擦去老人脸上的泪痕。她默默地看着那张饱经沧桑的脸，那如父亲一般淳朴的模样，顷刻间，她的心里也涌动着更多的信心和希望。

一碗鸡蛋羹很快就喂完了，老人感觉好了许多，刘慧也觉得无比欣慰。走出病房，刘慧胸中的憋闷逐渐散去，但老人的话语却萦绕在耳旁，久久不能消散，而她的思绪渐渐地飞动起来，仿佛飘到了千里之外。

每天的战疫播报刘慧都在密切关注，连续多日向好的状态，足以证明举国之力战胜疫情的决心与能力，以这样的决心和能力，还会有什么困难不能克服？还会有什么疾病不能战胜呢？

补充完病号饭，王巧玲要和刘慧一起完成今天值班最重要的工作，测量全病区58名患者的体温、呼吸、脉搏、血氧饱和度，测量完录入PDA。她一直在紧张地忙活，时不时地小跑几步，虽然在这样的环境下，穿着这样的衣服，从自身防护这方面出发，护理人员们做任何工作都应该慢而稳，但是很多活催着，现实的工作量实在不允许那样，衣服可以湿了干、干了湿，但患者的生命在面临着生死考验。

高强度的工作量和停不下来的脚步，半小时之后，王巧玲就什么也看不清了，眼前雾蒙蒙的一片。因为要给病人的手上扎针，再去找那个仰角已经毫无作用，王巧玲急得在窗前来回摇头，但走廊上少许的低温也无法让护目镜上的雾气散去，只有偶然顺着护目镜向下流动的一滴汗水，才能留下"一小绺"清晰的世界。

刘慧说："我今天走得慢、护目镜的雾气稍微好一些，我来扎针，你把病人的雾化都检查一下。"王巧玲试着去给患者做雾化，但是当她把病人的治疗执行单拿在手里时，结果仍旧是一个字也看不清。正着急呢，一位在外面打水的年轻患者走了过来："护士，你是不是看不清啊？要我帮忙吗？"王巧玲像是一下子找到了救星，赶忙说："好，你帮我念下床号、姓名吧，其他的我来做。"

于是，年轻的患者配合着王巧玲，两人一个负责念患者床号、姓名和剂量，一个负责把配药打进雾化器里面。每到一个患者跟前，王巧玲都说："我现在眼睛看不大清楚了，有些模糊，你看着我打药的位置，别打偏了。"病人们都特别理解，也特别配合王巧玲两人。病人们不停地说着感谢的话，王巧玲听了格外开心，笑着说："只要你们都慢慢好起来，我们累也高兴。大家要安心配合治疗，争取早日康复出院。"

刚刚完成三间病房的雾化，楼道内突然响起一阵心电监护仪的报警声。王巧玲循声疾步走进走廊中部的一间病室。病室里，一位即将康复出院的大妈一边刷屏一边喝水，结果一不小心把水杯摔在了心电监护仪上。王巧玲来不及和大妈多说，顺手拿起一卷卫生纸去擦机器上的水渍——现在是非常时期，每一台机器都在日夜发挥作用，监护着病人时刻变化的病情，一旦烧坏了电路，再调配新的机器过来，至少需要好几个小时。低着头，王巧玲却很难找到合适的角度看清眼前的仪器，眼前仿佛一片雾，只能凭着感觉擦拭着机器。大把大把的卫生纸被浸湿，大把大把的卫生纸再盖上来。大妈红着脸有点不好意思，看着王巧玲的面罩下面一缕缕水珠往下流淌，也手忙脚乱地过来帮忙。

还好，机器没有发生故障，试了试，运行正常。"姑娘，你也是军队上派来的吗？"大妈可能觉得不好意思，特意岔开话题，把床头上的一张检测单拿在手里，那是她昨天的核酸检测数据。王巧玲笑着点了点头，她已经好几次和这个大妈打交道了，只是医护人员全部防护严密，大妈根本分不清谁是谁，见过了也记不住。

大妈是位个体户，在当地开了一家旗袍店，她说店里所有的旗袍都是手工缝制，还说等她回去后要给这里的护士们每人定做一套，都是免费的。难得这个大妈有这样的心情，每一名服务的护理人员也都在鼓励她。大妈入院时的症状不算很严重，氧饱和度和身体体征都稳定，唯一不好的就是，大妈老是不停地刷着手机。王巧玲好几次告诉她，这样也是消耗自身能量，希望她克制一下。但是大妈没听进去，拿着手机不停地和客户们视频，和亲朋好友们聊天。

直到一次复查，她肺部开始变白，血氧饱和度也降到80%以下，医生给她下了病危通知，大妈这才害怕起来，能严格遵守护理人员的要求了。大妈从进来开始就胃口很好，她说自己入院之后重了七八斤，回家第一件事就是减肥。

大妈把手里的核酸数据单递到王巧玲的跟前："姑娘，你再看看，我都不敢相信呢。"

王巧玲在交接班的时候，大体知道了她的信息，经过不断的临床治疗，她的病毒核酸抗体已经"转阳为阴"，再过三四天观察期她就要出院了。但即便如此，也千万不可大意，王巧玲委婉而严厉地说了她又在不停刷手机的事，大妈红着脸说："我一定听话，一定听话。"

王巧玲接过检测单，顺便有意鼓励了她一下："这么多病人里面，您是配合护士表现最好的，不仅能够按时休息，而且能够按时吃药吃饭，您的病症已经消除了，但还需要一个最基本的观察。观察期结束，您就可以回去和家人团聚了。"

大妈显得格外高兴，她说："刚开始得病的时候，我觉得天就要塌了，自己肯定活不了了。我有张给孙子考大学时准备的卡，我的孙子才上小学，当时我觉得自己怕是不行了，就提前告诉儿子银行卡的密码。现在病好转了，你看，我这回去还得重新换个密码。"

大妈的话把王巧玲逗乐了："大妈，那钱您就别再要回来了，再重新开始存吧。相信这一劫过去，您会高寿的。"

"唉，高寿不高寿的，这次能从鬼门关出来，还不多亏了你们？要说还是得你们当兵的，关键时候能冲上去，真是不简单！……等我孙子长大了，也让他考个军医大学。你们救了他的奶奶，他也应该学点真本事去救别人！"

听了大妈的感叹，王巧玲的心里久久不能平静。在这座英雄的城市里，她已经好几次被这些平凡的人们深深感动了，现在，这位大妈的感恩之心，又让她想起了一位公交车司机。

那是一次夜班，她在更衣室里耽误了一点时间，等到走出医院大门的时候，已经是十点半多了，当时她还抱有一丝希望：如果十点半的那班车还没走，她就还能坐上车。

接送医护人员的司机师傅都是固定的，他们都是当地人，也是武汉十几万志愿者中的一部分，为了方便联系，每名医护人员都和司机师傅之间留有电话。看着空荡荡的停车场，王巧玲赶紧给司机师傅打去电话："师傅，你已经出发了吗？"师傅说："对呀，出发一会儿了，你刚出来吗？"王巧玲说："对，今天有事，晚了点。"师傅说："我已经走到汉阳大道了，不太好往回返。我给你个电话，你联系一下。对方姓曹，曹师傅能单独送你回去。"王巧玲既惊喜又感谢："谢谢师傅。"

拿到电话号码，王巧玲赶紧联系上了曹师傅："曹师傅吗？你好。我是火神山医院的护士，刚下班，没赶上回宾馆的大巴，现在着急回去，能不能麻烦你过来接我一下？"曹师傅爽快地答应了："没问题，我刚好在这附近，你在医院前面的路口等我。"

没过多久，曹师傅就驾车赶到了。王巧玲赶紧上车，说了声："谢谢，麻烦你专门过来接我。"曹师傅说："没事，我们更应该谢谢你们。我也有父母，有家人，你们大老远离开父母、家人来支援我们，完全不顾个人的安危，我们这些健康的武汉人也要像你们一样全力以赴，共渡难关。"

曹师傅乐观健谈，一边开车一边说："为了方便你们医护人员下班回去，我们这些志愿者，自发地在多家医院附近接送医护人员，今天我就负责火神山医院这片儿。"这让王巧玲有些震惊，本以为自己今天幸运才坐上了车，没想到曹师傅他们竟是有计划的行动。曹师傅还告诉王巧玲，他们虽然是自发的，但和医护人员一样，有群体、有组织、有纪律。王巧玲问他大约有哪些人？曹师傅自豪地说，我们人很多，有政府公务员、农民工，有出租车司机、企业员工，有酒店的老板等等，每个人都在尽一己所能，积极为早日战胜这次疫情做贡献。

是的，来到火神山医院不久，王巧玲就听说了这个英雄城市的很多故事：酒店老板免费给医护人员提供住宿；出租车司机免费给医护人员保障出行；公务人员下潜社区加强人员管控；没有职能便利的各类志愿者纷纷走出家门，有的走入社区管控人员流动，有的走向路口给过往人员测量体温，有的开着私家车送米送菜送药……千千万万个志愿者经过政府批准后走向了战疫岗位。在这个最需要各方力量支援的时候，面对肆虐的病毒，他们无畏无惧，以特有的江城人的方式走上了战疫一线。他们有的一干就是一天，回到家抓紧时间休息，第二天继续工作。他们毫无怨言，在灾难面前，他们不曾屈服，不曾放弃，他们是这乍暖还寒的春日里最美的风景。

那天晚上，车子到达酒店时，王巧玲眼角的泪还没有干。下车时，为了避免来回地推让，她把钱悄悄地塞在了座椅下边。

……

走廊上传来了又一间病房里的呼叫铃声，在穿过内通道时，王巧玲抬起六十度的仰角向外看了看：窗外是一片高楼，楼层间一片灯火闪烁，因为执行自我隔离措施，可能这些人的睡眠也颠倒了吧，或许他们打开窗亮着灯，想给火神山的人们心里点一片光明，告诉他们振作精神，一个温暖的家在等着他们。

正在忙碌的沈利听到了王巧玲在对讲机里的呼叫，说是一号病房的病人喘不过气来，要见医生。一号病房的病人就是刚刚第一个查房碰到的那个中年患者，想到此，沈利忙完眼前的病人之后，转身向着外走廊的一端快步走去。

患者刚才去了厕所，大便的时间长了些，正是这段无法吸氧的时间导致了他的肌体迅速缺氧。情况危急，沈利用对讲机联系重症监护室的值班医生，又用对讲机通知值班搭档尽快将这位中年患者的病历整理好。

重症监护室的值班医护人员二十四小时处于高度戒备之中，一听对讲机里呼叫准备接收病人，他们立即就做好了准备。救护车迅即抵达病区病人通道门口，担架人员很快将中年患者放入救护车。

中年患者被抬到了一个早就收拾好的监护床上，这个监护床上的原先病人积极配合医护人员治疗，病情好转，昨天已经转入普通病房。

护士们熟练地给病人建立静脉通路，连接心电监护仪等设备。"嘟——嘟——"监护仪等仪器的响声接连响起，掩盖了耳朵的嗡鸣声和心跳的声音，一股压抑感迅速充斥沈利全身，他不觉地加快了动作。

重症监护室医护人员迅速采集患者的静脉血、动脉血和鼻咽拭子，沈利查看着患者的生命体征，监护仪上显示，病人体温38.8摄氏度，心率每分钟130次，血压高低压分别为140和90，呼吸每分钟24次，指脉氧饱和度百分之七十。管床医生详细地询问患者的既往病情，这个时候，沈利的搭档送来了病人的医疗及护理文书。大家开始研判病情。

新冠肺炎是新发病，在临床上，它的很多特征并没有被人们完全掌握。最新的科研结果表明，新冠肺炎是一个自限性疾病，经过一个阶段，病人的病情可能会有所好转，其肺部功能会自我逐渐修复，身体也会慢慢康复。对于重症监护室的病人来说，最可怕的情形就是熬不过这个时期。而对于医护人员来说，抢救新冠肺炎重症患者的关键，也在于如何帮助患者平安度过这一危险期，这就像是人类和死神之间的一场"拔河赛"，病人就是那条"绳子"，坚持着挺过了这个阶段，重症病人就有可能转危为安。

"嘟——"突然响起的长鸣声，引起了所有人的注意，病人的呼吸、心跳突然停止。沈利一下从半蹲的状态站了起来，管床医生迅速对病人执行胸外按压，并连声说道："肾上腺素一毫克静推，上球囊，联系气管插管，准备呼吸机！"一连串的抢救指令下达，大家忙而不乱、分工明确、迅速执行。

沈利走到床头，压额举颌开放气道，检查气道畅通后用"EC手法"固定面罩，行球囊辅助通气，以保证病人呼吸。一名护士推来抢救车，根据医生口头医嘱推注抢救药，并记录抢救时间和措施；另一名护士迅速连接起了呼吸机管路,开机检查呼吸机性能。

很快,气管插管也送到了,负责插管的护士技术熟练,几乎是一次性插管到位。重症监护室的管床医生指着那位护士对沈利说:"这是我们的插管敢死队员。"

插管成功,呼吸机开始带动病人呼吸,但病人心跳却迟迟没有恢复。为了保证按压效果,大家轮流进行胸外按压。抢救不到五分钟时间,病人心电监护仪上出现了室颤波形,大家立即停下按压。这时,管床医生接过准备好的除颤仪电极板,对病人进行电除颤,随着"放电"的指令,监护仪上终于出现规律的波形,病人的心跳终于恢复了。

大家高悬的心放下了一半,但是抢救工作还没有完全结束。病人的血压太低,需要快速补液并使用去甲肾上腺素维持循环。前期建立的外周静脉通路由于血管较细,难以满足治疗需要,所以管床医生行锁骨下静脉置管,护士按照医嘱配置了药剂并安装在微量泵上,使药物的输注更加精准。看着病人的血压在药物的作用下逐渐回升,大家这才松了一口气。

这场紧急抢救持续 20 分钟,患者的生命体征明显好转,呼吸机支持情况下心率恢复 110 次,氧饱和度 99%,呼吸 24 次。"战斗"结束了,几乎每个人都累得筋疲力尽,沈利的衣服早已经湿透了,胳膊和背部由于长时间的胸外按压而酸痛不止。在走回自己负责的病区的路上,沈利长长地舒了一口气,虽然有着十几年的重症工作经历,见多了生离死别的场景,但是每每到这个时刻,他还是会惊出一身冷汗,生怕一条生命就此消失。

火神山医院里的救治,与新冠肺炎的斗争,还将持续很长一段时间。繁忙的工作并不可怕,但病人的抢救总是来得那么突然。这里是与死神搏斗的地方,这里的战斗惊心动魄,异常激烈。防护服的内外是两个不同的世界,生命在这里得到尊重,获到极高的礼遇,但同时也招致无情的损害和摧残。每每在夜深人静的时候,每当在进入梦乡以后,沈利总会梦到白天工作的场景,梦见自己在和死神争抢这一个个鲜活的生命。

所有的病房单元走完,通常需要两个小时,这也正好是沈利的值班时间。两个小时的时间，雨靴里的汗水已经有了走在水田里的感觉，护目镜仿佛刚刚洗过，也像早晨出门时被淅淅沥沥的小雨淋过一般。

防护服、隔离衣、头罩、手套和靴套都是一次性的，这些在污染区的废料，董红娜的防护洗消小组很快就会过来以专业手段收集处理；可重复使用的护目镜，则要先浸泡在消毒液里，然后再用专业工具收走。

淋浴房就在更衣室的隔壁，任何一个进入过病房的医护人员，在离开火神山医院之前，都要重点清洗自己的耳朵和口鼻。这是最容易藏匿病菌的地方，必须完全、彻底、一丝不苟地清洗干净。

连续数小时的工作量，身体就像镶嵌到防护服里面，刘慧头重脚轻地向出口通道换衣间走着，一阵阵恶心直顶着喉咙。出口的缓冲区是第三、第四通道，与进入时的程序相反。胃酸直顶着喉咙，刘慧有些无法忍受，旁边正好有一个垃圾桶，她想赶紧打开头罩，但又一想，在重污染区待了五六个小时，这样做实在太危险了，只能一直忍着、憋着。她又往前走了几步，快到换衣间了，恶心的感觉却猛然再次袭上来，她一个没忍住，"哇"的一声吐了出来。

腥臭的黄水顺着口罩向外溢出，憋闷得她无法呼吸；她扶着墙，快步走向换衣间。到了换衣间，就像把蚌壳里的肉硬剥下来一样，她艰难地按照流程脱下防护器材，每一个动作都像卸掉了万钧重负。当刘慧完成最后一个动作取下N95口罩时，她觉得天旋地转起来，而总共近三十次洗手的感觉，一时之间，并未从她的大脑里消失掉。

在虚脱一样的疲惫中，刘慧气喘吁吁地把身体靠在板房的厢板上，一动未动。不知怎的，她突然想家了，想起了自己的女儿。刚才，就在临下班前，一个病人对刘慧说太想孩子了，就打开视频和自己的孩子对话。那个病人还让刘慧看她的孩子。那个小男孩是病人的二胎，今年才四岁。靠着厢板发呆的刘慧，想到自己的女儿正好也是四岁。

医疗队出发前一天，刘慧正在家带女儿看绘本，医院领导也知道她的孩子小，存在困难，只是征询式地问了她的意见。作为军人，必须服从纪律；作为护士，必须上到一线，这不是什么高大上的豪情，刘慧就是这样想的。现在，组织上征询她的意见，那就更没有什么可说的了。

临出发前的那天晚饭，一家人在饭桌前谁都没说话，只有什么还不懂的女儿在房间里拿着玩具熊走来走去。从来都是宠着孙女的婆婆，实在没忍住大声呵斥了一句，被吓坏了的孩子扑到刘慧的怀里。最后婆婆说了一句，孩子在家你放心，一两都不会给你饿瘦了；你自己也要注意安全，早日平安归来。晚饭后，婆婆执意不让刘慧进厨房，那个苍老的身影在厨房里一直忙到很晚。

听到一个新闻说有护士感染了，她家人也遭不幸，刘慧忍不住流下了泪水。前两天，医疗队驻地来了几个记者，队长问她愿不愿意接受采访，刘慧拒绝了。而今，在火神山医院，每天面对这么多忙不过来的活儿，她更不想说话了。想想那个病人、那个病人可爱的男孩子，想想自己的女儿，刘慧只想干好自己的本职工作，希望用自己加倍的努力减少病人的痛苦，用自己的汗水向病人传递更多的信心和希望。除此之外，华丽漂亮的话语，对她而言，她不想说，也不需要。此刻，刘慧清楚地知道，自己需要的是休息，需要的是休整恢复后更加有效地工作！

手机上显示有两个未接来电，是老公昨晚十一点多打给王巧玲的。昨天是儿子的生日，中午的时候王巧玲和儿子在电话里约定好，晚上九点钟两人准时通话视频。没想到，昨晚理论知识考核，王巧玲参加考核，无法脱身，就把与儿子通话的事耽误了。想着和儿子通话时自己的保证，王巧玲心里很愧疚。

来到武汉之后，火神山医院的医护人员很是忙碌，工作量很大。与此同时，医疗队对每名人员的自我防护培训更是抓得紧。在这里，作为医护人员，王巧玲每天都要面对许多病人，而他们中大多是新冠肺炎患者。环境凶险，稍有不慎便会感染，医护人员必须细而又细，慎而又慎。一旦感染甚或相互传染，那将是无法想象的后果。为了增强医疗队的防护意识和防护技能，卫生部门多次组织专家为全体医护人员分批授课培训，还要组织知识技能的考核。王巧玲是各个方面都表现突出的护理人员，就在前几天，她火线突击入党。

手机屏幕上显示未接电话的绿色灯光闪了又闪，王巧玲不知道该怎么给儿子回复这个事了。也许这个点他们已经起床了，也许儿子苦等了半夜才入睡，这个时候还在梦乡。手机"嘟"了一声，一条信息发了过来："今天你是小夜班，这个点应该下班了。儿子没事，哭了一会儿就睡着了，你放心工作，不用担心。"

坐在椅子上平息了一会儿情绪，王巧玲歉意地回复了一条信息："老公，不好意思，昨晚考核、加班、凌晨值班，现在才刚下班，儿子醒来后，给他解释一下吧。"老公很快回复了过来："你辛苦了，路上别着急，没事，平安是最好的。"放下手机，王巧玲嗓子里好像被一块棉花堵着，她深深地吸了一口气，缓缓地自言自语道："儿子，妈妈以你为骄傲，昨晚没有及时陪你，妈妈向你道歉，以后一定天天都不离开你！"她的声音很小，恐怕只有自己能听到，但她相信，儿子也能知道。

进入淋浴间之前无法漱口，还得再忍一会儿。稍微平静了一下，似乎恢复了一些体力，刘慧半闭着眼打开了水龙头。五十多摄氏度的热水把她烫得清醒了一些，站在那里，她想先这么淋上一会儿再说。雨线直刷刷地打在她的身上，她咬着牙坚持着——必须得用这么高温度的水才能起到消毒的作用。作为医护人员特别是重污染区的工作人员，她们必须先保护好自己，不能出现丝毫闪失，一旦自己倒下了，病人怎么办？

刘慧觉得晕晕沉沉的，她想喊还在外面脱衣服的王巧玲，但是却使不出一点力气。热水还在哗哗地流着，恶心的感觉阵阵泛起。意识有些模糊，就像做梦一样，她觉得正飞离悬崖向下坠，一一闪过的人影有家人有同事有战友有病人。她想靠着墙稳住身体，却顺着墙滑到了地上。淋雨的热水继续浇着她,她挣扎了一下,似乎要起身,但实在毫无力气。她终于支撑不住,倒了下来。

"刘慧,刘慧!董护士长,快来人呀,刘慧护士长晕倒了!"刚刚走进淋浴间的王巧玲一眼看见倒在地上的刘慧。好在王巧玲个子高大,她一边上前把刘慧抱起来,一边往淋浴间门口大声喊人。

正在清洁区工作的董红娜听到喊声迅速跑了过来。董红娜曾经参加过小汤山抗击非典,比较熟悉各种紧急情况下的应对,一听刘慧晕倒了,立即就知道是怎么回事。董红娜从身上掏出一支葡萄糖针剂,用水使劲冲了冲,递给王巧玲说:"快,打开给她灌到嘴里,低血糖!"

按照程序,沈利的最后一项工作就是做医嘱补充。今天是个不同寻常的日子,病区有14名新型肺炎患者会在这一天痊愈出院。作为值班医生,他必须在值班结束时做好病人出院前的各项准备工作。对讲机在嘟嘟响着,沈利忙不迭地接起来。就在这时,缓冲区的医生办公室紧急通知他,由于病区电脑办公系统出了问题,为14名出院患者准备一周用量的中药汤剂还没有联系好。

中药汤剂是出院病人回家自我隔离时必须服用的药品,绝不能有任何耽搁!沈利马上电话联系了中药房的李医生,在他的帮助下,以最快的速度将这98服中药汤剂领回科里,并分发到14位出院患者手中。随后,沈利将这14名出院患者集中到一起,协助护士为他们每个人及其要带离医院的每一件物品进行彻底喷洒消毒,以防病毒再次蔓延扩散。

当沈利准备带着他们离开病区时,两名患者突然叫住了他。他们把一张感谢信交到他手中:"医生,这是我俩代表大家给你们白衣天使写的几句心里话,谢谢你们这段时间的精准治疗和精心护理,让我们能在这么短的时间就康复出院。虽然我们看不清你们的容貌,但你们一定是最美的人。我们14个人也想和你们这些白衣天使合个影,留个纪念,希望能够答应。最后,祝愿你们一切顺利,平安健康!"

大家自觉地排成两列,不约而同地举起了拳头,在镜头前齐声喊道:"武汉加油!中国加油!"

离开的时间到了,沈利准时把这 14 名出院患者带到了医院大门口并顺利完成了交接。他们没有相互握手,没有相互拥抱,只有隔空挥手、握拳、竖起拇指相互道别,相互鼓励!

看着他们一个个登上专车,沈利心中有种说不出的轻松与欣慰。这时,对讲机里再次响起急促的声音:"值班医生,值班医生,接到医院通知,病区即将接收从外院转来的 18 名新冠肺炎患者,请做好收治准备。"

这场战疫仍在继续,也许面对的挑战会更加严峻,但打赢这场没有硝烟的战争,沈利有了更充分的自信。

雪花还在飞舞着,但明显没了之前的力气,似乎今天的表演已接近尾声。和下一个班次的同行们交接完毕后,沈利站在二楼通道沉思了很久。他故意让雪花飘在脸上,他需要这份凉爽,防护服里憋闷的雾气和那些病人眼里的泪水,像挥之不去的幻觉,反复出现在他的眼前。

雪花积聚着,打湿了他的头发,打湿了扣得松散的领口,沈利不禁打了一个寒战。看来回去之后又要把电热毯开到最大挡烘一下了,这是沈利预防伤风感冒的土办法。

站台上的公交车早已在那里等候着,每一名轮值的司机师傅都兢兢业业,怀着一种敬意接送着来往火神山医院的医生们。这些勤勤勉勉的工作者,不但为火神山医院的医生们提供了诸多的便利和帮助,也和医护人员一样,给抗疫中的武汉增添了更多的希望和动力。沈利打着手势向着司机报以微笑。机车轰鸣起来,车辆开始向酒店方向驶去。在家休息的战友们或许已经为他打好了饭菜,细心的女同志还自备了小锅,在这个充满寒意的早晨,一定会有温热的饭菜。

刘慧走到车子的最后面,往后面一靠,感觉身上再也没有力气了。坐在她旁边的王巧玲在包里翻了翻,发现一个昨天储备的橙子。王巧玲剥了皮递给刘慧:"你先垫垫吧,肚子里一直空着,这哪行?"

来到武汉的这些日子,饭菜没有问题,后勤保障人员想得非常周到。有两个过生日的战友虽然无法吃到蛋糕,无法进行聚餐,后勤人员仍然按照连队那样的方式,为两位战友每人准备了一碗鸡蛋面条。因为离汉通道关闭带来的不便,新鲜水果还是有些缺乏。医疗队有两个小护士傍晚偷着出去到外面买苹果,被发现后写了深刻的检查——按照医疗队明确规定,特殊时期、特殊环境,又在疫情如此严重的武汉,这样做是绝对不允许的,对自己、对战友都不负责任。但队员们普遍有了口腔溃疡,的确也需要补充一些营养,对于一些天天离不开新鲜水果、常常想念大苹果大樱桃的女孩子来说,嘴馋是难免的。

车子在摇摇晃晃的节奏中行驶着,车厢里突然响起了《希望》的歌声,不知是谁起了个头,和音很快升了起来:

> 看天空　飘的云　还有梦
> 看生命　回家路　路程漫漫
> 看明天的岁月　越走越远
> 远方的　回忆的　你的微笑
> 天黑路茫茫
> 心中的彷徨
> 没有云的方向
> 希望的翅膀
> 一天终展开
> 飞向天上

歌声停了,很久没有人说话,有人在翻看着手机,王巧玲在想着临别时老公亲自下厨做的饭菜,而刘慧则在想着女儿的模样。

"你们想家吗?想孩子了吧?"董红娜问大家。她的儿子已经当兵了,她说自己是个毫无牵挂的人。但是，就在刚才的歌声中，她给父亲回复着短信："爸爸，因为您，我才当了兵。小时候不懂事总怪您忙，可现在我懂了，深知军人的使命大于天，您用一言一行立起了我学习的榜样，长大后我就成了你。您的每一次出征、获得的每一项荣誉，现在都成为激励我不断前行的动力，我为您骄傲！"

歌声又响起来了，无论是哪首歌，大家总是一起合唱，从《你在他乡还好吗？》到《渴望》，大家一首接着一首地唱。声音渐渐从低吟转向高扬，声音带着哽咽，有的战友一边唱一边泪水满脸，也许是歌词的内容打动了歌者，也许是此时此刻的情景契合了歌词本身的意境。

坐在副驾驶上的董红娜悄悄对司机师傅说，师傅，尽量开慢点。正在聚精会神开车的司机师傅马上明白了过来，他松了松脚下的油门，这些处于一线神经高度紧张的工作人员，需要这样的放松。

某个座位上响起了抽泣声。司机师傅的油门已经松到底了，车子悄无声息地停了下来。谁也没有要求车子继续开动，大家尽情地歌唱，尽情地流泪，尽情地放松，因为从下一个班次起，一切都要恢复到原来的样子。

车子终于又缓缓启动了，大家相互靠在一起，唱得累了，声音也小了。歌声中的沈利迷迷糊糊睡了过去。睡梦里，火神山变成一座炊烟袅袅的山村，山村一片翠绿，在云雾里斑驳璀璨，就像云雾里猛然亮起来的灯光。那不就是出发时看到的灯火吗？

沈利从刹车震动中醒来，雪花已经停了，空气中朦胧的暖意，充满了城市的每一个角落。清晨的太阳已经完全升起，明亮的光线正透过这座城市四散开来。

（选自《解放军文艺》2020年第4期，有改动）

张培忠

广东饶平人，1965年生。中国作家协会会员，广东省作家协会党组书记、专职副主席，发表文学作品150多万字，著有长篇传记文学《文妖与先知：张竞生传》、长篇纪实文学《海权战略：郑芝龙、郑成功海商集团纪事》等，曾获第八届广东省鲁迅文学艺术奖、第九届广东省精神文明建设"五个一工程"优秀作品奖。

许　锋

甘肃兰州人，1971年生。中国作家协会会员，广州市黄埔区文联副主席。著有《李章达评传》《陈启沅评传》《诗经趣语》等17部作品。曾获孙犁散文奖、梁斌小说奖、广州文艺奖等。

千里驰援

> 岂曰无衣，与子同袍。从除夕至3月初，广东先后派出24批医疗队、2461名医务工作者入荆楚大地，驰援湖北。他们与湖北以及全国的医务工作者一起，英勇奋战在抗击新冠肺炎疫情的最前线，谱写了一曲白衣战士与时间赛跑、同病魔较量的英雄壮歌。
>
> ——题　记

一

2020年1月18日，傍晚。广州南站。过节归乡的人潮已然涌来。

一位老人和助手来到售票大厅。

从老人矫健的身形和匆匆的步履，看不出，他已有84岁高龄。这个年纪，又逢岁尾年初，一般是不出行的。显然，老人是遇到了"特殊的情况"，或者——"天大的事情"。

只是，车票已售空。

十万火急。不得已，老人想办法才搞到两张车票。

是17时45分的动车，目的地：武汉。车上没有座位，车长把老人和助手安排在餐车就座。

老人和助手吃了盒饭，然后，开始工作。先看材料，又不断打电话，连续打了十几个电话。21时许，累极了，老人仰靠椅背，闭目小憩，没摘眼镜，眉头紧锁。

他面色憔悴，脸有倦容。前一天，在深圳忙。这天上午，讨论一个重症病人的病情；中午没休息；下午，在省里开会；会议结束后，直接来到车站。

老人只休息了10分钟，然后，又是看材料，打电话。

23时，列车抵达武汉。

次日9时，老人在武汉会议中心参加高级别专家组会议；会后，去金银潭医院；之后，去武汉市疾控中心。下午，参加会议；18时许，飞往北京；22时许，参加会议，直至深夜。

1月20日，16时许，老人出席新闻发布会。人们知道了，这位老人就是钟南山，中国工程院院士、国家卫健委高级别专家组组长。

面对来势汹汹的新冠肺炎疫情，钟南山表示，肯定有人传人现象，已经有医务人员被感染，"这是我们应该提高警惕的时候""没有特殊的情况不要去武汉"。

二

除夕，万家团圆之日。再忙，这一天人们都会回家。

孰料，在新年的钟声即将敲响之际，武汉新冠肺炎疫情告急。全国各地驰援武汉的医疗队伍纷纷启程。

临近午夜，一架货舱满载医疗物资的南方航空公司航班，停在广州白云国际机场。

133 名队员迎风而立。这是广东派出的第一批支援武汉的医疗队——

谢佳星，准备驾车回潮汕过年，果断放弃；谢国波，妻子怀孕 4 个月，接到任务没有一丝犹豫；陈丽芳，两个孩子，婆婆身体不好，孩子和老人都需要人照顾；彭红，远在湖南的父母盼女儿归来，她不敢说自己要去武汉；王凯，正在安徽老家陪伴父母，当即启程返粤；梁玉婵，取消了 2 月 2 日领取结婚证的计划……

不管有多少困难，这些医务工作者都咬紧牙关，义无反顾地踏上征程。

英雄不问出处。但此时，英雄的出处不能省略：广东省人民医院、广东省第二人民医院、中山大学附属第一医院、中山大学孙逸仙纪念医院、中山大学附属第三医院、南方医科大学南方医院、南方医科大学珠江医院、暨南大学附属第一医院、广州医科大学附属第一医院。均为三级甲等综合医院。

而且，医疗队成员全部来自呼吸科、感染性疾病专科、医院感染管理科、重症医学科、检验科。其中，多人参加过 2003 年非典救治。

团圆夜亦是出征时。羊城的除夕夜灯火辉煌，队员们有不舍，有牵挂，但更多的是信念——抗击病魔、安全归来！

深夜 1 点 45 分，航班抵达武汉天河国际机场。此时，已是庚子鼠年大年初一。133 人，走入武汉的浓重夜色中。

三

抵达当日，没睡多久，队员们就开始业务培训。

汉口医院，距离华南海鲜市场只有 4 千米。广东医疗队接手原呼吸科病区时，住院患者 70 人，其中病危 3 人、病重 52 人。

这是一家以康复医疗为主的二甲医院，本来不具备收治危重患者的条件。甚至，更衣间连灯都没有。

医疗队员们来到这里后，立即着手改善环境。手消毒，戴防护帽，戴口罩，穿防护服，戴手套，戴面罩，套鞋套……包住每一寸裸露的肌肤。

然后是当清洁工、垃圾搬运工。杂物、医疗垃圾、生活垃圾……无不潜藏病毒，每一次近距离接触，都危险重重。

接着是划分病区。将内科二楼通往原医生值班区的通道堵住，隔出清洁区、半污染区和污染区。各区之间，以木板相隔；木板与木板之间，用透明胶封住。

隔离门需要更换。使用下压式门把手，一摁，门开，仅一个指头接触。

尽管需要着手的工作还有很多，但是，渐渐地，已从无序变为有序，从忙乱变为稳定。然后，继续收治病人、分类隔离。

医疗队员们分批进入病区。133 人，夜以继日，与患者一起，同病魔做斗争。

邓医宇，广东省人民医院急危重症医学部主任医师，医院赴武汉医疗队队长、临时党支部书记。党支部成立后，他组织召开临床医疗会议，梳理出"汉口呼六各班职责"（呼六：指呼吸科六个班），保障医疗有章有序开展。

周宇麒，中山大学附属第三医院呼吸内科副主任医师，医院支援武汉医疗队队长，在治疗急危重肺炎患者外，重拾多年前"开医嘱""书写病程记录""抢救记录"等基础工作。

王吉文，中山大学孙逸仙纪念医院重症医学科副教授，参加过非典隔离病房管理和一线救治，他鼓励队员："情况紧急，我们要团结一心，拧成一股绳，想办法解决所有问题。"

无特效药。常常需要给患者氧疗。氧，一般都"装"在病床床头，一根管子连着，需要就开。汉口医院也是这样。但病人一多，供氧不够，这时候就需要用上氧气瓶。

用推车推氧气瓶。一个灌满氧的氧气瓶 100 多斤。而且，40 分钟要更换一次，换瓶者常常是身材瘦削的女护士，并且裹着厚厚的防护服，戴着手套、面罩，蹬着脚套，护目镜朦朦胧胧一片水汽——费力程度可想而知。

刚开始换氧气瓶，几个人一起上。光用手不行，还得用扳手。慢了也不行，病人的血氧量会往下掉。人力有限，大家不断总结经验，掌握技巧，很快，两名女护士可以迅速换好，接着，"厉害"一点的女护士，一个人就可以搞定。只是，每次都会汗流浃背，浑身如针刺一样难受。

防护服数量不够。穿上就得管 4~6 个小时，加上交接班，七八个小时也是常事。中间不能脱，更不能上厕所，只能穿纸尿裤。"人生中，第一次穿上成人纸尿裤！""走起路来挺难受。"

夜里，下起霏霏细雨。江城的街上，冷清、寂寥。下夜班的医生、护士结伴而行，有人突然说，今天是大年初二啊！

对他们每个人来说，这都是一个永远难以忘记的春节假期——他们将在"战场"上度过。而且，他们不能退缩，不能胆怯，不能低头。

四

例行查房。中山大学附属第一医院重症医学科主任医师吴健锋带队，逐一查看患者。

及至呼六病房，73 床的那位老人看起来不太对劲——显得格外烦躁，手使劲摁在胸前，面色褐红，嘴唇青紫。

隔着防护面罩，吴健锋扫了一眼监护仪，血氧饱和度为 60%，已是严重缺氧。

吴健锋依据多年的经验初步判断，老人可能突发气胸。

吴健锋环顾四周。他在找超声机。此时，唯有重症超声可视化技术才可诊断出患者是否为气胸。只是，汉口医院隔离病房此前未使用过这项技术，病床边没有超声机。

吴健锋急促地说："立即联系医务科！"

在等待超声机的过程中，有医生给老者加大吸氧浓度，有医生用言语安慰患者，之后，大家一起商讨诊治方案。

约10分钟后，超声机到位。

在吴健锋的指导下，一系列抢救措施有条不紊地进行。

中山一院重症医学科主治医师司向立即对患者进行床边心肺超声检查——发现"肺点"，这是诊断气胸的特异征象，气胸确诊。

司向娴熟地定位：患者右侧胸，第四肋，腋前线。

中山一院重症医学科主治医师易慧将麻醉药喷洒在患者右侧胸，并用手均匀涂抹。

之后，借助超声引导，南方医院呼吸科主治医师肖冠华和易慧给患者行胸腔穿刺置管术。

胸腔穿刺针按照司向的定位准确刺入；针中，"藏"有一根银色的钢制引导丝；然后，针退，引导丝一头"驻留"肺部，一头留在体外；再用扩皮器扩张穿刺部位的皮肤，扩张完毕，胸腔引流管顺引导丝置入。

整个过程，医生与患者需要密切接触，彼此的呼吸，不是近在咫尺，而是近乎微距。

10分钟后，一股气体从管子里"吐出"——患者长换一口气，舒服多了。被引出的气体进入"负压瓶"——足足700毫升。

3分钟后，患者血氧饱和度上升，脸上褐红消退，嘴唇变得红润。终于转危为安。

这是中山大学附属第一医院援助武汉医疗队以重症床旁超声技术抢救突发气胸重症患者的一个成功案例，也是汉口医院第一次开展重症床旁超声技术应用。

老人戴着氧气面罩，虽说不了话，但依然抬起手，竖起大拇指，他在感谢医生的救命之恩。几位医生也纷纷竖起大拇指，为老人的坚强"点赞";此刻,大家已是一身大汗,真想擦一把,但又无处下手。

电话中,司向说,救死扶伤,是我们的天职,成功了,我们感到幸福。

除了这,你知道医生最幸福的时刻是什么?

500毫升,果粒橙。

咕嘟咕嘟,只听电话那头,司向一口气灌了下去。

五

那位阿姨睡得很香。

广东省人民医院护士李婕茹推着治疗车,沿着灯火通明的走廊来到病区,准备为她抽血。李婕茹停好治疗车,走到阿姨身边,轻轻拍了她一下。阿姨醒了。李婕茹透过护目镜,看到她睡眼惺忪,却露出微笑,顿时心里一暖。

阿姨挪了一下身体,腾出一点位置,"我要不要再躺过去一点?我不怕疼的,你扎多少针都可以。"

若在平时,病人这样说,李婕茹会不开心。针针不见血,不就是水平差吗?可是,自己现在穿着厚厚的防护服,戴着码数偏大的乳胶手套,还一双套一双,护目镜上蒙了一层雾气。这身装备,扎辫子都没准,何况是扎针。

李婕茹咬咬牙,拿过止血带,绑在阿姨手腕上。每天抽血,阿姨的手背上到处都是针眼。李婕茹隔着手套,细细摩挲,轻轻弹压,探了一轮,又探一轮,终于在中指和食指间的手背上找到一根弹性还可以的血管。

阿姨还在鼓励她:"阿姨年纪大了,血管不好,没关系的,扎多少针都不怕。"

下针时,李婕茹有点紧张。28岁的年纪,当了5年护士,扎针这个动作早就轻车熟路,可是这时候,她握着针,觉得手有些笨拙,眼睛看不清,整个身体像被箍着,她生怕一针没扎好,还要扎第二针、第三针。她调整一下呼吸，稳住手，凭借经验，一针进去——鲜血冒了出来，流进试管。李婕茹心里很激动。这是她工作5年来，无数次"一针见血"经历中最特别的一次。

"谢谢！"阿姨的眼睛里泛着泪花。"姑娘，你辛苦了，为了我们，你们一夜都没合眼！"阿姨起了起身，半仰着头说。

李婕茹说："阿姨，我们不辛苦。"她知道自己的声音是哽咽的。但是，她不能哭，她还要去下一个病房。

暖心的话，不断地从病人嘴里冒出来，在灯火通明的走廊上萦绕。

一个个护士，推着治疗车，时进，时出，由远及近，由近及远。他们与患者彼此相望，彼此感动。

六

133人，远远不够！

珠江连汉江，壮士再出征。

正月初四晚，来自中山大学附属第一医院、中山大学附属第六医院、广东省妇幼保健院、南方医科大学第三附属医院以及广东各地市医院的147人驰援武汉。

正月十三晚，中山大学附属第一医院、孙逸仙纪念医院262名医护人员，驰援武汉。

正月十四，广东省疾控中心检验队车载生物安全柜、生物废弃物高压系统、全自动核酸提取仪和荧光定量PCR仪，经16个小时长途跋涉，到达武汉，展开检测任务。

正月廿一晚，广东新组建的一批医疗队奔赴荆州。佛山、汕头、东莞、茂名、梅州、揭阳，全省医疗系统总动员……

除了这些团队，亦有人"踽踽独行"。

正月初九，中山大学附属第一医院重症医学科主任管向东教授，作为国家级专家组成员赶赴武汉执行紧急医学救援任务。"生命重于泰山,疫情就是命令。国家有困难,重症医学专家应当迅速响应!"

正月十九中午,广东省人民医院危急重症医学部主任医师蒋文新登上飞机。他奔赴荆州,担任广东省对口支援湖北荆州医疗队技术总指导。蒋文新有关节炎,膝盖疼,一拐一拐进了机舱。他注意到,这是一架客机,但却没有乘客。座位上面、下面,塞着一箱箱口罩、防护服、导尿包……机舱两侧悬挂着十几面五星红旗,在灯光的映照下,传递着温暖。

更有中医的力量。

张忠德,55岁,是当年抗击非典的勇士,当时不幸感染,一度呼吸衰竭写下遗书。除夕夜,他孤身启程。这些天来,作为国家中医药管理局应对新冠肺炎疫情防控工作专家组副组长,他率领67人的广东中医团队与国家中医医疗队合力战疫。

把脉、看舌苔、详细问诊、开药方。疲惫至极,但病房、走廊里飘起的中药味,又让张忠德颇感欣慰。

第一例。女,37岁,全身乏力、咳嗽、气喘,情况严重。她不想喝中药,觉得没啥用,也难喝。医生熬好药,一次一次端给她。后来喝了,"确实好得很快"。出院时,大家送她,她说:"今天是我的生日,也是我的重生日。"

还有一位老年女性患者,起初也抵触中药。结果,喝药后"好像有惊人的效果"。她躺在病床上,冲医生竖起大拇指。

2月18日,国家卫健委、国家中医药管理局印发《新型冠状病毒肺炎诊疗方案(试行第六版)》,中医治疗部分由张忠德参与制订。

七

千里驰援,为武汉胜,为湖北胜,为中国胜。一曲新时代的奉献之歌、英雄之歌正在荆楚大地传唱——广东医疗队2461名队员,与来自全国各地的数万名医务工作者一起，为抗击新冠肺炎疫情并肩作战。

2月14日晚。江城上空，雷声滚滚。

翌日一早，人们推开窗，惊喜地发现，天空中飘着雪花，这是庚子鼠年落到武汉的第一场雪——荆楚大地银装素裹，分外妖娆。

一位武汉市民说，瑞雪兆丰年，我们等待着春暖花开！

（选自《人民日报》2020年03月02日20版）

李 舫

吉林长春人。中国作家协会全国委员会委员,人民日报海外版副总编辑。作品有《纸上乾坤》《在响雷中炸响》《魔鬼的契约》《自在独行》等,主编《见证:改革开放四十年四十人》、"丝绸之路名家精选文库"、《共和国年轮》、"观天下·新世纪散文精品文存"。曾多次获得中国新闻奖,被评为全国三八红旗手。

与你的名字相遇

写给白衣战士

图1 医护人员在隔离服上互相写下名字,方便辨认,并画上简单的图案寄托美好的祝愿(照片来源:新华社)

在突如其来的新冠肺炎疫情肆虐之时,一个又一个白衣战士,一支又一支医务队伍,从温暖、安逸、团聚,从爱人的怀抱里、从幼儿的哭泣里、从父母的叮咛里,毅然决然,走进灾难的中心,走向抗疫的战场,和时间赛跑,同病魔决战,与死神较量。在他们曾经漫长的医学教育中,他们懂得了"敬佑生命、救死扶伤";在他们曾经漫长的医务工作中,他们实践着"甘冒风险、大爱无疆"。而今,在这与时间的赛跑中,他们用自己的言行、用自己的生命,告诉我们——如何做一个高尚的人。他们中一些人的名字，连同他们的英勇事迹经媒体迅速报道，被人民广为传诵；还有更多我们还不知晓的故事，还有更多我们尚未探知的名字，还有更多依然奋战在一线的无名英雄，他们也理应被礼赞，被铭记。

一

这是庚子年的冬春交替，这是庚子年的乍暖还寒。

凛冬仍未过去，残雪和病毒藏匿在阴影里，"立春"的蓬勃朝气和"雨水"的葱茏丰泽却扑面而来。久违的阳光澄澈、明润，倾泻在空旷的街道、空旷的广场、空旷的楼宇、空旷的园林，以及空旷的人间，如同一场魔幻剧，散发着饱经沧桑的痛彻、久经忧患的悲悯。一座城市被按下暂停键，陡然间安静如斯，一个民族擦去悲伤的泪水，同病毒加速竞赛，一个国家在灾难中同舟共济、守望相助。

除夕前夜，关闭离汉通道的号令给人们带来的紧张、焦虑、惊恐，随着时间的流逝似乎渐行渐远。数不清的医务人员、公安民警、人民解放军、社区干部、志愿者……在一线奔波，他们昼夜奋战所流出的泪与汗，滴落在口罩、护目镜、防护服的背后。

这是一双双蔼然忧思的眼睛，这是一张张稚气未脱的脸庞——

一张照片迅速刷屏。1月18日傍晚，84岁的中国工程院院士钟南山一边告诉公众"尽量不要去武汉"，一边自己登上去武汉的高铁。高铁餐车上，钟南山睡着了，疲惫焦虑的双眉依然紧蹙，桌子上是摊开的文件。2003年，非典肆虐，时年67岁的钟南山说："把病情最重的病人送到我们这里来！"17年后，新型冠状病毒肺炎暴发，84岁的钟南山又一次挂帅出征。正是他的一声"人传人"的呐喊，惊醒了中国。

又一张照片迅速刷屏，这是一张对比照：1月24日，除夕，一名身着迷彩服的女兵扭着头、抿着嘴，挽起袖子接受注射；大年初六，口罩和护目镜已在她脸上留下了深深的勒痕。

这名女兵，是陆军军医大学医疗队队员、西南医院肝胆科主管护师刘丽。出发前，刘丽给妈妈打电话说有任务。7天后，她满脸压痕的照片被广泛传播，妈妈才知道，她是到了收治新冠肺炎病人最多的武汉金银潭医院。

这是一个个勇往直前的战士，这是一个个舍生忘死的医者——

"同事们在前线勇往直前，我怎么能当逃兵？"春节前，武汉市中心医院麻醉科护士崔肖回到家乡黑龙江过年。关注着疫情，崔肖的心也不断揪紧："马上飞回武汉，恨不得插上翅膀回去支援。"2月1日，崔肖赶回武汉，立刻回医院报到。每天与病毒和危险相伴，崔肖毫不畏惧：这是我的责任，也是我的义务。

2月18日10时54分，51岁的武昌医院院长刘智明停止了呼吸，一个智慧、明亮的生命从此定格。

改造病区、腾挪病房、运送病人、调配人员、解决物资……他在同时间赛跑，也在同自己的生命赛跑。终于，就在武昌医院大规模收治病人的当天，刘智明自己也躺到了病床上，CT结果显示肺部严重感染，病毒核酸检测确诊为阳性。一起战斗！他向战友们发出邀请。可是，这一次，他没能跑赢死神，化作天空中最亮的一道光。

这是一场没有发令枪的接力赛，这是一场没有硝烟的战争——

朱海秀——22岁的朱海秀，是广州中山三院首批23名支援湖北疫情医疗队员中年龄最小的一位，清秀的眼眸天真无邪。

彭银华——29岁的协和江南医院呼吸与危重症医学科三病区的医生，在武汉市金银潭医院悄悄辞别了人间，此时，他身怀六甲的妻子正等待他回去举行婚礼，谁承想，结婚照变成了遗照。

吴亚玲——母亲猝然离世，吴亚玲躲在员工通道的一个角落，通过视频同母亲诀别，当晚，脱下厚重的防护服，吴亚玲在狭小的宿舍哭了整整一夜。

韩家发、王琼娅——夫妻俩，一个是汉口医院放射科副主任，一个是汉口医院副院长，他们将孩子交给老人，果决地双双奔赴战场。

余平、李叶子——夫妻都在武汉市中心医院急诊科，但是疫情却让他们咫尺天涯。2月14日，余平给妻子准备了一份别样的礼物：科室刚发的防护服和N95口罩。"这个特殊的情人节，我们都要好好的！礼物奉上，请笑纳。"

曹志刚——三峡大学附属仁和医院急诊重症医学科主任。疫情发生后他第一时间投入战斗，成为医院专家救治组成员，从此他的生活里便没有了白天和黑夜。"爸爸，您是我的骄傲！"儿子给他的一封长信，让他双泪长流。

彭渝——陆军军医大学第一附属医院护理处处长、主管护师。她没来得及通知家里，就来到武汉市金银潭医院。几天后，丈夫还是从电视新闻中发现了她的身影。他在给她的信中写道："媳妇，见字如面：太了解你的脾气，又是一次艰巨任务，望规范操作，把握流程细节，切勿粗心莽撞，沉着冷静……你是我妻也是战友，务必牢记初心如磐，使命在肩，盼早日凯旋。"

还有多少在我们眼前飞驰而过的名字？它们像一道道闪电，一声声激雷，在空中高升、炸裂、凝固。谌磊、王强、沈雪、杨波……淳朴的父母用他们朴拙的心写下了对孩子最素朴的祝福。宋彩萍、赵玉英、黄团新……父母将他们美丽的期冀小心翼翼地包裹在孩子的名字里，希望他们有丰富的人生、卓越的建树。郭玮、贾娜，浪漫的父母是一张最动人的调色盘，他们祝福自己的孩子——天匠染玮烨，花腰呈袅娜。付靖、江世娥、余琳欢，父母将怎样宁静古老圆融的理想安置在孩子的名字之中，期盼他们娥媔靡曼、一生靖晏、平安无虞、满目琳琅。张定宇、夏思思，读这饱含忧思和神祇的名字，就知道他们的父母是如何将曾经苦难的中国托付给未来。是的，孩子们没有辜负他们的父母，沧海横流，方显英雄本色。

还有多少我们还不知晓的故事？还有多少我们尚未探知的名字？还有多少被口罩和护目镜遮住的面庞？还有多少累得摊在桌上、椅上、地上的身影？

二

此时此刻，我们用笔、用心写下你的名字，猜测口罩、护目镜、防护服背后的你的模样。很多年前，究竟是什么吸引着你走进医学院的大门？是什么让你选择了一个与灵与肉打交道的职业？从一个怀揣无数问号的学生，成长为一名守护神圣生命的战士，这之间曾经发生过什么？而你，又曾经遭遇过什么？

很多很多时候，我们猜测，你究竟在实验室度过了多少枯燥的时光，在解剖室受过了多少惊吓，在标本室看到了多少被肢解又被浸泡在福尔马林里的器官，在显微镜下观察了多久才知道了细胞与细胞的不同，在自习室默诵了多少遍药物的分子式以及它们的英文、法文、德文、拉丁文名字，你究竟是怀着怎样的勇毅和顽强完成了四年五年乃至八年十年的学业，才成长为一名合格的白衣战士。

当你拿起手术刀走向你的第一个病人，当你拿起注射器走向你的下一个病人，你在想什么？当你完成消毒走到无影灯下，当你完成例行的查房写下长长的病志，你在想什么？当你做完一台手术完成一场抢救，当你看着病人恢复健康走出医院大门，甚至忘记了向你道谢、与你告别，你在想什么？

成长为医者的过程，是漫长的苦行僧的过程，是与遗忘、与懒惰、与颓废、与寂寞，甚至与自己搏斗的过程。你首先要忘记自己，才能完成病人交付一切。你还要习惯于生活里没有自己，才能习惯在每一个静谧的夜晚被急救的电话惊醒，在每一个需要你的时刻放下一切决然返航。

成长为医者的过程，是漫长的远航者的过程，是与暗礁、与风暴、与雷电、与枯寂，甚至与大自然搏斗的过程，你首先要放眼辽阔的远方，才能完成既定的航程。普利策的那句话说的何尝不是你——倘若一个国家是一条航行在大海上的船，那么你就是船头的瞭望者，在一望无际的海面上观察一切，审视海上的不测风云和浅滩暗礁，及时发出警报。

在医治病患之前，你要学会医治自己。成长为医者的过程，是你不断丰富自己、改造自己、完成自己的过程。你需要学会多少、经历多少，才能够让素不相识的病人在第一时间就会信任你；你需要怎样的尊严和骄傲，才能够让自己抵挡无处不在的诱惑；你需要怎样的理想和信念，才能够在见过成千上万的病痛之后，免于可能出现的职业化的倦怠与冷漠，保持着曾经的赤子初心。

每一刻，每一天，我们在电视里、在微信中，在亲人的信笺上、在远方的思念里，寻找你的名字，默念你的名字。这些日子以来，我们也在懂得你，并学习记住你的名字。

可是，很多很多时候的你，没有名字。

脱下白色战袍，你是我们的父兄、姊妹、妻儿，我们的远亲、近邻，我们的同学、同事。可是，穿上了白色战袍，你又立刻变身，成为一个又一个被封缄在防护服里的"钢铁侠"，一个又一个化身拯救人类无所不能的"奥特曼"。

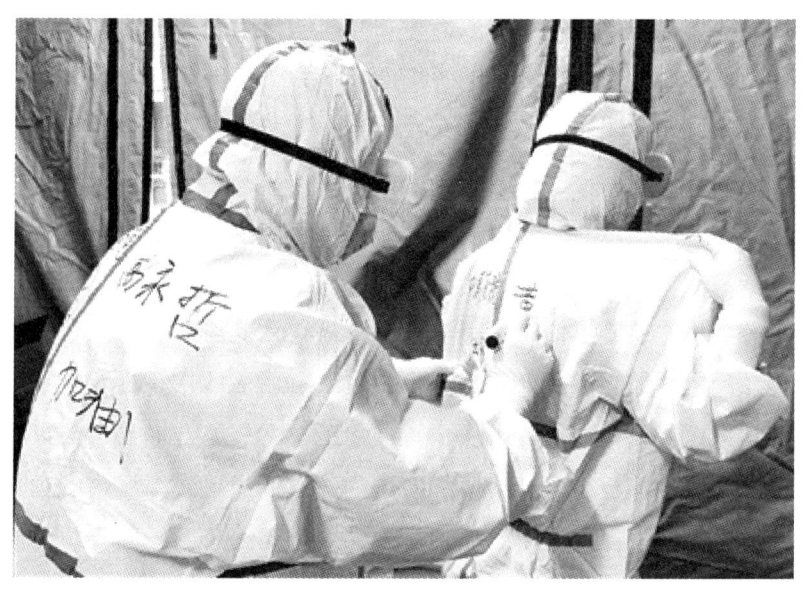

图2　武汉大学中南医院神经内科副主任医师高永哲和护士长黄文莉是一对夫妻。2月14日，丈夫在武汉客厅方舱医院为妻子在隔离服上写上名字
（照片来源：新华社）

三

一袭白衣，到底有什么样的魔力，能让一个人不惧生死？

你还记得那个"神农尝百草"的典籍吗？"民有疾，未知药石，炎帝（神农氏）始草木之滋，察其寒、温、平、热之性，辨其君、臣、佐、使之义，尝一日而遇七十毒，神而化之，遂作文书上以疗民疾，而医道自此始矣。"上古时候，五谷和杂草长在一起，药物和百花开在一起，哪些粮食可以吃，哪些草药可以治病，谁也分不清。黎民百姓靠打猎过日子，天上的飞禽越打越少，地上的走兽越打越稀，人们就只好饿肚子。谁要生疮害病，无医无药，不死也要脱层皮啊！老百姓的疾苦，神农氏瞧在眼里，疼在心头，于是，尝百草，兴医道。

你还记得那个"悬壶济世"的传说吗？"市中有老翁卖药，悬一壶于肆头，及市罢，辄跳入壶中，市人莫之见。"连《西游记》记载神通广大的孙悟空成仙之道，都是与"悬壶"密切相关：孙悟空在炼丹房里，遍寻太上老君不遇，但见丹灶之旁，炉中有火。炉左右安放着五个葫芦，葫芦里都是炼就的金丹，于是他就把那些葫芦里的仙丹悉数倒出来吃掉，从此百病不侵。

你还记得那个"妙手回春"的故事吗？春秋时期，齐国本名"秦越人"的神医经过虢国听说虢太子猝死，就问中庶子太子的症状，众者束手无策，只有秦越人认为虢太子只是假死，可以救活。秦越人叫弟子子阳磨好针，在太子的穴位上扎了几针，太子瞬间苏醒过来，不久便完全康复，秦越人赢得妙手回春的称号，由此被后世称为翩翩欲飞的"扁鹊"。

一袭白衣，竟然有这如此魔力，能让一个人不惧生死。

有谁见过穿"尿不湿"工作的医生？

抗疫初期，医疗物资短缺，医护人员超负荷运转，为了争取更多的时间救治病人，不敢摘下口罩脱下防护服，不敢吃一点饭喝一口水。甚至为了尽可能不去卫生间,你随身准备了"尿不湿"。

有谁见过满脸都是压痕的护士?

值完一个班次,从隔离区走出来,你摘下护目镜和口罩,额头、脸颊满满都是深深的压痕,这样的痕迹甚至几个小时都清晰不散,不少人脸部的皮肤开始过敏红肿。

有谁见过这样绵延不绝的白色长城?

截至2月23日,全国29个省区市和新疆生产建设兵团、军队系统已调派医疗队330多支、医护人员41600多名驰援湖北、驰援武汉。

国有难,召必至。

我们见过冲锋陷阵的战士,见过慷慨赴死的斗士,可是,有谁曾见过天使的模样?

如果有谁见过穿着"尿不湿"的医生,见过满脸都是压痕的护士,见过防护服后背上写着"精忠报国"的"岳飞",见过北协和、南湘雅、东齐鲁、西华西的硬核"王炸",那他一定就会知道天使的模样。那就是——你,你也许愤怒于一次不公平的伤医暴力,却从未输过一次民族大义。

"我的心裂成了两半——一半为你担忧,一半为你骄傲。"

这是写给远行者的牵挂,也是写给逆行者的礼赞。

还有——那些只留下名字却不再有肉身的牺牲者。在废墟旁,在瓦砾间,在春草中,在云朵上,燃烧着的红烛在微风中发出"噼噼啪啪"的巨响,那是死者向生者的告别,生者为死者的祷告。

什么是医者仁心?什么是大爱无疆?

武汉立春之日,一个被新冠病毒感染的不到半岁的娃娃,隔着玻璃窗向医生伸手要抱抱,医生忍不住掩面而泣。医者,就是宣布赋予这温润柔然的小生命再一次新生的母亲。

缺少物资的那些时刻,高烧的病患走进急救室,护士不顾感染的危险搀扶他落座,为他测量血压、心跳,告诉他不必担心,可以尽快安排住院。

医者，就是在关键时刻挺身而出护佑你平安的亲人。

几乎每一天都有这样的手术：气息奄奄的重症患者被火速推进ICU，呼吸科、传染科、重症科、心外科……各个兵种的白衣战士闻令而动。长长的插管探进脆弱的气道，锋利的手术刀绕过肋骨插入胸腔，手中握着鲜红、跳动的心脏，鲜血喷溅在护目镜、手术衣上，一个人的生命就这样尽在你的掌握之中。医者，就是引领黑暗中的行者走出生命中最黯淡迷宫的圣者。

也许还会有这样的时刻——一个新的生命在你手中呱呱坠地，他第一眼望向的是你，他清亮的瞳仁、清明的记忆里都是你；一个垂死的生命在最后的时光里凝视着你，他用无言的祈望向你求助，可是你竭尽全力却无法再挽留他一程，他带着对你的最后的影像、最后的记忆奔赴他的另一场重生。

还能有谁像这样信任你，将此生的生老病死都托付给你，将来世的牵牵绊绊都预支给你？

是的，片云会得无心否，南北东西只一人。

从医学院走出来的医者，都不会忘记他们甘于为之赴汤蹈火、万死不辞的"希波克拉底誓言"：

仰赖医神阿波罗·阿斯克勒庇俄斯，阿克幸及天地诸神为，鄙人敬谨宣誓，愿以自身能力及判断力所及，遵守此约。凡授我艺者敬之如父母，作为终身同业伴侣，彼有急需我接济之。……我愿尽余之能力与判断力所及，遵守为病家谋利益之信条，并检束一切堕落及害人行为。……我愿以此纯洁与神圣之精神终身执行我职务。……倘使我严守上述誓言时，请求神祇让我生命与医术能得无上光荣，我苟违誓，天地鬼神共殛之。

四

己亥末，庚子春，荆楚大疫，染者数万，众惶恐，举国防，皆闭户，道无车舟，万巷空寂。……医无私，警无畏，民齐心，

> 政者医者兵者，扛鼎逆行永战矣。商客、邻家、百姓、仁义者，邻邦捐物捐资。叹山川异域，风雨同天；岂曰无衣，与子同裳。能者竭力，万民同心。
>
> ——摘自网络

这是庚子年的冬春交替，这是庚子年的乍暖还寒。也许，多少年后，人们会如此反复谈论起这个庚子年的这一场抗疫战争。

时光悾偬而逝，生命总有长情。汉江边，春柳萌绿；古琴台，樱花吐蕊；鹤楼巍峨耸立，龟蛇峰峦叠嶂；晨光唤醒性灵，晚霞映照东湖；夜色中的楚河汉街灯火辉煌、人潮涌动，千禧钟悠然鸣响；远方的游人在此朗声大笑：晴川历历汉阳树，芳草萋萋鹦鹉洲——这样的一天还远吗？

在这样的未来，散去的白衣天使，江城是否还记得你的名字？

有人提议，建一道长墙，将你的名字和影像镌刻于上；有人提议，建一个广场，让后世记得你的血泪和欢笑；有人提议，建一个公园，让大地和草木都来证明，凡今之人莫如兄弟，骨肉之亲析而不殊；有人提议，建一座博物馆，令子孙铭记灾难，铭记你拯救众生于水火的无私与无畏。

可是，或许，江城的人民更愿意拒绝肤浅的赞歌、拥抱生命的反思；更愿意将你的名字封印在这山山水水、人来人往的空中，封印在他们身边、在他们心底；更愿意在每一个餐霞饮露的清晨，在每一个寸心隐动的黄昏，在每一个情爱缠绵的瞬间，在每一个远别和相逢的时刻，在每一个字字锥心、声声泣血的怀念里，与你的名字相遇——

也与你相遇。

（选自《光明日报》2020年2月28日13版）

张国云

浙江萧山人。中国作家协会会员，浙江省作家协会主席团成员、报告文学创作委员会主任。著有《走进西藏》《叩天问路》《水流云在》《一条大河里的中国》，以及青藏三部曲（《我的藏区生活》《生命在无人区》《一家人的朝圣》）、金融三部曲（《金融战国时代》《财富问号》《金融的十九张面孔》）、企业三部曲（《企业纪》《资本纪》《智能纪》）等。曾获得徐迟报告文学奖、冰心散文奖、人民文学奖、诗刊奖、浙江文学奖等。

白衣天使在作战

面对这场突如其来的新冠肺炎疫情，迄今为止浙江派遣了2000多名医护人员驰援湖北，在派出医疗队的全国各省、市、自治区中人数位居前列。他们冲锋在抗击疫情最前线，与病毒鏖战。

2月14日，浙江第四批援武汉医疗队171人在浙大附属第二医院集结出发。浙大二院护士长吕敏芳为院内一位1997年出生的小护士写下诗歌《我把最小的娃送上了战场》："我把最小的娃送上了战场/用年轻的身躯/担负起这个时代的重任/我把最小的娃送上了战场/逆风飞行，披荆斩棘/孩子，等你归来！"

诗歌情真意切，泪水中涌动着大义，牵挂中昂扬着斗志，这也是誓与死神搏斗发出的呐喊！

一

疫情就是命令，白衣就是战袍，医生护士就是战士。

2月17日，湖北省荆门市刚刚降下一场大雪，整个城市白雪皑皑。这是浙江首批支援荆门医疗队抵达的第6天，在荆门市第一人民医院（北院区）的一层病区，仅仅用24小时建起了一个ICU，已收治20多名危重患者。

就在这支医护队伍中，有35名来自浙大附属邵逸夫医院的医护人员，其中11名队员组成了"男护士团"。

14日中午12时，ICU护士卢州完成一切准备，进入收治了两名患者的负压病房。与他搭档的是王昊囡。

为了让护理工作更为精准，护士们必须熟悉每位患者的状况，但是患者的既往病史、身体状况等资料并不齐全。"我们根据有限的病例资料顺藤摸瓜，逐一向他们的家人或者曾经住过的医院了解情况。"卢州和王昊囡穿着厚重的防护服，拿着纸笔一一记录。

这天下午，一位症状相对较轻的女性患者向卢州和王昊囡示意。由于患者带着氧气面罩，医患之间的交流只能通过眼神和默契。卢州很快明白了她想喝水，得到医生许可后，卢州小心翼翼地取下患者的氧气面罩。可是，喝完水后患者不愿戴上面罩。

一旁的王昊囡见状，连忙上前配合，用手势和语言向患者解释，如果不继续吸氧很有可能导致病情恶化。"患者离开面罩的时间不能太长，我们俩争分夺秒，费尽心思地劝说。"好在一两分钟内，他们成功说服患者戴上了面罩。

"这就是前线ICU，一个随时都有可能发生危险的地方。"卢州说。

1986年出生的ICU护士梁寅，是这支"男护士团"中的"大哥大"。当日下午4时至8时是他的第一个班。全套防护服装备的穿戴十分耗时，梁寅足足提前了一个多小时到达病区。

梁寅的第一个护理对象是位 60 岁的危重症女性患者，他每隔一小时给她抽血化验，以此作为调整呼吸机的参数。

原本最为熟悉的抽血动作，此时异常艰难。"由于防护服过于笨重，我的动作变得迟钝。"梁寅说，在层层防护之下，他的视觉、听觉、触觉都不灵敏。

尽管之前做了防雾处理，但他的护目镜上都是水汽，要看清患者的血管都吃力，两到三层的手套让手指不再灵活，还有厚重的整套装备，让他在遍布监护设备的 ICU 里走动要格外小心。

一边是变得迟缓的行动，一边是与死神争分夺秒的重症监护工作，这对 ICU 的护士提出了挑战。

晚上，指针指向 11 时，ICU 护士刘康的手机微信上传来好消息：下午他参与护理的两名危重型患者血压恢复正常，身体状况暂时趋于稳定。

"没有什么比这更令人开心了。"虽然是一名 90 后男护士，刘康已是老兵。他觉得自己有很多不足，比如穿着防护服打针、抽血、穿刺，动作很难到位。为了减少患者痛苦，刘康在宿舍反复练习，终于练出了手感。

作为护士团队中为数不多的男性，他们精力充沛、耐力持久，尤其在工作强度较大的危急重症病人护理上，更能显示出男护士的优势。

荆门有大量危重症病例，浙江支援荆门，就是来啃硬骨头的！浙江支援荆门医疗队队长、邵逸夫医院党委书记刘利民说："我们医疗队的首要任务，是把危重症患者集中到这里统一救治，降低死亡率，提高治愈率；希望借助邵逸夫医院国内首家、独具特色的呼吸治疗科等专业优势，帮助当地建立一支危重病人呼吸治疗团队。"

面对这样的任务，这些来自浙江的男护士们将迎接怎样的挑战？从他们炯炯有神的眼睛里，我们看到了坚定的信心。

二

若有战,召必回,战必胜。

他没想到在这个危急时刻,自己会来到武汉投入战斗,还成为一家方舱医院的院长——这无疑是一场大考。

浙江国家紧急医学救援队队长、省人民医院副院长何强2月7日带队进入武汉江汉方舱医院。

江汉方舱医院内收治了大约1600名患者。由浙江、海南两省携手负责其中一个病区的471张床位,医生6小时一轮班进入方舱医院。在舱内工作时,医护人员尽量不吃饭不喝水,因为防护服脱了就不能再用,物资紧张,能节约一点就是一点,医生们甚至都穿着尿不湿。

2月11日,何强接到了新的命令——支援建设新的方舱医院。2月14日,武汉市委组织部正式任命何强为黄陂方舱医院院长。

黄陂方舱医院是在黄陂区体育馆的基础上改建的。2月14日上午,新改建的B区准备就绪,可以收治病人了。这里的患者多是从当地社区转过来的,都是年龄在65岁以下的确诊患者。医护人员需要和当地社区沟通,汇总入院人员表单。

何强说,在硬件上,新建的黄陂方舱医院住院环境好一些,这里原先是体育馆,卫生间多一些,场馆内部安装了暖气片,新增的B区有洗澡的地方。医院里还配有液晶电视、Wi-Fi,病床用的都是席梦思,睡起来舒服一些。考虑到每个床位旁装插座不安全,因而准备了几百个充电宝。

有了江汉方舱医院的工作经验,何强和团队来到这里后优化了医护人员的出舱流程,从原先的半小时缩减至10分钟。同时采取弹性上下班制度,不让医护人员同时拥挤在医护通道出入口,避免感染。

何强还为黄陂方舱医院引进了一个秘密武器——"超声机器人"。在浙江省人民医院5G智慧医疗创新实验室远程超声技术的支持下,通过手柄操作，可以控制距离杭州700多公里的黄陂方舱医院的超声机器人，隔空为患者进行超声检查。

5G技术为远程实时操控提供了更加稳定、安全、快速的网络保障。"这个超声机器人，相当于在我们的枪上安装了一个瞄准仪，让我们打得更准。"何强说。

在这里，医生需要时刻保持警觉，每隔三小时就要检查患者的血氧饱和度等指标，及时发现病人的病情变化，甄别出那些正在进展为重症或者危重症的患者，然后迅速联系指挥部，将他们转到有更强救治能力的相关医院去。

2月15日这天，何强带队查房时就发现了两位患者需要转院治疗。

一位是50多岁的男性患者，住进方舱医院后他时常觉得胸闷、心悸。医生根据患者的主诉症状，为他做了心电图等检查，结果显示有异常，最终被确诊为释放性的心律失常。新型冠状病毒会对人体造成多脏器的损害，包括心脏。

还有一位是40多岁的男性患者，住进来的时候高烧不退，血氧饱和度也往下掉，一直下降到了90%左右。按照要求，血氧饱和度下降到93%就已经达到转院标准了。

除了甄别出需要转诊的重症患者，在查房时还要关注那些病情已经好转，有希望尽快出院的轻症患者。

对于少数情绪焦虑的患者，医护人员会耐心地疏导，还有心理医生进行心理安抚。何强说："接下来，我们会让一些心态积极的轻症患者来当志愿者，和医护人员一起为需要帮助的患者做心理疏导工作。"

三

本来，医生是问诊开药的。然而现在我们还未找到攻克病毒的直接有效的方法。我们的白衣天使只能在抗疫前线摸索着前行。

2月17日,是郑霞在金银潭医院重症监护室工作的第25天。这一天,她和团队研究发现,连续的俯卧位通气能明显改善危重型患者,特别是气管插管患者的氧合指数,为救治争取更多时间窗。

这事还得从头说起。1月22日,在浙大一院综合监护室工作了15年的郑霞向组织提出要去支援武汉。不待这事拍板,1月23日郑霞就接到了国家卫健委的电话:"疫情紧急,需要您马上到武汉去支援。"于是,郑霞成为诊治新冠肺炎国家卫健委专家组成员,也是浙江派出的第一位支援武汉的医生。

她连夜抵达武汉市金银潭医院,可谓与死神抢时间。1月24日,郑霞正式负责医院南7楼ICU的病人管理。人们可能不知道,在这里,住院的楼层越高,代表患者的病情越重。

金银潭医院是武汉市首家收治新冠肺炎确诊病例的定点医院,也是当时收治患者数量最多的医院。用郑霞的话说,金银潭医院的ICU,是离死亡最近的地方,也是医护人员开展疫情阻击战最核心的区域,很多危重症病人集中在这里。

第一次走进ICU,郑霞很惊讶:"16张床位全都是满的,病人的情况都蛮严重,要么气管插管,要么高流量通氧、用无创呼吸机,呼吸机调节参数都很高很高,氧浓度近乎纯氧水平。这么多严重的病人,在ICU里是不多见的。"

一边是病毒的肆虐,一边是郑霞和团队一次次的摸索研究。"没有特效药,我们每天能做的就是想办法给病人更多时间窗,只有维持住生命体征,才能给肺的自我修复争取更多时间,给生命争取更多时间。"郑霞说。

俯卧位通气在急性呼吸窘迫综合征中的临床应用一直有比较好的效果,而新冠肺炎患者后期往往也会出现急性呼吸窘迫,俯卧位通气或许能使他们获益。"很多危重患者都是氧合不好,呼吸窘迫,有时候其他该想的办法都想了,病人还是不行,这可能是留给他们的最后一次机会。"郑霞和团队开始尝试用这种方法来改善患者氧合。

俯卧位通气，简单地说就是利用人工或者翻身床、翻身器进行翻身，使患者在俯卧位的状态下进行呼吸或者机械通气。

患者翻个身，需要耗费医护人员极大的体力。ICU里的病人病情都很严重，有的口插管，有的插着胃管导尿管，翻身还要兼顾这些管子不能乱，难度可想而知。

"如果病人胖一点，至少需要六七个人一起帮忙，一些人看牢管子，一些人盯牢血压，一些人负责翻身。穿着厚厚的防护服做这些事，为一个病人翻身就大汗淋漓，透不过气来。但一想到这可能让病人获益，我们就义无反顾地做下去。"郑霞说。

在金银潭医院ICU，郑霞早已分不清今夕是何年。她一头扎进这个离死亡最近的病房，制订治疗方案，抢救危重病人。她"送"走了很多病人，深感痛心和无力，但也有一些病人给了她惊喜，让她有了坚持下去的勇气。

有位60岁的患者，有高血压病史，感染新冠肺炎后，用了一段时间无创呼吸机，没熬住，气管插管了，几乎靠纯氧支持，出现纵隔气肿。眼见情况一天天恶化，只能再试一试俯卧位通气了。

"那个大姐蛮胖的，身上有口插管、导尿管、胃管，还有深静脉置管，我们当时六七个人围着她，帮她翻身做俯卧位通气，每天16个小时，然后调整姿势，连续三天的俯卧位通气给了我们惊喜，大姐的呼吸机参数明显变好，氧合指数明显改善。如今，这个大姐已经开始尝试呼吸机参数调整，等待合适的机会脱机。"

想不到，俯卧位通气在患者身上产生了神奇的效果。在ICU这个方寸之间，通常绝望和希望并存。有的人离开了，也有人迎来了希望。

2月7日，曾转来一位30多岁的男性患者，是湖北大门的医生，在救治病人时不幸染病。转到病房时，呼吸机支持力度很高，氧浓度几乎接近纯氧，氧合指数很差。呼吸频率每分钟只有三四十次，说话已经断断续续。幸运的是，经过无创呼吸机辅助治疗，他的病情渐渐稳定。郑霞和团队对他进行早期康复治疗，床边坐起，踏步，举"盐水瓶"等。

经过六七天的治疗，这个患者恢复得很好，经过评估，可以离开 ICU 了。转病房那天，在医护人员的陪同下，这个患者自己抱着氧气枕，步行到电梯口，坐电梯到 3 楼，这一路，氧合保持得不错。

看着他离开的背影，想到他从危重症挺过来，一步步好转，郑霞眼眶微红，是的，一条鲜活的生命又回来了。

郑霞的上班时间是每天早上 8 点，但她会选择早点到，整理病人资料，了解病人病情进展情况，然后，一层层防护好自己，踏入隔离病房。当她的声音在病房响起，病人们就知道，这个声音甜美的浙江医生又来照顾他们了。

穿着厚厚的防护服，有时还要在腰上佩戴体外动力送风系统，常常累得直不起腰。防护物资特别紧张的那些天，郑霞尽量不喝水，在病房里一待就是好几个小时。她常常忙到晚上 7 点多，才来得及简单吃上几口盒饭。

来到武汉，郑霞没有休息过一天，脸上被护目镜和 N95 口罩压出深深的痕迹，手背因为长期接触消毒液和频繁洗手已经磨破。

2 月 14 日，由浙大一院院长黄河教授带队的 141 位医疗队成员抵达武汉，整建制接管协和医院肿瘤中心的一个重症病房，第二天即收满了 62 位病人。

"大部队"到达的当晚，郑霞特意多吃了一盒饭，别人问为什么，她哈哈直笑："同事们都来了，要让自己保持充沛的体力，和他们一起战斗。"

新冠肺炎疫情暴发后，全国各地 260 多支医疗队、30000 多名医护人员驰援湖北，他们发扬特别能吃苦、特别能战斗、特别能奉献的精神，为打赢疫情防控阻击战筑起了一道坚固的防线。作为其中一支阵容庞大的团队，浙江医疗队的到来让患者们增添了战胜疾病的信心。其实，除了湖北之外，浙江是此次新冠肺炎疫情较严重的省份，然而浙江仍一次次地抽调出精兵强将援助湖北。

病毒扼住了生命的咽喉，但白衣天使们决不会屈服。穿上那身厚重的防护服，他们就是勇敢的病毒狙击手。越来越多的病人病情好转，从危重症、重症变为轻症；越来越多的病人在白衣天使的精心治疗和护理下康复出院。

  致敬每一位白衣天使，致敬每一位最美逆行者，他们是这个时代最可爱的人！

（选自《光明日报》2020年03月02日01版）

李琭璐

北京人，1987年生。中国作家协会会员，中国报告文学学会会员。现为农民日报社记者。13岁开始发表文章，已发表报告文学、诗歌、人物专访、评论等各类作品80余万字。代表作品有报告文学《医患之间》《与死神争夺生命》《光荣与梦想》《我们来自八〇后》等。

我来自北京

"驰援武汉65天，我们一个不少地全回来啦！"

首都国际机场，一架飞机徐徐穿过水门。在航空界，这是象征荣誉的最高礼仪。为北京援鄂医疗队"接风洗尘"，这是英雄们受之无愧的一份厚礼。

北京同仁医院呼吸内科主任金建敏出神地望着舷窗外，眼眶湿润。65天前，紧急集结前往武汉的场景历历在目。那一天，北京市属医疗队集结12家医院136名医务人员，化身天使，降临武汉。

每位医护人员都有着奋不顾身的理由。

刘颖，北京市卫生健康委员会医政医管处三级调研员、北京医疗队临时党总支书记。出发前，她正忙着半年后援非任务的法语学习，她带着法语书来到单位，主动请缨，"我专业对口，让我去吧"。

一天后，金建敏出现在武汉协和医院西院区。她的另一个身份，是北京同仁医院医疗队队长。

与金建敏同行的还有曾宪红。17年前，她曾披甲战斗在抗击非典一线。

17年后，作为北京同仁医院呼吸内科护士长，她第一个报名。

年轻医生开始挑起大梁。"我是重症医生，武汉需要我们。"年轻的北京世纪坛医院呼吸与危重症医生臧学峰，承担着从子夜一点到上午九点的大后夜班。

1月27日，北京市属医疗队抵达武汉；1月29日正式上岗，接诊19位病人；1月30日，进行病区改造，打造北京医疗队第二病区；2月4日，增设北京医疗队第三病区；2月7日，北京医疗队第一例救治患者出院……

他们，就是你我身边的普通人。在选择最美逆行时，那些善意和勇气让他们如此高贵。

一

起初，金建敏并不愿意告诉病人，"我来自北京"。她怕病人觉得自己很"傲"。

直到有一次，病人从她衣服上的名字查到，这位医生来自北京，金建敏发现，"他的眼睛突然就亮了"。在不少人心目中，首都的医生有权威，意味着病有办法了。

后来，每当有新病人入院，她就会向大家自我介绍："我从北京来，呼吸科的。"这句话，在患者间传递着信任；对金建敏则意味着责任。

病人老赵，刚确诊时情绪波动大，每天处于极度焦虑中。这种时刻，金建敏会停下来，陪在他身边聊一会儿。身体上的疾病几近疗愈，心里却一直忐忑。在得到出院准许时，老赵拒绝了。金建敏和同事们开始了长达十余天的"话疗"。

好消息是两周后到来的。"金主任，我相信你们。这张床，我愿意留给更需要的人。"

金建敏向他承诺，在院外有任何问题都可以与她商量。两天后，她收到了老赵的微信："昨天回到家，一改在医院的焦虑不安甚至需要吃安眠药才能入睡的状态，早晨醒来精神状态非常好，衷心感谢您的救治！期盼您平安凯旋，我再去看您。"微信的最后，是三个感叹号。

在隔壁病房，曾宪红正在为一位上呼吸机的病人吸痰。曾宪红把脸贴到患者耳边，轻轻地说："曾爷爷，我们来给您擦脸、翻翻身，吸痰时您不要动。"

有一天，曾爷爷醒了。"他慢慢地睁开眼睛，我问他，听见我叫您了吗，他冲我眨眨眼。"这是一个好信号。重病人在恢复，接下来也许可以脱开呼吸机、拔掉气管插管。

但即使她使出浑身解数，也不可能救所有人。因为疾病的特殊性，亲属无法陪在身边，曾宪红和同事们就成了逝者最后的陪伴者。擦拭身体、更换新衣、向遗体鞠躬，"没有亲人送，我们来送最后一程"。

武汉渐渐热起来了。病区不能开空调，在密不透风的隔离服包裹下，队员们是这样的：

"刚套上隔离服，还啥也没干就已经开始出汗了。"

"一抬手就有一股水沿着胳膊流到身上。"

"闷。"

"鞋湿了，就像下雨时刚蹚过水。"

"幸好有痱子粉。"

女士们碰到生理期则更郁闷。北京同仁医院呼吸内科护士王洁脸上的过敏情况严重了，化脓、结痂、再长，"无缝衔接"，但她并不会因此"吝惜"汗水。

为了给大家降温，医院后勤给护士站送来了大冰块。冰块降温法古已有之，只是冰鉴没有王公贵族那么讲究——是一个塑料桶。队员们乐天知足，"觉得太热了就摸摸冰，可舒服了"！

二

金建敏发现，年轻一代的医生正在悄然成长。

这天，与金建敏配班的是何伟。他要面对的是49位患者，12例危重，37例重症。

北京同仁医院重症医学科副主任医师何伟迅速更换防护服，并拦住了正准备更换防护服的金建敏："金老师，我先进隔离病房，您在外边根据我的汇报出具医嘱。有需要，您再进。"

从清洁区到病房只有几百米。金建敏不时听到何伟发过来的语音，"可以感觉到他不停地奔走在不同的危重患者病房，并组织抢救呼吸衰竭患者"。金建敏再见到何伟，已是4个多小时以后。何伟脱掉防护服，衣服已经湿透，头发湿漉漉地贴在头皮上，脸和嘴唇都有一些紫肿，但疲惫的脸上露出一丝微笑，"还不错，金老师，救过来两个"。

疾病有多凶险，医生与医生、医生与患者间的配合，就有多默契。在医生驻地，臧学峰的早饭由年长的同事打好挂在门上。很多人不知道，他还经历过一段难挨的日子。一位病人，呼吸衰竭无法纠正，喘到40~60次/分，咳不出痰，臧学峰站在她身边帮助叩背。密闭环境下的病毒量很大，也存在着气溶胶传播可能。"这算是和病人密切接触，但没办法，我看她实在太难受了。"

第二天，臧学峰出现感冒症状，他想，不会自己染上了吧。为此，他失眠了很多天。"晚上要上大夜班，白天要睡储备觉，几乎是两小时一醒，有点扛不住的感觉。"后来，北京市医院管理中心增派北京安定医院两名心理专家，在心理辅导老师的疏解下，臧学峰了解到，很多医护人员都曾有过这样的经历。

每日送车，是刘颖给自己安排的任务。北京医疗队抵达武汉伊始，她在手机上定了6个闹钟，最早的那班，是凌晨四点。透过车窗，刘颖细心地观察队员的心理变化，或忧郁，或轻松，或迷茫，刘颖觉得，好像自己亲手把队员送到了"战场"上。回京后，刘颖在朋友圈写道："勇敢的城市，伟大的祖国，取消65天来的所有闹钟。"

在武汉，48岁的金建敏度过了难忘的生日。

来自北京市属医院医疗队149名队员的祝福、一枝粉嫩的玫瑰花、三个小巧的蛋糕，还有扮作蜡烛的三支棒棒糖、两大瓶鲜梨汤。

"那场景，我会记忆终生。"

（选自《光明日报》2020年04月08日12版）

谢沁立

中国报告文学学会会员，全国公安文联作家协会会员，天津市作家协会签约作家。擅长报告文学、散文创作。代表作品有长篇报告文学《大道辅成》、散文集《纸琥珀》。曾获孙犁散文奖一等奖、天津市文学新人奖等。

陈建强　刘　茜

《光明日报》驻天津记者站记者。

医者伯礼　仁心接力

记抗疫中的张伯礼

那是一双神奇的手，轻轻搭住患者的脉搏，就能获取病灶密码，然后对症下药，缓解病情。

那是一颗滚烫的心，迸发着热量，给患者希望，给学生光芒。

半个多世纪，这双手，救人无数；这颗心，报国无悔。

这双手，是中国工程院院士、天津中医药大学校长张伯礼的手。

这颗心，是拥有30多年党龄的共产党员张伯礼的心。

张伯礼，这位72岁的院士与战士，在庚子之初的武汉，在决战新冠肺炎疫情的前线，谱写了一曲铿锵昂扬的命运交响曲，用他渊博的学识和无限的热忱，将这首交响曲演奏得催人泪下，荡气回肠。

共产党员的初心

2020年1月27日，农历大年初三，因为离汉通道已经关闭，加之各大城市陆续启动重大突发公共卫生事件一级响应，全国局势骤然紧张起来。正在天津指导防控新冠肺炎疫情的张伯礼，被中央疫情防控指导组急召进京集结，转飞武汉。

中央疫情防控指导组成立时，身为中国工程院院士、天津中医药大学校长的张伯礼名列其中。

这并不是张伯礼第一次临危受命。17年前，在抗击非典前线，处处可见他奔波的身影，对他来说，披荆"逆行"仿佛是他天生的使命。不同的是，那一年，他未及花甲；这一次，他已逾古稀。

"国有危难，医生即战士，宁负自己，不负人民！"两次相似的出征，一句同样的誓言。不是没有身边人劝他："您年纪大了，不是17年前的精神头了，是不是考虑不到前线去？"他一下子激动起来，一板一眼道："不行！疫情不严重，国家也不会点我的名。我不但必须去，还要战斗好！"

从机场到定点医院的途中，看着武汉空荡荡的街道，一种悲壮的情绪瞬间涌上心头，张伯礼鼻子一酸。虽然见惯生死，但是此情此景，还是让他的内心猝不及防。

武汉疫情严重到什么程度？不知道。

患者总数多少？不知道。

疫情计划怎么控制？不知道。

医用防护服、口罩缺口多少？不知道。

目前采取了哪些有效治疗方法？不知道……

在当时的武汉，在这位老人心里，在全国人民心里，一切都是未知数。正因为有太多的未知，才会引起连锁的恐慌，让人心中惊悸。

医院发热门诊的情景，更是让张伯礼心头一震。这哪里是正常医院的就诊情景？诊室里人挨人，接诊的医生被挤到角落，检验室、CT室门口人挤人，恐慌的患者和同样恐慌的家属。患者痛苦的表情，家属无助的抱怨，交织在一起。走廊里，输液的患者与排队挂号的人混在一起。医院里根本没有空余床位，一床难求，很多确诊病例也住不进来，只能回家等待。等待，等待的结局是什么？

形势严峻。

张伯礼心急如焚，这种状况如果不尽快改变，将为后续防控和治疗带来巨大压力，而且会加速病毒传播。张伯礼深知，防疫就是决战，机会稍纵即逝，决策正确与否，果断与否，直接关系到武汉的疫情走向，关系到全国的公共安全。

每临大事有静气。责任，重于泰山！

张伯礼不仅是天津中医药大学校长，还是公认的国医名师，中医药领域的领军者。2003年，在与非典的对决中，他开辟了全国唯一的中医病区，将中医药在控制病情恶化、改善症状、稳定血氧饱和度、激素停减等方面的重要作用发挥得淋漓尽致，他总结的SARS发病特点和证候特征、病机及治疗方案，收入世界卫生组织颁布的《SARS中医治疗方案》。

张伯礼十分明了此次中央疫情防控指导组让他来武汉的深意，这是无价的信任，也是殷切的期望。张伯礼在心里对自己说，一定不辜负这份重托，病毒不去，老张不退！

在对一家家医院的走访中，张伯礼和他的中医博士团队逐渐形成了自己的观点和方案。

当晚，在中央疫情防控指导组召开的会议上，张伯礼提出，必须马上对病患分类分层管理、集中隔离，将确诊病例、疑似病例、发热患者、密切接触者"四类人员"隔离开来；确诊患者也要把轻症、重症分开治疗。他建议，以最快速度征用学校、酒店进行隔离，隔断病毒传播。

中央疫情防控指导组决策：开展大排查，坚决隔离"四类人员"。

"只隔离，不服药，会延误病情，也会加重恐慌。发热的可能是流感，服几服药就好；确诊的，服药也能控制病情不转重，有利于到定点医院治疗。因此，采取'中药漫灌'的方法是可取的。"在当时的条件下，不可能一人一方，张伯礼相信，普遍服用中药通治的汤剂，一定会有效果。

快！快！快！

在武汉当地九州通医药集团的帮助下，2月3日，首批几千名发热门诊确诊患者服用了中药；2月4日，约1万人服用了中药。几天后，一些轻症患者体温降到正常，咳嗽、乏力症状明显减轻。效果初显后，普遍服中药方案就推广开了。

2月初，在隔离点的"四类人员"中，80%的人核酸检测呈阳性；到2月中旬，确诊病例降到30%；到2月底，确诊病例降到个位数。严格隔离，普遍服中药，截断了病情蔓延扩展的势头，为下一步治疗打下了基础。

面对新冠病毒的肆虐，需要大智慧，也需要大勇气。张伯礼一直在思考，他一辈子和中医药打交道，他说中医药治病救人延续了几千年，是我们中华民族独有的财富，是无价的瑰宝，一定能在这次疫情防控中有所作为。

中医承办方舱医院！张伯礼与刘清泉教授写下请战书。中医西医各有长处、优势互补，人命大于天，能救命就是硬道理。

中央疫情防控指导组迅速拍板，建立江夏方舱医院。

相对于正式医院，方舱医院虽显简单，但也是五脏俱全，心电监测、移动CT机、呼吸机等必须全部就位，还要具备防止传染病传播的设施。筹备的那段日子里，张伯礼每天清晨就到方舱医院驻地，与相关负责同志、工程师开会研究。空气净化设备的调试，三区两通道的安排，床位的摆放，卫生间的设计，网络、饮水机、医用垃圾、废水废物处理问题……事无巨细。他坚持给每个床位都挂上布帘，给患者一点隐私空间，他认为这很重要。有时吃不上饭，就泡一盒方便面。时间紧迫，抓紧再抓紧，尽早收治患者。

身为天津中医药大学校长的张伯礼，曾经全程参与这所大学从蓝图变成现实的过程,他对建筑工程并不陌生。但几天内建立一所方舱医院,难度可想而知。张伯礼坚持下来了,武汉坚持下来了。

2月12日,江夏区大花山方舱医院(简称江夏方舱医院)建成启用。张伯礼率领由209人组成的中医医疗团队进驻。由张伯礼挂帅的这支医疗队被称为"中医国家队",成员由来自天津、江苏、河南、湖南、陕西五省市三甲医院的中医、呼吸重症医学、影像、检验、护理等领域的专家组成。他们扎根这里,在中医中药对新冠肺炎的临床治疗、科学研究等方面大显身手。

国之大医的仁心

偌大的江夏方舱医院,空空荡荡,几个人站在这里,话音大一点都会生出嗡嗡的回响。仅仅过了一天,魔术般摆放到位的564张病床全部住满确诊患者后,医院顿时显得拥挤起来。患者虽多属普通型患者,少数是新冠肺炎轻症,但也有发烧、咳嗽、乏力症状,部分患者胸部CT显示病理改变。许多患者寝食难安,一边忍受着身体的不适,一边承受着巨大的恐惧。

江夏方舱医院里,四处弥漫着浓重的消毒水气味,这种气味容易给心理脆弱的患者造成身处危险之地的强烈暗示。这时,一股同样浓郁的中药味道散播开来,会让患者的焦虑慢慢稀释,他们感觉又回到家中,仿佛家人正在煤气灶上用药锅为自己煎煮着中药,而且,那不仅仅是一服治病的汤剂,更是一种关怀与希望。

诊室里的张伯礼全副武装,穿戴着密不透风的隔离防护服、口罩、护目镜、橡胶手套。一连多日的奔波劳顿,让他感觉到了疲倦。他能清晰听见自己因为憋气而显得有些吃力的呼吸声,护目镜上蒙着一层淡淡的雾气,影响了他的视线。他相信自己的体力,几十年来,虽然无暇锻炼身体,但他总能见缝插针地在校园里快步走上一圈,脚步快得有时连学生都追不上他。在专家门诊坐堂,他常常从早晨到下午3点,仍能岿然不动,右手头的精准切脉，不知为多少患者寻出了威胁健康的"真凶"。

这是他今天上午巡诊的第 10 个新冠肺炎轻症患者。他将右手的食指、中指、无名指自然地搭在患者脉搏上，慈祥地看着患者的眼睛，轻轻地说，别紧张啊。这一刻，就像他以往千百次的门诊一样，整个世界随之静止，浓缩到他的指尖之下；这一刻，即使隔着橡胶手套，那指尖下的每一次脉动，在他的感觉里，都是一首生命的欢歌。患者脉象偏滑，这是典型的湿邪为主。他让患者摘下口罩，伸出舌头，果然，他看见了一层白腻的舌苔，舌边还有齿痕。他用点头证实了自己的判断，接着，询问病情，对照影像，助手用手机拍些舌象，记录传输诊疗信息。

然而，并不是谁都能接受中药的味道。小李就是其中的一位。25 岁的她，被确诊为新冠肺炎，高烧 38.2℃，咳得彻夜难眠，一日三餐也没胃口。即使难受至此，小李也只是病恹恹地躺在床上，拒绝那一袋黑乎乎的中药，她绝不相信那汤汤水水的东西会有什么奇效。

小李的隔壁床位住着姚奶奶，65 岁，症状比她更重一些，因为惦记着住在隔离病房里的老伴儿，思虑重，精神差。治病心切的姚奶奶，对医生的话言听计从，入院第一天，她就遵照医嘱，按顿服用汤药。

她对小李说："良药苦口，孩子，喝吧，中药治病呢。"

"我可不喝，太苦了。"小李躺在床上，隔着口罩，似乎都呕出了中药特有的苦味。

姚奶奶每天两顿汤药。第三天清晨，体温表的刻度停留在 36.5℃。姚奶奶来了精神，咳嗽也见轻。

小李的体温却还在 38℃ 居高不下，状态也持续萎靡。

眼见姚奶奶明显好转，小李无力地对护士说："我也要喝中药，今天就喝。"

小李的第一口药是皱着眉头喝的，为了减少药液在舌尖的停留时间，她"咕咚"一声咽了下去，这一口之后，她的眉头舒展开来："原来中药不是很苦啊，我能接受。"这一袋药剂，她一饮而尽。

一星期的中药治疗，小李的核酸检测报告中出现了抗体，症状全部消失，第9天就达到出院标准。走出江夏方舱医院那天，她对医生说，咱的中药真神，今生今世，我都是铁打的"中药粉"。

78岁的曲爷爷卧床不起，糖尿病、高血压等基础病给他的症状雪上加霜。张伯礼给他开的中药煎煮成汤剂后，他无法喝下那么大的剂量，只能换成小口慢喝，渴了就喝一点，一服药恨不得两三个小时才能喝完。刚开始接受中药治疗，曲爷爷也没信心，岁数大了，家属又不在身边，这个新冠肺炎暂时又无药可医，他就宽慰自己，死马当活马医吧，就算不信，也不能浪费了国家给的中药。抱着这种想法的曲爷爷，眼看着一天天好起来，喝药的速度也快起来，14天后，曲爷爷病愈出舱。

新冠肺炎的治疗无章可循，临床上更是没有特效药物可用，同时面对成千上万的患者，张伯礼率领的"中医国家队""压力山大"。他和刘清泉教授共同研制的宣肺败毒颗粒治疗了280余例轻症和普通型患者，他们的发热、咳嗽、乏力症状明显减轻，治疗后CT影像显著改善，临床症状明显缓解，没有一例转为重症。这些方剂除了改善患者临床症状，还能改善相关的血液细胞分类计数和免疫学指标。在江夏方舱医院，既有统一方案，又会根据患者的病症采取个性疗法，普遍性和灵活性相统一，所有患者除了统一服用中药汤剂外，医院还配备了一台中药配方颗粒调剂车，因人施治调制中药颗粒剂，再辅以保健操、八段锦和心理疏导。医院制定了严密的诊疗流程，患者在服药过程中，医生会密切观察每一位患者的具体反应，发现问题及时解决。医疗团队还设立了三线把关和评估，确保医疗安全。如果有患者转为重症，按照相关流程，及时转到定点医院。

在张伯礼团队医学追踪的564例患者中，服用中药的患者年龄最大的90岁，最小的12岁。江夏方舱医院所有患者中，无人转为重症，医护人员保持零感染。

一朵朵逐渐枯萎的花儿，又重新迎风而立。于是，武汉的方舱医院都开始使用中药。张伯礼团队和其他中医治疗团队确定的"三药三方"，因其良好的治疗效果进入国家卫健委发布的《新型冠状病毒感染的肺炎诊疗方案》，供临床医生根据患者病情选用。

中西医并肩作战、携手抗疫，是这场新冠肺炎阻击战中的一道独特风景。抢救重症患者时，西医为主，中医为辅，但有时辅助角色也起着关键作用。医疗队里的中医西医不分你我，只要能挽救患者生命，谁有办法谁上，谁有效果谁上。

与此同时，在张伯礼等专家的强力推动下，武汉协和医院、武汉同济医院、武汉市金银潭等医院的重症患者，在全部采用中西医结合治疗后，有些重症患者转为轻症，还有的痊愈出院。

痊愈出院的患者越来越多，张伯礼发现，他们中的一部分人还有咳嗽、憋气、心悸、乏力症状，他立刻建议在湖北省中西医结合医院、武汉市中医院建立新冠患者康复门诊，让这些勇闯"鬼门关"的患者，在未来的日子里，一直能用畅快的呼吸去拥抱美好的生活。

在中国工程院和有关单位支持下，张伯礼又牵头组织武汉协和医院、武汉市中医院，共同为湖北被感染的医护人员建起一个健康管理平台，追踪他们的健康状态，以中西医结合的干预方式，帮助这些"逆行"的医护人员更好地康复。这个任务有可能需要延续一两年，但是必须跟踪下去，因为，这里面装着一份责任，一份深情。

严厉导师的恒心

差不多每个深夜，张伯礼奔波的身影都会穿过星空下的武汉街头。武汉的夜会记住这位在这里拼过命的老人，即使是黑夜里，他也在用他黑色的眼睛寻找着光明，那炯炯的目光一如他的内心一样澄澈。

张伯礼是武汉的常客，学术会议、参观交流、会诊难症，这座美丽的城市留给他的印象，总是那么的轻松和充满活力。他怎么也想不到，在他的古稀之年，会有这样一段与武汉生死相依的日子；他更不会想到，武汉人民也给了他肝胆相照的深情厚谊。

2月16日深夜，刚刚入睡的张伯礼被腹部的疼痛刺醒。几天来，他的节奏快得像是旋转的陀螺，每天不到五个小时的休息时间，让他的身体拉响了警报，胆囊炎急性发作。

疼痛让张伯礼一夜无眠，也只有在被剧痛攫住的几个小时里，他的思绪才有时间任意飞翔。他想了很多，关于自己的人生、家庭、事业，但想得最多的是，中医药治疗新冠肺炎疫情已经展现了较好疗效，更多的患者需要中医药救治呀！在这种关键时刻，作为一名战士、指挥员，无论如何不能离开战场，哪怕把自己的生命留给这片沃土。

翌日一早，张伯礼简单做了检查，医生建议手术。中央疫情防控指导组负责人强令他住院。但张伯礼的态度更坚决，他希望保守治疗。他心里清楚，此时的武汉，为阻断疫情，各医院的大多数择期手术均已停止，只有几家医院允许进行不得不做的手术。如果他现在手术，会给武汉的同行添太大的麻烦。

不能麻烦他们啊，因为武汉医生的累已经超越了极限。况且手术后恢复时间长，会耽误江夏方舱医院的工作。

两天的保守治疗，丝毫不见效果，超声提示，结石全嵌顿在胆管处！

必须手术！各方会商后，下了死命令。

2月19日凌晨，张伯礼被推进武汉协和医院急诊手术室。术前，依照医院惯例，需要征求家属意见，张伯礼说，不要告诉家人了，我自己签字吧。

说罢，他的心还是"咯噔"了一下。再过两天，就是老伴儿的生日。我万一……张伯礼瞬间闪现的担心不是因为害怕，而是一种情感上的歉疚。半个世纪的时光，他都奉献给了中医事业……不会，不会有万一……我一个老头子，工作没完成，老天也会……这样想着，张伯礼进入了麻醉状态。

那天凌晨，远在天津的张磊被电话吵醒。张磊是张伯礼之子，子承父业，担任天津中医药大学第一附属医院风湿免疫科副主任、天津中医药大学第四附属医院执行院长。他已经报名准备奔赴武汉疫情一线，随时听候命令准备出征。电话里，传来的是武汉前线指挥部负责人的声音：张院士病了，需要紧急做个手术，我代表组织征求家属的意见。

张磊的心瞬间揪紧，一丝不安涌了上来。72岁的父亲一向身体不错，半夜需要手术，病情必定危急。

我父亲，他危险吗？

是急性胆囊炎，有胆结石嵌顿。

听到这个答复，张磊放下了心，他知道，这类手术难度不大，唯一担忧的是父亲的高龄，但他相信武汉的医生。他说，我同意组织的安排和决定。

凌晨4点，张伯礼手术结束，一切顺利。

从手术室返回病房途中，张伯礼给张磊打了电话。他的声音虽有些虚弱，却一如往日的坚定："知道你近日来武汉，你不要来我这里，在'红区'一定努力完成任务，保护好同事和自己。"这位父亲，在自己刚刚做过手术醒来的一刻，把对儿子深沉的牵挂浓缩在这样的一句话里。

两天后，张磊带领第十二批天津支援湖北医疗队增援武汉江夏方舱医院。他记着父亲的话，一到武汉便走进"红区"。

术后第3天，张伯礼因为腿部出现血栓，无法下床行走，病床就成了他的工作台。他戴着老花镜，左手扎着输液针，右手执笔修改材料。那几天，正值他的医疗团队与科技部合作的中西医结合治疗新冠肺炎项目进行到关键时期，容不得他喘息片刻。72岁，全麻手术，怎么说也是个大事件，张伯礼却并不在意，只是写了一首题为《弃胆》的诗记下这段经历：抗疫战犹酣，身恙保守难。肝胆相照真，割胆留决断。

这一天，是远在天津的老伴儿生日。不过，操持着这个两代中医人的家，她早习惯了父子俩不是在医院，就是在去医院路上的生活。

仗还在打，我不能躺下！术后一个多星期，显得清瘦的张伯礼，穿上防护服又出现在"红区"病房。他的防护服上写着"老张，加油！"

一连多日，武汉确诊病例数大幅下降。正月十五那天，面对武汉街头温暖的灯光，张伯礼又赋诗一首：灯火满街妍，月清人迹罕。别样元宵夜，抗魔战正酣。你好我无恙，春花迎凯旋。

"你好我无恙，春花迎凯旋"的一天很快到来。

3月10日，江夏方舱医院休舱。张磊是病区主任。这天有大批患者出院、转院，信息要准确，安置要妥当，张磊规定，与当天工作无关人员一律禁止入内。这时，他接到通知，张校长与江夏区卫健委的同志一会儿进舱。

唉！张磊轻叹一声。身在武汉20多天，他还没有见过父亲，今天却要在江夏方舱医院见面。虽然时刻惦记着父亲，但此刻，他还是觉得张校长"扰乱"了自己的工作。

病区里走进一群身穿防护服的人，张磊认不出自己的父亲，直到他看到"老张"向自己迎面走过来，才欣慰地笑了起来，紧接着泪流满面。护目镜虚化了他的目光，口罩遮掩了他的笑容，这两行泪水，包含着太多太重的内容。

"张校长好！"

"一切顺利吧，回家好好休整，按时上班。"

就这样两句话，结束了父子俩短暂的相见。直到张磊返津，他在武汉的20多天，只和父亲待了这么可怜的10多分钟。

下午两点多钟，结束工作的张磊脱掉防护服、全身消毒完毕走出江夏方舱医院时，远远地看见父亲一行人正在院子里现场办公，研究封舱后的安排。这是胆囊切除手术后还不满1个月的父亲，这是应该享受天伦之乐的父亲，这是全家人眼里可亲可敬可爱的"老头儿"。

"爸！"这一次的公开场合，儿子没有喊"张校长"。

父子俩在江夏方舱医院门口合影留念，作为驰援武汉的难忘记忆。

那一刻，武汉天空湛蓝，阳光灿烂。

江夏方舱医院休舱后，张伯礼依然忙碌着。他积极参与患者后期康复评估、观察、诊治的工作，多次去康复驿站诊治病人；他积极筹建两家康复门诊和病房，主持制定并发布了全国第一份中西医结合康复指南，指导建立了全国医务人员感染新冠肺炎管理与康复平台……他常说，"我们认识新冠肺炎才2个多月，知之不多，必须借助康复进行深入的观察。对患者进行身心康复，中医有优势"。

病疫无国界。如今，国外疫情的快速蔓延，又深深揪着张伯礼的心。3月26日，他作为主讲专家，应邀在"世界中医药学会联合会"举办的中医药抗疫专家经验全球直播中，与64个国家和地区分享新冠肺炎的中医概念、病因病机、临床特点，中西医结合在救治中的作用，循证证据和基础研究进展，9万人在线参与。而在此之前，张伯礼的团队还与世界卫生组织、意大利、韩国、日本、澳大利亚、美国、法国等国际机构和多国医务工作者视频连线，分享中国中医药在抗击疫情中的经验，并向他们援助中医验方、中成药等。

习近平总书记曾这样评价，中医药学是中国古代科学的瑰宝，也是打开中华文明宝库的钥匙。

张伯礼这一代中医药专家，正是以一种使命感紧握着那把钥匙——无形却沉甸甸的钥匙。2008年，他主持制定了《中国·中医学本科教育标准》，并主持制定了世界第一个中医学国际标准《世界中医学本科教育标准》，已被50多个国家和地区推广使用。他还曾多次上书全国人大常委会，促成了《中华人民共和国中医药法》在2017年7月1日正式实施，让中医药的保护、人才培养、科学研究、传承与传播从此有法可依。今年全国"两会"召开日期未定，张伯礼已准备好建议——尽快修订《传染病防治法》，加快建立重大公共卫生事件应急体系建设，将中医药医疗纳入其中，在疫情发生后成建制介入。

这次新冠肺炎疫情，他把自己交给武汉，把儿子交给武汉，也把自己得意的学生交给武汉。他不知道自己多年培养的300多名硕士博士、数不清的本科毕业生，此刻，有多少人正战斗在抗疫一线。但他知道，被祖国中医学滋养过的医生也一定有着最美的"逆行"。

在这支团队中，杨丰文和黄明两位博士，作为助手一连几十天不离张伯礼左右。他们按照导师的口述，起草建议，提出意见；他们辅导临床医护人员用手机软件搜集患者服药效果评估，将大数据传到大学科研团队进一步分析。两个多月里，连轴转的师徒三人都成了见过最多武汉夜色的人。

张伯礼性格坚定果敢，内心却无比柔软。央视记者采访他，刚问了一个问题，他就在镜头前不能自持，一时哽咽，只有他的心里最清楚其中的原因：为了中央领导对自己的信任，更是为了对中医药的信任。

学生们看到电视屏幕上的张老师，也是泪湿衣襟。

学生们最了解这位可敬的导师，他把自己多年科研成果的400余万元奖金全部捐给天津中医药大学，成立"勇博励志基金"，12年的默默捐助，为3000多名年轻人照亮了未来。

学生们最了解这位严厉的导师，他指导的硕士、博士的每一篇毕业论文，他都会逐字逐句修改。每次答辩前，一定会演练很多次模拟答辩，"磨薄你的嘴唇"。

学生们最了解这位国医名师级的导师，他带领3位院士、9位国医大师，为了中医药传播，俯下身来，用通俗易懂的词语，悉心编辑了一套5本中医科普丛书，包括小学版、中学版以及英文版。

大道至简，大医精诚。

无论是课徒、出诊，还是管理、攻关，张伯礼的每一个角色，都表现得近乎完美——

他肩有担当。为摸索实验条件，建立基础数据库，需要大量新鲜血液反复测试。他连续8次抽取自己的静脉血，同事心疼他，阻拦他，他却说："我是实验室负责人，就应该抽我的血！"

他胸有大爱。他的专家门诊一号难求，多少次他疲惫地走出诊室，都会有患者家属哭着拦住他求救，他总是尽己所能，全力施治。对于那些家境贫困的患者和家属，他千方百计减少费用。在用药好转后，患者和家属都动情地拉着他的手叫他一声"活菩萨"!

他心有柔情。在攻关国家科技项目的紧张时刻,他带着团队夜以继日摸爬滚打。他的家就在校园旁边,3个多月却很少回去,好在老伴儿理解,儿子支持,那是一个医者家庭对祖国中医学的集体贡献。

张伯礼的大道,就是一个共产党员的本色;张伯礼的精诚,就是以悬壶济世的博爱之心,以"博极医源,精勤不倦"的习医之心,为天下苍生带去安康。

有人说,这次疫情,是张伯礼挺起了中医药人的脊梁,也将中医药学的地位上升到历史新高度,他把这种守正传承创新发展当作自己毕生的责任,时代的使命,他要带领中医药生力军,昂首走在中医药支撑健康中国建设的前列。

如今的他,依然白衣执甲,依然脚步铿锵,依然一路向前,依然为中医药这一幅美丽的中国画卷描绘着属于他这一代人的浓墨重彩。

(选自《光明日报》2020年04月19日01版)

青春力量

一位叫"大连"的志愿者　李朝全
爱的温暖和力量　曾散
迎风吐蕊　朵朵花开　曾散
老唐这一路　普玄
他们的名字叫美德　普玄
找到了当志愿者的价值和理由　普玄
想看看你年轻的模样　韩生学
那些汇聚起来的力量　王国平
曙光　许丽莉

在新冠肺炎疫情防控战中，一线医护人员中的80后、90后、00后占了一半左右。在社区干部、志愿者、警察等直接担负社会疫情防控重任的工作者中，青年也占了很大比例。可以说，在这场疫情防控战中，青年们充分彰显了自己强大的力量，证明了他们是值得信赖、堪担重任的接班人。广大青年在困难面前高昂起头，挺身而出，迎难而上，责无旁贷，义不容辞地做出自己的贡献和牺牲，让青春在艰苦的战斗中绽放出绚丽的风采。他们以自己的实际行动，证明了中国青年是一支值得人民信赖的、建设和保卫祖国的生力军，是青春中国最亮丽的名片。

李朝全

一位叫"大连"的志愿者

这是一个真实的故事。主人公是一位大连小伙儿,不满28周岁,因为名字里有个强字,我们就称他"小强"吧。小强原计划从上海乘高铁去长沙谈生意。2月13日路过武汉时,阴差阳错地下了车,从此开始了悲欣交集的一段难忘经历。

误打误撞到了武汉

小强1992年5月出生,在大连经营一家手游工作室,已婚,儿子不满3岁。过完元宵节,小强计划去长沙。他每年都要去长沙,找和他一起做手游工作室的师傅拿脚本和IP。这时全国的新冠肺炎疫情正处于胶着状态,尤其是湖北和武汉的疫情处于高峰。家里人很担忧,但小强在网上查了一下,看到湖南包括长沙的疫情并不严峻。他安慰家人,说谈好生意就回来。

他简单收拾了行李,只背了一个包,带了一两天的洗漱用品和换洗衣服,从大连乘飞机到上海,在上海住了一晚。

2月13日早上8:24,小强坐上上海虹桥开往长沙南的G576次列车。车票是上海到岳阳东的二等座,3车6F靠窗。

车厢里人很多,都戴着口罩,都不交谈。小强坐在座位上,一直玩手机。快到中午时,他感觉肚子有点饿,就走到9号餐车买了盒饭。他看到临近的 8 号车厢里有很多空位，就找了一个靠窗的坐下来吃饭。再走回拥挤的 3 车厢实在有点麻烦，因此，吃完饭他就继续坐在座位上玩手机。玩了不到 1 小时，就听见列车员喊：武汉站到了，请 8 号车厢的全体乘客下车。

13：25 火车准时停靠在武汉站。车厢里嘈嘈杂杂的，只有小强坐着没动。乘务员喊他：小伙子，该下车了！

小强回答：我是去长沙的，不是到武汉。

列车员说：这节车厢人家都是到武汉的，你自己误打误撞来了这个车厢，又跟他们坐在一起这么久，要不你也跟着他们都下去吧！

这时，小强才注意到他身边坐的几个人，果然都已站起来拿好行李准备下车。前面是一位大叔，右边是夫妇俩带着一个孩子，后边还有一个大学生。

小强拿着车票想走近去和列车员说理，列车员却一个劲地往后退，说：你别过来！你别过来！

没办法，小强不想为难人家，就从高铁上下了车。下车后没几个小时，他就后悔了。当时他如果强硬地要求留在车上，列车员也未必能赶他下去，毕竟他的车票是到岳阳而不是到武汉，谁也不能强迫他下车。但是，这个 1 米 83 的小伙子觉得人家那么催促他下车，那话说得让他实在不好意思再硬留在车上。

站在站台上，小强不知所措。这时，他看到刚才坐在前面座位上的那位大叔，就过去问他去哪里，大叔说他是回武汉的医生，要参加一线的救治工作。

小强问他：您能不能捎我一程？

大叔就捎了他一段路，然后给他放下来。

得想法离开武汉！小强心想。

他打开手机，发现离汉火车票全部停售。又用打车软件搜索离开武汉的其他交通工具，发现快车、出租车、顺风车都停了。在大连就知道离汉通道已经关闭，但只有到了武汉，才感受到什么叫关闭——也就是所有留在武汉的人都不能离开武汉!

他给110打电话,希望警察能帮他;给120打电话,对方回答,现在没有车可以离开武汉。

没办法,既来之则安之吧。

下午,小强给家里打电话说自己被困在长沙了,暂时回不了。他想,如果家里人知道自己的处境,肯定会急疯的。

小强打算找家酒店住下来,但搜遍各种网站也订不上。他在马路上走来走去,沿途商店都是关着的。

天快黑了,又下起小雨,变得阴冷。小强想,找志愿者看看能否帮到自己。他搜索到一个本地志愿者招聘信息,上面赫然写着四个字:"包吃包住"。这四个字对饥肠辘辘中的小强来说,太有吸引力了。

一开始他想避免去医院。他先看到一个道路清洁的工作,就打电话,对方问:你能过来吗?小强回答:我过不去,我没有车。对方说:我们真想用你,但确实没办法来接你。

小强又打了第二个电话,是招聘司机的。对方说:如果你想来的话得自己带车,要是你没有车的话,就得等。但他等不起呀,天就要黑了,他得马上找个地方住下。

怎么办呢?他想起2月8日听到过大连派出医疗队支援武汉的新闻。他想,要不就去医院当志愿者,医院总会管吃住吧?但是他不知道大连医疗队在哪一家医院。他搜索了一下最近的医院,搜到武汉市第一医院,电话打过去,对方说:来吧!我们正缺人。小强问:能不能开车来接我?对方说:你得等一等,我们现在车辆也紧张。

等了40分钟,车来了。晚上9点,小强终于到达武汉市第一医院。

时间太晚了,医院一时也没法给他安排合适的住处,告诉他暂时在地下车库搭个简易床对付一晚上。小强把医院给的一张折叠床打开,盖上医院给的一条被子。又累又冷又担惊受怕,一晚上都没睡好。

半夜他听见有人痛哭,看见医院工作人员推着一具尸体送到殡仪车上,家属就跟在后面哭，既不能靠近去看也不能去触碰他们逝去的亲人。小强感觉到死亡离自己这么近，他被吓哭了。

向家乡求救

第二天是2月14日，西方的情人节。这个日子小强本该留在爱人身边，陪着儿子。他怎么也没想到，一早起来就要开始工作。他想得很美：到了医院，怎么着都会花一两天培训新手吧，他先待两天，两天里兴许就能找到办法离开了。没想到医院人手奇缺，根本没时间搞培训。

督导老师让小强跟着自己学，教他怎么穿脱防护服，给他分配了任务——直接进到九楼的病房里，负责23病区。

小强人高马大，防护服和手套都没有适合他的尺寸。穿好防护服，总觉得不是这儿不对就是那儿不对，稍微一使劲儿，手套就从袖口崩开了，他特别害怕，因为皮肤都裸露出来了。支援武汉的南京鼓楼医院医疗队护士长朱欢欢赶紧带着这个笨手笨脚的小伙子出去给他消毒，又给他找了一副长手套戴上。从那天起，朱护士长每天都要从南京医疗队给小强拿一副长手套。

小强怀疑护目镜也有问题，一吸气总觉得眉毛那里有凉风。他很担忧，赶紧去找督导老师。督导老师回答：只要没有唾沫或是固体的东西沾到眼睛上，有护目镜挡着就没问题。

但他还是半信半疑，又接连问了好几个护士，大家都说没问题，他才相信。别人都是戴两层手套，小强却坚持要戴三层，袖口处还用胶带层层捆起。

小强的工作是清理患者的生活垃圾、拖地和卫生消毒。一天工作12小时，早上7：00到11：30，下午1：30到5：00，傍晚6：00到晚上10：00。早上进去收拾70多位患者前一天晚饭的餐盒，然后分发早饭，中午去收一下早饭餐盒，分发午饭，傍晚去收午饭餐盒，再分发晚饭。每天早上7点他还负责给医务人员消毒,往他们的鞋底上喷洒消毒液。晚上下班前还要负责收拾医护人员脱下来的防护服。他每天要三次出入病房,因此要换三套防护服。

第一次到病房里收饭盒,小强伸手拿起饭盒,感觉饭盒下面黏黏糊糊的,糟糕,有水!他的心里"咯噔"一下:完了,完了,我被传染了!手里拿着饭盒,手足无措。

当他终于把饭盒放进垃圾袋掉头要走时,又听见患者喊:小伙子,还有垃圾桶。

小强一看,垃圾桶里有吃剩的苹果核、酸奶盒,这些都沾过病人的嘴,肯定都有病毒呀!他怕极了。

他慢慢蹲下去,感觉风就从脸颊两边被挤了出来。他不敢再站起来,心想:我一站起来,脸颊就会再吸进空气啊!

这一整天,小强都在提心吊胆中度过。

晚上,医院方面告诉小强,已给他安排附近的一家酒店的单间,带卫生间,有电视,还有 Wi-Fi。

下了晚班,昏暗的路灯照着空旷的马路,小强独自走回酒店。这个年轻人轻轻哼起歌手海鸣威的一首歌:

> 我走在没有你的夜里
> 好大的北京
> 我哭都没有了声音
> 我坐在没有你的家里好冷清
> 你走得如此地肯定
> 我躺在没有你的回忆冷冰冰
> 我痛都没有人伤心
> 我站在没有你的窗前
> 看孤独的风景

此时此地,他觉得,这首歌唱的正是自己。

这天夜里,小强内心非常惶恐,害怕病毒会找到他。他感觉到了自己的渺小,孤单单一个人在武汉,人生地不熟,连一个可以说话的人都没有。他辗转反侧,难以入眠。

第二天早上,小强打起精神到病房去。75床的老大爷一直在流鼻血,他不小心把擦鼻血的纸扔到了正在收拾卫生的小强腿上。小强吓坏了:这下完了!跑不了了!肯定被感染了!

旁边的护士看他发怵的样子,就对他说:小伙子,你去把撮子拿来,再拿点卫生纸来,我帮你一起收拾。小强不敢动,看着护士拿纸去包地上的血再往垃圾桶里放,非常感动,他对她竖起大拇指,说:你是真汉子!比我都爷们!

护士对他说:你现在就出去,把腿处理一下,然后消下毒。

小强如获大赦,他真的怕了,这地方没法再待下去!

两天来一连串的打击让小强打起了退堂鼓:我得赶紧另找工作,这个活儿不能干了!

但是,他上网搜,但凡招人的,都是医院。

是啊,这时候,工厂企业几乎都已停工,最缺人的就是医院!

2月16日是小强到医院工作的第三天。每次看到患者痛苦的样子、窒息、剧烈的咳嗽,他就特别恐惧和紧张。前一天和他说话的一名患者进了ICU,隔壁病房传来谁又被列为疑似病例,一整天小强的心都提在嗓子眼。到了晚上,他感觉呼吸和胸口都挺沉重,怀疑自己是不是已经染病了,半夜三更都睡不着,越想越怕,他想求救,他给能想到的求助部门都发了求救微信和短信,也想到了自己经常听的大连交通广播。

2月17日凌晨1:15,小强在大连交通广播微信公众平台上发出了一条求助微信。

17日早上,大连交通广播电台《欢乐同行》主持人高峰发现了这条微信名叫"时光手游"的特殊消息:

记者你好，我是一名在大连长大的大连人，目前我被滞留在武汉，在武汉第一人民医院做义工，每天会面对70多个病人，跟他们零距离接触，每天会看到很多患者病危，甚至死亡的都有，慢慢地我觉得害怕了，但是不敢跟家里说我在武汉，更不放心跟家里人说我在医院做义工，每天在病房工作6个多小时。我看到大连来了医疗队，但是找不到他们，我特别想跟家乡的人在一起奋斗。有时候我很怕自己被感染，没机会再回去见到我的父母、妻子，还有我不满三岁的儿子。不敢跟父母打视频电话！真的很害怕我再也见不到他们，但是作为一名中国人，大连人，我不畏惧病毒，可是作为一名儿子、丈夫、父亲，我害怕再也见不到他们，我还有未尽的义务！给你们发这个信息，我是想如果真有不测，我希望你们能帮我告诉我的家人，告诉我的儿子，他的爸爸是个勇敢的中国人，是个勇敢的大连人。我叫××强，我的身份证号是210……电话是199……希望你们可以帮我转达！此致，敬礼！一名奋斗在一线的、普通但却勇敢的大连人！

节目播出后，听众纷纷留言。大连交通广播迅速反应，立即成立援助报道小组。当天晚上20：36，节目组的记者联系上了小强。小强说，我不奢求现在就能走，只想大连的医疗队如果有返回大连的，第一批带上我就行，特别感谢你们！其实现在着急也没用，我在这里每天也有住的地方，一日三餐都有，也是为国家尽一分力。

电台记者姜馨然感觉小强的心理状态很糟糕，急需心理疏导。于是，电台紧急联系上了派驻雷神山医院的大连援鄂医疗队，帮助小强联系上大连医科大学附属新华医院领队刘医生。刘医生告诉小强，因为他不习惯戴口罩，现在长时间穿着厚重的防护服，戴着两层的N95口罩和医用外科口罩，感到胸口沉重是很正常的。

听了刘医生一番话，小强心里的石头落地了。他感觉自己就像一个落难到孤岛上的人，忽然看到一条可以带自己回家的船。从那天起，刘医生就和小强保持联系，询问他的状况，提醒他做好防护就可以避免被感染。

一天中午，在酒店大堂外，一群医疗队员正在合影。突然，小强听到有人喊他：小伙子，你抢镜了！

小强一听，这些人口音和自己有点像，就问：你们哪里来的？

对方说，我们是哈尔滨医科大学附属一院派来的黑龙江医疗队。

老乡见老乡，两眼泪汪汪。黑龙江医疗队的领队和小强互加了微信。晚上，医疗队给他送去了红肠、士力架和各种零食，还送去了沐浴露、洗发水和剃须刀。他们送的吃的太多了，小强就分给别的护士和义工一些。

工作之余，小强就看护士们忙碌，看她们怎么跟患者打交道，他问：护士姐姐，你们这样零距离接触患者不怕被传染吗？

护士耐心地告诉他：我手套虽然碰到患者了，但立马做手消就没事了。记住，从病房出来，不管你手碰没碰东西，都应该立马做手消；在病区里不要用手去碰身上任何部位，因为脱防护服时你不知道哪里是被沾染过的。

就这样，护士姐姐一点一点地教他。小强自己也一点一点地积累，慢慢地战胜了恐惧。

但他心里还是很排斥同患者说话。每次进病房前，他都是先吸一口气，然后憋住气再走进病房，快快收拾完，快快出去。

小强喜欢和护士姐姐们聊天。护士们知道了他的经历，都夸他挺机智勇敢，挺棒的。有个护士说：你的经历让人想到了电影《人在囧途》。

突然就变成了网红

2月24日，农历二月二，龙抬头。黑龙江医疗队专门送给小强一套理发器，让他给自己理发。

2月26日，有位四十多岁的女患者治愈出院。小强很惊奇，就跟她聊天，问她这个病究竟是什么情况。这位大姐把小强当成了医生，流着泪连声道谢：感谢你们！谢谢你们！

小强想，这个病真能治好啊！他又揣摩：大姐都四十多岁了，自己抵抗力和体格肯定比她好，即使感染了也一定能治好。这下，他才真正放下心来。

2月27日起，大连交通广播电台通过官方微信、微博和抖音同步推出《大连义工小强的武汉日记》，受到越来越多大连人的关注。

小强的心态越来越平稳了，他从义工转成了志愿者，劳动强度也降低了，每天只需工作6个小时。

他变得更有耐心，和患者时常能有一些交流。虽然大连和武汉的方言有很多差别，但小强每次都很耐心去倾听。他感觉这些患者都很乐观，很友善，比如54～56病床的患者，有时小强要进病房，这时如果患者没有戴口罩，他们就会喊小强等一下，等戴好口罩，再让他进去。

有位大妈入院时情绪不好，看到小强后，情绪变积极了，由衷感慨：只有中国才有这么好的青年。

武汉志愿者何女士接到大连广播电台听众王建军的电话，知道小强因为个子高，防护服不合适，就把手里所有的大号防护服都给他送去了。

小强的心底慢慢生出了乐观和幽默。譬如医生说：小强，把袋子给我用一下。小强回答：好的，这就给你，伙计！大伙儿都被逗笑了。

小强在护士站对面电梯口墙上贴了一张纸，写着"大连小伙等候处，九楼女神守护者，若有需，召必回，请喊'大连'"。每个字里的点，他都画成爱心的形状。闲下来时他就搬把椅子坐在那里守候。护士们需要搬东西、推送饭车什么的，都喊"大连"。

进入病房污染区穿防护服的过程相当烦琐，也非常耗时，要求一丝不苟严丝合缝。先要戴上N95口罩，再戴上外科医用帽子，接着穿上一次性鞋套，再穿上全身套的防护服，然后戴第二层帽子，再穿上外隔离衣，隔离衣的系带系在背后，然后再穿上外鞋套，戴上外手套。每天，小强都严格地按照这套程序来穿戴，不敢有一丝疏忽和懈怠。有一天傍晚，姜馨然连线采访小强，小强说时间快到了得马上走。姜馨然说：就最后一个问题了！但小强坚决地说：不行！我得赶紧去病房，一分钟都不能耽搁！

小强把自己微信号的签名改成：生命有终点，人生须无憾！

在他看来，自己这次在武汉的经历，大概是命运安排他为武汉做点什么——为了让人生没有遗憾。

黑龙江医疗队的老乡经常给他送东西。小强说真不知道该怎么感谢，回去后一定要去一趟哈尔滨看望这些亲人。

姜馨然逗他：你不先来交通台吗？

小强：肯定去！回大连第一个找你们。然后再去哈尔滨，再去南京。

姜馨然：南京是个什么梗？

小强：我所在的9楼病区，主管的就是南京鼓楼医院的医生和护士。他们给了我很多帮助。

小强又问姜馨然：我能进交通广播电视台里面吗？

姜馨然回答：能。

小强：可以带我媳妇一起吗？

姜馨然：能，带你儿子也行。

小强：回去以后我就不用怕人了。我就可以说出我的名字。我也想骄傲骄傲。

小强成了媒体、网络红人，小强火了。

但小强却说：我不想火，我就想过平头老百姓的日子，我只想回大连踏踏实实过我的日子。

3月11日，大连援鄂医疗队刘领队来到武汉市第一医院。经过协调，医院安排小强做了CT检查和核酸检测。结果一切正常。

要离开医院了。小强去和护士姐姐们告别。

护士姐姐逗他：我们都还没走，你怎么就走了呢？

小强说：我到南京找你们。

护士姐姐说：到马林广场等着哦。

（选自《光明日报》2020年03月16日01版）

曾 散

湖南宜章人，1986年生。中国作家协会会员，鲁迅文学院高研班学员，"金长城"中国作家创作室签约作家，毛泽东文学院签约作家。作品发表于《人民日报》《光明日报》《文艺报》《中国作家》《北京文学》等报刊，已出版《第一军规》《半条被子》《大山赤子刘真茂》等7部著作。被中国作家协会授予"深入生活、扎根人民"主题实践先进个人。

爱的温暖和力量

岂曰无衣，与子同袍

长江浩荡，暮霭沉沉。夜色一点一点漫了过来，笼罩在武汉上空。

月亮仿佛也戴上了口罩，只露出小半张脸，注视着这里的街市。四处霓虹闪烁，却鲜有人语——入夜的武汉，本是一座人声鼎沸、红透天际的不夜城啊。

防护服。口罩。手套。全副武装之后，我走到路口，郑能量已等在路边。

坐上车，先给我喷洒一遍酒精。这是他的"标准流程"。他说，既要对乘车人负责，也要对自己负责。

郑能量长得高瘦，戴副眼镜。这个90后给我的第一印象是斯文，但也显得老成持重，让人放心。

我们都来自湖南，天然的地域认同感很快拉近了我们的距离。接下来的几天，我边采访他，边跟着他做志愿者。

后排座椅上堆满了盒饭。"现在晚上 7 点多了，给人送饭去？"我看了看时间。

"爱心人士赞助了一百五十份盒饭，刚刚装上车，后备厢还有。"

郑能量的电话铃声响起。"您好！请问是郑大哥吗？"是个怯怯的女孩声音。

"欸，是的。我是郑能量，请问您有什么需要？"这是他接电话的标准答复，有求必应，铿锵有力。

"听说您那里有饭提供是吧？能否送一点给我？谢谢您！"

"没问题，我的手机号就是微信号，你加我微信发送定位，马上给你送过来。"

一口气开到约定地点，见面聊了才知道，打电话的小张是名大学生，放了寒假，告别父母来武汉陪外婆过年，住在硚口区荣华街道办事处的建国社区。小张告诉我，她外婆平时都是一个人独居，这次被确诊为新冠肺炎患者，正在住院治疗。

"那你就是密切接触者，你的身体怎么样？"我一边从车上给她拿盒饭一边问。

"我被隔离观察了十四天，没有症状就回家了，可回到外婆的房子里就犯了难，我在武汉没有熟人，家里吃的都耗尽了，我又不熟悉环境，不敢随便出门。刚刚在网上看到郑能量发布的信息，就马上打电话求助了。"小张很有礼貌，语气也很平静，但我听出了她的无奈。

郑能量说："一定保护好自己，以后有什么困难就给我打电话，我会帮你想办法的，我电话二十四小时在线。"小张连声道谢，我们看着她单薄的身影消失在楼道的转角。

郑能量的手机还在不断响起。晚上 8 点多，还有很多人没吃饭，有些是跟郑能量一样的志愿者，一直忙着没空吃饭，有些像小张这样的，家里面没有存粮了。

送完盒饭，又要赶往南京路上的武汉市中心医院，送一批爱心物资。

还有下午刚接收的四千箱羊奶，河南商会爱心企业捐助的，近期都要送达各个医院和社区。郑能量要计划一下接下来的物资发放工作。

"要不先送你回去休息吧？"

"说好了，今天跟你并肩战斗到底，你什么时候收工，我什么时候回去。"

"我要再等等，晚上怕有人要用车。"

"那就一起等！"

电话骤然响起，果然有人求助。

已经是半夜12点。郑能量发车启动、导航设置一气呵成。

雨后的街道沉默而冷寂，湿漉漉，空荡荡。郑能量的白色小车飞驰在宽阔的楚雄大道上，目的地是湖北省中医院光谷院区，那里有两位老人等着回家。

求助者说，她九十岁的奶奶低烧，父亲带着奶奶去省中医院光谷院区做进一步检查，医院CT检查和咽拭子检查均已排除新冠肺炎感染。去的时候是白天，社区安排了车辆，等一切都检查完了，天已经很晚了，社区有限的几辆小车，又正奔波于运送新发现患者的路上，一时半会赶不过来。两个老人在医院门口等了很久，始终打不到车。他父亲叫李在轩，家住洪山区纺机社区中南宿舍。

赶到医院，果然见到两位老人。见我们来了，李在轩立即声明，小伙子请放心，我们都没有感染新冠肺炎。

"没事的，大爷，我来接你们回家！"郑能量搀扶着老太太上车。看着颤颤巍巍的老人，我的内心无法平静，在这个雨夜的武汉，我看见了人类面对病魔的顽强，也感受到驱散寒冷的温暖。

李在轩千恩万谢的话语洒满了他回家的路。

"大爷，没事的。"郑能量说得风轻云淡。

平安抵达。李在轩扶着母亲下车，临走时将几百元钱卷成卷，丢在车座椅上。郑能量赶紧还给老人："我们志愿者是不收钱的，收钱的话那还出来干什么了?"

"小伙子,好人一生平安!"老人频频拱手作揖。或许在他心里,再多感谢的话都显得无力,只能用这种传统的礼仪表达谢意。

告别老人,郑能量说,两点了,应该没有什么人用车了,今天收工吧。

他觉得他做的只是些微不足道的小事。我说,放在平时,这些事情可能随便一个电话就能解决,但是放在此时此地,那就是雪中送炭,救人于危难之间。

投我以桃,报之以李

从到武汉那天算起,郑能量奔波的日常叠加起来,已将近一个半月,他那辆悬挂长沙牌照的小车,已经跑遍了武汉的大街小巷。

是的,郑能量是一位逆行者,他和那几万援助湖北医疗队的白衣战士一样,从外省逆行而来,顶着风和雨,带着光和热。

1月23日,武汉实行交通管制。

"关闭所有离汉通道?"郑能量把新闻看了一遍又一遍。

郑能量的家在长沙雨花区桔园小区,紧挨着京广铁路,他小时候总是枕着列车"哐当、哐当"的声音入眠。列车的声响把他的梦想也带到了远方。他说,京广线把长沙和武汉连在一起,两座城市,就是俩兄弟。

这个特殊的时候,郑能量希望做一些有意义的事情。安顿好患病的母亲,告别外婆和舅舅,他要北上武汉。

"我郑能量志愿进入武汉做志愿者,自愿接受最脏最累的一切任务,这是我的选择,也是我的社会责任……我不怕死,只怕今生有憾。"郑能量发这条朋友圈时,是1月25日17点55分。

1月25日,大年初一,长沙微雨蒙蒙。19点40分,郑能量开着一辆刚买两年的小车,正式出征武汉。到达武汉市区,已是大年初二的凌晨,街头空空荡荡,不时有救护车疾驰而过。郑能量的心头也空空荡荡,不禁生出酸楚。

无处落脚，找一个避风的立交桥下停好车，他在车里度过了到武汉的第一个夜晚，难眠又难忘。

天亮后，他开始到市区各大医院踩点、熟悉路线，同时在网络上公开发布声明：谁要用车，随喊随到。义务帮助有需要的市民出行、接送医护人员上下班、运送医疗物资、分配各地援助的生活物资……这些都是郑能量布置给自己的任务。

"投我以桃，报之以李。我只想回报社会，我就是来报恩的。"郑能量跟我说，他小时候家庭贫困，跟身患重病的母亲和外婆相依为命。雨花区民政部门、雨花亭街道和所在社区对他们一家帮助很大，特别是读大学那几年，更是靠着政府和社会各界源源不断的资助，才得以完成学业。郑能量本科就读于湖南第一师范学院。他说，学校的奖助学金、老师的情、同学的义、家人的恩，那么多的温暖和真情，他无以为报，这次来武汉就是来回报社会，尽自己的绵薄之力。

郑能量原名叫"郑郑"，大三那年，他觉得社会各界给予他的关怀太多，毅然把名字改为"郑能量"，取"正能量"之意，希望自己能帮助更多的人。

"你天天在武汉做志愿者，工作怎么办？现在湖北之外，很多地方都复工复产了。"我问他。这是目前比较现实的问题。

"我们单位对我在武汉做志愿者非常支持，而且还积极筹集了物资援助武汉，由我在两头做衔接。"郑能量的眼里闪着光。

随同物资而来的，还有一封亲笔信。他掏出一张纸，展开了递到我面前。

"你是湖南建工三万员工的榜样！我们是你坚强的后盾！……盼你早日凯旋！" 2月11日，湖南建工集团党委书记给郑能量手写了一封信，为他加油鼓劲。

志同者，道合

郑能量到武汉后，先是一个人、一台车，再是一群人、一个车队。

他最早加入的是"武汉抗疫公益志愿者联盟123志愿车队"，在抗疫志愿者联盟司机群里，他接受各种任务安排，从不推诿。

郑能量印象最深刻的，是那天接到一个小女孩的求助，她妈妈疑似感染新冠肺炎，需要去医院检查。但是，她妈妈又是癌症患者，一直在做化疗，情况比较危险。如何面对这种高度疑似患者，一开始车队志愿者都没经验，一时没人敢接送。郑能量下意识地犹豫了一下，选择接下这个任务。

"如果我拒绝，她妈妈该怎么办呢，而且她一家人都可能被传染。"

"这样与疑似患者频繁接触，被感染的风险相当高，你害怕过吗？"我问他。

"开始的时候，真是有些恐惧的，但是事情那么多，渐渐就没有时间去害怕了，有的只是着急，还有心痛。但是，我还是会做好防护，保护好自己。"

他们车队的志愿者有时互称队友，有时也喊战友。他们说，这是战时状态，他们是同一条战壕里的战友，互相照应，守望相助，共同战疫。

郑能量有一个并肩战斗时间最久的铁杆战友——胡恒兵。在一家汽车修理店，我见到了胡恒兵，他给我的第一印象是忠厚踏实，个子不高，但很健壮。

四十岁的胡恒兵是吊锅餐厅的老板兼厨师，做了半辈子鄂菜，最拿手的就是吊锅。在他的记忆里，武汉的冬天很冷，江风一起，人们喜欢钻进馆子，点个吊锅埋头吃一顿。

但这个冬天，却沉寂了。

胡恒兵原本打算1月23日回大冶老家，却因为疫情留在了武汉。他的手机频繁推送着疫情的消息，他看到，有一些前线的医护人员有时忙得连饭都吃不上。

"有种说不出来的心酸。"胡恒兵跟我说,作为一名厨师,他向来把吃饭看得很重,总不能让冲锋在一线的医护人员饿肚子吧?没吃饱怎么打仗啊。胡恒兵当即联系了七个同行,一起去支援医院食堂,给医护人员做饭。

他们第一天做了五百七十份盒饭,两荤两素,全部用保温袋包住、消毒,再分给医院的病区、科室。

医院食堂运转正常之后,胡恒兵转移服务重心,跟郑能量一样,开车接送医护人员上下班,再后来又经常帮忙转运各种物资。

胡恒兵经历坎坷。他说,在这样的疫情面前,做一点就算一点,那么多事,都不去做,谁做呢?

志同者,道合。跟郑能量走在同一条道上的还有来自河北保定的魏飞。

魏飞今年五十三岁,是一名退役军人,在保定市开一家小公司。武汉疫情发生后,魏飞一直干着急,想出点力又不知道干点啥,直到从网上看到郑能量"逆行"的故事,仿佛被点醒了,也下决心来武汉做志愿者。

在他们的住处,我见到了魏飞,一个随和忠厚的北方汉子。"不敢跟父母说来武汉的事,只跟爱人商量了一下,她知道我在家里天天为武汉的疫情发愁,所以很支持我的决定。"魏飞说。

魏飞特意从家里开来一辆面包车。他说,面包车运物资最实用,他以前在部队是装甲兵,最拿手的就是开车。从保定到武汉,一千一百多公里,他开了十五个小时。

魏飞还说,人活着,总要做一些有意义的事情。

是啊,他们是一群心怀共同理想信念的人,如今汇聚在武汉做同一件有意义的事。

德不孤,必有邻

在武汉一个多月,郑能量见证了这座城市的变化,他也从居无定所,到有了固定的大本营。

先是睡在桥下的车里，后来在好心人提供的健身房，如今郑能量和胡恒兵、魏飞他们住在一起，是爱心人士免费提供给他们的一套公寓。住宿稳定，他们就能集中更多精力去战斗。

各个志愿者车队也在进行整合。郑能量、胡恒兵、魏飞他们现在的车队叫"武汉007救援车队"。郑能量带我到武昌区和平大道的一个小区，在那里我见到了救援车队队长蒋镓淇。郑能量笑着说，这个大姐是他们车队的灵魂人物。

"还大姐呢，你刚来的时候看到我可是喊大哥。"蒋镓淇想起这事就会发笑。她说，郑能量好逗，因为都戴着口罩，穿着防护服，看到她是短发，就以为她是男的。

三十五岁的蒋镓淇，一身透着干练。她一边给郑能量盛饭，一边说他有口福。"今天车队一个小伙伴生日，小区业主爱心群里，有爱心人士特意煮了牛肉炖胡萝卜火锅。"

蒋镓淇说，小区里面有一批爱心人士，看到这些志愿者天天在外面奔忙，就主动拉了一个业主爱心群，整合力量给志愿者车队提供部分后勤保障，志愿者想吃什么菜，都尽量满足。菜做好之后放在各自家门口，通知志愿者去取，也不用打照面，避免接触。

"有一件事让我非常感动，不记得是谁说想吃饺子，于是部分爱心业主就马上行动起来，东家出肉，西家出饺子皮，南家出胡萝卜，北家出手艺，连饮料都有人给配齐了。我们将那顿饺子称为'百家饭'，也是我吃过最难忘的一顿饺子。"

蒋镓淇出身于医生世家，对病毒的认识更加理性，对车队每一位战友都关心爱护。她说，郑能量实在太拼了，一天二十四小时待命，好像不用睡觉似的，有单就抢着接。我们怕他身体吃不消，还会强制他去休息。

"这种被人关怀的踏实，是我的铠甲、我的装备。"郑能量放下碗筷，抬起头说了一句。

是啊，爱和温暖，从来都是互通的。他的逆行北上给武汉带来了正能量，武汉人民也还他以异乡的温暖。

1月28日，郑能量送中部战区总医院一位护士上班，护士说你们志愿者太辛苦了，从包里拿出一个鸡蛋递给他，嘱咐他补充营养，抵抗力才会更好，并提出拍张合影留念。那是郑能量到武汉之后第一次跟人合影。护士给他微信留言说："永远记得我们一起抗击疫情。"

郑能量说，有太多的好心人加自己的微信，一上来连话都没说就给他转钱，让他备感惶恐。有个名叫"利哥"的微信好友，一上来就给郑能量转账"666"元，祈盼他平安。

"我谨对利哥和所有人表示深深的感谢，但钱我一定不会接。"这是郑能量的心声。

在武汉的日子，有护士送给他口罩和酒精，有爱心人士送来水果和牛奶，有大爷送来面包，还有热心市民端来热腾腾的馄饨……郑能量的行动感动着武汉市民，武汉市民也感动着年轻的郑能量。

郑能量说，一个人的能量即使再大，在这场疫情面前都是那么微不足道，但是我们每一个人都挺身而出，尽力而为，出一分力，发一分光，汇集在一起的能量就可以是无穷大，就足以彻底消灭病毒，打赢这场人民战争。

夜色浓重。深夜两点，在这座英雄辈出的城市街头，我与郑能量道别，看着他的车渐行渐远。那尾灯一点一点变得模糊，最终融进整片暖黄的路灯中。

（选自《人民日报》2020年03月25日20版）

曾 散

迎风吐蕊　朵朵花开

夜幕四合，武汉长江二桥上的霓虹灯渐次点亮，闪闪烁烁，明明暗暗，即使璀璨，却少了观众，显得冷冷清清，仿佛哪座山冈沟壑的野花，兀自绽放，顾影自怜。武汉这座城市的活力与喧嚣都停滞了，被来势汹汹的新冠肺炎病毒重重地踩下了刹车，匆忙急促而又危机四伏。

父母送女上战场

一场没有硝烟的战斗旋即打响，4万多白衣战士从四面八方星夜驰援，会师武汉。李佳辰就是那四万分之一，从北京逆行而来。我见到她的时候，她刚结束前一天的战斗任务，在驻地休整。穿上防护服，她就是冲锋陷阵的白衣战士，勇斗病魔，脱下铠甲战袍，她又变成了文静的邻家妹子。

在李佳辰的眼里，母亲是她的榜样，这次她带着母亲的祝福与牵挂而来。"得知你要去武汉前线的消息，一时间有些恍惚。思绪拉扯回17年前，我去非典前线的一幕幕浮现在眼前。那时你刚刚9岁，也许你还不懂非典是什么、前线是什么。为了能给妈妈加油鼓劲儿，你用稚嫩的小手给妈妈弹奏了一首《世上只有妈妈好》。那时的妈妈，身上肩负着医务人员的责任与使命，虽然义无反顾奔向前，但心里最牵挂、最放心不下的还是年幼的你。"这是一位曾经的逆行者，一位母亲写给出征女儿的拳拳话语。

李佳辰说，2003年抗击非典的时候，自己还小，不能确切地理解什么是前线、什么是没有硝烟的战场，但在她心里，妈妈是个拯救生命的英雄。就像动画片里救人于水深火热之中的超人。那时的她，不懂得奋斗在一线的辛苦和危险，只是骄傲地感到，她有一个超人妈妈。

从2月9日晚上9点开始，李佳辰也变身超人，驻守武汉同济医院中法新城院区。带着妈妈的叮嘱，奋战在重症病房，她一个人要照顾五六名患者，输液、打针，负责他们的生活起居，帮助他们舒缓心理，每一样工作都尽心尽力，她经常会想到妈妈在信中提醒的"如何给病人传递温暖"。

对于重症患者来说，改善通气很重要，李佳辰要认真盯住每一位所负责的患者，除了帮他们减轻呼吸机带来的不适，还要及时拍背、吸痰。尽管每天都直面风险，可她觉得护佑生命就是她的职责所在。

病房里很多事都让李佳辰感动。有次上班，一个上着呼吸机的阿姨喃喃地好像在重复说着一句话，李佳辰以为阿姨哪里不舒服，就把她的面罩稍微扣开一点，让她一字一字慢慢说："你们是救我命的，谢谢你！"阿姨重复的这句话，让李佳辰瞬间泪目。

她所在的北京大学第一医院医疗队接诊的65名重症患者中，而今大部分康复出院。作为护理团队的一员，李佳辰说自己只是做了小小的贡献，但抗疫一线的历练却让她收获了大大的成长。

这是一次血与火的考验、一次生与死的较量，让26岁的李佳辰对生命有了更多一层理解，也让她真正体会到了白衣战士的使命与责任。

比李佳辰早10天，李宗育带着父亲的牵挂和叮嘱踏上了逆行之路。1月27日18：30，李宗育随队从南京南站出发，经停徐州，转乘坐卧铺，于28日早晨6：50抵达武昌站。

1992年出生的李宗育，是东南大学附属中大医院江北院区心血管内科重症监护病房的护师。"我未婚，父母未老，无牵挂，有经验能胜任，我选择我无悔！"这是她请战的理由，简单而坚决。

李宗育的果敢源于家庭的耳濡目染。她父亲是一位退伍军人，军人的许多优良传统也在女儿身上传递，比如奉献，比如担当。临行前，父亲即兴赋诗一首《送吾儿赴武汉战役》。"风萧萧兮易水寒，不计安危赴国难，恨无子嗣承祖志，幸有爱女学木兰。"李宗育的父亲也深知，武汉人民更需要像女儿这样的白衣天使去守护健康。

穿上防护服、戴上护目镜走进病房的李宗育，感觉自己俨然成了像父亲一样的军人，只是在不同的战场。她的战场是武汉大学中南医院的重症二区，新冠肺炎病毒是她的敌人，她要竭尽所能，和战友、和患者并肩战斗。

2月17日晚，李宗育第一次上夜班，她跟战友一起为患者翻身、拍背、交流病情……交班结束，病房恢复了夜晚的寂静，但她的内心却起起伏伏，始终静不下来，时刻处于警醒状态。

那天晚上她看护的是一位72岁的爷爷，老人基础疾病多，病情危重。血透结束后，李宗育准备撤掉仪器，老人颤颤巍巍地举起手，指着旁边的板凳，示意她坐下休息。李宗育知道老人嘴里说不出话，但老人的眼神里满是慈爱。李宗育向老人点点头，缓缓坐下，轻轻拍着老人的肩膀，安慰他入睡。李宗育说，虽然很累，但内心却被老人的关怀填满。

那天下班已经是凌晨1点，李宗育接到父亲从南京打来的电话。父亲担心女儿走夜路害怕，特意看着时间等女儿下班。女儿是父母的小棉袄，哪个做父母的放心让女儿奔赴最危险的地方。但李佳辰、李宗育身为白衣战士，她们觉得救死扶伤是职责所在。她们表达过一个同样的观点，都觉得在武汉的这段时间，自己突然长大了。

最美的年华

春天是草木蓬勃生长的季节，年轻的生命也在这个春天里栉风沐雨、拔节成长。和李佳辰、李宗育年龄相仿，朱海秀同样正处在人生的最美年华，她却瞒着父母，来到战场。

朱海秀的黑眼圈让我印象最深刻，面对央视的镜头，她不敢跟父母道一声平安，怕控制不住自己的情绪。"我不想哭，哭花了护目镜没法做事。"我见到她的时候，特意要查看她的黑眼圈是否消退，她哈哈大笑。"早就好了，那时刚来没多久，患者多，医护人员缺人手，上班的时候累，倒班导致经常睡不着，所以眼睛才像大熊猫了。"

朱海秀是中山大学附属第三医院内科 ICU 护士，1 月 24 日除夕夜，这个万家团圆的日子，她作为医院首批援鄂医疗队 23 名队员中最年轻的一员，北上武汉。

有着 90 后说走就走的洒脱，背地里也有着父母亲情的牵绊。她来自一个幸福的家庭，在欢笑中长大。也正是因为这样，她才会特别留心父母的感受，不想让家人担心。平时，朱海秀是恋家的孩子，每周要跟家里视频两三次。出征后，为了不暴露自己到了武汉，她几次狠心拒接家人视频，只说自己在工作。直到有天，母亲发来视频，说梦见她到了武汉，她突然没忍住，泪如雨下。向母亲"坦白"的时候，她看到父亲坐在后面抹眼泪，那是她第一次看见父亲哭。

这位惹哭了父亲，又惹哭了无数网友的朱海秀，在汉口医院隔离病房里却成了"笑声担当"。"发饭啦，发饭啦。爷爷，吃饭啦！叔叔、阿姨吃饭啦！"朱海秀值早班的时候，她总会特意用家乡河南话，在病区里欢快地招呼着。湖北比邻河南，语言上早就你中有我，我中有你。有时候她也会学武汉话，那清脆的声音，总能让患者心情舒缓不少。

21 床的患者朱海秀喊他为张叔，同许多疫区病人一样，容易焦虑、敏感、没有安全感。他有糖尿病，餐前要打胰岛素，总是执着地提醒每一个经过的护士，但又拒绝测血糖、体温，被催多了还会发脾气。每当张叔不听话的时候，就该朱海秀上场了。

她的绝招是装凶："你要乖乖配合才能好得快，要是你不听话，我就跟你吵架，天天跟你吵。"朱海秀总是这样"吓唬"张叔。看到小姑娘一板一眼的样子，张叔就会淡定下来，连摆着手说不要跟她吵架，然后配合医嘱。

我问她年纪轻轻来到武汉，内心的真实感受是什么？她说，讲实话，其实我也怕啊！还没看过祖国的大好山河，还未实现带父母旅行的诺言，还未履行与朋友的约定。但作为党员，就该往前冲；作为医护人员，救护病人是我的职责。

在全国逆行湖北的4万多医疗队员中，很多人像朱海秀一样，瞒着父母，瞒着家人请战，甚至已经来到湖北，家里人仍然还蒙在鼓里。她们不害怕上前线，但她们怕残酷战斗所衍生的恐惧蔓延至亲人心中，她们独自承担，她们默默坚强。

李朵华申请援鄂也未跟父母商量，她跟很多援鄂人员的情况大同小异。武汉的疫情暴发之后，她密切关注形势的发展。2月5日那天，正上着班，医院发出通知选派援鄂人员，她毫不犹豫就报了名。李朵华是长沙医学院附属第一医院呼吸内科护士，随湖南省第三批援鄂医疗队来到湖北黄冈，小分队进驻麻城市人民医院。她说，医院10人参加援鄂医疗队，其中8个女同胞，5个90后。

"你才25岁，父母怎么会同意你到湖北来冒这个风险？"我问她。

"报名之后的很多天也没跟家里人讲，直到出发那刻，思前想后才打电话告诉他们，反正不管支持不支持，我都要勇往直前，就没给自己留退路。"李朵华说，我瞒着他们来支援湖北，父亲发了脾气，责怪我这么大的事都不跟家里商量，非常担心，我说我们是专业人士，讲了很多好话。

2月11日晚上11点，李朵华到达湖北麻城，父亲特意打来电话叮嘱，说看到新闻报道，湖南省委书记和省长都亲自到高铁站给她们送行，说明政府高度重视，会有充足的保障，那条新闻给父亲吃了定心丸。

2月14日是西方的情人节，这一天也是李朵华正式进入病房的日子。她早早起了床，早餐不敢吃太饱，更不敢喝水，口渴难耐就用棉签蘸点水涂抹在嘴唇上。

即便做好了充分的准备，但那天的电闪雷鸣让李朵华心有余悸。去医院的路上，天气突变，雨越下越大，大家的紧张和焦虑也如地上的积水，越积越多,横冲直撞。

"等真正进入了工作状态,就没有时间去害怕了,因为刚来那段时间,患者比较多,实在是太忙了。"李朵华说,那天病房收治了一位90多岁的奶奶,老人家骨瘦如柴,吸着高频氧气都依然有些气促,看着老奶奶难受的样子,她内心顿时有些绞痛,觉得自己肩上的责任很沉重,压力也很大。

老人家基础疾病多,情况不容乐观,所以李朵华每次当班都对老奶奶多一分细心。有次老人家说想吃面包,李朵华想方设法第二天就给她带去了面包,一点一点喂给她吃。面包没吃多少,老人家抓着李朵华的手说,她想回家,能不能送她回家……

老人家煎熬着,医护人员努力着,十几天的时间被拉伸得异常漫长。老人离世的消息传来,李朵华眼泪汹涌而出。"没想到这么快,感觉自己在死神面前又显得这么无力,希望以后我们更加强大,能多在死神手里抢回几个人。"这件事淤积在李朵华心里,久久没有消散。

患者一个接着一个痊愈出院,这是李朵华最高兴的事,她说:"爱和希望比病毒蔓延得更快,我们坚信这场战'疫'的全面胜利就在眼前,就像春天已经到来一样!"

3月8日,当地妇联给每一位医疗队女队员送来鲜花,这也是她们这段时间以来难得的轻松时刻。李朵华给我发来一张照片,她蹲坐地上,四周被鲜花围绕,花丛中的她也笑靥如花。

生命之舟的爱与温暖

如花的年纪,在这花开的季节,一个个靓丽的身影奔跑在各大医院走廊上,穿梭在病房里。为了患者早日康复,她们竭尽全力,用责任,守一道门,护一座城。

"没有一点才艺还不好意思进方舱医院。"谢宇雯说这话的时候,笑得很灿烂,眼睛眯成一条线。为了帮助患者缓和焦虑情绪,她使出了浑身解数,全力以赴。谢宇雯是第三批国家中医医疗队队员,她来自湖南中医药大学附属第二医院,她们进驻的是江夏大花山方舱医院,为这里的患者进行以中医为主的治疗。

方舱医院都是轻症患者,统一集中救治,人数众多,动辄几百人。消除患者的焦虑是医护人员的头等大事,除了服用药品,最主要的是缓解情绪,提振他们战胜病毒的信心,进而促使其自身免疫系统发挥最大作用。

江夏大花山方舱医院休舱的第二天,我在武汉东湖学院教育培训中心见到了谢宇雯,这是她们的大本营,驻扎着来自河南、湖南、江苏、陕西、天津五个省市的中医援鄂医疗队。

一米七多的身高是谢宇雯的显著特点,顶着两个发髻出现在我面前,朝气蓬勃,青春焕发。江夏大花山方舱医院是唯一采取纯中医药治疗的方舱医院。作为中医人,谢宇雯感到很自豪。除了服用中药汤剂,她们还将耳穴压豆、穴位贴敷、艾灸等中医特色治疗带进方舱医院。

心理状态的好坏直接影响患者的治疗效果,转移他们的注意力尤为重要,谢宇雯根据自身优势想了一个办法,率先在她看护的病区教授患者练习五禽戏。

谢宇雯说,方舱内的患者病情较轻,如何让大家的"住院"生活变得丰富多彩考验着她们这些医护人员的"才艺"。五禽戏是华佗首创的传统养生功法,具有调节气血、促进抗病能力恢复的作用,谢宇雯平时多有练习,于是在方舱医院当起了教练。从最开始的几个人到后来每次都有五六十人参加,反响热烈。很快,五禽戏在其他病区迅速推广。再后来,八段锦、广场舞、健身操等健身方法陆续登场。

谢宇雯笔下的治愈系漫画,也成了江夏大花山方舱医院患者追捧的药方,一个个呆萌鲜活的人物,一行行俏皮可爱的文字,让很多人天天等着她更新作品。

2月13日,是谢宇雯24岁生日。她说:"这是我记忆中最特别的一次生日。"她忙碌在方舱医院,没有生日蛋糕,也没有家人的陪伴,但她收到了无数的祝福和鼓励，让这个身处异乡的 90 后姑娘倍感温馨。她把这个特殊的生日过成了方舱里的日常，平凡、琐碎，却又温暖，充满力量。

谢宇雯清晰地记得有位护士姐妹在病人出院时讲过的话："我们来武汉支援他们，他们也时时刻刻在温暖我们。武汉最美的不是樱花，是武汉人感恩的心。"她说，作为医护人员，病人的康复肯定是她们最大的动力，如果重新选择，她还是会毫不犹豫，申请出战！

田芳芳跟谢宇雯是战友也是老乡，同时进驻江夏大花山方舱医院，她的爽朗笑声成为许多患者的一剂良药。大大咧咧的田芳芳也是一名 90 后女生，性格开朗，善于活跃气氛，我见到她的时候，仿佛刮来一阵风，抑或是照射过来一道光，澄澈明亮。

"全家都是医护人员，父亲和哥哥是医生，母亲和嫂嫂是护士。"说到家人的态度，田芳芳很自豪，因为父亲当年就在一线抗击过非典，父母都很支持女儿的想法，只是嘱咐她要做好防护，不要有太大的心理负担。

她们是第一批进舱医护人员，方舱医院的工作远比想象中的困难。田芳芳说，工作内容可能和平时在医院差不多，主要是一些基础护理、生活护理等，但因为身穿几层防护服，体力消耗大，出汗多，又不能及时补充水分和能量，身体透支厉害。

第一天上夜班就让田芳芳吃了苦头，那天雨特别大，外面气温很低，但她被防护服捂着，全身冒汗。"外面下大雨，感觉防护服里下小雨。"冷热交替，导致她偏头痛复发，煎熬了好几天。

一点小病小痛从来就击不倒乐观的田芳芳，很快她就"满血复活"。田芳芳说，她们是第一批进驻方舱医院的医护人员，没有参考的经验，都是一边摸索一边工作，经过一段时间的磨合，逐步运转顺畅，到后期各种压力就没那么大了，在医护人员的带动下，医护和患者之间、患者和患者之间互帮互助，相处得很融洽。

在这里，田芳芳还变身成为一位患者阿姨的"女儿"。田芳芳很感谢这段奇妙的缘分，她说，杨阿姨刚进方舱的时候非常焦虑，晚上经常一个人偷偷流泪，后来得知，阿姨的儿子也确诊新冠肺炎，她既担心自己，更担心儿子，心理压力大。于是，田芳芳用上了在医院学到的本领。她尝试着用"话疗"方法和阿姨沟通，给她做心理疏导，后来两人相互加了微信，每天和阿姨聊天成了田芳芳工作的一部分。

有天，田芳芳收到一条杨阿姨发来的微信："谢谢你，我的女儿。"看到这几个字，田芳芳感触很深，她感受到了阿姨的信任，患者把自己当成了亲人。

其实每个人和每个人的距离并不遥远，只要你坦诚相待，发出你的光和热，那收获的也一定会是光和热，就像田芳芳和杨阿姨她们一样，她们之间的爱与温暖在这生命之舟里流淌。3月2日，杨阿姨康复出院，"母女俩"的情缘继续通过微信延续着。

有一件事让田芳芳无论如何也想不到，她突然之间就成了"网红"，主持人孟非还发微博亲自为她征婚，各大媒体争相报道。"就知道你也会问这个问题……"我刚开口，她就抢过了话头，接着一阵"魔性"的笑声从她的口罩里传出来。

田芳芳跟我还原当时的情况，工作间隙，为舒缓压力，她与同事在纸上写下疫情结束之后自己的心愿，她写下的"心愿"是：希望疫情结束，国家给我分配一个男朋友。"我同事是单身，写了差不多的内容，自己单身也跟风写了这么一句话。"田芳芳说，纯粹是为了调节气氛，苦中作乐，不知道怎么就传出去了。

说起征集男友这事儿，田芳芳小女生的气质有所显现，有些羞涩起来。"男朋友会有的，就像疫情会结束一样。"她对这两件事都很有信心。田芳芳说，江夏大花山方舱医院是一个有爱的大家庭，因为一场疾病让大家相聚在一起，也是这一段特殊的缘分，可能会让大家更加珍惜健康和生命。

是支援，也是反哺

徐意跟田芳芳比较，有一个共同点，也有一个较大区别。她们两位都是在大学期间入了党，我采访的时候，笑称她们为"年轻的老党员"，这是她们的共同点，但徐意的区别在于，她已经谈好对象，如果不是这次疫情，她就该领证结婚了。

27岁的徐意是台州市第一人民医院急诊科护士，随浙江省医疗队来到湖北，在荆门市第一人民医院支援。徐意的未婚夫跟她同岁，是一名技术男，原本准备春节期间结婚，但是疫情暴发后，徐意就一直在医院前线工作，所有的事情都为抗击疫情让路，结婚也一样。医院征集援鄂医疗队员之后，她又毫不犹豫地报了名。

来支援湖北，徐意不仅是出于医者仁心的奉献精神，她还有另一层含义，因为她的医学护理知识是在这片土地上获得的，她想以己所得，反哺这里。位于荆州的湖北中医药高等专科学校是徐意的母校，她在这里度过了充实而美好的大学时光。学校团委的老师告诉我，徐意在校期间是校团委学生副书记，品学兼优，还获得过国家励志奖学金。

徐意说，湖北于她有恩，她对这里很有感情，在这里她认识了很多志同道合的同学。疫情暴发后，徐意第一时间向武汉的同学了解情况。她做了一个决定，她要到湖北来，到前线来，要和同学们一起奋战。"我觉得我一个人的力量虽然很弱，但是如果我来了，就能够出一分力，算是回报这方土地。"这就是她的初衷。

在疫情的"风暴之眼"中，总有些坚定的身影令人动容，他们以星星之火，点燃人们生的希望，以负重前行，去守护人们的岁月静好。

"无论是像汶川地震那样的天灾，还是今天这样的疫情灾害，医护人员永远都会冲在一线，我只是其中的一分子。"徐意说，即使没有来湖北，她也会是在浙江抗击疫情的一线，尽自己的一分力。

徐意有一个师姐叫王雪，早她一年毕业于湖北中医药高等专科学校。王雪是北方姑娘，现在是辽源市中心医院重症医学科护士，2月2日，大年初九，她随吉林省援鄂医疗队跨越几千公里，踏雪而来。

舍下家人，坚毅逆行。当被问起为什么坚决地选择来武汉时，王雪回答道:"因为在荆州上学,始终记得这片土地带给我的感动和温暖,湖北是我的第二故乡。"

跟徐意一样,王雪在湖北求学期间表现十分优秀,是湖北省大学生"三下乡"志愿者先进个人。这里教给了她受用一生的护理技能,也培养了她勇于承担的价值取向。她说,多年前带着不舍离开这里,如今这里"生病"了,这里需要她,她愿意用学到的一切,奋不顾身回到这片土地,竭尽全力。

2月6日上午,王雪随队正式进入战斗,战斗在同济医院中法新城院区疫情一线。王雪说,她是第一次经历这样的阵仗,难免有所恐慌,但她更明白,首先要做自己的心理医生,调整好状态,才能更好地去冲锋陷阵,况且还有那么多并肩作战的战友。穿上尿不湿,套上防护服,戴着两层口罩,几层鞋套,几层手套,虽然难以活动,但她们尽力向前,不敢有丝毫懈怠。

"表面上是我在护理他们,实际上是他们在洗涤我的心灵,是他们给我上了人生中特别的一课。"这是王雪的体会,她希望尽她所能让患者少受些苦痛,这也是她作为白衣战士存在的价值。

人生一世,草木一秋,人究竟为了什么而活着?我想,应该是为了心中的那份执着。王雪告诉我,选择学医,也许不是她最初的心愿,但是她永远会记住钟南山讲的那句话:"选择医学可能是偶然,但一旦选择了,就必须用一生的忠诚和热情去对待。"

人生而自由,却无处不在枷锁之中,人生而平凡,却无时无刻不在缔造奇迹而不甘于平凡。决战来袭,逆风扬帆,她们一个个年轻的白衣战士不是不害怕,而是因为她们有自己想要保护的人和想要保护的国家。

国家卫健委医政医管局监察专员郭燕红在3月8日的新闻发布会上说,从除夕夜第一批医疗队到达武汉,到目前为止共有346支医疗队、4.26万医护人员抵达湖北,与当地医务人员并肩作战。在这4.26万驰援湖北的医护人员中,女性医护人员达2.8万名,占比超过65%,她们是妻子,是母亲,是女儿,更是战士。而这些巾帼英雄当中大部分又都是像李佳辰、李宗育、朱海秀、李朵华、谢宇雯、田芳芳、徐意、王雪一样年轻的90后新生力量,她们的事迹或许普普通通、平平淡淡,但她们巾帼不让须眉的赤诚之心却灼灼其华、闪闪发光。

"哪有什么白衣天使,不过是一群孩子换了一身衣服,学着前辈的样子治病救人,和死神抢人罢了……"她们用稍显稚嫩的肩膀撑起了疫情灾区患者的整片天,她们朝气蓬勃,青春焕发,仿佛珞珈山上那一树树被风吹绽的早樱,在这个春寒料峭的季节,在荆楚大地上,迎风吐蕊,朵朵花开。

(选自《文艺报》2020年04月03日02版)

普 玄

湖北襄阳人，中国作家协会会员，湖北省作家协会文学院签约作家。在《人民文学》《收获》《北京文学》《当代》《十月》《钟山》等刊物发表小说200多万字，作品曾登上"2015年度中国小说排行榜""2017收获文学排行榜"。曾获得百花文学奖、施耐庵文学奖、吴承恩长篇小说奖等。

老唐这一路

大年初五，老唐从天津出发。他先从天津塘沽赶到天津火车站，又从天津火车站赶到北京西火车站。北京西到武汉的所有火车都停开了，他准备转飞机，一查飞机也都停飞了。他买了一张到湖南岳阳的火车票，整整十个小时后到了岳阳，已经是正月初六的早上七点多。

岳阳到武汉，无论是火车还是汽车全都停开了。火车站行人稀少，只有少量出租车还在支撑。他想包一辆出租车到武汉，但出租车司机告诉他那是不可能的，给再多钱也不行。前往武汉的高速封了，即使从国道往武汉跑也不行。湖南省和湖北省交界的地方，专门设了哨卡，车子一旦过去，是不可能回来的。出租司机把老唐拉到离湖北最近的临湘县城，老唐到临湘之后，再也没有任何机动车朝湖北方向跑了。此时是正月初六早上八点多。

老唐决定骑车朝武汉赶。新冠肺炎疫情肆虐武汉，他必须赶过去。

老唐去当志愿者

老唐叫唐培钧，虽只有四十五岁，人们却都喊他老唐。老唐去当志愿者，出发的时候不敢跟儿子说，到北京西站买票的时候不敢跟售票员说，在临湘买自行车的时候也不敢跟卖车的人说。

志愿者是一个很高尚的词。老唐人到中年还只是一个工人，老唐原本有家庭现在却成了一个没有家庭的人——老唐离婚了。老唐觉得自己是一个失败的人，他怕自己配不上志愿者这个词。

临湘也关闭了出城通道了，大街上看不到人。来的路上老唐想过骑车，但他当时想的是买辆摩托车。大街上没有一辆摩托车。他拦住一个在街头吸烟的人要买自行车，对方问他干什么，他说去湖北，但没说去武汉，也没说去当志愿者。

老唐买了一辆没有后座的永久牌自行车，他把行李拴在前杠上开始骑行。他从上午九点多骑到十二点多，赶到湖北和湖南的省界羊司楼，碰到检查站里的十来个人，两名警察、六七名协警，还有一个测体温的人。老唐还是没说去当志愿者。

一群人拦住他测体温，问他干什么，他说去旅游。他说他去前面的赤壁旅游区，一群人都很诧异。当时湖南对湖北交界地的规定是只能出不能进，离开湖南到湖北可以，但湖北进湖南不行。检查站的人告诉老唐，出去可以，但可就回不来了！

老唐没准备回来。

老唐骑了一天之后在路上还碰到另外一个刘姓骑车人，这个人在深圳打工。他从老家湖北嘉鱼县骑车到湖南，原本想骑到岳阳，从岳阳坐火车到深圳，结果在省界被拦回。老唐也没有告诉他要去武汉当志愿者。

老唐说他到湖北旅游被困住了，他说他出不去了，只有四处骑车旅游。刘姓骑车人边骑车边给老唐介绍附近都有什么地方值得一游，老唐在湖北交了第一个朋友，加了手机微信。

此前在北京西站，老唐要买到武汉火车票的时候，售票员和他纠结了很长时间。他问去武汉怎么走最近，怎么走最方便。售票员告诉他怎么走都不近，怎么走都不方便。售票员说湖北的火车站都封了，河南驻马店和湖南岳阳是离武汉最近的站。售票员问他去武汉干什么，回家也不是走亲戚也不是，那这个时候朝武汉赶干什么呢？

老唐也没说去当志愿者。

老唐在路上没想明白

老唐中午从省界开始朝武汉方向骑行，一开始充满好奇。国道上车辆稀少，骑上一段才会碰到一辆；自行车比汽车更少，走路的行人则几乎没有。老唐要骑过赤壁，骑过嘉鱼，他要骑五六百里。老唐在路上看不到车和人就有点慌，因为四周空旷的时候会有很多想法冒出来，让他左想右想，但一直想不明白。

有些事情还得从头说起。老唐出生于河北沧州，是中国武术之乡。老唐自幼习武，还是中国武术协会会员。老唐想当警察，却只当了工人，老唐在生活中爱管闲事儿，行侠仗义。老唐觉得本事不比别人差，但是在生活中，身边大部分人比他混得好。老唐想不明白。

老唐包里面带着干粮、面包、鸡腿、榨菜和矿泉水，对学过野外求生的老唐、对自幼学武天天吃苦的老唐来说，路上的艰苦不算什么，但他抵挡不住不时冒出的念头，这些念头沿路折磨他。老唐看见路边的麦苗和油菜，他惊诧地发现路边和堤岸上居然长出了黄色的油菜花。他生长的北方现在还很冷，野外都是一片枯黄。

老唐朋友里有人当了处长，也有人当了百万甚至千万富翁，老唐只是一个工人。老唐本来有一个幸福的家，有老婆儿子，还有一个三岁的小女儿，老唐想让他们过上好日子。但是老唐却离婚了，成了孤家寡人。

老唐继续骑行，他看见成群的野狗。老唐每隔三四里地都会看见一群一群野狗。老唐心里不是滋味，路上的狗比人多。这个时候，人们都缩在家里。他要到武汉去。

老唐骑行中喜欢看路边的公里牌，每看见一个公里牌都离武汉更近一点。老唐喜欢经过集镇,喜欢看疫情里不能走亲访友的人们待在门口无聊的样子,喜欢看他们吸烟喝茶和晒太阳。

老唐最累的一段路是赤壁和嘉鱼交界,路上封得很严,老唐那一段绕行走小路,有一段无路可走的山丘,不是他骑车,而是车骑他。老唐把自行车扛在肩上走了几里地,汗水湿透了内衣。老唐要到武汉去。

老唐也想改变生活。想改变生活的老唐用积累多年的钱和朋友共同做红木家具生意,结果亏了几十万元,生活越改变越糟。老唐结婚近二十年没陪老婆逛过商场,老唐觉得逛商场陪婆娘不是英雄。老唐生意亏本后和老婆吵架,两人赌气离婚,儿女都判给老婆,老唐每月付儿女生活费。

老唐在路上过了两夜,第一夜住在嘉鱼县官桥镇,第二夜已经进入武汉市。老唐进入武汉的时间是正月初八晚上七点,他在边界检查站签字,照样要测量体温,照样说只能进不能出。老唐满大街找不到住处,又累又乏,想到了报警。

老唐在警察的帮助下找到一家旅馆,在旅馆的前台,他碰到一个人,那个人认识武汉国家博览中心志愿者团队负责人,并且给了他电话,老唐通过这个电话来到国博中心。

老唐用重活儿淹没自己

老唐当上了志愿者。老唐在国博中心物资仓库当搬运工,当登记和发货员。老唐和一班子跟他一样从天南海北来的人一起干活儿,共同倒班。老唐和大家每天迎接一车一车的捐赠物资,卸货、安顿、装货。

老唐每天卸货的时候,都朝最高处爬,选最大的箱子搬。连绵不断的物资让老唐流汗,也让老唐沉默。这里都是捐赠的物资,这里的物资又要送到医院和社区。所有的物资存放不能超过二十四小时。

老唐每天都用重活儿淹没自己。

老唐每天把物资登记得很清楚,一箱一箱的物资标识得也很清楚。口罩、防护服、测温仪；大米、面粉、蔬菜。老唐每天看见拖物资的汽车一辆一辆开进仓库，看见高得如同半个天空的国博中心仓库下面，汽车如晃动的影子，人如移动的鸡蛋。那些天天折磨他的念头也被淹没，不再出现。老唐每天吃饭很多，睡觉很香。他和其他人共同吃山东一位志愿者大姐做的大锅饭，他和一帮来自辽宁的志愿者搭班干活儿，他们共同归一位大学老师志愿者指挥。

老唐和志愿者们看见来自四面八方的力量。每一车物资都有捐赠单位，从大大小小的公司到个人。有一回一个民营公司捐赠了二十七车货，一辆接一辆车开进，前后连绵如同山脉。货物让他们累得汗流，也让他们沉默。老唐偶尔想起他原来羡慕的百万甚至上千万的富翁，也就莞尔一笑，冲在前面干活。

和老唐搭班干活儿的九个人来自辽宁阜新，除一对夫妻以外，此前他们并不认识。他们有的开旅行社，有的包工程，有的开货车，有的开饭店。他们在网上结识，组成团队，包了一辆中巴开往武汉，和老唐一样在国博中心当志愿者。

那位给他们做饭的大姐来自山东济宁，原来是一位司机，丈夫在交通局上班，几年前内退后每天在家打麻将。正月十四晚她正在牌桌上和邻居边打麻将边看电视，社区检查的人上门禁止打麻将，当时电视上还在播放武汉抗疫的新闻，她把麻将牌一推，抱了一床被子上车，直奔武汉。

那位领导他们的志愿者叫高明，老唐住在他家里。他是一位大学老师，老唐进武汉第一天晚上在旅馆前台拿到的就是高明老师的电话。

隔壁就是方舱医院

老唐在正月十二接到儿子的第一个电话。儿子问他是不是在武汉，他一愣。老唐走的时候只有弟弟知道。老唐现在明白，弟弟知道了，全家都知道了。你要给我活着回来！儿子对老唐说。

儿子问他危不危险。当然很危险。隔壁就是方舱医院，他们在 A 座，方舱医院就在 B 座，你说危不危险。

老唐知道儿子身边还站着其他人,他在电话里能听到他们的呼吸。老唐知道那是他曾经熟悉的家,那里有他的儿子、女儿和孩子们的妈妈。

老唐的眼眶一热。

老唐转头去看方舱医院。方舱医院是抗疫之路上的一个创举,把一个巨大的空旷场所临时改造成医院,安放上病床,一个地方可以同时容纳上千甚至几千个病人。老唐和他的工友们忙完歇息的时候,会看见一辆一辆车拉人进方舱医院,也会有一辆一辆车拉着已经治好的人离开。

他们看着一连几十辆车的病人进院和出院,看着一连串车上的穿白衣的医生和护士,每个人都不再说话。巨大的沉默塞满 A 座和 B 座之间的空间,塞满头上的天空,也塞满了老唐的心里和胸口。

老唐不知道流过多少次泪。

这个练武的汉子一生都不愿流泪,但是这一回当志愿者他却一次次忍不住流泪。

看到他的临时领导高明老师请人照顾家里九十岁的老母亲,自己却天天骑车去国博中心当志愿者,他流泪;看到一帮辽宁阜新的兄弟每天朝最高处爬,挥汗如雨,他流泪;看到团队中一对夫妻每天和几千里之外的十二岁儿子视频,他也流泪。

还有做大锅饭的大姐金雷。这个推倒麻将牌抱着被子开车赶到武汉的五十岁女人,临走前写好了遗书。她在遗书里把银行卡号都写好了,一一交代。她离家三天后,居住在另一套房的丈夫才知道。她的儿子在西安当兵,至今不知道她在武汉。

她说她要给儿子做个表率。她要让丈夫和儿子看到,她并不是一个天天只会在麻将桌上混日子的人。她说不打胜仗绝不收兵。

她的话也让老唐流泪。老唐抽空也给儿子打电话。

老唐在等抗疫全胜的那一天。他回去之后要和孩子们的妈妈复婚,他要陪她逛商场,也想多陪陪孩子们。

(选自《光明日报》2020 年 04 月 03 日 14 版)

普 玄

他们的名字叫美德

> 那些在大街上奔走的人们,不管你是谁,无论你多大年纪,我们都是这个城市的孩子。
>
> ——题 记

城市病了

这个孩子还不知道她的城市生病了,还不知道她的家人有八个人染上了一种病,包括她的妈妈。她只有十一个月大。突然之间,她所有的亲人一下子都不见了。

这个病叫新冠肺炎,它以不可思议的速度袭击着中国中部城市武汉,袭击着湖北和全国。

2月14日早上,美德志愿者联盟的成员冯丹丹在群里发布一条微信,说她居住的武汉市洪山区铁机路保利城小区有一户人家的男主人求助。他全家十口人,有八个感染新冠肺炎,分住在市内不同的医院,家里仅剩他和孩子,他也是疑似病人,十一个月大的孩子肺部拍片显示也已感染,只是没有做核酸检测。现在,孩子的爸爸正要准备到医院住院检测治疗,可这个孩子怎么办?

这个消息把群里所有的人都震惊了。

做决定的是美德志愿者联盟的汤红秋、徐斌和陶子。

还有一个孩子。这个孩子还在母亲的肚子里，还不知道性别。这个孩子的母亲，在全城封锁、疫病弥漫、充满恐慌的时候即将分娩。孩子哪一天出生，是上天定的，由不得人，但待产的母亲面临一个问题——无论她到哪一家医院生孩子都极其危险，几乎所有的医院都挤满了疫病患者和等待检测的人。

十万火急。需要迅速做决定。

每天都有一大堆这么急的事情要做决定。

武汉这个城市已经患病三十多天了。

这三十多天，有时候觉得快得像三天多，有时候觉得慢得像三十多年。城市病了。

汤红秋是80后，从事翻译工作，知道城市生病是她听到了关闭离汉通道的消息。腊月二十九晚上九点，她开车从汉口穿过长江隧道到武昌，前面没有一辆车，后面也没有一辆车。明天就是大年三十啊，往年这个时候，隧道都是满的。她如同穿行在一条幽深的峡谷，似乎忘记了自己是从哪里来的，又往哪里去。

离汉通道关闭了！

这条消息像一颗闷雷在汤红秋头脑里爆炸，也震惊了所有的武汉人，也震惊了中国人和全世界，一百年来，武汉没有关闭过！一百年来，战争发生过多少次？洪水发过多少次？在汤红秋和前辈人的记忆里，都没有听说过关闭整个城市的离城通道。这个城市肯定发生了一百年来最严重的事情！

这个事情人们都知道了。知道归知道，它有多厉害很多人却不知道，觉得它和自己的生活没有关系，但是突然关闭离汉通道，让人们都明白了，它和每个人的生活都有了关系，一件大事发生了。

汤红秋说——

我们这个志愿者团队最初没有名字，名字是后来取的。最初是六个人，两三天后发展到六十个人，现在有六百多人。没有工资，不管生活，很多人倒贴车费油费，甚至自己还捐赠。为什么发展这么快还能坚持到今天？我也很奇怪。

大年三十那天，关闭离汉通道的消息一直在我脑海里回旋，让我茶饭不思。到了晚上九点，春节晚会开始不久，我憋不住了，开始给武汉的几个朋友打电话。我一共打了五个人，第一是郭晓。我说，晓晓，看样子城市很严峻，我们是不是要做点什么？否则人生就会留下遗憾。她立即回复我说，可以，我们一起看看能为这个城市做点什么。

然后我又分别打电话，最后一个打给徐斌。我觉得他是比较有主意的一个人，给他打了几个电话，最后一次打电话是夜里三点多，徐斌在电话那头迷迷糊糊地说"你还让不让我睡觉"，随即说话的声音变清晰了。

就这样，没有名字，没有共同的办公地点，没有工作计划、目标，只有一股想干点事的冲动和一个微信群，我们就开始了。

刚开始什么都乱

新组建的微信团队似乎不知道干什么，很多人彼此都不认识。

大家只知道往群里拉人，似乎人越多越好；大家只知道募集资金和物资，这是传统的经验告诉他们的。第一笔资金是千里马机械供应链公司捐赠的，公司董事长杨义华和徐斌同是中国民主促进会会员。徐斌还利用他的湖北民进企业家支部主任的身份向另外的民进医药文卫专委会群和其他的会长单位群发布捐赠信息。

刚开始几天大家有点乱。

大家都知道医院里紧缺物资，缺口罩，缺护目镜，缺防护服，缺药品，还缺吃缺喝。疫情正在暴发，交通限行，餐馆关门，似乎什么都缺。

最乱的是救灾物资和信息处理。捐赠的钱要买口罩，口罩好不容易找到了，但价格混乱之极——一只口罩从0.66元到5.2元，价格相差七八倍。

如果不买，转瞬就没有了；并不一定价格便宜就好，质量如何谁都不知道，如何运输也不知道。

我们的城市病了，大家都没当过城市的医生，只能根据经验往前走。志愿者余淑芳孩子的同学家长在另一个群里告急，说他已确诊患病，住不上医院，她答应帮忙；志愿者刘唱的先生从另外一个群里也转来一个告急消息，她也答应帮忙。他们以为自己的团体在给医院捐赠物资，医院应该会给一个面子，但是他们人传人协调了一天都没有找到床位。不是有床位不给，而是根本没有。

最让徐斌觉得不能松气的是，他在国博中心协调外地捐赠的一批蔬菜的时候遇到的矛盾。

这是一批来自广东的捐赠物资，有土豆，有大米，有蔬菜，捐赠方比较多，通过美德志愿者联盟要捐给广东省援汉的医疗队。徐斌对接时遇到了问题。美德志愿者联盟的车队司机们除了带身份证和货物清单之外，什么都没带，按照武汉市关闭离汉通道的规定，没有赞助单位公函的车是无法出城的；而且，司机和广东捐赠方的联系人都不知道广东医疗队在哪个医院服务，住在哪里，与谁接头。车已经来了，怎么办？那就先把货卸下来再说。他们在群里喊话，找仓库，找卸货的志愿者。他们到国博中心附近一家由朋友捐助的仓库卸货时，出事了。下货的是两个不同团队的志愿者，由于言语不和，要打起来了。徐斌反复说好话，总算把大家给劝住了。

徐斌说——

刚开始什么都乱，外面联络乱，内部协调乱，经过最初的几天混乱之后，我们意识到这个临时团队应该分工和管理。于是我和汤红秋还有几个核心成员开始给大群分组。这个时候才想起来给我们这个志愿者团队起名字。一商量，叫美德吧。为什么叫联盟？这是一种胸怀。除了分组，我们还对群成员进行安全管理，还给这个临时团队设计了一个徽标，我们甚至还成立了宣传组，后来还建立了心灵方舱。

城市的孩子

那个十一个月大、全家八个人患病的孩子把陶子震住了。她是美德志愿者团队外联组负责人，她在群里发信息，求助联系医院和护送，但首先要确定孩子是否也患病。一位志愿者回复，说武汉市儿童医院同意给孩子做核酸检测；又有一位志愿者回复，她愿意带孩子去检测。

销售从业者陶子是武汉这座城市的女儿。她十五年前离开武汉，在苏州安家。她和武汉的联系并不单单是父母和亲友在这里，也不是这个城市里的有她的客户。

刘唱和余淑芳也是汤红秋的朋友，她们在疫情全面暴发之前离开武汉，刘唱去了广西北海，余淑芳去了浙江杭州，本来准备旅游过年，却因为是武汉人，在旅游地被隔离。余淑芳全家被隔离十四天，期满检测全家无人感染，被放行。但因为是武汉人，酒店不敢让他们再住了，好在余淑芳从事酒店职业，通过朋友关系周转，在杭州租住下来，但不能在杭州自由行动，也不能回武汉。刘唱在北海也差不多。她们用手机和家乡武汉的汤红秋联系，被汤红秋拉进志愿者团队。

滞留在远方的这个城市的孩子们，每天都在等待城市康复的那一天。刘唱和余淑芳都说，她们现在特别想念这个城市，想念往日讨厌的堵车的样子，也想念那种喧嚣和热气腾腾。好想回到那个满大街都是尾气，满街叫骂的时候。

被困在城里的志愿者们按捺不住了，他们每天关注着疫情数字变化，关注着物资，关注着这个城市每天的一切。刘启安并不是土生土长的武汉人，他出生在河北，大学毕业后一直生活在武汉。他对"汉骂"之类的不良习俗一直抵触，但这次疫情让他对这个城市产生了新的归属感。

疫情严峻。这一群由热情和冲动聚集起来的志愿者每天承受着巨大的压力。他们觉得自己的力量太小了，只是一杯水，解不了城市的渴。

他们每天晚上都在微信群里碰头，很多次都一无所获，甚至是一片沉默。有人甚至不敢在群里发消息，一发就是坏消息。

有一回陈蓉在群里只发了一个字——哎。她还没有发下文，就能感觉到几百人的群在震动！所有人都在担心。

刚满十八岁的志愿者徐强，本来已随父母在美国读书，他回武汉是为了举行成人礼仪式，没想到碰上疫情。他开着自己的车每天当志愿者。妈妈劝他不要干，他不听，坚持每天早出晚归。远在美国的妈妈一边流泪一边叮嘱他保护好自己。

这是一次刻骨铭心的成人礼，有遗憾也有疼痛。有一天，一个新冠肺炎患者家属打电话请他帮忙接人，他抽不开身，等空闲下来打电话过去，对方用低沉的声音告诉他，不用去接了，老人已经去世了。

最艰难的时刻

徐斌还在为广州来的那一批货着急。两个不同团队的志愿者陆续散去，只剩下几个人。天太冷了，大家都缩着脖子。徐斌开始不停地打电话，打了三个多小时，联系广州捐助方的各个层级，寻找广东医疗队，寻找可以解决司机出城问题的各方人士。电量用光了，又掏出充电宝，边充电边打。

天色一寸一寸暗下来。他开始饿了，手一直发抖。他开始给三个司机联系盒饭。有一个司机缩在驾驶室里坚决不开门，认为外面的空气会传染他。后面人们反复劝他，他才接下盒饭。

徐斌没有吃饭。他吃不下去。他不知道这两辆车会停到什么时候，也不知道什么时候才能回家。

这是美德联盟搭建的第三周。

联盟发起人汤红秋后来说，最艰难的时候在第二周和第三周。

郭晓和陶子也都说，第二周和第三周是"至暗时刻"。

有人在喊加油。有些电视和报纸也天天在喊。武汉加油！武汉加油！

喊来喊去志愿者们感觉身上还是没有力量，油加不上来。这个城市需要更大的力量来帮助：似乎需要更多更多的医生护士，似乎需要更多更多的物资。

每天都有无数坏消息传来。

在医院排队的人，有的甚至要等七八个小时，才能拿点药回家去，一个床位几乎就是一条命。微信群里求助信息太多了。一个志愿者说她每天早上打开手机，最多时能看到一千多条求助信息。

得病而没有住上院的人，通过朋友转朋友告急。待在家里隔离的人一天一天严重，打市长热线，打120急救，打警察电话，都打不进，打电话的人太多了。

这是一种新型病毒，目前没有治疗这种病毒的特效药。

报纸和电视天天在宣传，似乎雷神山和火神山这两所医院一建好就可以解决问题，但是志愿者们天天和医院打交道，这两所医院只能容纳2600人，从每天的求助信息来看，远远不够啊。所幸后来方舱医院建起来了。

汤红秋的一个同学是一家医院的护士。护士同学说她们上班一天只有一个口罩和一套防护服，一上班就要穿十个小时。有一天口罩没有了，有个护士不敢去给病人打针，受到领导训斥。那个护士坚持不住了，大哭着要辞职。她们打仗可以，但要有盔甲和子弹啊！这个消息扯动着汤红秋的心。

汤红秋和上海的朋友陈蓉共同募集到一笔资金，想买一批医用口罩给上海支援武汉的医生护士，也给她同学那个医院一批，但是等她们筹到了钱，联系上的口罩厂家却停产了，坊间消息说是因为春节工人加班工价高，并且原材料稀缺。

怎么会停产？

现在是打仗！医生护士就是战士，前面战士没有子弹，后面还有一批一批的人往上冲！这是干什么啊！汤红秋在电话里和陈蓉两个哭泣。

这个城市会不会倒下？这个城市似乎要倒下了。

陶子就是在这一段时间崩溃的。有一天她给一个七十五岁的确诊老人在医院找床位，打了三个多小时电话，口腔都打溃疡了，还没有协调好，她一下子崩溃了，大哭起来，打电话对着汤红秋大吼：汤红秋！你为什么要把我拉到这个群啊！

志愿者郭晓在团队里负责物资对接，她的工作一半在室内一半在室外。她要和医院打交道，要协调其他人，有时候也亲自出门送货，充满风险。有一个志愿者司机在送医生和病人的时候感染，几天之后离开了人世。郭晓每天基本上都要忙到夜里一两点，加上每天都听到坏消息，精神接近崩溃。

那一阵子她天天失眠。一旦感染了怎么办？她当然可以撒手不干，但是她说："我不干了这个城市还有那么多人，又怎么办？"

有一天夜里，她睡不着觉，忽然想起要留遗嘱。

她一旦感染，她的父母怎么办？她问她先生。

她要先生承诺，万一她感染，他一定要赡养她父母。

她先生承诺完毕，就打电话给汤红秋，说，你们这些志愿者都变成神经病了啊。

城市接力

那个十一个月大的孩子被志愿者抱着在武汉市儿童医院做了核酸检测，结果要一个星期之后才知道。这一个星期孩子待在哪里？如果离开医院，谁来带孩子？孩子会不会传染别人？住在医院边打针边等结果当然安全一点，但医院提出要求，必须有一个健康人全程陪护。谁来陪？

愿意陪护孩子的志愿者找到了，小崔，一个没结婚的小姑娘，还从其他志愿者团队找了一个叫周杰的男生。两人都没带过孩子，但在这么急的情况下，只有他们顶着上了。

那就开始吧。两个新手学着带孩子，轮流倒班，一个人十二小时。

给那个即将生孩子的孕妇送防护服的事也解决了，前后用了不到二十四个小时。最先发现这个需求信息的还是冯丹丹。她半夜给汤红秋打电话，最后送去的是徐斌，他在一个天很黑的夜晚从南湖的桂安社区出发，先到江夏区去拿防护服，又送到青山区的白玉山康达社区孕妇家中，来回接近一百公里。徐斌清楚地记得那天的情景。孕妇的丈夫姓黄，他们的社区被封了，他是翻墙出来拿防护服的。他给徐斌打了张收条，上面写上了他的姓名电话，还写了三行字："谢谢你们，你们辛苦了！！！武汉加油！！！中国加油！！！"

1月21日晚，孕妇生产了，一个健康的女婴！

陶子说——

我们这个团队做事，大部分靠接力。没有哪个人有那么大本事能解决所有人的问题。比如这个十一个月大的孩子，她的防护服是一个人送的，口罩是另一个人送的，送到儿童医院做核酸检测是一个人，带孩子又是另外两个人。有些人我们并不认识。我们帮助过的人给我们打电话或者发微信，说你们派人送的东西收到了，但是我们并没有派，他们都是自愿的，我们只知道一个微信名或网名。

这个孕妇的故事也是。冯丹丹找汤红秋，汤红秋找到我，我就在那个大群里发公告，因为我是那个群的管理员，我@了所有人，然后就搜那个孕妇的地址，把地址发出来。消息发出后，有几个人私信联系我，说要提供防护服。这个时候郭晓很细心，她提醒我说孕妇要住院，防护服要好一点的。我就问那几个志愿者，结果防护服质量不达要求，最后到夜里徐斌大哥才帮忙落实下来。

有一个药品接力的事最搞笑。有一个朋友给我打电话，说要买胰岛素，他住在武汉市很远的郊区东西湖。我把信息发在群里，三十秒之后有两个人跳出来。一个说有药，另外一个人就住在附近。现在送药是大问题，城市的交通禁行了，快递只有顺丰和邮政。顺丰这么远的郊区也不送。结果呢，两个半小时以后，那个人告诉我，我们派的人把药送到了。他们两个是如何对接的？骑自行车还是什么方式？不知道，他们也没有加我微信。

这就是我们团队的特点，做事不留名。每个人都觉得自己做的是一点小事儿，是应该的。

志愿者刘启安为武昌民族路社区联系喷雾器的故事，也是一个典型的接力。刘启安的一个朋友在微信里发出需求，说他的社区紧缺一个消毒喷雾器。这个平常不起眼的东西现在成了紧俏物资，每个社区只发一个。他那个社区的喷雾器杆子坏了。

刘启安让陶子和陈蓉在群里发消息，一两天都没有人接这个活儿。

后来，刘启安让他们学校的后勤人员到乡下的农资商店去买。学校在鄂州市华容区，也全城封锁了。从乡镇买到后送到学校，没有办法送到武汉。怎么办？刘启安打电话给当地参加抗疫的书记，由书记把这个东西带到鄂州市抗疫指挥部，又请抗疫指挥部用顺路车带到武汉，在武汉由志愿者接住，再送到社区。一个小小的消毒物件，最后到达社区，经过了五次接力。

等待着那一天

志愿者小崔开始在医院里面陪护那个十一个月大的婴儿了。疫情发生之前，她是一名销售员，加入美德志愿者团队之后，她的工作是帮忙联络信息，并调配接送医护人员上下班的车队。现在她和周杰轮流照顾孩子，虽然很忙乱，但也很有成就感。毕竟面对的是一个这么有朝气的小生命。

三个小时喂一次奶，用两百毫升水兑六勺四分之三的奶粉。抱着的时候婴儿虽然不会说话，但是机灵的大眼睛会到处看。眼睛盯住一个地方不动时，就是要睡觉了。

孩子喜欢音乐，用手机放儿歌给她听，她会拍手！身体也会随着音乐晃动！他们用视频联系上孩子的妈妈池女士，让池女士看看孩子，池女士病情已经好转。两个没带过孩子的志愿者把孩子带得这么好，这大大出乎她的意料。

七天之后，医院里核酸检测结果出来了，这个女婴没有染上新冠肺炎。

消息传到群里，大家都乐坏了！这个孩子，真是百毒不侵啊！

城市在明显地发生着变化。

徐斌认为变化是从方舱医院建设以后，人流朝医院里潮涌的现象开始缓解，再就是全国医疗队和军队医疗队一批一批进入。还有一个变化，就是社区，这个上千万人口的大城市，现在才叫封住了。

这个城市没有倒下。

他们期待的一股更大的力量——来自国家的力量已经到来，正全面铺开，全面发力。

美德志愿者的工作方向也开始发生变化。现在募集资金和物资已经不是主要工作了，政府采购力量加大，全国大批调配以后，美德志愿者团队开始朝城市服务发力。

社区老人，滞留在武汉的外地人，养老院这些容易被忽视遗忘的地方成了他们服务的重点。

他们把二十吨84消毒水运送到武汉的六十家养老院，用了四个志愿者车队，志愿者们全部用的是私家车。因为酒店关门，很多滞留在武汉的人找不到住宿的地方，他们给滞留在火车站附近在地下隧道里住宿的人送被子和开水，方便面和面包；在一个老社区，里面的住户年纪偏大，大多不会使用手机网上购物，附近的超市都关门了，他们联系了四吨大米和蔬菜，给两百多个老人逐一发放。

正在前方帮广州的运货司机协调卸货和司机相关证明的徐斌在现场碰到戏剧性的反转，他协调好工作的时候，天已经黑了，那一帮原本要打架吵着离开的人，又开着车返回了。

卸货现场出现了20世纪六七十年代在农村流行的号子声，不知道是谁开始喊的，有人在车上扔，有人在车下接，有人在扛包，有人在码货，一片嘿哟嘿之声。

中间休息的时候，他们之中有人给徐斌点烟，说，都是志愿者，不打不相识！

徐斌被公认为整个团队最坚忍的人，他用他的沉默、定力和宽厚，陪伴团队度过一个又一个混乱而艰难的日子。每天晚上他们几个核心人员都要开视频会议，会上大家都发牢骚，他并不劝解，只是听，甚至不用安慰，发完了第二天接着干。有人在说疫情快结束了，但迟迟也不到来，大家都问他什么时候是个头儿？他说他也不知道。

结束就是头。

他比谁都关心疫情结束。他说，武汉一直是我的城市。

陶子说，我今天跟我的一个客户说，我一直低估了我们这个城市和老百姓。我原来认为人都是自私的，但是通过这场疫情我才明白了普通平凡人之间的那种力量，他们团结在一起，力量真的非常非常大。

汤红秋说，我现在特别想很多很多朋友，大家在一起即使在外面很乱的夜市，只要大家是健康的，我们在一起，吃饭，喝酒，赏花，只要是热闹的，只要在武汉。

（选自《光明日报》2020 年 03 月 10 日 01 版，有改动）

普 玄

找到了当志愿者的价值和理由

苏毅原准备春节到新加坡过。他在武汉附近的仙桃市处理公司业务，腊月二十九，接了一个电话，他清楚地记得，那时是背对着武汉的方向。电话告诉他，武汉要对进出人员加强控制了。

苏毅立即启动车子朝武汉赶，他知道，新加坡去不成了。几年前母亲去世后，家里只有父亲一个人了，他要赶回去照顾父亲。

那天，卫婧原也准备开车带父母回老家黄石市过年，她也决定不回老家了。

苏毅是两个企业的老总，还是专门培养企业老总的长江商学院校友会的秘书长。卫婧曾经也投资过企业，还是女企业家协会的会员。他们留下来和这场疫情共同战斗了40多天，并且有了一个共同的新身份——志愿者。

不出门的志愿者

疫情在武汉暴发40多天了，苏毅和卫婧还都没有单独走出过小区。他们在家里当志愿者，各自负责一个志愿者团队，业务又有交叉。他们募捐的钱物合计超过一个亿，捐赠的范围覆盖全省100多个县市和280多家医院。而这些事情都是他们各自在家里完成的，这多少有点不可思议。他们的作为引起了很大的社会反响和媒体关注。一位记者对他们足不出户就干了这么大的事半信半疑,有一天专门去找卫婧。疫情期间,武汉的每个小区都加强了对进出人员的管理。保安指着门口的一条白线,让采访者和被采访者不要越线交谈。

卫婧和苏毅到底是怎样完成那些工作的呢?

每天,卫婧起床后就打开手机,打开电脑,靠这两样东西联系志愿者团队和外面的世界。苏毅不会用电脑,他只靠一部手机和桌前一个笔记本,打电话、发微信、做记录。

不出门,照样能当志愿者。

苏毅办民营企业前后有20多年了。他不单不会电脑,还不会做饭,不会给狗洗澡,只会泡茶和拖地这种简单的家务,复杂一点的也做不了。这些事情原本都是请人来做的。家里面雇着人,公司里更是。他只发话,只开口吩咐和安排布置。现在,雇工回家去了,原来说几天就返回,但因为疫情阻隔,也回不来了。苏毅每天忙着募捐,协调各种事务,还得直接面对自己年迈的父亲。

卫婧从小学开始当主持人,大学时期当学生会主席。大一那年,她就能挣几万块,从15岁至今,她似乎一直在忙碌。这么多年来,她没一次和父母待在一起超过15天。在家里她待不住,外面才是她的世界。这种性格让卫婧的父亲感到有些遗憾,觉得女儿不懂得生活。

苏毅决定为武汉的疫情募捐是在大年三十。那天他把住同一个小区的父亲请在一起吃年夜饭,饭桌上却在不停地打电话。多年来他一直是这样,工作和生活不分,把工作带到家里,全家人也都习惯了。

大年初一,第一笔募捐款就已到位。这是"绝味鸭脖"捐助的,企业的老总戴文军

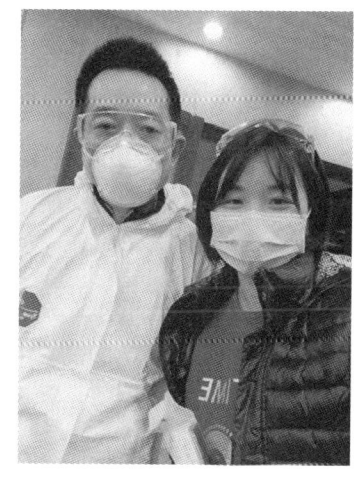

图1 苏毅(左)和卫婧在疫情期间难得的一次合影

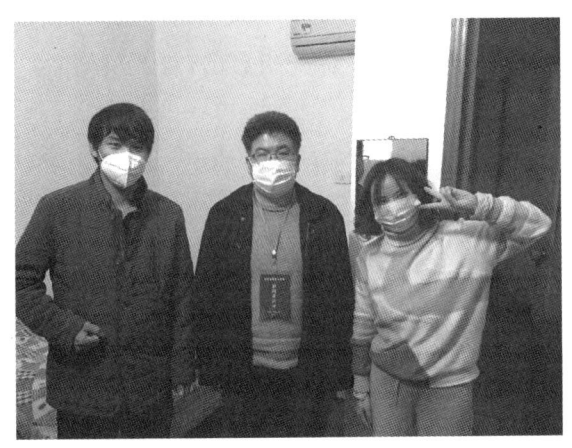

图 2 普玄（中）与志愿者团队的采访对象在一起

是长江商学院的校友。

苏毅搭建志愿者团队的原始班底只用了几小时。他自己企业里的两三个人，加上校友会几个人，再邀上卓尔企业公益基金会的几个工作人员，最初的队伍就算成形了。团队搭建好后就开始在长江商学院的各期校友群里发倡议。大家都知道苏毅，无须验明正身。苏毅的团队甫一建立就进行了初步分工，因此没有像其他很多临时组建的志愿者团队那样经历了最初的混乱和无序。一切似乎都很有章法。这得益于多年来他们一直在做公益。

卫婧决定做志愿者则是在大年初一。她找到的第一家赞助企业是深圳的正安基金会。卫婧毕业于中医药大学，她的很多老师和同学都在医院工作，她对医院所需的物资很熟悉。只用了两天，卫婧的团队就统计出了200多家医院的物资需求，每个医院的所需都用表格列得清清楚楚。卫婧的团队里有几个具有一定医学知识的半专业人士，有医药代表，还有仪器维修人员等，在很多人还不明白什么是 N95 口罩，什么是核酸检测的时候，卫婧的团队就已经开始进入工作了。

两个团队各自运行了三四天后，大约在大年初三或初四，苏毅和卫婧在微信上遇到了。此前他们虽认识，却并不熟悉。苏毅的团队已接受了大量的捐款和物资，他们要采购什么，采购什么规格的物资，这种专业问题他都会请教卫婧，几个来回之后，两个人的团队开始合作。

速度与狗粮

两个人联合的第一单赞助是护目镜。此时，他们都已进入空前忙碌的阶段。苏毅的电话几乎没停过，长江商学院的各届校友群都已行动起来，各地企业家纷纷表示要给武汉抗疫一线捐款捐物。短短3天时间，募集到的资金便有几百万元。

前方急需护目镜！正是春节休假的时候，生产护目镜的工厂很难找。先要找品牌，图片发给医院里核对，再去找源头的生产厂家……终于，1月25日，他们在浙江联系到一家生产护目镜的工厂。但是因过年，那家工厂的工人已放假，他们请求工厂召回部分工人加班生产，日夜兼程。

医院里每天都在告急，每天都有病亡的消息传来，抢时间就是在抢生命！用汽车运似乎等不及，甚至发火车、用日常的飞机物流都来不及！他们做出一个惊人的举动——包机！

1月26日，一架载有4万多只护目镜的顺丰专机抵达武汉，物流志愿者团队在机场早已等候多时。下午两点多，这批护目镜开始向湖北省的200多家医院派发。

"1月27日李克强总理到武汉时说，那天有一批护目镜会来支援大家，指的就是我们企业家捐赠的这批。"苏毅说。

速度快，审批程序少，说干就干，是他们成事的特点。那几天似乎特别重要，因为人们都还没觉醒过来。无论是医院管理者还是普通市民，大家都对疫情迅猛发展的速度和染病人数的暴涨估计不足。这个时候，速度比什么都重要。

原以为这次会像以前的多次捐助一样，一阵爱心捐赠后很快就会结束。最初，他们预估疫情结束的时间会在正月十五左右，认为疫情怎么都不会比 2003 年的非典严重。但后来，事实却大大出乎人们的预料。

两周之后，疫情不但没有结束，反而更严重了。

每天都有坏消息传来。

"快"并没有解决所有问题。

志愿者卫婧：

上学时我是五项全能冠军。从小我一直追求更高、更快、更强的奥运精神，但疫情看起来却很漫长。它又湿又重，每天压在我们身上。

那段时间到处都在报告缺口罩、缺防护服、缺护目镜、缺呼吸机和紫外线杀毒灯。似乎什么都缺。我每天抱着电话却又不敢看。早上醒来一打开手机，上面至少上千条求助信息。我觉得背后有一个巨大的黑洞，而我们的力量太小了。

这些求助都发生在我们身边。我毕业实习的医院临床老师就是著名医生，他也在求助，说需要防护物资，这让我吃惊。我原以为只有小医院才紧缺物资，大医院应该不缺。我们都没想到物资的需求量会这么大。

我有一位同班的男同学被确诊了，他是一名医生，他们夫妻俩都和我是朋友。我想去关心，但在当时的氛围中却不敢去关心，怕伤害他。后来我找了一个理由发微信给他，他回复说正在住院。我那位受人尊重的临床老师也因为"疑似"被隔离了，我听到消息完全不敢相信。两天前他还在问我要防护服啊，后来同学们告诉我，他在隔离期间还在关心他人，他要的防护物资不是给自己用的，而是给别人。

那段时间我们的团队很沮丧，都在挑别人的刺儿，相互指责对方工作不到位。有一回我和团队里的高顾诚吵了架，其实我们平常关系很好。还有张荣国，曾在部队当过卫生员，在我的团队里负责质检和验收，这段时间也和供应商吵过两次架。一次是和浙江的一家口罩经销商。他把钱付了，却迟迟催不到货，后来才明白对方只是中间商。还有一次是买84消毒水，也是一位中间商，收款之后对方反复许诺但就是不到货，张荣国要求退款，对方又迟迟不回复，张荣国差点报警，对方这才退款。

志愿者苏毅：

我的那些企业家校友们也有些人开始沉不住气了。

有人向我质疑。质疑的人问我为什么把第一次捐赠的两万只口罩给燃气集团的700名工人。质疑的人认为医护人员最需要，为什么不给医护人员？

团队里负责购买物资的董勇和我吵架。吵架的原因是他卡上的钱买物资用光了，要用我卡上捐赠的钱，但是我卡上的钱也已经预订了物资。

总之是什么都不够。钱不够，物资不够，人手不够，线下的运输也不够。

我只有解释。

医护人员当然需要，但是这个城市里很多为疫情服务的人们同样需要，更关键的是，那两万只口罩信息来的时候，刚好是燃气集团求救，时间上太凑巧了也太急了，根本没有思考的余地。

正值隆冬，城乡都不能断气。不单武汉燃气集团，孝感、当阳、十堰这些地方的燃气公司的员工全部都在行动，居民在家里被疫情阻隔不能出门，他们就主动上门。民生一刻都不能停。

我们原以为疫情很快会结束，我们这些民营企业家和往常一样，以为快速捐款就可以解决问题。但两周以后，疫情却远远没有结束的意思，大家的激情都有点受影响。我们有一种无力感，包括我本人。

那段时间我脾气很坏，家里没有人做家务，狗饿了没人喂。狗拉的大便怎么办？狗毛落一地怎么办？我只有对狗发脾气。

我发觉我连狗粮这件小事都处理不好。

转身和改变

对苏毅来说，如果不是他的父亲，他恐怕会一直在一条路上往前快速走，走不快时，就开始怀疑自己；卫婧也是这样，疫情使她和父母天天待在一起，这也改变了她。他们没有想到，年迈的长辈也和城市一样，给他们方法，也给他们启迪。

那一阵子，70多岁的老父亲每天给苏毅做饭，不让苏毅插手。父亲虽然做事缓慢，但他在做他力所能及的事，做很少的事，做得有条有理，有滋有味。每顿，还会喝上几杯小酒。

那段时间，苏毅夜里睡不着。他的两个公司都和这座城市息息相关，没有城市的发展就没有他这么多年的成就。多年以来，武汉这座城市和父辈一样，就是他的倚靠，一直在他的身后，是他的后盾。现在，他为自己救不了这座城市而焦虑。他想起了母亲十几年前在病床上的临终遗言。母亲让他多爱父亲，把对她的爱转到父亲身上。但是，这么多年他却一直忙忙碌碌。看着父亲衰老，他请人照顾，以为就是尽到心了。现在，他决定不再让父亲做事，从头开始学习做家务。

在一天一天的陪护中，有些事情会发生变化。父亲是这样，城市也是。武汉的疫情没有很快变化，但是却在每天每天地改变。苏毅每天待在父亲身边，待在城市中，坚持着，每天做一点点小事，为父亲，也为城市。

在疫情最严重的某一天，看到校友群里捐赠热情和速度明显慢下来的苏毅打电话给卫婧，提了一个问题：我们这些人会不会"捐完"？如果我们捐不动了,城市的疫情还没有解决怎么办?

卫婧一愣。

卫婧给她在医院里的同学朋友们打电话,问他们当前最需要的东西是什么。

他们需要的答案来了。在当时的情况下,春节放假,很多医护人员忙了一天连热饭都吃不到。一下子那么多人冲上一线工作,后勤配套却跟不上。

苏毅和卫婧似乎找到了新的定位和入口。他们的力量是有限的,更大的事情国家会来做,但是保护部分医护人员,让这些人有防护用品,有热饭吃,做这点事他们还是有力量的。

他们开始转身,调整方向。

卫婧同疫病对峙的过程是和父亲在一起的理解及陪伴中度过的。疫情如同一块巨大又黑暗的石头,无法躲避。她必须转过身,面对它。这样的石头曾经横亘在她和父亲之间。他们曾经有过意见不合。父亲年轻时也曾是一位优秀运动员,他按照自己的梦想模式塑造卫婧,教她"更高、更快、更强",教她能干、优秀和敏捷。但是多年之后,他又觉得这并不是自己想塑造的"产品",觉得女儿不够柔软,没有教会女儿如何生活。

那位教卫婧更高、更快、更强的人现在老了,也慢了下来。卫婧也不再生气了,疫情把他们困在一个屋子里,这块巨石横在所有人面前,他们要每天面对它,一点点消化它。

长江商学院第12期校友朱星全很快捐赠了10万份自加热小火锅。一批医护人员忙下来马上就可以吃到热饭菜了,都特别高兴。苏毅和卫婧也有成就感。微信群里又开始活跃起来。

疫病中的城市也在转身和调整方向。为解决大量人员住不上院的问题,方舱医院开始建设了。

方舱医院通常是一种在固有大型空旷建筑里改造而成的临时医院,可以同时容纳上千人甚至几千人住院,这将大大缓解疫情给城市带来的疗救压力。

方舱医院开始建设的时候,苏毅联系长江商学院校友会会长阎志,把投资百亿元的武汉客厅和旗下的武汉国际会展中心都拿出来参与改造。与此同时，苏毅还和会长阎志商量，在临时建医院来不及的情况下，和一些没有发热门诊的医院签订协议，定向捐赠改造成应急医院，可以快速增加住院人数。

很快，他们和相关部门达成了协议。

1月30日，卓尔公益基金会与武汉市第八医院签约成立首家应急医院，当日就收治了53名新冠肺炎病人。这样的应急医院一共有7家，阎志安排了两名执行院长，苏毅是其中之一，负责捐赠物资。从方舱医院的改造到应急医院的改造，长江商学院的会长和校友们一下子为政府提供了可接纳8000人的床位。

思路调整了，办法也来了。

卫婧的团队也开始转身。

在医院工作的朋友告诉她，在目前没有特效药的情况下，呼吸机很多时候是救命的关键。另外，在有些特殊的危险区域，能否有机器人代替人工作？卫婧马上开始联系这两样物资。

这两种仪器相对专业，很多医护人员不会用，卫婧就安排团队里的徐秋萍和吴慧专门去学习，然后到医院里培训医护人员。

呼吸机和医用机器人的捐赠是这个时期的亮点，也让卫婧逐渐有了成就感。转过身来，面对着黑暗，面对着那块石头，时间长了，它就会慢慢地一点点融化。家庭关系、城市疫情，莫不如此。卫婧开始发现自己越来越像父亲，原来她看似在对抗父亲对自己的种种要求，实际上在对抗的是另一个自己。其实，柔软和坚硬都是她自己。就像她每天生活的城市。

空间与琐碎

苏毅现在不再让父亲做饭了，家务事都由他自己来做。这是近20年来没有过的事儿。他开始学炒菜，红烧五花肉和西红柿炒鸡蛋是绝活。一开始他不会，但有一位企业家朋友是炒菜的行家，他就打电话请教：锅热了再倒油，油热了再炒菜，一步也不能急；五花肉要勾粉，鸡蛋要搅匀，这些是常识。

苏毅从做家务活儿中得到启发，开始用手机视频开微课，免费为企业家们做咨询。疫情对患病的家庭是沉重的打击，对很多中小企业的生存发展也是沉重的打击。企业和人一样，当你的空间被困在很小的地方该怎么办？一味地抱怨是没有用的，最重要的是如何面对。这是苏毅微课分享的主要内容。

最基本的生存技术要从身边学起，从柴米油盐开始，从琐碎的小事儿开始。他没想到这个课在网上会有那么大的反响，听众那么多。中国有很多企业在和平时期一直追求高速发展，很多人已经不会慢下来，并且忘记了生存的常识了。

唤醒大家在危机状态下的生存本能也是对城市的贡献，苏毅说。

很少做家务的卫婧在40多天的时间里学会了做水煮肉片。首先，备菜的时候肉要腌，要沥干；其次，要有打底的菜，比如莴苣丝和一种青菜，莴苣丝要先炒熟，放一点点盐，青菜也要炒熟，莴苣丝铺底，青菜铺在莴苣丝上面；再次，佐料要炒，炒到香为止，油发红再加水，加水之后大火煮，煮沸之后关火；最后，肉片分开往锅里丢，再用小火煮，再用漏勺，再用汤汁，再加热油淋在蒜末与花椒上。这些工序让听的人都觉得晕，但她却做得有条不紊。卫婧把她做好的菜拍照发到微信朋友圈，很多人都惊讶。

这似乎是只有餐馆的专业厨师才愿意下功夫做的菜。

这比带团队达成目标还难吗？卫婧想。

这段时间卫婧在家里清理东西，翻箱倒柜。她清理出以前旅游买过的很多东西，衣服、物品，她发现有些衣服连吊牌都没有剪掉，旅游小件也都随便堆放。在这些东西面前她待了很久，这让她思考，原来的忙碌、原来的所谓敬业和工作到底是为了什么。

卫婧过去管企业会忙得忘记了朋友和家人。她记得曾有一位大学时期的朋友从外省到武汉看她，坐在办公室等她，她却一个电话一个电话地处理着业务，一个上午没有陪自己那位同学说上五分钟话。从 15 岁开始，她无论做主持人还是学习，几乎都是第一名，很少当第二名。这种"强大"让她忘记了自己，直到有一天，碰到了挫折，碰到了这次的疫情。

卫婧发觉，过去的所谓"成功"和"第一"其实是一个陷阱。它和疫情一样，也是一个巨大的黑洞和石头。这个时候就需要停下来，转过身，面对它。这些年卫婧一直和武汉这座城市一起快速发展，她原来感受到的是这座城市的强大，现在她才明白这座城市历经过多少磨难甚至失败，而经历过磨难和失败，强大就会变成伟大。明白了这一点，她一下子又成长了。

过去她只知道在 VIP 客户上花时间，现在，疫情把她和 VIP 客户隔开，她每天面对着父母，面对着琐碎，忽然发现，父母才是她生命中最重要的 VIP，必须每天精心陪护。

这座城市快胜利了。

每天新增的确诊病患越来越少，每天的出院人数越来越多，方舱医院也一个一个地休仓了。

但是苏毅和卫婧不想松气。临近胜利的时候还有很多善后工作要做。

卫婧在清理前期捐赠的回函，还有财务账目进行公示。她要让捐赠明明白白，让受捐人的谢意传达到捐赠人那里，这些琐碎也是在家里老人们的面前一点一滴做的。

苏毅和卫婧现在经常通电话，谈体会。他们找到了当志愿者的价值和理由。一个当志愿者的企业家和一个只捐赠不当志愿者的企业家都在表达爱，但毕竟有所不同。

苏毅和卫婧都觉得自己收获很大。

陪伴一座城市和陪伴自家的老人一样，光给钱是不行的，得每天处理琐碎，每天用陪伴来完成另一种爱的成长。

（选自《文艺报》2020 年 03 月 20 日 02 版，有改动）

韩生学

湖南溆浦人。中国作家协会会员,湖南省报告文学学会副会长。主要作品有《女孩,你别哭》《中国失独家庭调查》《中国人口安全调查》《中国剩男剩女调查》《大国养老》《家是最小国》等,部分作品收录于《21世纪年度报告文学选》《中国纪实文学年度佳作》《中国报告文学精选》等。

想看看你年轻的模样

1月16日傍晚,下了一天的雨,总算停了。一位"不明原因肺炎"患者走进湖南省怀化市第一人民医院感染科。接诊医生马上警觉,检查,诊断,报告,隔离,流调,救治……

一场疫情防控战,就此打响。

新冠肺炎疫情发生以来,怀化市医务工作者闻令而动,主动请战,向隔离病房集结,上演了一幕幕感人至深的真情故事。这里记述的,是湖南怀化抗疫一线中,五个年轻医务人员的故事。

一

曾何敏,怀化市第一人民医院感染中心唯一的男护士,一位95后小伙子。

2019年5月,他成为感染中心的护士。因有过护理恶性疟疾、重症甲流等流行病患者的经验,此次疫情来临,他第一个报名,成为抗疫一线的护理人员。

原本这个春节计划陪外公度过。外公身体不好,他想多陪陪,突来的疫情,打乱了他的计划。身为老红军的外公,十分赞同他的决定,告诉他,等到春暖花开,共饮白茶。曾何敏简单收拾了行李,来到感染中心。

1月26日晚,感染中心接到电话,一例重症新冠肺炎患者,将从县里转来。穿好工作服,迅速准备物资和设备,等待患者到来。

凌晨5点50分,患者到达,曾何敏迅速协助接诊,连接之前准备好的呼吸机,进行一系列救治处理,终于,患者血氧逐渐恢复到正常值。

自己是专科护士且擅长急救,患者病情虽危重但还在自己的掌控之中,为避免过多人员接触造成感染,他没有申请其他人员共同护理,自己一个人有条不紊地进行导尿、插胃管等一系列护理工作。

时间一分一秒过去,在大家的共同努力下,患者心率稳定,血氧平稳。他这时才反应过来,早午饭都没有吃。干脆不吃了,晚饭多吃一点,还节省一套防护服。

1月27日,与同事交接工作后,脱去防护服和鞋套,防护服里的衣服已全然湿透,鞋套里全是积存的汗水。看看鞋套,他笑说:"难怪一天没想上厕所,原来早已经变成汗流完了。"

二

杨群是怀化市新晃县人民医院的一名护士。疫情来临时,她主动请缨,来到一线。

1月26日,一位重症新冠肺炎患者突然出现危急情况,需要马上静脉注射急救药物。杨群按照医嘱,快速备药,准备实施注射。可当她要注射时,护目镜起雾,眼前一片模糊,患者又身体肥胖,更难准确找到血管。十分焦急的她,向护士长求救:"我的护目镜起雾了,看不清血管。"

护士长马上赶来,接过杨群的注射器。可是,她摸索半天,同样无法找到血管。没多一会儿,护士长的护目镜也起雾了。她焦急地对杨群说:

"我也看不清楚了。"

杨群对护士长说:"还是让我来吧。"

护士长疑虑地看着杨群:"能行吗?"

杨群坚定地说:"我再试试。"

她接过护士长手中的注射器,再次摸向患者的手腕,可是护目镜的雾气越来越重,哪还看得清血管?患者情况越来越危急,怎么办?大家都焦急万分。

这时候,只见杨群将护目镜往头顶一推,一双眼睛顿时暴露在患者面前,两人面对面,距离极近。

护士长被眼前这一幕吓呆了。本想制止,可已经来不及了。杨群专注地在患者的手腕上找血管。只几秒钟,血管找到。随着杨群手里注射器的推进,药液成功注入血管。

患者的危急情况解除了。然而,杨群被感染了。两天后发病,1月31日住进医院,2月1日被确诊为新冠肺炎。

好在治疗及时,经过十几天的隔离治疗,她于2月16日治愈出院。

出院后,我问她:"你后悔吗?"

她坚定地说:"只要能救患者,我无怨无悔。"

三

"红岩上红梅开,千里冰霜脚下踩,三九严寒何所惧,一片丹心向阳开……"

突然,ICU病房里悄悄传出《红梅赞》优美的旋律。

病床上,一位老婆婆微闭双眼,虽然鼻子里插了吸氧导管,但仍能看出,她很享受地听着歌曲。一位身穿防护服的护士半蹲在病床边,一边观察着老人床头仪器上的各种参数,一边手端着微型播放机,轻声问老人:"奶奶,音量可以吗?"

老人轻轻地点点头。

这一幕发生在湖南医药学院第一附属医院新冠肺炎ICU病房里。这位护士叫唐叶芬，老人是一位重症新冠肺炎患者。几天前，老人病情突然恶化，加上高血压、冠心病、糖尿病等基础疾病以及高龄等因素并发心力衰竭，住进了ICU。医务人员经过不懈的努力，终于将她救了回来。

一天，唐叶芬帮老人进行康复训练，与老人聊起天。她附在老人的耳边，悄悄地问："奶奶，您最大的爱好是什么？"

老人一字一停地说："唱歌。唉，在这里躺着，好久没听到歌了。"

唐叶芬又问："您最喜欢什么歌呢？"

老人说："还是最喜欢那些老歌。"

唐叶芬将老人的话记在心里。完成交接班后，她回到住处，立刻上网查找20世纪的经典歌曲，一一下载，存在U盘里，又借来一部微型播放机。第二天接班，唐叶芬将微型播放机放在老人的床头，点开播放键，顿时，病房里响起老人熟悉的旋律。

老人惊诧莫名，问："妹子，你是怎么做到的？"

唐叶芬没有作答，只是问："奶奶您喜欢吗？"

老人不住地点头："喜欢，喜欢。"

《红梅赞》《我的祖国》《九九艳阳天》《敖包相会》等优美的歌曲逐一响起，老人的心情大好。她拉着唐叶芬的手，激动地说："谢谢你，太有心了。"

老人康复很快，之后顺利治愈出院。

出院时，参与救治老人的医务人员前来送行，老人不住地在医务人员中寻找着谁，大家问她："还找谁？"

她说："找一个为我播放音乐的姑娘。"

大家问："您看我们谁像？"

老人顿时哈哈大笑："我看你们都像。"

四

从湖南医药学院第一附属医院住院楼的八楼走到九楼，不过一分钟的时间，然而，在这个春天，这段距离却成了妻子艾夏与丈夫田鹏之间最遥远的距离。

艾夏与田鹏都在湖南医药学院第一附属医院上班。艾夏在新冠肺炎疫情发生后，调到专为新冠肺炎设立的 ICU 重症病房，在八楼；田鹏是重症监护室的一名医生，在九楼。

这两个科室集中了全院病情最危重的患者，工作强度极大。两人每天工作的轨迹几乎相同，却无法碰上一面。艾夏担负了新冠肺炎 ICU 重症患者的护理任务后，接触了患者，不能回家。两人的联络，基本就靠休息时间，用微信留言。

2月5日，已经在医院隔离宿舍里住了近二十天的艾夏，在微信里跟丈夫说："有些想念家里的饭菜了。"

妻子可能只是这么随口一说，但丈夫却记在心里。

当天晚上，田鹏回到家里烧好菜，送到了艾夏的隔离宿舍楼下。田鹏电话打过去，说："老婆，你不是说想家里的饭菜了吗？我给你送来了。"

艾夏半信半疑地惊呼道："真的假的？"

田鹏说："你出来看看就知道了。"

艾夏跑到阳台上一看，只见老公手里提着保温饭盒，正仰头看着自己。顿时，眼泪夺眶而出。

艾夏说："你放下吧，我等下过来拿，你要离我远一点。"

田鹏轻轻放下还热乎的饭菜，望着许久没见的妻子，眼里也盈满泪水。

艾夏说："早点回去吧。"

田鹏说："我做了你最爱吃的香肠，趁热吃……"

那一刻，楼下与窗里，泪眼看着泪眼。

五

2月13日，正月二十。

雨过天晴，阳光透过云层，给回暖的大地染上几许温馨。

湖南医药学院第一附属医院住院部前，一大群医务人员围着手捧鲜花的老人，不停地合影，亲切地聊天。

"小毛呢？我怎么没看到小毛。"老人一个劲地寻找。

"奶奶，我在这里哩。"仿佛云雀般，一个高挑的姑娘，一跃来到老人身边。老人拉着小毛的手说，"在隔离病房，你穿着防护服，我一直不知道你长什么样，这下我看到了，真漂亮。我记住你的模样了。"说着，竖起了大拇指。

这位老人就是75岁的袁奶奶。年前，她与79岁的老伴从武汉来怀化省亲，未承想，老两口都染上新冠肺炎，同时住院。刚住进时，他们情绪十分低落，医务人员就给他们打气、鼓励，帮他们树立对抗病魔的信心。

十四天里，老人被医务人员的精心治疗和悉心照顾深深打动，把他们每个人都当成自己的亲人。小毛是她的主管护士，自她住进来，天天陪伴着她。得到小毛细致入微的护理，老人十分感动，不止一次说，好想看看你的脸。小毛说，等出院了，让奶奶看个够。

经过精心救治，老两口逐渐康复，先后达到治愈标准。

这一天，老人治愈出院，医务人员来为她送行。奶奶打量着小毛，像见到久别的亲孙女，不住地说，真漂亮。

老人转向所有在场的医务人员，深情地说："谢谢你们，是你们把我从死亡线上拉了回来。我感谢你们！"

到了分别的时候，老人泪眼婆娑地说："我会永远记得你们。我已经好了，武汉也会好的。等到春暖花开时，我在武汉等你们……"

（选自《人民日报》2020年03月16日20版，有改动）

王国平

江西九江人,《光明日报》文学评论版主编,中国作家协会报告文学委员会委员。著有报告文学《一枚铺路的石子》《当代焦裕禄:廖俊波》,人物传记合集《纵使负累也轻盈:文化长者谈人生》等。获得第五届徐迟报告文学奖、中国新闻奖、全国报纸副刊年度精品一等奖、中国报人散文奖等。

那些汇聚起来的力量

如果新型冠状病毒是有颜色的,想必是灰色的,或者是黑色的。

它凶猛、蛮横、无情,侵袭人的身躯,威胁人的生命,打破既定的社会秩序,搅乱正常的生活节奏。

但是,这个世界,还有着更明亮、更具活力、更富有生机的颜色。它们聚合、交汇、延展,发生着化学反应,升腾起精神的伟力。

在2020年的这个"抗疫"时刻,那些从人心深处迸发出来的力量,那些心手传递汇聚起来的力量,给人以饱满的温度、心灵的抚慰和必胜的信心。

"干就是了"
红色的旗帜积蓄着向上的力量

红色,醒目,热烈,彰显意志,激发斗志。

关键时刻,基层党组织就是一座座牢固堡垒,共产党员就是一面面旗,火红的旗。

1月27日,习近平总书记作出重要指示,要求各级党组织和广大党员干部必须牢记人民利益高于一切，不忘初心、牢记使命，团结带领广大人民群众坚决贯彻落实党中央决策部署，全面贯彻坚定信心、同舟共济、科学防治、精准施策的要求，让党旗在防控疫情斗争第一线高高飘扬。

出征号角吹响，冲锋战鼓擂起。

全国上下闻令而动，打出一套严密的"组合拳"：在防控第一线和关键部位及时建立党组织，发挥党组织的核心引领作用；加强网格党建，全面建立党员、干部带头分片包干、全覆盖登记排查制度，依托网格做好综合防控；依托区域党建平台，把人民群众动员、组织、凝聚起来，织密防护网，形成防控合力。

中建一局三公司武汉分公司党总支书记、总经理邓委老家在湖南省张家界市慈利县。眼看疫情越来越严重，他中断春节假期，匆匆自驾返回武汉，"在路上，我就想，我们是干工程的，估计有援建任务"。2月3日，80后的他被任命为中建一局援建雷神山医院项目临时党支部书记、总指挥。

邓委坦言，没接到任务之前多少有点"思前想后"，一接到任务反而坦然了。特别是到了现场，心中的使命感被彻底激发了出来。

"那么一个环境，真的是没法形容。我们要参与完成的这个项目，是抢救人命的事。好几个方面碰撞在一起，没什么可说的，干就是了！"如今，处于居家隔离状态的邓委，通话时激情犹在。

他和同事一起，写下决战书，郑重表态：坚决做到思想坚定、挺纪在前、有令必达，以高度的政治责任感、严格的组织纪律、专注的匠心精神，确保疫情防控任务万无一失。

决战书上，一片红色的手印，就像是一颗颗滚烫的心。

热火朝天、人山人海、夜以继日……邓委说，以前学过的这些成语，在这个特殊的时刻，都变得活生生的，都是实实在在的。

每天平均通电话数量超过200个，步数3万，睡觉3小时……这是邓委在雷神山医院项目建设期间的基本数据。

"这个项目太特殊了！你要说那些天是怎么过来的？就是接到一个任

务，完成这个任务，再接到新的任务。就是这么一个循环。一直到所有任务都拿下。"邓委说。

任务来了，顶上去。困难来了，扛过去。共产党员敢于负责、勇于担当，是示范，是榜样。

2月18日上午10时许，湖北省大冶市人民医院，56岁的袁念芳和其他三位同事，火线入党。他们笔直站立、高举右手，在领誓人的领读下，面向鲜艳的党旗，许下铿锵誓言。

他是医院感染科主任，入驻隔离病区超过一个月，除了晚上到指定宾馆休息外，基本上都在这里。

"对我来说，这是责任，因为我是搞这个专业的，都是应该的，不存在什么怕或者是不愿意的想法，没有的。"电话里，袁念芳的口音重，但说得平静。

他留意，身边的党员同志，这样的关键时刻，都在"往前跑"。向党组织靠拢的念头再度被激起。

繁重的工作之余，袁念芳在医院分发的工作笔记本上，手写了入党申请书：我是一个农村长大的孩子，没有党和政府的支持和关怀，我上不了大学，也不会有今天的工作和成绩。……抗击新冠肺炎疫情，我义不容辞，责无旁贷。殷切希望再次接受组织考验，不畏风险，不惧艰辛，尽职尽责，为早日战胜疫情而努力。

申请书写得简短，但字迹清晰，情感是在的，决心是在的。

在这个特殊时刻，袁念芳加入党组织的夙愿得以实现。更多的人，在红色旗帜的感召下，稳住心神，冒着风险，往前走，往上走。

"从不后悔穿上这身白袍"
他们赋予白色更加纯粹、洁净、庄重的质地

悬壶入荆楚，白衣是战袍。

截至2月19日，全国已有278支医疗队、32395名医务人员从各地驰援

湖北。申苗云是这个庞大队伍中的一员。

组建援鄂医疗队的消息传来时，33岁的她就是否报名有过权衡。她想起姨妈石玉琴说过的一句话，"以前你都是被保护着的，关键的时候要想着去保护别人"。于是她下定决心，主动请缨，并最终成行。

申苗云是通用环球医疗集团旗下攀钢集团总医院泌尿外科的一名护师，如今奋战在汉阳方舱医院一线。在她的印象中，65岁的姨妈热情、健谈，"她是老共产党员，身上有不一样的东西，很正的一个人"。

出发前，申苗云收到姨妈的一封亲笔信。百般叮咛注意安全之外，石玉琴还期待外甥女和同伴在这个特殊时刻有所作为：

"希望你们在工作中做到换位思考。如果病床上躺着的患者，是你们的亲戚朋友，是你们的兄弟姐妹，是你们的父母，是你们自己，那时你们心里最希望的是什么？想想这些，对你们的工作有特别的帮助。你们的一个微笑，一个点头，一个点赞，一个小小的手势，一句'多吃点、多喝水'，对患者都是莫大的支持和鼓励，能帮助他们树立战胜疫情的信心和决心。"

这封信，写在一个普通的笔记本上，满满三页，尤其是叹号用得勤，有时还连续用上三个叹号，笔墨粗壮，一看就是用力写了，内心丰富的情感是溢出的。

对姨妈一直很尊敬的申苗云，有空就恶补武汉方言："蛮扎实"是"厉害"的意思，"条举"说的是"扫帚"，"么斯"即"什么"，"忒发麻"也就是"腿发麻"……边学边用，活学活用，她努力跟自己服务的患者，特别是大爷大妈们保持顺畅的沟通。

这次武汉之行，申苗云感到很特别。这是她第一次乘坐飞机，还是由川航英雄机长刘传健执飞的。来了湖北，一下子多了三四十个微信群，工作节奏、生活节奏完全不一样。家乡攀枝花被誉为"阳光花城"，而前段时间武汉遇上雨雪天气，多少有点水土不服，加上防护的需要，总是反复洗手，她感觉双手时常是"冰石头"。

申苗云把自己身穿白色防护服的照片传给家人，她的小外甥看到了，说："小姨像大白！"

"大白"是电影里的充气机器人，外表呆萌，性情和善，温柔体贴，拥有丰富的医学知识储备，还能提供医疗帮助，被称为"守护性暖男"。

工作时一身白的医务人员，在这个特殊时刻，赋予白色更加纯粹、洁净、庄重的质地。

国家卫生健康委透露，截至2月11日24时，全国共报告医务人员确诊病例1716例，其中6人逝世。

武汉市汉口医院内分泌科主任胡淑芳就在"1716例"名单里。

新冠肺炎病例持续增长，医院的呼吸科病区超负荷运转。胡淑芳所在的内分泌科集体顶上，开辟呼吸二病区。

"筹建新病区，要协调物资、人员、床位，安排收治、安抚情绪、照料生活……不停地在处理问题，人都是木的，无法思考。"胡淑芳说，自己平时喜欢喝水，但那时只有晚上才敢抿几口，连吃的东西都选干的。

1月27日，大年初三，11时50分许，她面对电视直播镜头介绍病人收治情况，声音沙哑，透着沉重的疲倦。

她太累了！在单位，问起胡淑芳，不少人的印象是语速快、嗓门大。

抗疫一线，20多天，连轴转，每天睡两三个小时，胡淑芳被击倒了。1月29日，确诊。

同事刘玄林说，像很多感染者一样，胡淑芳的病情急转直下，持续发烧，"她一直很要强的，总是想着要学习、要提升，喜欢钻研新技术，一周出五个门诊也不喊累。工作了11年，我第一次见到她这么虚弱，有点不适应……"

2014年，当地媒体记者到胡淑芳的办公室采访，发现她的办公桌上除了大部头的内分泌科专业书，还有一杯玫瑰花茶和一本《道德经》。

她当时说，《道德经》里的"道法自然"，有着医生才能读得出的辩证味道。多年行医，她慢慢明白，只有把医疗科学用最自然的方式推进，才能达到真正的"道法自然"。

这是一个善于思考的人。

她还说，老婆、爱人、夫人其实是三个不同的词语。接诊时要用心观察病人和家属，根据他们的不同身份和实际情况，采用不同的称呼。

这是一个心思细腻的人。

她特别强调"我就是要和别人一样"，如果和别人不一样，就无法做医生，不可能真正理解病人。

这是一个心有主见的人。

"我们内分泌科有个患者群，100多人。听说胡主任病了，都打来电话，给胡主任加油。老病号都说，她是'大拇指医生'。"跟胡淑芳搭档多年的护士长冯岳湘说。

一心想着救死扶伤，哪知道躺在了病床上，胡淑芳说自己一度也担心病情恶化，但并不恐惧，"我从不后悔穿上这身白袍。即使时间倒流，我仍旧会这么选择，只不过会更好地保护自己"。

听说有记者要电话采访，她一上午没怎么说话，"就为了攒点力气再次呼吁大家，一定按照国家要求，配合防疫举措，早点让这场疫情过去"。

追求"要和别人一样"的胡淑芳，和那些穿着白大褂奋战在抗疫一线的同道一起，都是勇者，都在逆向而行，他们有着一样的信念、一样的果敢。

而在更多的人眼里，他们显得"不一样"，不一样的付出、不一样的坚毅。

"说不上多么高大上，却很真实，也很正能量"
美好的善意在传递

2月19日，雨水节气。草木萌动，绿意萌发。

赞许，是什么颜色？祝福，是什么颜色？希望，是什么颜色？最适宜的，应该是绿色吧。

2月18日，法国总统马克龙再次对中国政府和中国人民团结一心抗击疫情表达声援，对中方及时采取有力举措，展示出高度公开透明表示钦佩。这是由衷的赞许。

"青山一道同云雨，明月何曾是两乡。"日本医疗支援物资的包装箱上，印着唐代诗人王昌龄的诗句。这是诚恳的祝福。

联合国秘书长古特雷斯说，相信中国为抗击新冠肺炎疫情所做努力将取得显著效果，他对中国抗击疫情充满信心。这是真挚的希望。

病毒这么嚣张，那么疯狂，但抑制不住人间的温暖和人心的倔强。

中国宝武武钢集团人力资源部部长计国忠家住上海，工作在武汉。从1月23日10时开始，武汉市的机场、火车站离汉通道暂时关闭。计国忠一个人留在出租房里，生活至今。这段时间，匆匆相遇的几个武汉人，让他印象深刻。

1月31日，他在小区门口拐角处，遇见一位卖菜大妈，守着蔬菜流动摊，"她穿着花棉袄，戴着个棉帽子和白色棉布口罩，看着穿得挺暖和，但估计还是顶不住武汉的湿冷"。

计国忠问了一下蔬菜的价格，大妈的报价很实在。"多老实的小本生意人。我一口气买了两大袋蔬菜，只花了40块钱，付钱时都有冲动想给点'小费'。后来我一直没见着她。摆个摊卖点菜是她的生计。即便是在特殊时期，她还是会为了生活而顽强抗争。这就是普通民众在生活面前的坚持。"

随着防控措施的推进，小区物业指定一位蔬果粮油的团购老板，为大家提供服务。计国忠下楼取货时，阵雨刚刚停下来。"阴冷的天气里，这个苏老板，已经发福的中年男人，只是在一件衬衫外面套了一个毛背心，戴着口罩在不停地搬着东西。他的身边堆放着一堆盒子和几十个大塑料袋，都是小区居民团购的。让这么多人取货，是一件费时费力的麻烦事，有时要为几个人多等一个小时。"

苏老板说自己并不是为了赚钱，单纯是为了给大家行个方便。他是这么说的，事实上也的确如此。计国忠发现，有居民在小区微信群里说想吃包子,建议苏老板去进点面粉,结果他还真的迅速反应,马上就找到货源,第二天就拉到小区。大家都说,在这样的日子里,苏老板一个人,成了整个小区的"供销社"。

"卖菜大妈和苏老板,都是这次战'疫'中的平凡人,但他们身上总有种东西很动人。可能是一种不服输的气质,一种助人的精神,一种坚忍、顽强的品格。说不上多么高大上,却很真实,也很正能量。这是我认识的武汉人身上普遍都具有的特质。"计国忠说。

人总是要做点事的。日子总是要往前过的。办法总是有的。

住在江西省景德镇市区的华炘老人今年76岁了,吃了多年的降压药,眼看药瓶要见底了,这么个时间,没法出门,儿女又在外地,怎么办?一边发愁,感觉血压就要上来了。

2月8日,景德镇市卫生健康委员会发布《致慢病朋友们的一封信》,向全市卫生健康系统党员干部发出倡议,积极投身志愿者服务,为慢病朋友们开展送药上门服务活动,并公布全市8家医院24小时服务热线。

得知消息的华炘老人,拨通了景德镇市第二人民医院的热线电话。这家医院组建了四支"慢性病患者上门送药"志愿队。医院热线记录好患者的身份、住址、用药信息,由医师开具处方,医保收费员到患者家中收取医保卡,回医院刷卡缴费,药师将药品调配好,志愿者再将药品送回患者家中,并返还医保卡。

为华炘老人服务的志愿队,成员是医师吴峰、药师王红英、医保收费员曹全黎、青年志愿者鄢波。

"没什么大不了,其实就是个'跑腿'的事,但是跑得很舒服,很有劲。"31岁的鄢波说。

更多的人想着要用心为他人"跑腿",以实际行动奉献自己的善意,特别是展望疫情宣告结束之时。

浙江省湖州市吴兴区发起"全国医护工作者游吴兴"行动。15个景区、13家酒店、22家民宿,承诺向医护工作者提供各个类型的优惠服务。

"我们想为湖州出征前线的部分战'疫'勇士提供免费休息的'家'。希望连片的茶园、遍布的竹林、清新的空气,可以洗去你们的疲惫,也可以让我们后方人员表达一点点敬意,向你们说句:辛苦了!"90后业主汪颖在自家民宿的公号推文里写道。

她的妙溪民宿,位于湖州市吴兴区妙西镇龙山村。在这里,"绿水青山"是品牌,绿色是底色,一年四季泼洒着大自然的美。

计国忠租住的房子在18楼,位于武昌区,紧邻浩浩长江。这段时间,他拿出专业相机,在阳台上或窗户边,记录下长江之美,并时常在微信朋友圈发布,向好友报平安,也在给自己和武汉这座城市加油、打气。

他说,现在经常有诗句在脑海里盘旋,比如"烟雨莽苍苍,龟蛇锁大江",比如"春风又绿江南岸",比如"不废江河万古流"……

(选自《光明日报》2020年02月21日01版,有改动)

许丽莉

上海人，1985年生。常用笔名筱欣奕奕。上海市作家协会会员，医务工作者，《上海大众卫生报》专栏作者。作品见于《人民日报》《文汇报》《上海作家》《上海纪实》《中文自修》等刊物，作品类型包括小说、诗歌、报告文学等，著有长篇小说《落阳残梦》《风筝，从这儿起飞》以及个人诗集《盎然》。

曙　光

一

"阿婆，感觉胸闷吗？"张兴看着手中的CT片，厚厚的护目镜密不透风，使一些雾气堆积在镜片上，好在还不影响读片。CT片上显示，炎症已侵袭患者大半部分的肺脏，还有一些陈旧病灶，或许有过肺部感染史。他看向面前的阿婆，问道。

阿婆摇摇头，看了张兴一眼。

"您之前住在哪家医院？"

她又摇了摇头。

"确诊多少天了？"

她依然摇头。阿婆目光和蔼，却稍显迟缓。

这样的反应，让张兴有点困惑。为何只摇头不说话？这时，张兴发现她有一张家属联系卡和一封信，拿来一看，明白了缘由——

"母亲七十二岁，罹患老年痴呆症多年，这次不幸又染上新冠肺炎病毒。她平日里就神志不清，无法与人正常交流，我们做儿女的时刻照料在侧。但这回知道她确诊染病并要在隔离病房里治疗后，很是焦虑担忧。儿女没法在跟前尽孝，恳请白衣天使们多加照顾，并恳请你们随时同我们联系。拜托拜谢，感激不尽……"

这是她的女儿写的，信的下半部分，还罗列着阿婆身患的慢性病、既往病史等。

张兴又细看了她带来的其他检查报告，说："阿婆，让我看下您的舌苔吧，张嘴……"

她依然摇头，背过了身。

"阿婆……"张兴轻轻拉过她的胳膊，想号脉，可她却把手臂抽开了。

"阿婆，您不用担心，这里虽然是新的地方，但我们会像您家人一样。"

"阿婆，让我看下您的舌苔和脉搏。"

她还是摇头。

一旁的护士赵丹丽俯下身，握了下阿婆的手，过了几秒钟，她没有抽离。张兴顺势搭上她的脉搏。"张开嘴，让我看一下？"这次很顺利。

看了舌苔和号了脉象，在纸上写下医嘱，拍下来，传到医生办公室的电脑上。

"阿婆，您安心住在这里，配合我们治疗，会好起来的！"

这是张兴来到武汉雷神山医院后，收治的第一位患者。

二

新冠肺炎疫情发生后，为加强武汉确诊病例的收治力度，继火神山医院之后，近8万平方米1600个病床位的雷神山医院，于1月26日正式开工建设，2月8日开始交付使用。

张兴是上海中医药大学附属曙光医院呼吸科的主治医师。2月15日临近中午，值完夜班的张兴还在睡梦中，被一阵急促的手机铃声唤醒。

"张兴医师，医院刚开会讨论，从申请援助湖北的同事里，选你作为这次援助湖北医疗队的队员，下午1点钟请到医院集合，准备出发去武汉雷神山医院。"

"好的！"张兴原本睡眼惺忪，听到任务，立刻清醒，毫不迟疑地答道。

他打电话告诉妻子消息。夫妻新婚还不足一年，妻子丁亚杰是上海中医药大学附属龙华医院的规培医生，此时正在门诊跟师抄方。听到他的出征消息后，丁亚杰在电话里哭了："我去虹桥机场送你。"

两个小时后，张兴在机场见到丁亚杰时，她没有过多的纠结与不舍，而是平静却坚定地对他说："保护好自己，平安回来！家里有我，不用担心。"

三

张兴和同事们被安排到 C7 病区，病区内共 48 张病床，他们分管 24 张床。新建的雷神山医院，病区隔离设施规范完善，病房内电视机、暖壶、电热油汀等生活设施应有尽有，医生办公室里都安装有独立空调。

2 月 16 日起，他们开始收治患者的前期准备工作。

他们从上海带来很多医疗物资及病区生活物资，又陆续有装着各类医疗物资的车到达，他们当上了"搬运员"，将各类物资放置到病区的指定位置。看着病房里白花花的墙过于冰冷，他们又成了"装修队"，给病房贴标识牌、祝福语，给每张病床铺上几层被褥，给每台电视机做好调试，做着简单而温馨的布置整理。他们还是严谨细致的"丈量工"，一遍遍地来回走，熟悉病区环境，清洁区、半污染区、污染区，查看从病房到 CT 拍摄室有多远，从病房到医护休息室有多远。他们更是信心满满的"作战员"，不打无准备之仗，一遍遍地学习防护隔离步骤和注意事项，把相关的诊疗指南烂熟于心。

在这里，大家是同舟共济的战友，是彼此信任的贴心人。

雷神山医院在江夏区，距离张兴住宿的宾馆有 20 千米。医院安排了班车，每日来回接送。刚到武汉的几日，下了雪，宾馆里不能开中央空调，就用从上海寄来的电热油汀取暖，穿上棉衣棉裤棉拖鞋，张兴说，我把大家送的温暖都穿在了身上。

"曙光医院还从上海寄过来好多吃的。"张兴在电话里同妻子丁亚杰说，"数给你听啊，巧克力、午餐肉、酸奶、水果……所以，不用担心我。"

四

准备工作一直做到19日下午。

2月19日下午4点起，随着救护车的陆续抵达，两小时内，张兴和同事们管理的24张病床就收满了患者。

这是张兴第一次正式穿上厚重的防护服，直接接触新冠肺炎患者。

穿戴防护装备，张兴虽操练过几次，但依然非常小心地做着检查，每处接合的地方都用胶条缠两圈绑住。

很闷、很热、很重，有些眩晕，防护镜片上的雾气模糊了视线……不过，应该会马上适应的。张兴这么想。

宋秀明医生率先进入污染区给一位患者摸了脉象、看了舌苔，张兴见此更壮了胆，接诊了第一位患者。两个患者看完后，悬着的心放下了。

望、闻、问、切，他们根据中医四诊信息辨证施治，开中药方子，再交由药剂科代煎后，分发给患者服用，确保每位患者在吃西药的同时，用上中药汤剂。

来雷神山医院之前，张兴对一线医护人员脱下防护装备后满是勒痕的脸有充分的思想准备，但在镜子里看到自己坑坑洼洼的脸时，仍不免有些吃惊。此时，前胸后背湿漉漉又凉飕飕的感觉袭来。他发现，自己整个人就像刚从水里爬出来似的。

"我才穿了两个多小时的全套防护装备，而护理人员们在病床前是我们数倍的时间，可想而知要承受多大的压力……"张兴想着，心头一颤。

换上紫色隔离服，坐到了办公室座位上，他打开电脑，点开在隔离病房内拍摄并传输来的医嘱，做着整理，并逐条录入。直到第二日上午9点，张兴才下班。这是他在雷神山医院的第一个班，整整17个小时。

五

2月21日晚上6点，张兴开始了他在雷神山医院的第二个夜班。

他挨个了解患者情况，血压、心跳、体温、血氧饱和度、验血报告……来到阿婆床前时，见血氧饱和度较之前有了改善。

"阿婆，今天感觉好点吗？"

"好。"

"胸闷吗？"

"好。"

"有啥不舒服吗？"

"好。"

"等全部患者看过一遍后，我推阿婆去CT室拍个片子。"他对护士赵丹丽说。

"炎症确实消除了一些。"看着电脑里的图像，张兴松了一口气。

张兴给在上海的同事发消息："在中医药的坚持配合治疗下，我相信重症会越来越少，越早干预，效果会越明显。我们每天都鼓励患者，要有信心，离出院不远了。"

这一班，一直到第二天上午9点。

新一轮曙光从地平线上升起，照亮了荆楚大地，照亮了雷神山医院，也照亮了病房床头贴着的大大两行字——

祝您早日康复，

曙光就在前方！

（选自《人民日报》2020年03月14日08版）

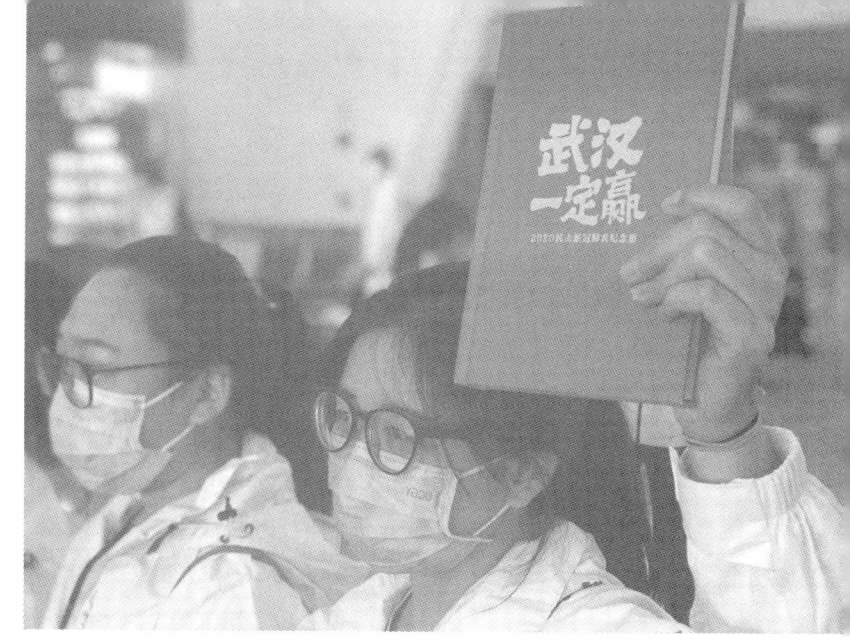

勇敢女性

哭笑天使　李春雷

三月正青春　李春雷

接力"妈妈"　何建明

春天的声音　纪红建

甘心　曾散

温暖的光　曾散

一千个祝愿，飞向"金银潭"　汪渔

执着的力量　吴洛

在疫情防控大决战的最前线，女性占了很大比例，甚至可能超过一半。女人能顶半边天，此言不虚。有人甚至戏言：女人都上了前线，顶起了正面战场，成为主力军，那么男人们就更要加把劲儿了！

是啊，无论是在艰难的战争时期，还是在和平时期，无论是在医疗救治的前线，还是在后方的后勤保障、社会管理，女性都做出了不可替代的杰出的贡献。这是一群勇敢的女性，在危难到来之际，她们没有畏惧，没有退缩，而是勇敢地站出来，坚毅地顶上去，和男人们并肩作战，彰显了巾帼风采。

李春雷

哭笑天使

青萍之末

风,起于青萍之末。

武汉的呼吸道流行病风潮,总是从每年10月底开始,到次年4月谢幕,春节前后是高点。但是2019年,有些奇怪:整个11月,冷冷清清,直到12月中旬,才进入熙熙攘攘。

作为湖北省中西医结合医院呼吸科主任,张继先心底纳闷呢。暖冬?还是别的原因?

12月26日下午4时左右,一位60多岁的老太太,因呼吸困难,住院治疗。拍片后,主管医生看到肺部造影呈磨玻璃状,便来会诊。张继先仔细端详后,也感觉特殊,却没有格外惊奇,因为呼吸道疾病有几百种,呈现不同,或有变异。她嘱咐,进一步观察。

最早的警觉,来自第二天。

27日上午,在本院神经内科住院治疗的一位老先生,CT检查时,发现肺部异常。神经内科主任便让主管医生携带资料,去询问张继先。张继先一怔,竟然与那位老太太症状类似?她思考片刻,便提议将老先生转入呼吸科治疗。当天中午,老先生办理手续时,明确要求与那位老太太住同一间病房。原来,他们是夫妻!猛然,张继先意识到了什么。

帮助办理转院手续的小伙子,是老两口的儿子。张继先提出,请小伙子也拍一下胸片。小伙子一听，气得爆炸，我年纪轻轻，健健壮壮，只是来陪床，又不是病人。张继先委婉地解释。但小伙子挺有个性，就是不听，责怪张继先多事，甚至怀疑遇到不良医生，借机揩油赚钱。张继先告诉他，小伙子，请不要多想，我是医生，只是想让你查一下。至于费用，如果你不能支付，我可以帮你负担。

疑惑中，小伙子进行了例行检查。

拿到片子时，张继先倒吸了一口凉气：一家三口，症状相似！

她马上对三人进行隔离治疗，并吩咐医护人员接触病人时，务必戴上口罩。同时，报告业务副院长。

28日和29日，张继先所在呼吸科又连续收治4个病人，肺部造影与此前一家三口类似。她详细询问，进行流行病学调查。这4人竟然来自同一区域，且相互认识。

29日下午2时，在张继先的建议下，业务副院长召集开会，决定上报疫情。

下午4时，市疾控中心和相关专家到来，转诊病人。

30日，武汉市疾控中心和中国科学院武汉病毒所几乎同时做出初步检测结果：一种疑似新型冠状病毒！

31日，国家专家组莅临武汉。

几天后，这种疑似新型冠状病毒被正式确定为一种人类新型传染病——新型冠状病毒肺炎，简称"新冠肺炎"。

警报，正式拉响！

继先姐

张继先，瘦瘦小小、文文弱弱，身高只有1.55米，体重呢，不足45公斤。

这个娇小的南方女子，1966年生于黄冈市黄州区，1985年考入武汉大学医学院，毕业后入职湖北省中西医结合医院，专注于呼吸道疾病诊治，渐成专家。

2003年非典期间，她作为江汉区疫情防控专家组成员，参加防控和排查工作，荣立三等功。非典之后，她来到北京朝阳医院呼吸科，深度学习。2006年，张继先担任湖北省中西医结合医院呼吸科副主任。2011年，升任主任。

正是有了这些丰富经历，她才对传染病疫情格外敏感。

全科33个医护人员，大部分是女性，她年龄最大。公开场合，大家称她主任，私下里，她的名字是"大姐"。

是的，这些女医护人员，在各自的生活中，是公主，是天使，是白领丽人。平时，她们也慵懒、也自私、也嫉妒、也说闲话甚至传闲话。但谁能挡住她们甜蜜般的幸福和鲜花般的微笑呢，谁让她们是大武汉的小女人呢。

但，这只是岁月静好时的常态啊。

继先兄

病人转诊了，张继先的心底，却已风起云涌。

她所在的医院，并没有传染病业务，更没有相关防护设备。于是，她马上网购30套防护衣，并利用屏风，开辟一个简易的9人隔离室。

31日，隔离室建成，30套隔离衣也到了。

元旦之后，形势大变，病人越来越多。

不能不说，疫情暴发初期，由于各方应对仓促，社会上形成了一些慌乱。最紧要的是各家医院缺少病床，无法收治病人。不少病人奔波在各大医院，气喘吁吁，形成流动传染源。

1月13日，医院决定将住院部一楼改造成隔离病区。1月30日，医院被列为新冠病毒治疗定点医院。施工队连夜施工，开辟出18个病区，600

多张病床。

突然之间,张继先变成了全院近千名医护人员的老师。她不仅需要负责危重症病人的治疗,还要负责培训全院医生,用最快速度,让他们从外科、妇科、儿科、五官科等专业医生变成传染病科医生。

大课教,小班教,当面教,微信教,白天教,晚上教。时间紧急,没有客气。一时间,哪还是南方女子,必须是黑脸包公。

有些男医生,与她并不熟悉,但看着她的严厉、她的干脆、她的风风火火,便尊称她为"继先兄"。

摸着石头过河

魔鬼来了,无影无形,无声无息,无色无味。它的腥爪,试图抚摸人们的鼻子、眼睑、嘴唇,并觊觎人们的肺叶。

全新敌人,全在暗处,全无经验,如何治疗?

张继先和大家一起,按照国家专家组审定的相关诊治方案,加上自己的经验,试探用药,摸索前行。

一个孕妇感染新冠病毒,前来住院,入院后便是临产期。没办法,只得在这里接生。孕妇太害怕了,既担心自己生命危险,又愧疚传染贻害孩子,整天以泪洗面。

某患者,肾移植已经 7 年,又染此病,且是重症,岌岌可危。但他经济实力雄厚,拥有自己信任的医生,基本不相信张继先的治疗方案,每每质疑。张继先一方面按自己方案施治,另一方面还要与对方背后的专家角逐。

还有一个重症病人,入院时高烧 39.8 度,呼吸衰竭。他自觉不治,情绪低落,甚至断断续续地交代遗言。

张继先像救火队员一样,不仅要对 160 位危重病人时时看护诊断,还要兼顾几百个普通病人。此中苦累,实难想象。

这样说吧,仅脱下防护服,就需半个多小时。27 个步骤,需要 12 次消毒双手，需要在三个淋浴间洗消。为了减少上厕所次数，她平时只吃热干面之类的快餐，加一个鸡蛋，不喝水，不吃水果。防护服不透气，几个小时下来，身上全部湿透。N95口罩贴合紧密，鼻梁和眼下，生出一片片压疮。

每次从病房出来，浑身瘫软，筋疲力尽。

极度痛苦中，也在极度苦恼。她在苦苦地思索着、试探着，如何用中医汤药进行辅助治疗，使中西药联合发力。

不是爱哭泣

偶尔像男人，毕竟是女士。

于是，哭，便成为她常常的业余生活。

开始阶段，病床根本不够用。看着无奈的病人，她急得直哭。

病区开辟后，住满病人。但如何对症治疗呢，又全无经验。有些病人，她竭尽全力，还是去世了。她感到无能为力，忍不住痛哭。

有些病人，拒不配合治疗，她背过身去，哭。

自己太累了，瘫在地上，哭。

科里有两个女护士，刚刚休完产假，孩子还小，不得不突然断奶，告别孩子。两位年轻的母亲，涨奶疼痛时哭，思念孩子时哭，与孩子视频时，那边孩子哭，这边大人哭。每每这时候，张继先也陪着流泪……

只是，哭，并不是动摇啊，只是情绪释放。但是，偶尔，也有人在哭泣中，情绪摇晃。

是的，她们毕竟是血肉之躯，是平常人，面对死亡，面对危险，也恐惧，也动摇，也埋怨，甚至声言辞职。

这时候，温柔的继先姐，马上就会变脸："以前我们是'白衣天使'，现在我们是'白衣战士'。我们这是在战场上，只能进，不能退，倒也要倒在病房里！"

大家瞪大眼，看着她，熟悉又陌生。

她哭完，抹抹泪，开始穿防护服。穿上防护服的张继先，没有女儿态，俨然大将军。

春天的号啕

每次进入病房时，她都要在防护衣的胸前背后，各画上一个笑脸。远远地看去，是两张笑脸在晃动。

笑脸的晃动中，形势渐渐转变。

那个孕妇，住院十几天之后，身体恢复正常。更让人惊奇的是，她的孩子也一切正常，丝毫没有受到传染。

那个固执的患者，在与张继先摩擦一周之后，听信她了，变成了一个乖乖的孩子。20多天后，病情彻底好转。

还有那位重症病人，挺过十几天的危险期后，也进入安全地带。他千恩万谢，安排家人捐献呼吸机、口罩、防护服。

2月下旬，病人数量终于呈下滑态势。3月初，开始出现床等人现象。3月上旬，院内各个病区陆续撤离。3月14日，全院恢复正常医疗秩序。截至此日，湖北省中西医结合医院总共收治病人1100多人。

这期间，张继先被强制安排撤离战场，居家休息。这时候的她，终于欣慰地笑了。她的笑，辉映着江城盛开的百花。

更让她欣慰的是，和她一起并肩战斗的战友们，没有一人感染。

看着窗外春天的繁华，看着医院门庭的冷落，想着三个多月来的一切，她再一次泪水滂沱。只是，所有人都知道，这是幸福的号啕！

(选自《光明日报》2020年04月08日12版)

李春雷

三月正青春

"我叫肖思孟。孟子的孟，不是梦幻的梦。"

电话中，她热情却又认真地对我说。

是的，在近期的新闻报道中，她的名字大多被写成肖思梦。采访之前，我曾想，这应该是一位清纯、漂亮且浪漫的女孩子。

3月上旬，由于她仍然在武汉市第七医院病房做护理工作，我只能通过视频和电话联系。视频中的她正蜗居轮休，戴着一顶可爱的小红帽，的确清纯且漂亮，但谈到疫情，谈到工作，她马上收起浪漫的表情，变得严肃起来，并摘下帽子，露出白亮亮的光头。提及自己的名字，她也格外较真。

"我的孟，是孟子的孟。"

"我当然也有梦，但每一个梦，最需要的是脚踏实地……"

一

肖思孟的生命，有着别样的沉重。

她，是一个遗腹子！

1994年10月，她出生于河北省秦皇岛市青龙县一个名叫拉马沟的小山村，乳名梦梦。此前一个月，她的父亲遭遇车祸，不幸去世。

第二年，母亲抱着小梦梦，改嫁到邻镇的拉拉岭村。继父纪友义，是一位家境贫困的民办教师，兄弟五人，多半光棍且残疾，所以年过三十，尚未婚配。

办理妻子户籍时，好友向纪友义耳语：要让女孩改姓纪。

可是，这个朴实、善良的汉子，不仅没有这样做，而且还时常送她回拉马沟村，看望肖家的爷爷奶奶。是啊，儿子去世了，孙女就是两位老人唯一的精神寄托呢。

看着女孩健康，看着妻子病弱，想着家境赤贫，本来可以拥有自己亲生孩子的纪友义，便主动提出，不再生育，全心全力养育小梦梦。这个特殊家庭，虽然异常贫寒，却从来不缺少恩爱和温暖。

到了上学年龄，长辈和邻居们再一次郑重劝说纪友义，一定要给小梦梦改姓。他们说，这个孩子与你没有血缘关系，又与肖家亲密，如果再不随你姓，长大后肯定会远走高飞，谁为你养老？但这个固执的民办教师，仍然不改初衷。不仅如此，他还为她取了一个有特殊寓意的名字，肖思孟。

纪友义抚摸着女儿的头，深情地说："肖，是你亲生父亲的姓。他虽然去世了，但你要永远感恩父亲。梦，虽然美妙，但总是飘忽。咱家穷，将来你要扎扎实实地做事。所以，我把梦改为孟。这是孟子的孟，孟子与孔子齐名，是中国传统文化的根！"

母亲身体欠佳，因此小思孟从幼儿园到初中，由继父一手带大。虽然纪友义待小思孟如同己出，却从不溺爱，不仅学习上严加教导，为人处世上更是时时叮嘱——要学会吃亏、先人后己，要有责任心，更要有爱心。

在父亲的宠爱和教诲里，小思孟出落成了一个纯朴善良、温柔体贴的大姑娘。

2013年高中毕业，肖思孟考取河北中医学院，护理专业。2016年大学毕业后，她以优异成绩，考入河北省中医院，成为该院呼吸二科的一名护士。

母亲患有高血压、颈椎病和腰椎间盘突出等慢性疾病，需要长年服药。父亲虽已转为国办教师，但年近花甲，由于多年劳累过度，已切除胆囊，还患有胃糜烂、鼻炎、便秘等病症,近日,又做了喉异物切除手术。而且,父母还供养着两个光棍兄弟,其中一位残疾。生活的重担,像山一样压在这个小家庭身上。懂事的肖思孟参加工作后,总是将自己的大部分收入,寄给父母,补贴家用。

同时,她还以护士的专业和细心,为父母详细制订康复计划。所有的用药,都是她精心选配。不仅如此,父母的通信费、家里的水电煤气费,等等,所有可以通过手机远程缴纳的费用,全部由她包揽。纪家的爷爷奶奶都去世了,只剩下肖家奶奶,她也时常买衣寄物,嘘寒问暖。

每天,她都会给父母发去许多微信图片,汇报自己的工作和生活。

上学的时候,她喜欢三毛、琼瑶小说和一些消遣类杂志,可参加工作之后,她的业余阅读逐渐转向文学、历史方面,尤其喜欢唐诗、宋词等古典文学和传统文化。

有一次,她给父亲打去电话,首先吟诵了一段:"鱼,我所欲也;熊掌,亦我所欲也。二者不可得兼,舍鱼而取熊掌者也。"而后,询问作者何人。

父亲不明就里。

她接着诵读:"生,我所欲也;义,亦我所欲也。二者不可得兼,舍生而取义者也。"再问语出于谁?

父亲一时想不起来。

"爸爸呀,您怎么把咱俩的根本都忘记了?"

"怎么回事?"父亲一头雾水,大惊失色。

"这是孟子的名言。而且,您的名字,也来自于他老人家啊。"

"哈哈哈……"纪友义恍然大悟。

渐渐地,这个善良可人的小姑娘,已经成了家中的顶梁柱和主心骨!

二

2020年春节快到了,父母早早动手,鸡鸭鱼肉、蒸烤卤煮。

纪友义和妻子每天念叨啊，女儿哪天放假，哪天回家。从石家庄到秦皇岛，高铁票245元，太贵了，女儿从来不坐，而是乘坐81元车票的普通列车，但车需要行走八九个小时。今年，父母反复催促女儿，一定要坐高铁回家。他们心急啊，他们已经大半年没有见到女儿了。

肖思孟早就预订了高铁票，并为爸爸妈妈和家人都准备了礼物。她还专门来到美发店，打理头发。

是啊，她刚刚26岁，正是爱美的年龄、恋爱的季节。她特意蓄养了几年的披肩发里，藏着内心深处甜蜜的期盼呢——等到当新娘的那一天，盘一个最漂亮的发型。

发梢轻烫微卷，空气刘海——她对自己的新发型十分满意，于是随手一张自拍，第一时间发送父母。

看着照片中娇美的女儿，父母的心底，甜蜜蜜。

然而，就在肖思孟起程回家的前一天，本来春节值班的同事因家中急事，不得不离开，单位里人手骤然紧张。看到这种情况，肖思孟略微犹豫了一下，便主动要求留下来值班。单位领导，喜出望外。

她赶紧退掉车票，并给父母打电话，许诺元宵节一定回家。于是，爸爸妈妈，又开始眼巴巴地盼望元宵节。

鼠年春节近在眼前，新冠病毒突然偷袭！

农历大年二十九，疫区中心——武汉市宣布关闭离汉通道。举国震撼，世界注目！

大年初一晚上，肖思孟值班。

凌晨五点，电话骤然响起，火急火燎。她以为是"120"接诊，接听之后却是护士长："刚才接护理部主任通知，要组建医疗队赴武汉救援，现在开始报名，自愿参加。"

"护士长，我……报名！"她迟疑半秒，旋即坚定了语气。

"思孟，你不再考虑一下吗？"

"我刚才已经考虑过了！"

当天中午，肖思孟接到通知："你被批准去武汉了，下午两点半集合出发！"

啊！太突然了，就像疫情一样让人猝不及防。

她匆忙回到住处，简单收拾衣物。

这是河北省派出的第一批援鄂医疗队！

可是，如何告知父母呢，他们身体虚弱，正苦盼自己回家。肖思孟心中纠纠结结，颤颤抖抖，直到踏上南下的火车，才拨通电话。

纪友义沉默良久，嗫嗫嚅嚅地问："孩子，必须要去吗？"

"我在火车上，已经开车了。"

"哦，既然这样，我和妈妈支持你。不过，千万千万要注意安全……"

三

第二天凌晨 4 点，医疗队抵达武汉。

从大巴车上向外望去，街头一片死寂，昏黄的路灯无精打采。影影绰绰的暗影里，似乎有无数伸头探脑的恶魔，正在居心叵测地打量着远道而来的北方来客。谁都不说话，空气黏稠凝滞，甚至连呼吸都格外小心，生怕一不留神，便会惹祸上身。

新来乍到的肖思孟，接受的第一项任务，就是培训。

培训从穿脱防护服开始，首先用消毒液清洁双手，然后戴防护帽、戴口罩、戴橡胶手套、穿防护服、戴护目镜、穿高腰鞋套、戴第二层口罩、戴第二层橡胶手套……

人被防护装具包裹得严严实实、密不透风，像茧中被五花大绑的蚕蛹。

特别是平时引以为豪的一头披肩长发，此时却变成累赘，总有几缕头发固执地露在防护帽外。只得高高地盘在头顶，可穿上连体防护服后，又感觉紧紧绷绷，如压重物，低头弯腰、举手投足，更是牵牵绊绊。

最危险的是脱防护服的时候，长发失去束缚，猛然披散下来，屡次触碰防护服外部。如果在实战中，必然造成病毒沾染。

每一次穿脱防护服，都要耗费一个小时。

投入实战的前夜，肖思孟失眠了。

她，定定地看着镜中的长发飘飘。

之前，爸爸曾经开玩笑说，我闺女的这头秀发，价值千元。

然而，此时的"千金"长发，却突然变得怪异起来。

四

肖思孟进驻的武汉市第七医院，医疗条件和医护力量比较薄弱。疫情暴发后，这里被开辟为定点救治医院，由武汉大学下属的中南医院接管。

医院共有5个病区，肖思孟被安排在第一病区，与另一名护士负责护理16位患者。

南北方语境不同，方言各异，对他人的称呼也五花八门。

起初，她见到一位年长的男性患者，便按照北方习惯，上前亲热地称呼"大爷"。对方听罢，一脸茫然。原来，武汉人称年长的男性为"爹爹"、女性为"婆婆"。

与患者交流的障碍，还不仅仅是方言难懂。戴着两层厚厚的口罩，说话闷声闷气，语音不清。可是，如果声音过大，又戴着护目镜，患者看不到医护人员的表情，往往会误以为带有情绪，因而拒绝配合。

各种想象不到的困难，更是接踵而至。

以前肖思孟的双手多么灵巧啊，为患者输液、扎针穿刺，伸手一摸，就能探到对方的血管。眼疾手快，轻柔稳准。

可是现在，戴着两层橡胶手套，双手木然迟钝。加之穿着臃肿的防护服，更像笨拙的木偶。

面前的婆婆已经70多岁了，连日输液反复穿刺，血管瘪瘪。肖思孟伸手探摸，丝毫没有手感。

用眼睛看呢？护目镜镜片上结了一层薄雾，像隔着一层纱帘。

心急如焚！多年前第一次为患者穿刺的时候，也没有如此紧张。

突然，她发现护目镜镜片的边缘没有结雾，但宽度不足毫米。她竭力地歪斜着眼睛，向婆婆手腕处看去，果然看到了一条青色印记。

这不正是血管吗？！

随即屏气凝神，小心穿刺。可是，由于镜片边缘会产生光线折射，看到的位置与实际位置有一定偏差。

第一次穿刺，失败了。

她深深地长吁一口气，抱歉且柔声对婆婆说："您要相信我啊，不要动，不要动。"

然后，再次俯下身，侧着脑袋，眼珠上翻，盯紧婆婆手腕处的血管，小心地将针头刺进去。刚进针的时候，仍然没有感觉。随着婆婆的皮肤绷紧，慢慢进针，终于看见了回血。

成功了！

肖思孟这才感觉两眼酸痛。头发都湿透了，黏糊糊地粘在头顶。

……

患者多多，没有家属陪床。除了打针喂药、测量生命体征等治疗程序之外，他们的个人卫生以及吃喝拉撒睡，也完全由护士负责。

肖思孟与同事忙得团团转，只恨非孙猴，没有分身术。

然而，纵然如此，却又不能着急，反而更要放慢节奏。

病房内不允许快速行走，以免惊扰浮尘，也是为了避免防护服被器物刮破；脚步呢，又不能过于沉重，否则会磨破鞋套和防护服。

防护服破损，后果不堪设想！

因此，虽然工作繁忙，心急如火，但肖思孟只能耐着性子，轻手轻脚、小心翼翼、如履薄冰……

这就是经历啊，这就是磨炼呢。

每一步，都是成长，都是成熟！

五

飘飘披肩发，竟成烦恼丝。

肖思孟最终还是决定忍痛割爱，改留短发，甚至剪成"假小子"，也在所不惜！

可是，美发店全部暂停营业。询问工作人员，内部也没有美发服务，仅有一把男士理发器可以借用。

肖思孟，彻底死心了。

她把眼睛一闭，对医疗队的一位同事说："干脆，给我理光头吧！"

同事瞪大了眼睛，眼眶里翻动着一轮轮问号。漂亮女孩剃光头？这可是从来没有听说过的新闻。

"是的，我要剃光！"肖思孟的口气，斩钉截铁。

秀发，缕缕飘落。

眼泪，簌簌而下。

……

收治患者不断增多，已有48名。

有一位胖胖的"爹爹"，下肢瘫痪，虽然用着气垫床，但两侧股骨头外的皮肤，还是产生了不同程度的压疮。肖思孟除了帮他擦洗身体和定时换药外，每两个小时还要为他翻身一次。

然而，即便"爹爹"全力配合，可毕竟重病在身，下身又不听使唤，每次翻身时，肖思孟和同事都累得浑身是汗。

最让她力不从心的体力活，是更换氧气瓶。由于医院中心供氧压力不足，一些患者需要使用氧气瓶吸氧。

氧气瓶粗粗壮壮，又高又重，根本搬不动。她只能将其倾斜到一定角度，旋转滚动前行。

可是，平时老老实实的大钢瓶，一旦旋转起来，脾气顿时变得十分乖张。万一偏离"轨道",瘦瘦弱弱的肖思孟,根本不可能"力挽狂澜"。倘若失控,惊扰患者事小,若是砸伤患者呢?若是刮破防护服呢?若是碰坏医疗器械呢?

不敢想!不敢想!

每换一个氧气瓶,肖思孟都是战战兢兢、汗如雨下。而一个班次下来,她常常要更换七八个……

2月8日,元宵节,这是肖思孟原定回家与父母团聚的日子。

当天晚上,纪友义一边帮妻子按摩腰部,一边收看中央电视台的《元宵特别节目》。

画面中,出现了一个戴口罩的光头小伙子。他瞥了一眼,不认识,便接着低头干活。

此时,中央电视台节目主持人欧阳夏丹大声说:"剪掉了一头长发的河北护士肖思孟,90后的你,也许正引领着这个春天最时尚的发型……"

听到这里,纪友义与妻子猛然抬头。这才看出,电视上的"小伙子",正是自己的宝贝女儿!

可是,自己的女儿,怎么变成了一个光头呢?

他这才明白,自从到达武汉之后,女儿没有发送过一张照片,自己一直在疑神疑鬼呢。实在没有想到,日日夜夜的牵肠挂肚、半个月来的撕心裂肺,今天终于见面,却是以这样一种眼球炸裂的方式。

夫妻两人,顿时号啕大哭。

六

一天晚上,肖思孟刚刚接班,就发现一位与自己年龄相仿的男性患者,意识不清,总是咬舌头,极易造成窒息!

测量生命体征,倒也正常。

为了平复他的情绪,肖思孟不断地安慰,可他只是眨眨眼睛。

是饿了吗？渴了吗？

肖思孟拿来流食喂服，没有吞咽。又喂水，竟然喝掉了。她得到了回应和鼓励，于是找来注射器，慢慢喂水。直到凌晨5点，这位患者才平静下来。

清晨，开始为患者们抽血、抽血气、测量生命体征了。肖思孟忙碌着，还时不时地走到这位患者身边，看一看、摸一摸，冲着他笑一笑。

但愿自己的笑容，能感染他。

从急诊部转过来一位"婆婆"，戴着无创呼吸机和导尿管。

大龄患者往往意志比较消沉，可这位"婆婆"却十分坚强，积极配合治疗，还不时地向她眨眼和点头。

那位上了呼吸机的叔叔，虽然病情严重、面色枯白、不能言语，但肖思孟每次护理，他的两眼中都会漾溢出感激的泪光，亮亮的。那是生命的火焰，那是新生的希望！

希望，是这个世界上最美好、最伟大的内动力。有了希望，一切都会好起来。

肖思孟和患者们，时时在相互地加油鼓劲儿呢。

情况日见好转！

胖"爹爹"病情稳定，已经转入轻症病房了。

"婆婆"由呼吸机换成了高流量辅助呼吸，并且取掉了导尿管。随后，高流量辅助呼吸，又换成了面罩吸氧。

那位同龄人的意志也逐步清醒，可以长时间地睁开眼睛了。而那位上了呼吸机的叔叔，面色日渐红润，血氧量也趋于正常……

轰轰烈烈的一个多月时间里，病床始终处于饱和状态。

直到3月上旬，终于开始有空床了，一张、两张、三张……

一张张空床，像一张张笑脸，绽开在病房，绽开在每个人的心头。

……

3月中旬的一天午后，下班了。

肖思孟在驻地宿舍里休息。她忽然发现，窗外阳光明媚，青青翠翠，一群小鸟啾啾鸣啭，兴奋而热烈。倾耳听去，还有布谷声声，悠扬且欢快。

　　楼下的花园里，各种各样的花儿们，也正在热烈地盛开。层层叠叠，粉粉白白，像朝霞，似晴雪，如婴儿的脸，若新娘的羞……

　　哦，来到武汉40多天了，却还没有来得及欣赏一下她的美丽。

　　她看着镜子中的自己，头发黑黑，蓬蓬勃勃，已长成板寸，有一种说不出的刚健与挺拔。她用劲攥一下双拳，感觉浑身新添了一种别样的力量。

　　于是，她拿出手机，以武汉为背景，认认真真地拍起来。

　　春天来临了，战斗胜利了，头发新生了，我要回家了。

　　她要选择几张最美的照片，发送给最亲爱的爸爸妈妈……

（选自《光明日报》2020年03月20日01版）

何建明

江苏苏州人，生于 1956 年。中国作家协会副主席、中国报告文学学会会长。代表作有《共和国告急》《落泪是金》《国家行动》《部长与国家》《国家》《那山，那水》《浦东史诗》等。曾三获鲁迅文学奖、四获徐迟报告文学奖、五获全国精神文明建设"五个一工程"奖。

接力"妈妈"

"妈妈——"

"哎！"

"妈妈——"

"哎——"

2月20日，一缕温暖的阳光洒在小彤彤身上，她那张红润的小脸上，绽放着稚气未脱的笑颜。只见她一会儿张开双臂搂着护士长夏爱梅，一会儿又搂住医生曾玫，还对着一群穿着白大褂的年轻护士阿姨，奶声奶气地叫着一声声"妈妈"……这情景让前来欢送小彤彤出院的上海复旦大学附属儿科医院的医生护士们，好不暖心，许多人流下热泪。

"1月19日晚，我们接下的第一例儿童新冠肺炎患者，竟是个女婴，还不满一周岁，这一下让我们原来就绷得很紧的心更添几分忧虑：孩子这么小，不能出半点闪失！尤其是看到需要隔离的孩子母亲流着泪水向孩子告别的那一刻，我们的心都碎了……"护士长夏爱梅接到医院通知，从家里赶回医院，第一时间接待了这位小患儿。

"妈妈——妈妈——"小彤彤在一声声的哭声中被抱进隔离病房。

"喔，乖乖不哭，不哭了……"夏爱梅不知哄了多久，小彤彤才迷迷糊糊睡下。

"今晚是你值班呀？"夏爱梅放下小彤彤，想检查一下接班护士是谁，一看正在穿防护服的张洁，不由担忧起来："你行吗？要不我留下吧！"二十四岁的张洁，根本没有照顾婴儿的经验。而如此幼小的新冠肺炎患者，既要二十四小时贴身护理，还要进行各种治疗。护士长的担心不是没有道理的。

"请护士长放心，我一定做好！"张洁坚定地说道。

夏爱梅沉默片刻。"一定要多加小心。"她再三叮嘱张洁。

"明白。"张洁点点头。

夜深了，隔离病房内异常安静。但生病的小彤彤似乎很不安宁，不一会儿就哇哇大哭起来。当张洁靠近时，小彤彤便哭得更厉害。

张洁赶紧俯身哄着："喔，小乖乖不哭……"

小家伙仿佛听懂了似的，一双忽闪忽闪的眼睛，直盯着穿着白色防护服的张洁，显得十分好奇。"小乖乖睡觉了啊……"张洁以为小家伙不哭了，哪料又哇哇大哭起来。

张洁束手无策，只得再靠近过去。没想到，小家伙竟然对张洁伸出一双小手，示意"抱抱"。看着孩子那可怜又可爱的样子，一股抵挡不住的爱流涌至这位年轻女护士的心头……张洁走上前去抱起小彤彤。

呵，小家伙不哭了！小脸蛋上竟然还露出笑容！张洁激动不已。

"好——我抱我抱！"这一夜值班，张洁抱了小彤彤不下四五回，每回都要抱几十分钟。

接张洁班的，是比她还要小两岁的王锦。几个月前才毕业分配到感染科当护士的王锦，悄悄向张洁讨教"伺候"小患者的秘诀。张洁告诉她：当好她的"妈妈"就行。

啊，我当她的"妈妈"？王锦惊讶得差点叫出声来。张洁笑了，又在她的耳边说了几句。

嗯！王锦认真地点点头。

又一位护士像慈爱的母亲一样，勇敢地走进隔离病房……

"妈——妈！"小彤彤看到身穿白色防护服的王锦，以为"妈妈"回来了，兴奋地张开小手，迎接"妈妈"的怀抱。

"好乖——"又一位"小妈妈"温柔地将小家伙抱起……

之后，每天，每夜，都有一位同样温柔的"妈妈"，来到小彤彤病房，抱起她，逗她玩，给她喂奶、换尿布、抽血样……

然而，毕竟孩子还小，小彤彤的母亲和家人还是有些担心。

"放心吧，彤彤妈妈，你把她交给了我，我就是她的'妈妈'，我会像对待自己的孩子一样照顾好小彤彤的。"医生王相诗恰好有一个与小彤彤同样大的二胎宝宝，她便加了小彤彤妈妈的微信，每天通过视频把治疗的每一个环节和方案以及效果发给对方看。

在一位位"妈妈"的接力呵护下，小彤彤的病情很快趋于稳定，一天天好起来……那一声"妈妈"也变得越来越甜蜜，融化着每一个医护人员的心。

复旦大学附属儿科医院，是上海市唯一收治新冠肺炎确诊患儿的医院。尤其是收治确诊患儿和疑似患儿的感染科，更成为疫时最紧张的地方。这里的战疫与其他地方又有所不同，孩子们太小，最大的十一岁，最小的还是婴儿。要确保这些幼小的生命平安无事，要让他们健康地生活和成长，相当不容易。

在收治小彤彤后不久，一岁的小丁丁也被确诊。小丁丁与小彤彤的病床挨着，但两个娃娃对医护人员却是截然相反的态度。小丁丁一见穿防护服的人走进病房，就以为有什么"怪物"来了，哭个不停，更不用说为其治疗。

这下把主治大夫曾玫急坏了！

"看我的！"医生王相诗向曾玫"请战"。

"噗！"曾玫看着王相诗的背影，心头暗笑："一会儿我进去查房，倒要看看你的本事哩!"

十来分钟后,曾玫带着几位专家查房,来到小彤彤和小丁丁的病房。

刚走进病房,曾玫就被里面的场面逗乐了——穿着防护服的王相诗,正站在两个孩子的病床中间,扭动着臃肿的身子,跳着自编自导的"儿童舞",那滑稽的情形逗得两个小家伙"咯咯"笑个不停,把害怕完全丢在九霄云外。

"好喽——!"曾玫和其他几位医生趁机为两个孩子打针、喂药……

"妈妈"们的招数太特别。原本回荡着哭闹声的病房,变成丰富多彩的"儿童乐园"。患儿的家长通过视频看到这一切,无不赞叹和夸奖医护人员。

"我们的目标是全力保护和治愈每一位入院的孩子。因此我们既要有过硬的医疗能力,更要当好每个孩子的妈妈,因为妈妈是孩子幼小生命中最重要的支撑和依靠。"曾玫和夏爱梅对她们的团队如此说。

八位大夫、二十位护士,每一天都在与病魔搏斗。这需要勇气,需要智慧,需要耐心……甚至还需要苦口婆心,百般劝哄。

"其实,在孩子那里,一个'哄'字,既是育儿艺术,更是一种温暖和无私的爱。"夏爱梅说。

十一岁的女孩娜娜,被确诊后就是不配合治疗,她的父亲提出种种理由要带孩子回家。当所有的"理由"都被驳回后,娜娜的父亲说出一句话:"她从来没有离开过妈妈,你们能做得到吗?"

"做得到!"夏爱梅坚定而又庄严地向娜娜的父亲承诺。

"好吧,那我要看孩子病房内的视频!"娜娜的父亲扔下这样一句话,离开医院。

有点懂事又不是很懂事的娜娜,开始折腾起夏爱梅,不是说打针疼,就是嫌病房太闷,一会儿又说饭菜不好吃……

那是一段对夏爱梅来说十分艰难的日子。或许是因为年龄大些,娜娜比其他患儿更容易焦躁,她把这些焦躁又不停地转嫁到医生护士身上。所有这些,夏爱梅默默地看在眼里,同时又百般地体贴娜娜,尽可能地满足她的需求。夏爱梅知道,"额外"的要求,正是娜娜这样大的患儿内心痛苦所致,而这些,是无法用药物医治的。

"来,娜娜,我们一起唱首歌吧!"

"娜娜真聪明!给阿姨讲一个你在学校里表现特别棒的故事好吗?"

夏爱梅就是如此不厌其烦地耐心启发。与此同时,曾玫大夫和专家团队不断根据娜娜的病情及身体情况,有针对性地调整治疗方案……一番努力之后,娜娜的病情逐渐缓解。

出院那天,娜娜突然变得异常温顺可爱。她搂住夏爱梅,脸贴着脸,悄悄在她的耳边说:"阿姨比我妈还疼我呢!"

那一刻,夏爱梅的眼眶有些湿润。

正是这份慈母般的体贴与温馨的爱,让这里收治的新冠肺炎患儿无一转为重症,并于3月13日前全部康复出院。

"感染科注意了!马上有两例境外输入患儿需要我院收治。曾医生、夏老师,你们需要立即调整队伍,全力投入新的战斗!"

"是!请院长放心,我们全科严阵以待!"刚刚火线入党的曾玫和夏爱梅,再度披起"战袍"。

"妈妈,你到哪儿去呀?娇娇今晚想搂着妈妈睡,好吗?"接到新任务的王会莲刚想出家门,却被五岁的女儿抱住双腿,小宝贝的恳求让她鼻子一酸。

"娇娇听话。娇娇先去睡,妈妈回来就搂着你睡。"王会莲弯着身子,在女儿的小脸上亲了一下,然后走出家门……

"妈妈——"王会莲走进病房,见一个随父母从国外来到上海的小男孩,梦中喊着"妈妈",那喊声让她仿佛看到自己的孩子在梦中呼唤她,于是她轻轻地走到孩子身边,给他盖上被子……

"妈妈在,妈妈就在你身边……"王会莲蹲着身子,一遍又一遍地在孩子的耳边深情地回应着……

"谢谢妈妈!"

"妈妈再见!"

又是一个阳光明媚的春日。又有两位入境患儿出院了,医院门口那一声声与"妈妈"惜别的话音,让这个春天里的上海,变得更加温暖与甜美……

(选自《人民日报》2020年04月05日08版,有改动)

纪红建

湖南望城人。中国报告文学学会理事、青年创作委员会副主任,湖南省报告文学学会常务副会长兼秘书长。著有长篇小说《家住武陵源》,长篇报告文学《乡村国是》《哑巴红军》等20余部。获第七届鲁迅文学奖、第十五届精神文明建设"五个一工程"特别奖、第二届茅盾文学新人奖等,系中国共产党中央委员会宣传部"宣传思想文化青年英才"。

春天的声音

武汉是我常来的城市,繁华而热闹。然而这个春天,当我走进这座城市时,街道寂静冷清。除了外出采访,我便蜗居在一个叫"水神客舍"的小房间里。这里更加宁静,窗外叽叽喳喳的小鸟,似乎成了我唯一的陪伴。

然而,当我渐渐走进武汉的心灵深处时,我发现,武汉并不宁静啊,甚至有一种从未有过的喧哗。不,应该是沸腾。滚滚长江的奔腾声,齐心协力的"嘿嗬"声,千里驰援的奔跑声,白衣战士的脚步声,轻柔温暖的说话声,含着泪花的欢笑声,撕心裂肺的哭喊声……

有一种声音让我驻足。

"亲爱的患者朋友们,大家好。今天是2020年2月15日,星期六,今天的气温是零下2到4摄氏度,体感温度较低,降水概率80%,预计将会有大雪,在这里我们提醒各位患者朋友和医护人员以及各位志愿者,朋友们,做好防寒保暖措施,同时也衷心地祝愿各位患者能够早日康复……"

甜美舒缓的播报声,在位于武钢体育中心的青山方舱医院响起。

播报者叫陶梦婷,是个2000年3月出生的女孩子。

3月5日上午11点20分,在武汉市青山区民政局的办公室,我见到了陶梦婷。个子不高,戴着眼镜,看上去有些腼腆。

她是青山本地人,武汉生物工程学院药学院的一名大二学生。爸爸是一名技术人员,妈妈是超市销售员。对于新冠病毒,她并不了解,都是从网上和微信上看到的信息。她觉得内心既难过,又无助。

可她还是一个学生呀,又能做点什么呢?

机会终于来了。1月30日,她听说离家不远的一家社会工作服务中心需要志愿者帮忙,立即报名。不光她自己,爸爸、妈妈和舅舅都参与其中。工作并不复杂,但都是"体力活"——将各地驰援武汉的物资卸车,再分装到各单位运输车辆上。虽然那天工作完毕回到家里已经晚上8点,洗澡时发现自己的两个胳膊已经没有力气再抬起来,但她感到非常踏实。

第二天,他们一家再次出发。这次是搬运一家餐饮企业捐赠的物资,一共六车,有花生、土豆、大白菜、哈密瓜,还有冻牛肉、冻香肠。捐赠的物资很丰富,也很沉。她扛不起冻牛肉和冻香肠,只能一小袋一小袋地抱。面对着满满一大车一大车的物资,她只觉自己身体太娇小,恨不得变身成为高大的男生。

有一幕场景对她触动很大。当时,青山区各医院也来搬运空气净化器,但来的医生全是六七十岁的白头发老大爷。她一问,都是各医院退休的医生。在职的年轻医生都在前线抢救病人,哪有时间来搬运物资。

她既感动,又心酸。她想成为一名真正意义上的志愿者。

"面向全市招募志愿者,在市区疫情防控指挥部的统一调度下,科学有序参与疫情防控工作。"2月4日,她在"武汉发布"平台上看到一则招募消息,兴奋地告诉了爸爸妈妈。最后一商量,她、爸爸、舅舅、舅妈决定申请当志愿者,妈妈也想当,但她还有超市的工作不能离开。2月6日,他们进了青山区团区委组建的青山支队志愿群。

第二天,陶梦婷就和爸爸他们去了青山方舱医院搬运物资,主要是舱内的旧桌子、新的保险柜,以及一些生活用品。当时方舱医院还未住进病人，为了保证即将入住的病人能够安心舒适地接受治疗和生活，志愿者们都在加班加点地工作。

志愿者中，有"父子兵""夫妻档""兄弟连""姐妹花""祖孙团"，还有年轻情侣。

让她没想到的是，在这个特殊的假期里，她居然还会成为一名临时播音员。

2月12日晚，在志愿者群里看到招募方舱播音员的消息后，她果断报名。第二天一大早，赶到区政府面试，在轮流朗读了为方舱新进病人准备的开篇词之后，她被录取了。与她一起参加面试的，还有另外五位年轻志愿者和四位教育局的老师。

我问陶梦婷录取了几个。她说，他们都被录取了。面试官说：你们都是合格者！都是爱的化身！都是爱的传递者！

十人中一位负责后勤，其余九人分成三组，陶梦婷是二组组长。他们大致确定了每天播报的四个内容：一是日期和天气，二是新闻快讯，三是美文欣赏，四是歌曲欣赏。美文和歌曲必须是激励人心、催人奋进的。

2月15日是陶梦婷第一次播音。

这毕竟是她第一次当播音员啊，有些小紧张。前一天晚上她就在手机上打开录音软件练习，一遍不行两遍，两遍不行三遍、五遍、十遍，她总觉得自己的声音不够温润，不能安慰患者的心情，偶尔也会觉得某个字的音调起得太高。她还想起，天气预报说明天会有大雪，应该有温馨提示呀。于是她把下雪的天气情况，放到了播音的最开始。

出于安全考虑，他们的播音台没有设在体育馆方舱内，而是设在体育馆的走廊处。播报完毕后，她便守在播音处值班，要等到中班的播音员来后，她才能下班。

正在值班，指挥部的工作人员过来提醒她，尽量待在馆外，不要老站在走廊。这天是武汉进入春天以来最冷的一天，下起了雪粒儿。走到馆外，风很大，实在是太冷了，她只得找了一处搭建舞台的铁架子堆起来的角落，在那里等着。

还是不行！太冷了！她不是怕冷，而是怕着凉感冒，如果那样，抵抗力会降低，不仅当不了志愿者，还有被感染新冠病毒的风险。于是她站了起来，蹦一蹦，跳一跳，练起了在学校体育课上学到的跆拳道。

与中班播音员交接班后，她走出体育馆，武汉的天空下起了大雪。以前，每到冬天，她都会盼着下雪，而现在，看到雪花的她怎么也兴奋不起来。回家的路上，她一直在想，要是寒冷和雪花能够冻死那个叫新冠的病毒该有多好啊。她又是多么希望，当雪花融化的时候，天空放晴，病毒消失。她一边想，一边流泪。回到家，她才发现自己的鞋子都已经湿透了。但她丝毫没有感到寒冷。

后来，考虑到安全问题，他们从一线阵地转为各自在家里提前录好播音内容后，再发给现场的音响老师播放。虽是在家录制，但并不比现场简单，因为他们要考虑到患者的情绪，要调整音量语速，乃至用词。

为了把节目做好，她留意收集素材。她在"学习强国"平台上发现了一个防疫系列广播微剧《都会好》。征询意见，大家一致赞同，于是这个群众防疫的生动故事传到了方舱医院的白衣战士和患者耳中。

3月2日中午，她接到通知，从3月3日开始，播音工作正式结束，方舱医院将重点转为心理辅导。

我想告诉大家的是，陶梦婷在当方舱医院播音员期间，依然坚持其他的志愿工作，如在隔离点整理生活物资，和社区工作人员一起分拣打包爱心菜，到临时转运点进行物资卸货……与此同时，她还在坚持上网课，时刻没忘自己是一名学生。

3月3日，志愿者群里有个小姐姐问她有没有时间到区民政局当志愿者。她没问是干什么，便回复说，有时间。于是她来到了民政局。

陶梦婷告诉我，她本来以为只是给滞留武汉的求助者挨个打电话，帮他们登记信息，告诉他们相关政策措施就可以了，真没想到这项工作连接着许多人的生活与情绪。很快，她熟悉了这项工作，成为求助者的希望。

像当播音员一样,她的声音依然温暖人心。

"王先生您好!我是青山区民政局的志愿者小陶,您说您的腿不是很方便,需要帮助,那请您告诉我您的姓名、地址……"

"刘女士您好!您说您怀孕30周了,是春节前来走亲戚的,现在还借住在叔叔家,想做产检,还想得到经济上的支持。我帮您登记您的个人信息……"

她告诉我,这个上午,她打了26个电话。时间有长有短,求助者们大都心情复杂、急迫、焦躁,如果他们想多聊些,她会尽可能地安慰他们,一切都会过去,一定要保持好心态,这样才能身心健康。

对于"00后"这个标签,她倒不以为然。她说,她看到了太多太多的年轻人,有医护人员,也有志愿者,很多也仅比她大个两三岁。90后、00后,不是单调冰冷的数字,而是意味着热情、爱心与责任。

她还告诉我,她的学校也有个志愿者交流群,里面有194个同学。虽然现在他们分散在全国各地,但大都在自己的家乡当志愿者,有摸排登记的,有消杀喷洒的,有测量体温的,有分发防疫物品的,有搬运生活物资的……

陶梦婷的声音,是武汉这个春天温柔的声音,也是铿锵有力的声音;这不只是一个年轻人的声音,更是一群年轻人的声音,是这个时代年轻人的声音。

(选自《光明日报》2020年03月20日01版)

曾 散

甘 心

我是医生，骑车也要回武汉

武汉关闭离汉通道的消息铺天盖地传来的时候，甘如意有些懵了，她当时在老家正陪着父母烤火，电烤桌的温度如同新冠肺炎疫情资讯的热度，灼得她隐隐作痛。

回乡下的这些天，甘如意的内心颇不平静。作为一名从武汉回来的基层医生，她惦记着三百多公里外的武汉，密切关注着疫情新闻和单位工作群信息。形势急转直下，谁都始料未及。

1月25日，大年初一，甘如意一家的新年饭吃得心事重重。"我要赶回医院！"她的决定比武汉关闭离汉通道的消息更让父母惊慌。

"你才刚刚回家几天？还在过年啊。"母亲急着接过话头，马上又补了一句"现在回武汉太危险了！"后面这句话才是母亲真正的想法。

"现在情况紧急，哪怕是普通感冒，居民都会恐慌。我们科室只有两个人，我去了，能为更多的患者化验，也能减轻同事的压力。我同事都58岁了，也一直没休息。"甘如意又望着父亲。这个家里，父亲的话不多，但他最支持甘如意的工作，当年选择学医也是父亲的建议。

父亲抬头看了看悬在天花板上的灯，然后看着甘如意，轻轻地叹了一口气。"你回去工作我不拦你，这是你的职责。一定要注意安全啊，你不但是医生，也是我们的女儿！"

青白色的光散落在厅屋的角角落落，怜爱与不安在父母的心头不断发酵着，然后蔓延开来，随同灯光荡漾，飘飘洒洒在厅屋里。

"到处都封路了，明天去办通行手续，后天走。"甘如意当机立断，马上跟单位领导申请提前返岗。

1月26日是大年初二，没等手续办齐，传来消息，所有去武汉的公共交通停运，就连甘如意所在的杨家码头村去往县城的主路都只能通行两个轮子的车辆。

"怎么办呢？"甘如意的父亲自言自语，又像是在跟女儿说话。他们村位于湖北省荆州市公安县斑竹垱镇，距离武汉三百多公里。

未满24岁的女儿一直是父亲的骄傲，从小到大乖巧懂事，从湖北省中医药高等专科学校毕业后，顺利考到武汉市江夏区金口中心卫生院范湖分院成为一名化验医生，他相信以女儿的专业知识回去多多少少能尽一分力，可他发愁的是这几百公里路程该怎么办。

"看能不能叫一辆车送我去，我看村里很多人家买了车。"甘如意回村后看到有些邻居家门口停放着车辆。

"我去问问。"父亲说完就起身出了门。

父亲回来的时候已经很晚，车辆没有着落。其实后来出发后他们才发现，即使叫到车也通行不了。

"没有车不要紧，我可以骑自行车去。"思前想后，甘如意大胆提出想法。

"那怎么行？几百公里路啊！"父母不同意。

"骑一段就少一段，路上说不准还能坐上顺风车。我每走一段路就给家里报平安，你们放心！"甘如意打定主意。

父亲自责没有本事，双手将头发抓了又抓。甘如意也心疼父母，他们在家务农，辛苦一辈子，也不能享女儿的福。

接下来几天，甘如意一边规划骑行路线，一边办理各种手续，等单位返岗证明和临时通行证办好就出发。

骑行路上，泪水伴着雨水，被风吹落。

1月31日，甘如意早早起来，发现父母起得更早。临行前，她把母亲给她装好的年货拿出来，背包里只装了点饼干、坚果、几个橘子和换洗衣服。

上午10点，阳光灿烂，甘如意开始了她的"远征"。

甘如意那张编号为"009"的临时通行证，车牌号一栏填写的是"自行车"，通行事由"到武汉江夏区金口中心医院上班"。

父亲坚持要送上一程。父女俩每人一辆自行车从家里出发，农村的路弯弯绕绕，经常还会遇上路障。爬坡过坎走了近50公里，到达公安县城时已是下午3点。当晚，父亲带她借住在一个远房亲戚家。

甘如意那天发了一条微信朋友圈："多年没有骑自行车，膝盖疼"，一个流泪的表情。看得出，漫漫征途的第一步给了她一个下马威。

2月1日上午，甘如意又要启程了，她不忍心父亲辛苦，拒绝了他再送一程的建议。告别父亲，甘如意真正踏上了她一个人的逆行之路。

老旧的蓝色单车哗哗作响，承载着瘦瘦弱弱的甘如意，一点点向前移动。这辆车伴随她长大，如今又随她奔赴抗疫战场。甘如意跟我说，那天她回想起年少的时光，小学三年级她就每天骑这辆车上学，一直骑到她离家上大学。岁月流转，她长大了，自行车也老了，车架上的斑斑锈迹仿佛是它的年轮，一层叠着一层，两个轮胎有气无力地滚动着，干干瘪瘪，颤颤巍巍。

对复杂的路况甘如意虽然早有心理准备，但有时候冤枉路还会让她沮丧，她只能靠手机导航一段一段前行。

下午1点，甘如意到达荆州长江大桥。工作人员告诉她，桥上已经不让自行车通行。她只好把自行车寄存到一个副食店里，打电话让父母日后抽时间取回去。

失去唯一的交通工具，甘如意只能步行经过荆州长江大桥，等她走到荆州市区，天已经黑了。她找不到开门营业的旅馆，手机也已没电，只能向一个未营业的旅馆老板求助。老板多方打听，终于找到一家还能安排住宿的地方。

2月2日，甘如意一大早就起了床。她在路边拦了十几辆出租车，都被告知不能出城。

中午11点，一辆出租车把甘如意放在了荆州市中心城区的街道，看到路边停放的共享单车，她艰难地决定继续单骑远征。沿着318国道骑行，她下一站目标是七十多公里外的潜江。

冬天天黑得早，一场雨不期而至。甘如意心中万分沮丧，可她没有退路，只能冒雨前行。她打开手机电筒照明，累了就下来推着车走一截，走走停停。

冬雨细细碎碎，冷风咋咋呼呼，浓雾缭缭绕绕，甘如意慌慌张张。外套淋湿了她不怕，带的干粮快吃完了她也不怕，但天黑让她恐惧，夜色张牙舞爪扑面袭来。前不着村，后不着店，手机微弱的灯光能见度有限，眼前朦朦胧胧，影影绰绰。这个未满24岁的小姑娘终究忍不住了，她记不清路上哭了多少次，泪水伴随着雨水，被风吹落。

318国道不断延伸，依稀的路牌和导航指引着甘如意往前。9个多小时后，灯光闪现，路口站着三四个警察。潜江终于到了。

300多公里路程，四天三夜

还没等甘如意到跟前，警察赶忙迎了上来。

"这么冷的天，又这么晚了，你怎么一个人在外面啊？快回家吧！"潜江市公安局民警熊陶虎边走边说。

甘如意冒雨走了一天，饥寒交迫。此时见到灯光，见到警察，仿佛见到了希望。她跳下自行车，赶紧回答："我是公安县人，是武汉市江夏区金口中心卫生院的医生。我这是从公安县赶往武汉。"

看了甘如意的身份证、通行证和返岗证明，又听她讲了一路的骑行，执勤民警被深深地震撼了。

"小姑娘不容易！我们给你先找个休息的地方，你好好休整一下！"熊陶虎立即联系了执勤点附近的一家酒店，安排甘如意住下。反复叮嘱她，去武汉的事不要着急，大家一起想办法。

当晚，潜江市公安局决定派车送甘如意回武汉。民警施虎给甘如意打去电话，甘如意当然高兴，但她转念一想，非常时期，要靠警察维持日常秩序，哪能过多麻烦他们。"你们有你们的岗位要坚守，我这也是要奔赴我的战场！我们各有不同职责，哪能让你们专门送我去武汉？"甘如意婉言谢绝了他们的好意。

"那你早点休息，明天再想办法。"施虎深受感动。

经过多方协调，最终为甘如意找到了一辆去汉阳送血液的顺风车。

2月3日上午8点半，施虎将甘如意送到沪渝高速潜江收费站等待，还给她准备了水果和方便面。

"谢谢你们，要不是你们，我还不知道什么时候才能到武汉呢！"甘如意的内心被感动充盈着。

"不用客气，你是好样的！到了武汉给我们来个信儿！加油！"

上午10点，浓雾渐渐散去，高速公路潜江路段开始放行，甘如意搭乘的顺风车终于驶向了快车道，她的返岗历程也终于按下了快进键。

看着窗外快速后退的风景，连日来的历程也如同电影镜头，在甘如意的脑海里循环播放。后来她告诉我，当时想起父亲曾给她讲过的话。1998年长江流域发大洪水，她的家乡公安县是重灾区之一，老百姓是靠着国家，靠着一方有难、八方支援才渡过难关的。那时她才两岁，没有什么记忆，但是如今，她作为一名医生，必须冲到一线去。

两个多小时后，甘如意搭乘的顺风车到达汉阳区。她怕耽误送血车的事情，向司机道谢之后，急急地下了车。

甘如意在武汉生活才两年多，只知道武汉很大，对于从汉阳到她工作单位的距离，其实完全没有概念。

武汉所有公共交通早就停运。甘如意只好又找了一辆共享单车，靠手机导航，骑过杨泗港长江大桥，到武金堤上，继续向前骑。

天色渐渐黑了下来，手机又一次没电关机，无法导航，不熟悉路况的甘如意走了不少弯路。"当时天黑，我很害怕，越骑越快，不敢回头，总感觉后面有东西在追着我跑。"

经过六个小时的骑行，晚上六点左右，甘如意终于到达她工作的地方——武汉市江夏区金口中心卫生院范湖分院。

300多公里的路程甘如意前后用了四天三夜。

跟上夜班的同事简单交流之后，甘如意回了自己的宿舍。晚上8点28分，她通过微信朋友圈向所有人报了平安。

2月4日，返回武汉的甘如意没有休整，第二天一早便回到自己的工作岗位。她先去库房领防护服、护目镜、手套、口罩、鞋套等防护物资，穿好防护衣，开始一天的工作。开窗通风，打开电脑和仪器、环境消毒、准备采血用具、接待患者、病人手指消毒、生化检验采血、标本离心、上机操作、等待出结果、病人信息录入、给患者发放结果……

紧张忙碌的一天落下帷幕，下班前对所有仪器设备进行关机保养，写好保养记录，做好科室卫生，做到彻底消毒……这就是甘如意返回武汉度过的第一天。

一路逆行，甘如意心甘情愿

"甘如意骨子里有股韧劲，这事发生在她身上一点也不奇怪。"江夏区金口中心卫生院院长陈宗勇说，"她平时工作认真负责，在大是大非面前，也一样有责任心！"李高洁是甘如意的大学同学，她说："认准这个事就会执意去做，还要做好，这就是她的风格。"

2017年毕业时，甘如意以优异的成绩通过招考，成为一名基层医务工作者。面对其他同学选择了待遇丰厚的医疗检验企业，甘如意说："我就是从农村来的，我很清楚基层医务人员紧缺的状况，我愿意在这里贡献一分力量。"

2月9日，社区78岁的王婆婆来范湖分院查尿常规，因为年纪大了，腿脚不便，心脏功能也不好，王婆婆爬个楼梯都喘气。甘如意扶着老人家，到二楼女厕所去接小便。然后一手端着小便标本，一手搀扶着老人送回输液室后，自己拿着尿液样本再去化验室化验。

甘如意说，这个非常时期，很多人都会有思想包袱，没病都先吓倒了。她遇到这样的患者总会想方设法开导他们。

"帮助老年病人，这样的事情，在甘如意身上，真是太多了。"化验室主任肖大建是甘如意的科室领导，他说，甘如意很敬业，经常加班加点。确实，这些天我通过微信采访她，她都是晚上十点多钟回到宿舍才有时间给我回信息。

在抗击疫情的紧要关头，武汉的各条战线都物资紧缺。甘如意下班之后也没有闲着，她年纪小，人际圈子也小，但她仍搜寻她所有的资源，不断联系那些在外地工作的同学、朋友。河北爱心人士侯艳泽看到有关甘如意的报道之后深受感动，辗转联系到她，决定筹集防疫物资对口援助她所在的卫生院。

2月22日，侯艳泽和她的同学共同筹集到的第一批防疫物资，顺利抵达武汉市江夏区金口中心卫生院范湖分院，4000只鞋套、100套3M防护服、150套国标防护服、300个KN95口罩、10000只一次性医用PVC手套、5000只一次性检查检验手套，这批物资有效缓解了甘如意所在卫生院物资短缺的状况。

这次新冠肺炎疫情暴发以来，像甘如意一样，辞别家中亲人，向武汉坚毅"逆行"，往湖北千里驰援的人还有很多很多，这些人是父母、是子女、是丈夫、是妻子……一个人的力量或许很渺小，仿佛微弱的星光，但汇聚在一起，最终成为耀眼夺目的光束，照亮黑暗，驱散阴霾。

单骑逆行，风雨兼程，面对所有的艰难，95后的甘如意都心甘情愿。

她说，她姓甘，不怕苦。

（选自《光明日报》2020年03月20日14版，有改动）

曾 散

温暖的光

一

从报名那一刻开始,佘沙就很忐忑,不知该如何跟父母说。

佘沙是四川省第四人民医院沙河院区内科的一名护士。武汉首先报告新冠肺炎疫情后,四川省第四人民医院第一时间派出5名医护人员随省队出征,由于第一批选派的是重症监护室和呼吸科的护士,佘沙没赶上。在工作群里看到医院第二批援鄂报名的通知,她立即请战。

佘沙找到科室的赵永琴护士长,提出申请,着重讲了3点理由:

第一,我年龄小,如果不幸被感染了,恢复肯定会比年长的护士快。

第二,我没有结婚也没有谈恋爱,家庭负担小。

第三,身为汶川人,我得到过很多的社会帮助,如果我有机会去前线出一点力,我一定义无反顾。

晚饭时,父亲听佘沙说要报名去武汉,怔怔地看着女儿,没有说话。母亲理解女儿的选择,转身把女儿的饭碗盛得更满实了些。

2020年2月2日,佘沙接到电话,通知她被选为四川省第三批援鄂医疗队队员,并将作为他们医院第二批唯一一名医务人员出征武汉。佘沙既感到高兴,又有一丝丝担忧:这还是她人生第一次,一个人出远门。

第一次,便是奔赴战场,自己能行吗?

四川航空3U8101航班划破长空,准时起飞。执飞的"英雄机长"刘传健在广播中向乘机的"逆行英雄"致敬。但佘沙的内心深处,其实早就铭刻着一群逆行英雄的身影,那一抹抹军绿,那一袭袭洁白。

2008年5月12日的经历,佘沙永远都不会忘记。

那一年她12岁,在汶川县漩口镇逸夫楼小学读五年级。那个下午,他们在教学楼五楼上音乐课,老师的手指飞舞在电子琴上,突然,教室摇摆起来,琴声戛然而止。他们几十个孩子也随着教室的摇摆翻滚在地,哭声,叫喊声,轰隆声,垮塌声……各种声音交织着,伴随着漫天尘土。

佘沙家所在的漩口镇宇宫村离映秀镇车程只有十几分钟,那一带是震中位置,受灾最严重。学校其他几栋楼都垮塌了,只有上音乐课的那栋教学楼没有倒,佘沙得以幸存。

那时候的佘沙年纪小,还没有地震的概念。跑出来后,大家集中在操场上,她看到山坡上的房子成片成片倒塌,她跟着其他小朋友一起哭。

那个晚上,下了整夜的雨。幸存下来的家人聚在一起,临时搭个棚子,远远守着那个已经被夷为平地的"家"……有直升机在村庄的上空盘旋,螺旋桨呼呼地响,随同机器轰鸣声而来的还有食物和水,以及"活下去"的希望。

很快,救援队开进了他们的村庄,解放军来了,医生来了,志愿者来了。

再后来,灾后重建的队伍也来了,满目疮痍的漩口镇一天天恢复重建起来。

初中毕业那年,佘沙选择了学医,入读四川护理职业学院,因为废墟中那些白衣战士的身影深深地镌刻在她心里。

"感觉救死扶伤的他们很神圣。那时我就在想,如果能成为他们中的一员就好了。"佘沙说,在汶川地震之后,感觉自己突然就长大了。

岁月悄然流逝,12年的光阴,改变了当年的灾区,也改变了许多人的人生轨迹。

佘沙长大了,成为一名护士,一名如当年为拯救生命逆行而来的白衣战士。她来到武汉抗疫前线,带着她曾感受过的阳光和温暖,去守护同样需要帮助的人们。

二

佘沙是四川省第三批援鄂医疗队年龄最小的队员。这支队伍都是精兵强将,全队126人,其中医护人员有122人,18名医生、101名护士、3名技师,他们来自四川大学华西医院、四川大学华西第四医院、四川省人民医院、四川省肿瘤医院、成都大学附属医院、成都市第三人民医院等14家医院的呼吸与重症医学科、心内重症、综合ICU等科室,都是经验丰富的各个科室的业务尖子。

招之即来,来之能战,战之必胜。这支队伍的战场在武汉大学人民医院东院,而东院区3号楼5病区的8楼则是他们日夜奋战的前沿阵地。2月2日晚,刚到驻地的医疗队没有做过多的休整,便立即投入紧张的战前工作。他们接手的是重症病房,要和时间赛跑,跟病魔抢生命。

2月11日,佘沙进入武汉大学人民医院东院的前沿阵地与队友并肩作战,协助负责总务和医院感染控制(院感)的工作。佘沙用"守门员"和"搬运工"两个词来形容她的两项主要工作。院感是"守门员",为大家把好这道安全门,守好这一关;总务则是"搬运工",清查和补充所在科室每天的医疗物资。工作时间是两班轮换,上午7点到下午1点,或者中午12点到下午6点。

在其他医护人员没有上班之前,院感护士需要先对整个环境进行消毒,所有医护人员用的电脑以及要接触到的地方都需要细心地擦拭消毒,每天两次,不留死角。医护人员的面屏和护目镜是重复使用的,要对这些反复使用的物品进行浸泡,再交给其他专业人员拿去消毒。医护人员的更衣室和脱防护服的地方也都贴了完整的操作流程,必须按照步骤一步一步来。她和同事们盯着每一位进入病区的医务人员穿防护服,发现不合规就要马上纠正，防止因防护不到位而发生感染。

"搬运工"则让佘沙吃了不少苦头。刚到医院那段时间，人手少，病人多，科室医疗物资消耗非常大，每天都要去各处物资领取点领东西。医护人员所需的防护服、手套、药品这些还算轻便，患者要用的医疗器械就不好搬运了，比如呼吸机，只能一台一台地往回挪。为数不多的推车，进了污染区之后就不能再出来，所以物资都是靠人工搬运，肩扛手提。那几天，佘沙的手累得都抬不起来。

到医院工作后，佘沙认识了最让她感激的人，因为这个人曾经救助过他们汶川的父老乡亲。

这个人叫叶曼，现在是武汉大学人民医院东院肠胃外科护士长。

2008年，叶曼正是佘沙现在这个年纪，也是刚刚入职医院的新护士。看到汶川地震的消息后，她主动报名成为一名志愿者，坚守在一线，护理因汶川地震转运而来的受伤患者。"没想到我们以前帮助过的这群人，又回到了我们身边。"叶曼感慨缘分的奇妙。

新冠肺炎疫情发生以后，叶曼一直奋战在一线。尤其在战斗初期，患者激增，人手严重不够，后来四川医疗队来了，帮了大忙。

叶曼在朋友圈中写道：跟四川队共同抗疫两周，工作流程，岗位职责，大的问题都基本解决，每天共同对患者进行救治，原本以为只是这样的战友关系。但看到佘沙、邓小丽两位汶川感恩者的表现，突然觉得除了战友之外，还增加了惺惺相惜的缘分。

善良和感恩好比两个原点，佘沙从受助者成为援助者，而今天这些受助者又将去援助其他人，循环往复，善良和感恩终将相遇。

三

爱出者爱返，福往者福来。在心怀感恩支援湖北的四川队战友中，除了佘沙，还有一位汶川女孩，她叫邓小丽。

邓小丽是一位羌族女孩，85后，来自四川省人民医院骨二科。看到医院召集支援湖北医疗队的通知，邓小丽第一时间报了名。她说，她有重症护理经验，希望能到一线来尽一分力。

汶川地震那年，邓小丽在汶川县威州中学读高三，也是这场地震改变了她的人生轨迹：高考填报志愿的那段时间，如火如荼的救援工作在汶川各个角落铺展，看着那些解放军战士和救死扶伤的医护人员，邓小丽重新定位了自己的人生目标：成为他们那样的人！

她选择了泸州医学院，现在的西南医科大学。邓小丽讲了一个现象，她高三的同班同学，将近一半的人选择了学医。她说，如果没有那场地震，大家的选择可能会更加多样化。今天面对新冠肺炎疫情，她的同学们大都战斗在抗疫一线。

邓小丽来武汉，她的丈夫陈一文最支持，还千方百计筹集防护服等医疗物资。2月9日，陈一文将所募集的650套防护服送到了四川省人民医院。

刚刚进入病房那会儿，邓小丽给自己测量了心率，110到120，比平时高了不少。数字不骗人，说明心里非常紧张。

心理考验是一关，穿着几层防护服工作则是更难的一关。她平时连续工作12个小时都挺得住，但是穿上防护服之后，不一会儿就感到难受，胸闷、气短、呼吸不畅、大汗淋漓，人都快虚脱了。

护目镜也是一道难关，模糊且不说，邓小丽本就戴着近视眼镜，再加上护目镜和N95口罩压着，鼻梁上第一天就被压出了伤，幸好她把隐形眼镜也带了过来。

2月初，他们接管的这个病区有40多个重症病人，很多人生活不能自理，除了治疗，吃饭、上厕所等日常起居都要护士照顾。他们一个班组6人，其中1个执行医嘱，1个负责治疗配药，其余4人管病人，从上班到下班，几乎没有休息时间。工作中虽然辛苦，但是看到病人逐步好转，陆续有一些病人出院，她由衷地感到高兴。有一次，一位即将出院的老奶奶握住邓小丽的手,用很大的力握着,看着她,也不说话,老人家眼泪就流了下来。邓小丽当时也差点哭了,将双手握上去,安慰那位老奶奶。

温暖总是相连的,说到这里,邓小丽的手机响了。

视频接通,稚嫩的声音传来,是她两岁的女儿,在那头不停地喊着:妈妈……妈妈……

看到妈妈戴着口罩,女儿说,妈妈是在给别的娃娃打针吗?我是听话的娃娃,妈妈好久没回家了……

隔着手机屏幕,邓小丽与女儿的眼神中,荡漾着温暖的光,正像那一刻邓小丽窗外洋溢的、武汉的阳光。

四

佘沙和邓小丽属于四川省第三批援鄂医疗队队员。在第八批援鄂医疗队中,还有一位来自汶川的藏族女孩,她叫张琴,1996年11月出生。她的家乡一碗水村距离佘沙家不远,真正处于汶川地震的震中——映秀镇。

跟佘沙同龄,地震那年,张琴也正读小学。地震救援、灾后重建的情景,在年幼的张琴心里播下了感恩的种子。

12年过后,张琴也成为一名白衣执甲的战士,有如当年逆行汶川的医护人员一样,在武汉疫情最吃紧的时候,前往武汉一线。

张琴是成都医学院第一附属医院重症医学科的护士。2月13日,随四川省第八批援鄂医疗队支援武汉,进驻武汉协和医院肿瘤中心。他们成建制接管该院区九楼重症病区,60多张床位收治的全部是重症新冠肺炎患者。

救治的患者中,有一位70多岁的老奶奶,是一位独居老人,一个人承受着病痛的折磨。老奶奶特别理解这些医疗队员们的辛苦与感受,张琴每次为老人家做护理,她都会拉着张琴的手说:"姑娘,不要有心理负担,你们没有放弃我,我很感谢你们!"

"12年前,全国人民给了我们无限温暖,现在该是我尽绵薄之力的时候了。希望能给武汉人民做点事，希望我们一个个小小的星火汇聚起来，可以照亮武汉的星空。"张琴的话语，道出了汶川地震灾区人民的心声。

"5·12"汶川地震，汉源县是严重受灾县之一。在最艰难的时候，湖北省对口支援汉源县的重建工作，第一时间调集人力、物力、财力千里驰援汉源。川鄂的情谊山高水长。2月9日，由汉源县人民医院内一科副护士长龙秋带队的"五朵金花"，加入雅安市首批支援湖北医疗队奔赴武汉，在汉阳方舱医院日夜奋战。"只要湖北人民需要我们，我们就上！"龙秋、何交、夏雅梅、陈丽娟、曹梦诗带来了汉源人民的拳拳之心。

一方有难，八方支援。军队援鄂医疗队来了，上海援鄂医疗队来了，广东援鄂医疗队来了，新疆援鄂医疗队来了，黑龙江援鄂医疗队来了……各地的医疗队迅速集结，从四面八方汇聚武汉，驰援湖北。他们与5900万荆楚儿女并肩作战，向新冠肺炎疫情发起一次又一次总攻。

2018年11月，因为采访大学生西部志愿者，我到过汶川，那是一座历经劫难、浴火重生的新城，在那里，我看到了中华民族的力量。

2020年3月，我来到武汉采访，我感受着、聆听着抗疫前线的声声号角，经历着、陪伴着这座正在浴火的城市，坚信着、等待着这座城市凤凰涅槃。

（选自《人民日报》2020年04月15日20版）

汪 渔

重庆开县人，本名汪应钦。重庆市作家协会会员。代表作品有散文集《曾经杉木尖》《半亩江湖》，报告文学集《渔眼向洋》《点击"4+2"》《"4+2"在行动》等。曾获得中国报纸副刊年度精品一等奖、全国党刊优秀作品奖、中国人口文化奖、健康中国优秀作品奖、全国农民报优秀作品奖等。

一千个祝愿，飞向"金银潭"

"幺儿"——

当匡振彬在这两个字后面打上"冒号"后，心里想说的话就"咕嘟咕嘟"一串串冒了出来。

六十岁的他"老花眼"严重，端过枪的手使用微信打字已经非常吃力。女儿说，爸爸你发语音或者打电话吧。但是，他坚持认为，只有文字才显得庄重与正式。

春节以来，他每天就做两件事：看新闻、给女儿发微信。每当他看到"金银潭医院"几个字时，神情就高度紧张。

一

2020年1月24日，农历大年三十。

匡振彬看完新闻，得知重庆144名医护人员即将驰援湖北孝感，就急切地问女儿：名单上有你的名字吗？

女儿在重庆大学附属肿瘤医院放疗科工作，担任医院放疗科病区护士长,是肿瘤专科护士、ICU专科护士。

女儿理解父亲的心思。在军人出身的匡振彬眼里,"大战"当前,只有最优秀的战士才配得上做先锋。

然而,首批人员名单里,并没有"匡雅娟"三个字。

1月25日,匡雅娟得到通知:立即准备,驰援武汉金银潭医院。

这本是匡振彬希望的信息,但他突然紧张起来。他知道,金银潭医院是武汉最早集中收治不明肺炎患者的医院,是这场全民抗疫之战最早打响的地方,也可能是感染风险系数最高之地。

辗转难安,匡振彬一口气给女儿发出了数百字的微信。

——幺儿(重庆人对子女的爱称):爸爸在家为你祈祷,平安,顺利,凯旋,成功……

——幺儿:你前去武汉抗击新型冠状病毒肺炎疫情,这是一场战斗,是为战胜疫情做贡献,你要努力工作。

——幺儿:爸爸愿你远征平安,希望你按照武汉医院的要求和程序,严格要求自己,千万预防感染。

——幺儿:你要注意休息,身体健康才有免疫力和旺盛的精力投入紧张的工作……

二

匡雅娟告诉父亲,自己被分配在"外围"上班。

匡振彬急了,大老远跑过去,怎么能在"外围"呢,你要争取到里面去。

她所在的综合一科,主要负责确诊患者的护理和防护物品的清洁工作。理想的工作目标就是一个:确保不往重症病房转移病人。

她们每天的日程,早晨六点半起床,七点早餐,二十分钟后到达医院。

接着,花去整整半个小时穿戴防护用品。接触病人要求三级防护,由内到外洗手衣、防护衣、隔离衣,戴上双层橡胶手套、靴套、帽子、口罩、眼罩，等等。

此后，穿过内走廊、缓冲间，层层"突破"，进入病房。

将重点特殊事项标注在黑板上，然后依次完成治疗工作，输液、打针、喂药、测体温血压血糖，完成临时或者紧急医嘱……

完成出入院病人床位准备，更换床单、被套，全方位地清洁消毒……

完成两次病区消毒，病人的床栏、床头柜、椅子、地面、窗户、走廊……

普通、简单、琐碎，然而非常吃力。

在层层防护下，同事、护患间的交流必须大声喊叫、不断重复确认、外加手脚比画；由于戴了双层橡胶手套，对血管的深浅、弹性状况判断不准确，输液、采血等操作难度大大增加；由于病房设置的特殊性及防护装备透气性差，口罩被浸湿、面屏充满水雾模糊不清。

一天下来，鞋底都被汗湿透了，衣服湿了又干，干了又湿，脱下防护设备，同事互相笑称"老虎脸"：护目镜、口罩等在脸上留下深深的勒痕，鼻梁、面颊被压红压伤，就像脸上被刻了只老虎，只差额头印个"王"字。匡雅娟在日记中描述：耳后勒痕深深，耳朵就像被月亮割了——小时候大人总说指了月亮会被割耳朵，可能就是这个样子吧。

下班之后，终于有时间向父亲解释何为"外围"了。

手机打开，又是一段段"幺儿"先跳出屏幕。

"幺儿：在保护好自己安全的前提下，应当事事冲在前面，为武汉的防控阻击战做出贡献。"

"幺儿：你要圆满完成这次战'疫'任务，保重身体，平安归来！"

匡雅娟向父亲解释：由于传染病房的特殊性，工作区域分为清洁区、半污染区和污染区，各区间设有缓冲地带，不能走回头路。护理工作也根据区域进行划分，主要分为两个板块，外围护士直接接触患者，为患者提供治疗，里面的护士主要负责准备工作。自己在"外围"，那里也是真正的"火线"。

三

匡雅娟告诉父亲，自己遇上了一名特殊的患者。

他拒绝问话、拒绝吸氧、拒绝测血压、拒绝翻身检查皮肤……对一切都极不耐烦，多问两句他就侧身假装睡觉。

然而这名患者呼吸急促、头面部微汗，必须赶快测量生命体征了解缺氧情况。几个人不断用普通话哄劝，他反而凶巴巴吼道：你们真烦！

匡雅娟干脆拿重庆话"怼"他。没想到患者对重庆话很敏感，半推半就配合起治疗来。匡雅娟趁势要他吃饭，但他说心里难受，吃不下饭。

由于患者喘累、乏力，匡雅娟为他准备了轮椅和氧气袋，推着他去检查，路上要经过一段长斜坡，由于他身高一米八以上，匡雅娟累得出了汗，面屏内满是雾气。

这时候，这位轮椅上的患者突然指着匡雅娟身上的一行字笑了，竖起大拇指，大声地说了句"谢谢你！"

原来，在厚厚的防护服下，医护人员全副武装，患者看不到亲切的笑容、听不见柔和的细语，无形之中，有了障碍。匡雅娟她们为此想了一个办法。每天穿好防护服后，相互在衣服上画画写字。因为是鼠年，画是米老鼠，字是现场发挥的，诸如"加油加油""请放松""你很棒"。

匡雅娟今天穿着的防护服写的字，恰好是"其实我很瘦！！！"

患者会意一笑，随即说起心事：自己是武汉江岸区人，家里一儿两女，1月14日开始生病，转诊三家医院，生病期间子女没来看望，心里十分难受，已经好几天没吃下饭……

回到病房，匡雅娟告诉他：我推不动你，下回检查得自己走着去，所以你必须吃饭。

这样，患者顺从地端起了盒饭。

这天，匡振彬给女儿发了长长的微信，中心意思只有一个——

"幺儿：爸爸认为你很优秀。作为一个几十年党龄的老党员，我期盼你能火线入党。"

四

2月2日,是匡家父女对话心情最为愉悦的一次。

这一天,武汉市金银潭医院有三十七名确诊新型冠状病毒感染肺炎患者出院。

这是疫情发生以来,截至当天,该院出院人数最多的一天。出院病人年龄最大者八十八岁,也是该院出院患者中年龄最大的一人。

匡雅娟问父亲:女儿有贡献没?

匡振彬发了个"点赞"的表情。

女儿截了图,证明刚刚有个叫"礼敬"的人,申请添加她的微信。

这个"礼敬",就是她在金银潭医院看护过的首位出院病人。

他一走出医院,第一件事,就是添加匡雅娟的微信。

匡雅娟还说,她们在"火线"有不少小发明。比如,防护服没有口袋,护理工作需要记录,要携带小物品如笔、记录本、剪刀、胶布……姐妹们利用休息时间,用一次性治疗巾自制了小布袋。

2月5日,匡雅娟引用了一首诗,在微信里表达自己的心情:

> 那双手绝对不会把春天剪坏
> 手术刀灵巧
> 一剪下去就是一个口罩
> 护目镜。防护服。防护罩
> 一剪下去就是一朵桃花
> 一个春天……

匡振彬回复:"幺儿!爸爸有一千个祝愿,飞向你,飞向金银潭医院!"

(选自《人民日报》2020年02月08日08版,有改动)

吴 洛

祖籍广东番禺，定居湖北随州，1966 年生。常用笔名楚鸾。中华诗词学会会员，湖北省报告文学学会会员，随州市作家协会会员。作品见于中国作家网、湖北作家网、西南文学网及多家全国性报刊。代表作有散文《走出神话的王国》《敦煌旅游札记》等。

执着的力量

  黄明奎做好了一桌丰盛的年夜饭。她很清楚女儿朱庭萱不可能回来跟家人团聚，但她还是像所有中国母亲一样，期盼女儿回家过年。

  只是，她万万没想到，女儿竟然出现在 2020 年央视春晚的大屏幕上。

  看着大屏幕上镇定自若的女儿，她无法抑制自己的情绪，泪水从脸上淌下来，担忧、惊喜、欣慰掺杂在一起……

一

  女儿朱庭萱是 2020 年 1 月 7 日奔赴抗击新冠肺炎疫情第一线的。从女儿告知她的那一刻起，黄明奎的心就一直揪着。担心与祈盼，日复一日在她心头碾出两道车辙。

  知女莫如母。黄明奎像了解自己的掌纹一样了解女儿，女儿执着，认准了的事情九头牛都拉不回来。

  当朱庭萱轻描淡写地打电话告诉她，要前往金银潭医院抗击新冠肺炎疫情的那一刻起，她就坐不住了，心里实在担心女儿的安危，思忖再三，她对女儿说:"妈妈不是要拦阻你,哪怕你是第二批去,妈妈都支持你。"

朱庭萱在电话的那一头呵呵笑着,她反问黄明奎:"妈妈,您想一想,从小到大,我哪一次要做的事情没做成呢?"

朱庭萱出生在湖北随州的一个幸福家庭。黄明奎坦言,女儿出生后,他们夫妻对她没有过高奢求,只求她能够无忧无虑地健康成长,一生快乐幸福,这就足够了。朱庭萱性格沉稳,做事有分寸,凡是她认准了的事就一定会做到底。

朱庭萱现在是武汉大学人民医院急性心血管病救治中心的一名护士。由于武汉的新冠肺炎患者增多,武汉市金银潭医院收治压力倍增,不得不向其他医院借调医护人员。今年1月7日上午,朱庭萱接到单位的任务,派她和另几位医护人员去支援武汉金银潭医院。

对于这次临时指派的任务,朱庭萱既感到压力,也有些激动。这是她第一次经历这么大的公共卫生事件,救死扶伤是自己的天职,绝不允许自己在这次战斗中缺席。可是,父母支持她去吗?

朱庭萱没有同往常一样与父母视频,而是直接拨通了母亲的电话。果然,一向支持她的母亲这次破例反对了。母亲的话说得直白:"我不反对你去,但我不支持你第一批去。"

朱庭萱轻柔地对黄明奎说:"妈,第一批,总得有人上吧。"

黄明奎止不住流泪,女儿的心思她懂,她一贯教育女儿爱家人、爱大家,现在,女儿要出征了,她是妈妈,妈妈就要理解女儿的心。她对女儿说:"闺女,爸爸妈妈和你在一起,有难处和爸爸妈妈说,别忘了跟家里报平安,爸爸妈妈和你一样,只进不退!"

二

1995年出生的朱庭萱,和一群穿着白大褂的可爱的姑娘们一起,走进了金银潭医院。

她们不是不知道危险，也不是没有恐惧感，可只要穿上工作服，她们就不再去想那些危险与恐惧。朱庭萱坦言："我不能退缩，更不能当逃兵。护士这份职业告诉我，病人在哪里，我就在哪里。"

来到武汉市金银潭医院，朱庭萱被安排到重症监护室工作。重症病人有的生活不能自理，抽血、吸痰、喂饭、护理大小便等，每一项都需要她们给予帮助，但这些难不倒她们，让她们为难的是防护。

为了防止感染，她们工作的时候都是全副武装，不仅要戴上口罩、手套、鞋套和护目镜，还得穿上不透气的防护服，时间长了，身体吃不消。有时她闷得感觉鼻子吸气都跟不上，要张大嘴使劲呼吸才行。护目镜上起了雾气也不能擦拭，只能靠不停走动来保持清晰。在工作时间内她喝不上水，四个小时甚至更长的时间不能上洗手间。一天下来，脱下防护服浑身湿透，手被汗水泡胀了，同伴中有的人脸上甚至压出了水泡，这些她们都还能接受。但最难接受的是沉重的心理负担，已经有医护人员被传染了，谁敢说自己就不会是下一个？她们担心，甚至想哭，可是她们不能哭，甚至不能有丝毫的表露。减压，加油，挥挥手，道一声珍重，问一声平安。尽管，那个声音只有自己才能听到，但彼此的眼神，大家都懂！

朱庭萱说："金银潭医院里有不同省市不同医院前来支援的医务人员，她们相互不认识，穿上防护服可能就只露出眼睛，彼此不知道叫什么，也不知道长什么样子，但都会互相帮忙，帮助对方穿好防护服。"每当她帮同事穿好防护服，她都会抓着同事的胳膊说一句：加油！

三

朱庭萱不仅每天为自己和同伴们减压，也不忘尽力安抚病人。她说，身处隔离病房的病人除了身体上的不适，也充满着对未知病情的恐惧和不安。护士们首先要克服自己对新冠肺炎疫情的心理障碍，细心完成每天的护理工作，更多时候还要充当"大家长"的角色。

朱庭萱说:"轻症的病人刚住进来的时候,看我们穿着那种防护服,内心会恐惧,我们随时都可以感受到他们的不安。待后面各项指标都开始恢复的时候,他们才变得安心。"

善良的朱庭萱总是设身处地为别人着想。"我们不能让病人感受到恐惧,他们在一个陌生的地方,跟家人见不到面,每天面对的又是'全副武装'的医护人员。所以,我们必须要做他们的家里人,让他们安心。"

这个时候,朱庭萱和她的同事们已经顾不得自己身处险境了,心里只有一个念头,那就是尽最大的努力救治病人,让他们少几分痛苦,早日恢复健康。

"会好的,都会好的。"这句简单的话每天她都要说上不知多少遍。它既是人们在特殊时期的互相鼓励,也是所有人共同的心愿。

有一件事让朱庭萱印象最深刻。"那天我上班,医生通知我说某床的病人可以出院了,我去通知病人的时候,这个病人一下子开心得快跳起来。旁边所有的病人都问我,'有没有我呀?我能不能出院呀?'我说你们先不着急,今天先出这几个。所有病房的人都为那个要出院的人高兴,然后相互鼓劲打气,说你也快啦,我们加油,一起出去。"回忆起当时的场景,朱庭萱开心地笑了。她看着他们眼里充盈的泪水,心中希望能够早日控制疫情,让更多的人安心,也让这些病人早日康复回家。

四

朱庭萱乖巧,每天下班后第一时间就与母亲通话,有时是视频。在父母面前朱庭萱报喜不报忧,从不谈及工作中的困难,只谈及别人给予自己的感动。每天的母女对话是她们最开心的时候,也是她们相互减压的方式,她们心里都牵挂着对方,却又不让对方发现自己的担心。

央视记者探访武汉金银潭医院,朱庭萱也接受了采访。节目在电视上播出,镜头前,朱庭萱镇定自若的回答和自信的笑脸,让电视机前的观众眼睛一亮。她身处险地临危不惧，消除了许多人的恐惧，更增添了他们对医护人员的信任，以及战胜疫情的决心。

看着电视上的女儿，黄明奎激动难抑。从电视上，她才更加真切地了解女儿的工作环境和工作状态。虽说早有心理准备，可知道真相后还是忍不住心疼。

朱庭萱告诉母亲，后续支援的医护人员已经到达金银潭医院，安排她开始休息。出于安全考虑，她还不能回到随州家中，就在武汉居家隔离两周。虽然暂时离开岗位，但她依旧时刻准备着再上前线。

朱庭萱对母亲心怀感激："妈妈无论多担心，都不会表现给我看。我也要像妈妈那样，无论在哪里，脸上永远是笑容。"

这一天，完成隔离后的朱庭萱，接到了召集的电话，她将再次奔赴抗疫前线。

（选自《人民日报》2020年02月22日08版）

无名英雄

生命之舱　纪红建
一个武汉民警的春天　纪红建
人民战疫　纪红建
白玉兰的春天　何建明
打开生命的通道　徐向林
攻坚　陈果
真挚的情怀　冯锐
情满鸡鸣山　李英

在疫情防控过程中，无数人默默无闻地做出了自己的贡献和牺牲。他们中间有人民警察，有社区干部，有志愿者，有普通老百姓。疫情防控是一场人民战争，要打赢这场未知的严酷的战争，必须依靠人民，也只有人民才是最可靠、最根本的保障力量，是疫情防控的中流砥柱和脊梁。这些为抗击疫情做出贡献的人都是无名英雄，都值得作家去书写，都值得人们去牢记。从这些无名英雄身上，我们每一个人都能看到自己，看到自己作为一名普通公民所应承担的社会责任，可以做出的贡献、牺牲和担当，每一个人都可以且应该承担起自己作为国家主人一分子的责任。

纪红建

生命之舱

3月10日,武汉传来令人振奋的消息:方舱医院患者清零,全部休舱。

方舱医院自开舱以来,在这次"武汉保卫战"中发挥了重要作用。数据统计,武汉方舱医院共提供一万三千多张床位,收治一万两千多位患者。

2月28日,国务院新闻办召开的新闻发布会介绍,方舱是名副其实的"生命之舱",建设方舱医院是一项非常关键、意义重大的举措。

——"武汉方舱医院收治的是轻症患者,短期内扩充了医疗资源,实现了轻症患者从'居家隔离'到'收治隔离'的转变,切断了社会传染源头,并通过及时救治避免轻症恶化,在防与治两个方面都发挥了不可替代的作用。"

——"方舱医院与定点医院、定点隔离点一起,组成了四类人员'应收尽收、应治尽治、应早尽早'的疫情防控网络,是扭转武汉疫情防控的关键之举。"

一

2月1日,农历正月初八。又一支国家医疗队从北京首都机场出发,飞往武汉。

在这支队伍中,有一位戴着眼镜,气质儒雅的专家,他叫王辰,中国工程院副院长、中国医学科学院院长、呼吸与危重症医学专家。2003年，他是北京市最早接触非典患者的专家之一，在那场抗击非典的战役中，积累了宝贵经验。

这一次，王辰将面对更大挑战。

一到武汉，王辰一行就马不停蹄地到相关医院调研。

眼前的紧迫形势令人焦虑：医院拥挤着大量患者，很多不能及时被医院收治。而这些患者无论是在社区走动，还是在家里隔离，都会造成进一步感染；最紧迫的任务是解决病毒的社会传播和扩散问题，而且家庭式聚集发病形势很严峻……

这天晚上，他辗转反侧，不能成眠。

第二天，他参加武汉市的会议，提出当务之急是要把已经确认的病例全部收治到医院中，进行集中隔离治疗。

"可是医院人满为患了啊！"有人说。

"建方舱医院！"王辰建议。

在这个会上，他认为，只有完成了对病毒的包围，才算做到了切断传染源，才有可能迎来疫情的拐点。

武汉市卫健委数据显示，截至2月3日23时，武汉全市二十八家新冠肺炎定点医院已近满负荷运行，已用床位八千余张。两天后的新冠肺炎疫情防控发布会上，武汉市相关方面表示，已经确诊的和很多疑似患者无法住进指定医院进行救治，形成了救治的"堰塞湖"。

形势刻不容缓，中央指导组果断决定：建设方舱医院！2月3日晚，火速启动首批三家方舱医院的改建工作。

在不到两天的时间内，武汉国际会展中心被快速改造成方舱医院，其他的方舱医院也陆续建成，确诊的轻症患者迅速得到隔离和收治，避免了疫情的进一步扩散……

二

"鲁刚吧,请马上到指挥部来一趟!"

2月3日晚8时,武汉市东西湖区应急管理局干部鲁刚接到区防疫指挥部的紧急电话。

他急忙赶到区防疫指挥部,接下"军令状":火速调配四百张床铺,第二天天亮前送到武汉客厅,办法自己想。

在这个特殊时刻,如何在短时间内找到四百张床呢?

他想到了商场,商场没开门;他想到了厂家,工厂没开工。

他想到开宾馆、酒店的朋友。原以为,这样会让朋友为难,但令他欣喜的是,所有接到他求助电话的朋友,不但没有犹豫,反而非常热情。他们为自己能在武汉最危难的时候出一分力而欣慰。

凌晨4点,四百张床铺全部抵达武汉客厅。

第二天,鲁刚被紧急派往武汉客厅。到了那里他才知道,要在武汉客厅建东西湖方舱医院,这也是武汉首批三家方舱医院之一。当时的指挥部还只是个轮廓,区里主要领导担任指挥长和副指挥长,他临时担任后勤总协调。指挥部向他宣布了三条纪律:第一,必须全力以赴保障方舱医院的顺利建成与正常运转;第二,从此时起与原单位脱钩;第三,必须二十四小时驻守,不能离开半步。

当时他觉得奇怪,就这几个人能建起方舱医院吗?但随后,数百名战友陆续抵达,打消了他的顾虑。一批批战友匆匆赶来,没有握手,没有寒暄,却个个士气高涨。

有的人装建筑隔板,有的人装抽风系统,有的人搭厕所棚子,有的人安装洗漱间……大家来自不同单位,互不认识,只顾赶着自己手中的活儿。再忙再累,都必须自己干,因为谁的手上都有活儿,谁都抽不开手。

冯光乐也是2月3日晚接到紧急通知的。

冯光乐老家黄冈红安，是武汉地产集团总经理助理，之前是雷神山医院建设指挥部副指挥长。

"其实当时雷神山医院的建设还没有建完，下午5点多，接到电话，我就火速赶往武汉国际会展中心，来的路上还不知道具体干什么。到这儿一看，才知道要紧急建方舱医院。依托武汉国际会展中心建，叫江汉方舱医院，我被明确为建设项目负责人。"冯光乐说。

一万多平方米的大厅空空荡荡，冯光乐立马给集团下面的设计院院长打电话，叫他们派设计人员火速赶来。

晚上9点，第一稿平面设计方案出炉。但这一稿是按八百个床位布局设计的。晚上11点多，决定会展中心不光一楼布局，二楼也需要布局，按一千八百个床位的方案设计。

"2月4日清晨，五十个床位的样板就建出来了。这是第一批工人干出来的，他们是凌晨3点到的，全是木工。"冯光乐说，"紧接着又来了三批，早上7点左右来了八九十人，上午9点半左右来了一百多人，上午10点左右武汉地铁集团的两百多名工人也到了。"

会展中心一片"叮叮当当"的繁忙景象。

2月5日凌晨2点，所有隔断、医护专用区、通道，全部建好；电路不仅装好，并且全部调试好；床铺全部摆放好。至此，江汉方舱医院顺利竣工。随后医院接管，医务人员进场，熟悉方舱医院总体布局、功能分区，转运物资药品、医疗救助设备等。晚上10点，开始接收轻症患者。

三

病房有了，医生在哪儿呢？

正从大江南北赶来！

"老婆，赶紧回家收拾行李！"

2月3日晚7点45分，孙洁接到丈夫黄钟的电话。

"怎么啦？"孙洁先是心里一惊，但她很快就反应并淡定下来，"是不是要去武汉？"

"没错！"黄钟说，"医院刚刚接到国家卫健委紧急通知，医院的国家紧急医学救援队马上去武汉，我给你一起报了名，不管选不选得上，先赶快回家做准备。"

孙洁父亲是上海知青，母亲是新疆生产建设兵团的后代，父母都是医生；黄钟老家在江苏苏州，他也是抱着一腔热血扎根新疆的。他们除了都是80后，同为新疆石河子大学医学院第一附属医院医生外，还都是医院国家紧急医学救援队成员。孙洁是从肿瘤内科转到感控科的，黄钟则是急诊内科医生，也是医院国家紧急医学救援队的组建者之一。

孙洁拎着包赶紧往家赶。刚到家，丈夫就来电话了，告诉她两人都被选上了。听到这个消息，她很激动。马上就要出发，赶紧收拾行李。

"知道去武汉，但具体去哪里，干什么，我们一无所知。"孙洁说，"除了带行李，我们每个人都带了帐篷。当时有领导说，湖北人民现在很忙，咱们去了不能给他们添任何麻烦，必须自己管好自己。咱们都带上帐篷，如果不行，咱们就露营，大家要做好吃苦的准备。"

2月4日晚，他们从乌鲁木齐启程，飞往武汉。到了武汉才知道，东西湖方舱医院是他们的战场。

与此同时，救援队的医疗指挥车、影像检查车、野外露营车等十余辆专业医疗车队，昼夜不停地疾驰武汉。

新疆生产建设兵团的这支队伍，除了石河子大学医学院第一附属医院的医务人员，还有兵团医院、第一师、第五师、第六师等四家医院的医务人员，共有一百余人。每名队员配备了适合野外生存的单兵作战装备，人员包括护理、重症医学等多个专业。

彭金玲是孙洁的同事，一名儿科主管护师。她老家在湖北随州，在石河子上完大学，便留在了那里工作，并结婚生子。

她是两个孩子的妈妈，大儿子放在老家，由姥姥帮着带。

他们科室有很多小姑娘，报名时比她快，等她反应过来，名额已报满。但老家有难，她若不来，会内疚一辈子。于是她求着其他同事，动之以情，终于拿到一个名额。

她没敢跟妈妈说，怕她担心，也怕自己的儿子想妈妈。但最终，这事还是被妈妈知道了。妈妈很着急，你就不替孩子想想吗？彭金玲说，人家都来了，我一个湖北人更应该回来呀。我也希望疫情早点结束，摘掉口罩，回去看看您和孩子。妈妈听后，含泪点头。

四

"我们是兄弟姐妹！新冠病毒是我们共同的敌人！我们有信心战胜它们！"

程青虹说完，舱内爆发热烈的掌声，许多患者热泪直流。

程青虹今年五十三岁，身材高大，性格直爽。他是东西湖方舱医院医务部副主任兼 A 舱医疗总负责人。

这一幕发生在 2 月 18 日下午。

那天下午，A 舱的患者自发组织了一个朗诵比赛。他们特别想请程青虹参加，但又有所顾忌，毕竟自己是患者，担心传染他。

护士长陈小艳知道这个情况后，立即向程青虹报告。

"有什么可顾忌的？必须参加。"程青虹说。他不仅参加了，发言了，还与患者一起手拉着手进行了朗诵。

程青虹知道，方舱医院住的都是轻症患者，治疗并不复杂，一般只需要按国家推荐的治疗方法下医嘱。因此，鼓励他们树立治愈的信心十分重要。

患者刚进舱时，程青虹发现不少人非常紧张焦虑。其实把他们收进来，就是给他们以支持。这支持的背后是什么呢？是信心。刚开始，有些医护人员不敢靠近患者，自己穿着防护服，还离他们一米以上。程青虹想，要在保证安全的基础上尽量靠近患者，并带头去做，遇到患者，不是离得远远的，而是走近，伸出手来，拉一下患者的手。这一拉，不仅拉近了距离，也拉走了隔阂，让患者对他们更加信任。

不只是抗击新冠肺炎的医护人员在忙碌，方舱医院的心理医生也在紧张战斗着。

在江汉开发区方舱医院，上海援助湖北心理医疗队第九组组长、华东师范大学附属精神卫生中心副主任医师杨道良，自2月21日进驻方舱医院后，就对舱内患者的心理状况进行摸排，发现一些患者存在焦虑、紧张等问题。为此，他们在方舱医院内设立心理咨询室，同时开通电话、微信咨询渠道，倾听患者说出心中对病情的困惑，给予患者战胜疾病的信心。他们通过舱内广播有针对性地播放病情科普节目，以及一些轻松的心理疗愈音乐，取得了不错的治疗效果。

其实，除了这些可敬可爱的医护人员，还有绞尽脑汁让饭菜丰富多样的餐饮人员，冒着风险清扫医疗垃圾的保洁人员，还有来自全国各地的志愿者……他们都在方舱医院里忘我地忙碌着，为这个"生命方舟"注入温暖和力量，用他们的无私奉献诠释着"同舟共济、互助友爱"的方舱精神。

"刚刚得知自己得上新冠肺炎后，我非常担心。但是来到方舱医院后，我重新看到了希望，找回了自信。国家花这么大的代价，建设方舱医院收治我们，各省份的医疗救援队和志愿者无私地前来支援武汉，来帮助我们，这让我深深地感受到了温暖，也重新树立了生活的信心……"

这是武昌方舱医院C区患者、85后的月月入住方舱医院之后的感受。

如今，武汉方舱医院已经全部休舱，但是与方舱医院有关的人与事，却将永远留在这座城市的记忆里……

（选自《人民日报》2020年03月18日20版）

纪红建

一个武汉民警的春天

一

丁零——丁零——

一阵急促的手机铃声响起。

沈胜文迅即抓起枕头边的手机,并下意识地看了下时间:4时21分。

"老沈吧,打扰了,请务必在今天早上五点赶到所里点名。"电话那头说。

沈胜文马上说:"好好好,我现在就出发。"

他边掀开被子下床,边对妻子说:"所里紧急通知,5点点名。"

"什么事这么急?"妻子坐了起来,惊诧地问道。

"肯定与那个新型冠状病毒肺炎有关。"沈胜文说。

妻子披上衣服,赶紧下了床。虽然丈夫当兵出身,身体素质一直不错,但自从步入中年后,各种毛病接踵而来,高血压、冠心病和肺气肿他都有。她还担心他丢三落四。上次世界军运会,所里也是紧急开会,他一激动,不仅常备药物没带,连手机都忘了。

来不及洗漱,穿上衣服,戴上口罩,提着那个装有日常生活用品和药物的小包,他就冲向楼下。

他意识到可能要投入一场"战争"。

当兵出身的他知道，要打赢一场战争，首先必须做到知己知彼。

可现在呢，对于敌人，一切都是模糊的，甚至是陌生的。

医生目前还不完全知道那个新型冠状病毒到底是个啥，他怎么搞得清呢？但他听朋友说了，那家伙看不见、摸不着，狡猾得很，要小心点儿。

源头还不清楚，很可能是竹鼠、獾这类野生动物带过来的，所以朋友们都在说，千万别吃野生动物。最开始被感染的人，多与华南海鲜市场有接触，那里有病毒，万万不能去。

最开始有朋友说，赶紧多买点儿口罩，最好买 N95 的。后来又有人说，买普通口罩也行，也可以起到阻止飞沫传播的作用。

让他印象深刻的是三天前，钟南山院士在接受央视采访时谈道，这个病毒"肯定有人传人的现象"，没有特殊情况不要去武汉，出现相关症状要就诊，要戴口罩。

这天是 1 月 20 日，除夕的前四天，立春的前十五天。

沈胜文是武汉市公安局江岸分局百步亭派出所的一名普通民警。

和所有武汉人一样，他的故事，也是从春节前夕拉开序幕的。

5 天前，武汉过小年。

那天下班后，沈胜文去了母亲那边。

"妈，这些年一直忙忙碌碌，没好好陪过您老人家。今年过年把您接过来，我们好好陪陪您。"他紧紧地握着母亲的手说，"我们打算农历二十九把您接到我家过年，年三十那天，我们还想请您亲家过来一起吃个团年饭。"

"只要你们一家和和美美、平平安安就行，去不去你那边都没关系。"母亲说，"但亲家公和亲家母倒是有大半年没见了，我想见见他们。"

母亲今年 82 岁，但身体硬朗，思维清晰。

母亲曾是个苦命的女人。

20 世纪 50 年代末 60 年代初，她和丈夫从湖北孝感，前往遥远的新疆支边。小两口曾经决心扎根边疆、服务边疆、保卫边疆。然而到那里后，可能是因为水土不服，她在那边连生两个孩子，都夭折了。每次回想到可怜的孩子在自己怀里死去，她都心如刀割。她是一个女人，她是一个母亲啊，能不伤心绝望吗？看着妻子伤心欲绝，丈夫只有带她离开那片种下他们理想种子的地方，回到湖北老家。

回到湖北老家，她一连生了三个儿子，个个活泼可爱、健康强壮。沈胜文是老满。可在1977年，也就是沈胜文九岁那年，他的父亲因病去世。母亲含辛茹苦地拉扯着三个儿子。虽然她意志顽强，但她毕竟是个弱女子，所以只要儿子长成毛头小伙，她就想着法子把儿子送进部队。三个儿子送了俩，老大和老满。

母亲顽强的性格，潜移默化地影响着沈胜文。

他去当兵时还小，才十六七岁。踏上南去的列车时，他发现其他战友包里都装着点心、饼干等好吃的，只有他包里没有。母亲在他包里放了什么呢？一个笔记本、一支钢笔、一个影集，还有几本高中的书本。他不是很能理解母亲的做法。送他时，母亲脸上热泪直流，但在当时，他对母亲的泪水是冷淡的。后来，从共青团员到共产党员，从战士到班长，从志愿兵到正式干部，从1998年抗洪到2003年抗击非典，母亲的泪水在他的脑海中渐渐清晰起来。现在，每当想起那一幕，他总会忍不住悄然落泪。

从母亲家里出来，沈胜文没有急于回家，而是径直去了岳父岳母家。

岳父今年78岁，比岳母大两岁。对于二老，他始终心怀感恩。感恩他们平常对自己这个小家庭的呵护，感恩他们培育了一个温柔贤惠、知书达理、善解人意的好女儿，也就是他的妻子。

妻子个头不高，可说有些小巧，但在丈夫心中，她却是那么高大。1993年，他们相知不久，沈胜文就跟她说，我在海南当兵，现在还不能随军，两地分居，你能不能接受？她说，有什么不能接受的，你又不是在外面流浪，你是保家卫国，这是你的光荣，也是我的光荣。他又说，但现实生活很具体，你必须一个人面对生活，面对生活中的柴米油盐酱醋茶。她说，中国军嫂这么多，她们都能两地分居，都能自己照顾自己，凭什么我就不能？就这样，他们步入了婚姻的殿堂，随后有了可爱的女儿。刚随军那会儿，部队条件有限，他们居住在一个十来平方米的小房子里。但妻子没有觉得这里小，反而觉得这里是个大世界，有青春、有热血，还有女儿无尽的欢笑。看着妻女快乐，沈胜文干起工作来特别有劲，年年先进，一连立了五个三等功。

2004年，他已经当兵18年了。也就在那年，部队改革，需要有人脱下军装，很多人不舍。他问妻子意见。妻子说，转不转业，你和组织定，我听你们的。他说，你来海南几年了，已经习惯了这边的气候和生活，怕你舍不得。妻子却说，我不是习惯了海南的气候和生活，是习惯了你，你说什么时候回湖北，我们就什么时候走。

回武汉安排工作，对于军转干部来说，可选择的余地还是挺大的。有的选择往省市大机关跑，有的选择去重要部门，但他的想法不同，他舍不得摘下大檐帽，想到派出所当一名基层民警。他对妻子说，我还是怀念军营生活，当警察戴大檐帽，可能是军旅人生的一种延续。再说，我文笔不行，写不好报告，不适合待在大机关。大机关应该让有水平、年轻的同志去，我就到基层干些具体实在的事，我当过连队指导员，做群众思想工作还是可以的。妻子说，只要你觉得好就行，到哪里都是工作。过日子过的是舒心，我们只要生活稳定就行，不求大富大贵，也不求高官达贵。就这样，他高高兴兴地来到百步亭派出所报到上班。

让沈胜文感动的是，妻子不仅善解人意，懂得换位思考，还对他高度信任。在家里，两口子的手机从来不设置密码，谁也不翻谁的手机。原来当兵，现在从警，他养成了一个习惯，机不离身。晚上睡觉，也要把手机放在身边最方便拿到的地方。最开始，他把手机放在枕头边。后来妻子建议，手机有辐射，对人体有伤害，尽量放远点儿。他听妻子的，把手机从枕头边移到了床头柜上。前些日子，武汉承办世界军运会，他知道这不仅是武汉的大事、湖北的大事，也是中国的大事。他又把手机从床头柜上挪到了枕头边。军运会结束,他的手机才又从枕头边挪到了床头柜上。最开始传闻有种不明原因引发的肺炎时,他还没有足够重视,手机依然放在床头柜上。那天钟南山院士说了这个新型冠状病毒的厉害后,他赶紧把手机挪到枕头边。

沈胜文把年三十请二老到他家吃团年饭的事一说,岳父岳母满口答应。他又说,我母亲也会在我家过年。二老说,那太好了,好久没见到亲家母了,一定要给她带点儿什么。他说,不用了,不用了,过两天闲点儿,我会给她买。二老说,那不行,你是你的,我们是我们的。他又说,那就约好年三十上午十点左右过来接你们。二老说,我们身体棒棒的,不用接,坐公交去,反正有老年证,免费还省事。

从岳父岳母家回来的路上,沈胜文还想着,来年春暖花开的时候,一定要带着两边的老人出去旅旅游。不论是当兵还是从警,他都只顾着忙单位上的事了。妻子也是,除了上班,就是带女儿,培养教育女儿。总之,主要心思都没在父母身上,他们亏欠父母的太多太多了。现在女儿已经25岁,大学毕业了,参加了工作,他们有精力有条件多陪陪老人,好好尽孝了。

他还突然想起一件事,明天要到银行柜员机上取6000块钱崭新的票子,最好是连号的,母亲3000,岳父岳母3000。年三十吃团年饭时给他们,生活还是要有点儿仪式感……

想着春天的事,看着万家灯火的大武汉,沈胜文脸上露出了甜蜜的微笑。

凌晨五点,所里准时点名。

"接市防疫指挥部紧急通知,从今天十时起,全市城市公交、地铁、轮渡、长途客运暂停运营,机场、火车站离汉通道暂时关闭。所里留下一个班,其余人全部去高速公路、机场执行关闭任务……"所长说。

但所领导没让沈胜文去机场和高速路执行任务,他有些失望。

"家里的任务非常繁重!"所领导的理由也很充分,"留老沈在家放心。"

还没来得及多想，战友们也还没有出发，他的任务就来了。

值班中的他接到报警：一名精神障碍患者发病，在药店持刀伤人。

他立刻带上辅警直奔现场。

非常时期，伤者非常恐慌，不敢到医院救治。好在伤势不重，在沈胜文的耐心劝说下，经过消毒包扎，伤者情绪逐渐稳定下来。

随后，他一边多方联系，一边细致地做精神障碍患者家属的工作，将病人送到精神卫生中心治疗。

……

沈胜文怎么也没想到，他就是以这样的开场，投入到了这场持久战疫中。

二

"不行，我要参加突击队！"沈胜文坚定地说。

所长说："转运工作非常繁重，也非常辛苦。老沈你年纪大了，就不要参加了，让年轻人上。"

"我五十多了，女儿也参加工作了，万一有个什么事，也无所谓。"沈胜文说，"他们还年轻，孩子还小，有的还没成家呢。"

这天是1月27日，正月初三。

因为疫情越来越严重，医院和社区根本就忙不过来，武汉公安立下军令状，帮助转运收治隔离"四类人员"（确诊患者、疑似患者、发热病人、密切接触者）。沈胜文他们的工作立即变得繁重，并且是直接面对患者和病毒，危险性陡然加大。

其实所领导在劝说沈胜文时，早已把自己的名字列入突击队名单，并安排自己第一批转运患者。

因为参加转运，沈胜文真正认识了防护服。虽然当过18年兵，但他是在陆军高炮部队，没有接触过防化部队。这次他不仅认识了防护服，还与它成了亲密的"战友"。

"面对新冠病毒,必须胆大心细!"他在心里想着。

最主要的是要做好防护,而做好防护必须正确掌握防护服、护目镜、口罩等的穿脱方法。自己不会,就多请教学习,多练习。他一步一步不急不忙地来,对两只手消毒后,便开始穿隔离衣,戴头套和脚套,再穿防护服,戴护目镜、口罩和面罩,最后戴手套,有两层,里面是一次性手套,外面是一层胶手套……必须高度重视"三口":领口、袖口、鞋口。不能让病毒有任何可乘之机。

当然,这些过程,必须是同事之间互相帮助才能完成,是个团结协作的工作。

沈胜文虽然军人出身,有坚强的意志,但他也有情绪激动的时候。

从1月27日到2月16日,20天时间里,他和战友们天天都在转运,没日没夜。泪水,就这样在他母亲的脸上静静地流淌着,从冬天流向了春天……

有一天,他到派出所上班后,负责的第一个小区转运患者是位婆婆。

他一眼就认出来了,她是名退休律师,算是老熟人。原来他负责这个社区时,她没少支持警务室的工作。不管是邻里纠纷,还是有人打官司,她都会过来无私帮助。

看到老朋友,婆婆想打招呼,但她连抬手的力气都没有了。

沈胜文非常担心,他的担心也很快成了现实:婆婆没有力气上车了,连续试了三次都没上来。

所领导已经千叮咛万嘱咐,转运过程一定要做好防护,一定要保护好自己,千万不能触碰患者。

但此时此刻,作为一名人民警察,他能坐在这里无动于衷吗?

到所里工作后,他一直在社区警务室工作,那是基层中的基层。警务室一般只有他一个人,作为单个民警,他的工作必须依靠群众、发动群众啊,群众就是"千里眼""顺风耳"。警力有限,民力无穷。特别是群众一口一个"沈户籍",叫得那么亲切、那么甜蜜。

顾不了那么多了,他跑了下去,一把抱起婆婆,送到了后座上。

看着婆婆如此虚弱,他知道她的病情严重,必须尽快到医院治疗。可他又不敢开太快,快了怕颠着她;又不敢开慢了,慢了怕耽误她的治疗。

"稳点儿,稳点儿!快点儿,快点儿!"他在心里默默地念着。

又一天,他送完患者回来时,已经天黑了。

从医院到所里,开了一刻钟,他居然没有碰到一辆车。

他想到了年前过小年那天跟母亲和岳父岳母承诺的,想到了那天晚上回家时武汉的万家灯火,越想越心酸。

"怎么了,我可爱的武汉,您怎么成了一座冷城了呀!"

他终于抑制不住伤心,痛哭起来。

再一天,他送 10 位病人到一个隔离点。但隔离点人山人海,已经人满为患了。

看着尚未被收治的病人期待救治的眼神和伤心的泪水,沈胜文心如刀割。

"难道你们要见死不救吗?"

"假如他们是你们的亲人朋友,你们也会不救吗?"

"你们的良心跑到哪里去了?"

积压在沈胜文心底的愤怒彻底爆发了。

当时负责收治的是当地卫生院的几位年轻护士。

"我们也想让他们住下啊,可是人实在太多,我们这里根本就没地方住了,只有四个床位了。"

"病情严重的,我们根本就没办法治疗。即使住在这里也会越拖越严重,必须赶紧送到医院去。"

说这些时,她们的眼里噙着泪花。

沈胜文很快就意识到自己做过了,为自己发脾气而内疚不已。直到今天,一想起这一幕,他就深深自责。

怎么能怪她们呢？那时患者大量增加，医院和隔离点的床位非常有限，火神山、雷神山医院正在修建，方舱医院还在酝酿阶段，人等床是迫不得已的事。

还有一幕令他又气又心酸。

那天他刚送完两名重症患者，回到所里就接到一个报警电话。

报警的是一位婆婆，说是她儿子从医院突然回来了。她儿子不仅是新冠肺炎患者，还肾功能衰竭，挂着尿袋。

当他带着报警的婆婆、患者的弟弟去做工作时，他们都拒绝了，不肯走近患者的家门。患者弟弟说，我也有孩子，我要是被传染了怎么办？

沈胜文只有自己去。

一了解，患者太想家、太想老婆孩子了，所以回来了。好在他老婆带着孩子住到了娘家，没有碰着。

"沈警官，有名重症患者快不行了，需要紧急转运。"

1月30日，正月初六。

已经晚上11点了，沈胜文接到转运指令。

此时，他已经跑了六趟，换了六套防护服，转运了18位病人。

"小邓，赶紧穿防护服。"他对协警邓宇杰说。

邓宇杰是他的搭档，90后，退伍兵，共产党员。他是个高大、帅气、结实的小伙子。

当他们赶到时，患者已经生命垂危，无法转运了。

"你们快点救救我！"患者拖着微弱的气息说道。

沈胜文瞬间泪眼模糊。

患者是个爹爹，68岁。此时，他还神志清楚。

婆婆泪眼婆娑地说："昨天才感觉身体不适，谁会想到一下子病得这么严重呢？"

紧随沈胜文他们之后到的是120的急救医生。

沈胜文当时并没有感觉爹爹已经走了，因为爹爹已经没有力气挣扎，眼睛是睁开的，脸上有泪痕，眼里还含着热泪。

但 120 医生刚来，爹爹的心电图便成了一条直线。

而此时，沈胜文到达患者家中才二十多分钟。

看到这幕，站在门外的邓宇杰低下了头。他流泪了。

虽然隔着护目镜，光线也非常昏暗，但沈胜文知道邓宇杰在哭。

沈胜文赶紧走了过去，拍了拍他的肩膀。拍他肩膀时，沈胜文也忍不住哭了。

但他们又很快镇定了下来。

邓宇杰想向屋里迈进，沈胜文把他往后一推，说："你就站在这里，里面的事由我来处理。"

"不行——"邓宇杰还想往里走。

"听我的，小邓！"沈胜文再次将他往后推。

没多久，区卫生防疫站的一男一女两位医生，还有一名社区医生赶来了。

卫生防疫站的医生，背着喷雾器，从单元楼外到电梯、到楼道、到室内，边走边消毒，特别是将屋内进行地毯式的消毒。

很快，婆婆的女婿赶到了。

没见到女儿，婆婆很惊讶。但很快，她就从女婿的眼神里知道了女儿的境况。发烧了，是疑似患者。

那是婆婆唯一的女儿。

女婿说，他妻子哭喊着要来，但他没让她来。

婆婆更加自责起来。她声泪俱下，一边说，一边哭。

她说，这一切都怪她，如果不是她经常到外面跳广场舞，如果不是她喜欢逛超市，也不会染上这个病，是她传给爹爹的。本来还约好与女儿女婿和外孙一起吃团年饭的，都是因为她染了这个病……

看到婆婆深深的自责，他们都在安慰她。

"爹爹的身份证呢？"沈胜文对婆婆说，"要凭身份证到居委会办死亡证明和相关手续。"

婆婆先是使劲地想，怎么也想不起来。她又在屋里到处找，也没找到。

"对了，可能在他身上。"婆婆突然想起来了，"他昨天就在说，要把银行卡、医疗卡、身份证和现金准备好，明天去医院。"

听到这儿，沈胜文双眼又模糊了。

"谁不想好好地活下去呢？谁会想着死呢？可是——"他在心里想着。

谁去找爹爹的身份证？

沈胜文想，他们都还是孩子，还是自己来吧。

刚才他简单地跟区卫生防疫站和社区的三位医生聊了一下。那位小伙子三十多岁，身材并不高大，而另两位小姑娘，都才二十岁出头，比自己女儿还小。

看着他们，就如同看着自己的女儿。

看着他们，眼里就流出了泪水。

难道沈胜文不怕吗？他也怕，毕竟是接触重症感染者，但凡哪个地方存在漏洞，就有可能被病毒感染。

但又有什么办法呢？

在群众面前，他是守护神；在年轻人面前，他是长辈。他必须冲在前面。

在爹爹的右裤袋里他找到了一个钱包，里面放着银行卡、医疗卡、身份证和现金。

将钱包消毒后，沈胜文把它交给婆婆。

婆婆眼里全是泪水，说不出话来。

或许现在，她也被沈胜文感动了。

……

凌晨三点十六分，殡仪车缓缓离开。

沈胜文他们向着殡仪车深深地鞠了三个躬。

那晚的场景，一直出现在沈胜文的大脑里，他伤心，他自责。为什么自己不是医生，为什么自己不能救那个爹爹呢？可是，他又想，即便自己是医生又能怎样呢？这是一场不按套路出牌的战争。

经历那晚后，他总在担心自己会不会感染，协警邓宇杰会不会感染。自己感染就罢了，邓宇杰千万不能有事。他才二十出头，还没成家，甚至连女朋友都没找。而邓宇杰之所以与他一起出生入死，就是因为他也是共产党员。

三

"尊敬的所支部：我是民警沈胜文，一名中共党员。当前疫情复杂严峻，正值发起全面总攻之时，我听闻江岸区方舱医院警力紧张，急需增援。作为一名中共党员、公安民警，我现申请加入方舱医院防疫战斗，不计报酬，不论生死……"

2月16日，沈胜文向所里提交了请战书。

所领导一看，急了，说："老沈，您这是闹哪一出？"

历来勤勤恳恳、任劳任怨、听从指挥的沈胜文，这是怎么啦？

原来他对所领导给他安排的工作有所不满。

这天开始，武汉开始开展为期三天的集中拉网式大排查，落实五个"百分之百"工作目标，即"确诊患者百分之百应收尽收、疑似患者百分之百核酸检测、发热病人百分之百进行检测、密切接触者百分之百隔离、小区村庄百分之百实行二十四小时封闭管理"。

所领导知道他与群众打成一片，关系融洽，也善于做群众工作，于是叫他回到他所工作的社区警务室，配合居委会和物业做好社区封堵硬隔离。

但沈胜文不乐意。

"让我回警务工作室，那不是变相地让我退出战斗去休息吗？"沈胜文压着怒气对所领导说。

"现在社区封堵硬隔离，社区工作量大了，会非常忙、非常棘手，工作同样重要。"所领导说。

"有医院忙吗？有医院棘手吗？有生命重要吗？"沈胜文说，"我要去方舱医院，那里更需要我。"

所领导一听，狠心说："老沈，回不回随你。如果你管辖的社区出了任何问题，拿你是问。"

毕竟是军人出身，毕竟是共产党员，沈胜文最终还是听从指挥，回到了社区警务室。

他想，这是他已经工作了16年的工作岗位，应该可以得心应手，应该可以缓口劲了。

但这回他想错了，灾难面前，每个人都无比真切地贴近了生活的另一种面目。

做人的工作，其实更恼火。更何况他管辖的这个社区本来就是个人员结构复杂的社区。

什么让他恼火呢？既有群众对隔离的认识不够，也有隔离后对群众生活和情绪造成的影响。

"我要出去！"

"再不让我出去，我就要翻墙了。"

……

他们可都是他的"千里眼""顺风耳"，只能不厌其烦地做工作。

像平常那样心平气和地说肯定不行，他们听不见，也不会听，只能吼，把音量提高八度。可是音量提高了，他的喉咙疼起来了，接着嗓子哑了。

他心急如焚。

他就熬中药吃，然后把它当茶喝，大口大口地喝，一大杯一大杯地喝。

他的嗓子渐渐好起来了。

再吼，喉咙不再疼了，嗓子也没哑了。

"还是欠练。"他在心里说。

"沈户籍，不好了！"那天上午，有群众在电话里焦急地说。

"别紧张，慢慢说。"沈胜文说。

"社区里有个精神障碍患者爬围墙跑出去了，手里还拿了个钢叉。"

"什么时候？"

"有半个多小时了。"

他一听，急了。

一是不知道那人是否感染新冠病毒，二是怕他出去被感染，三是怕他行凶伤人。

他马上打电话向所里报告和求助。

于是，立即兵分两路追踪。

一路是所里的视频侦查员在所里查看监控，一路就是沈胜文跟着他的轨迹追。

这天下着雨，沈胜文开着车冲进了雨雾。

刚出门不久，他就接到视频侦查员电话，说在小区边上的视频里看到那个精神障碍患者了，但背的不是钢叉，是一把玩具猪八戒耙子。他背着包，戴着帽子，但没戴口罩。

沈胜文稍微松了口气。

调看监控，是个具体而细致的活儿，需要耐心，也费时间。

现在街头车少人少，按理说容易找到。但在好长时间内，既没有在监控里看到那个精神障碍患者的影子，也没有在街上看到他的踪迹。

"除了能去他母亲那儿，还能去哪里呢？"沈胜文在心里想着。

于是，他给精神障碍患者的母亲打了个电话。

他母亲住在离儿子三十多里外的一个小区。这个家没有其他人了，只有母子俩相依为命。母亲七十多了，有老年综合征，得了糖尿病，每天要打胰岛素，已经行动不便了。

母亲说，儿子打了电话，说要来看我。但他记不得路，前几天没有封小区的时候，儿子从汉口走到汉阳，从汉阳走到武昌，走了整整一天，才到我这里。

沈胜文说，我们现在通过监控找他，如果您儿子到了您这里，您赶紧给我打电话。

她说，你们不用找，我儿子虽然有精神病，但他肯定能找到我这儿来的。

但沈胜文淡定不下来，继续找。

"到了堤角公园。"下午五点半，视频侦查员来电话说。

堤角公园就在患者母亲所在小区附近，沈胜文直奔老婆婆家。

敲开老婆婆家的门，她儿子正坐在那里吃着盒饭。那是一位好心的邻居中午送给她的，听说儿子要来，她舍不得吃，就留给了儿子。

沈胜文看到，精神障碍患者身上脚上，与他自己一样，全是湿的。

"站起来！"沈胜文向他瞪着眼，严肃地说。

"沈户籍，有什么事跟我说。"婆婆立即做起和事佬。

"你已经涉嫌严重违法，得带走。"沈胜文说。

"能不能让他先吃完饭再走？"婆婆说。

"可以。"沈胜文说，"吃完就走。"

接着，婆婆又对儿子说："沈户籍是个好人，下这么大的雨，找了你一天。现在病毒这么厉害，是怕你被感染，怕你出问题呀。"

"妈妈，我放心不下您啊！"儿子说。

"妈妈自己能照顾自己，再说社区和邻居经常给我送吃的用的。"婆婆说，"听妈妈的话，沈户籍是好人，是来救你的。再不听话，我们两人都会活不下去的。"

送精神障碍患者回家的路上，他们两人聊了一下。

"听说你有天围着武汉三镇走了一圈？"沈胜文问。

"是的，一天没吃饭。"他有点儿得意地说。

"为什么要走？"沈胜文问。

"去看我妈妈。"他说。

"不知道到你妈妈家的路吗？"沈胜文说。

"怎么会不知道!"精神障碍患者说,"我会法术,到我妈妈那里,根本不用看路,走着走着,自然就到了。"

"你还会法术呀!"沈胜文笑着说。

"我法术高超,病毒见了我都会害怕,要让路。"他说。

"那好啊,我就沾沾你的光。"沈胜文一边开车,一边笑着说。

精神障碍患者说话天上一句地下一句,语无伦次。

"我是我妈妈的保护神,今天我是去给她施点儿法术,她老人家至少可以活到一百岁。"他说。

……

沈胜文与他聊着、听着、感叹着。

送他回到家里后,沈胜文又掏钱给他买吃的用的,并协调社区保障他的生活。

沈胜文也想着把他送进精神病医院,但进精神病院要做核酸检测,他死活不同意,说他法力无边,做什么检测?好在他不发烧,身体也无异常。但等疫情平复以后,沈胜文还是想把他送到精神病院,让他得到有效治疗,走上正常的生活。

每次社区人员去找这名精神障碍患者,他都会先做一番挣扎。他说,你们管不了我,我只听沈户籍的。

这话传到沈胜文耳里,泪就涌了出来。

"我不能倒下,我一定要坚持下去。"沈胜文在心里默默地为自己鼓劲加油。

他知道,只有把自己化作春风,才能绿遍整个社区。

"欣欣,开下门好吗?"

那天下午,沈胜文相继接到辖区内一所中学校长、副校长和班主任的电话。他们说学校有个叫欣欣的初一女生,今年12岁,听话懂事,成绩优异。爸爸感染了新冠肺炎,在医院治疗;妈妈是密切接触者,安置到了隔离点。妈妈是他们学校的老师。现在只有欣欣一个人在家,他们也隔离在家,出不来,希望得到社区的关注与帮助。

"谁呀?"屋里传来欣欣的声音。

"我是社区警务室的沈户籍呀!"沈胜文说。

欣欣先是从"猫眼"里观察一番,看到穿着警服的沈胜文手里提着一袋东西。她先打开防盗锁,再打开门。

"这孩子安全意识不错,知道把门反锁。"沈胜文一阵欣慰。

他给欣欣带来了本子和笔,一些上网课的学具,还有一袋零食,以及消毒的酒精。

"谢谢沈伯伯!"欣欣说。

"欣欣,中饭吃了吗?"沈胜文问。

"吃了,沈伯伯。"欣欣说。

"吃的什么?"沈胜文问。

"在微波炉里热了妈妈昨天做好的饭和菜,我自己又煎了一个鸡蛋。"欣欣说。

"鸡蛋你会煎吗?"沈胜文有些惊奇。

"会,妈妈教过我。"欣欣说。

"给屋里消毒了吗?"沈胜文问。

"消了,之前用84消毒液消的。"欣欣说,"也用酒精消毒了,用喷壶喷的。"

沈胜文心里又是一阵欣慰。

"我给你带来了酒精。"沈胜文说,"但一定要注意,酒精和84不要同时用,它们会发生化学反应,人会中毒。"

欣欣还是个孩子呀!沈胜文不放心,便对欣欣说:"伯伯再给你家消次毒吧!"

"谢谢沈伯伯!"欣欣说。

随后,沈胜文用酒精把欣欣家里里外外进行了一次全消杀。

……

"多懂事的孩子啊!"回警务室的路上,沈胜文还在心里感叹着,"孩子是祖国的花朵,千万不能有丝毫的马虎。"

回到警务室,他马上把这事报告给了社区。社区高度重视,立即安排一名楼栋党小组组长负责欣欣的一日三餐。

随后的日子,不光沈胜文和楼栋党小组组长照顾欣欣,还有社区领导、网格员、送物资的社工,学校老师也一天一个询问电话……这些,不都是这个春天温暖的春风吗?

其实,此时的武汉,谁都在争做阳光,温暖自己,也温暖他人;谁都在争当树芽,努力生长,想长成大树,为这片土地遮风挡雨;谁都在留下动人的旋律和音符,奏响生命的最强音。

是啊,这是一个需要修复的春天,也是一个值得赞美的春天。

3月4日上午,沈胜文接到欣欣妈妈的电话。

欣欣妈妈的话语也像一阵春风:她三次检测都是阴性,确定正常了,可能马上就要回来了。

听到这个消息,沈胜文立即打开笔记本,在上面写道:在这场战疫中,谁都在感受着邻里关爱的温暖。对于一个社区来说,一人走百步,不如百人走一步,我们聚是一团火,散是满天星。

一个地区、一个国家,难道不也是如此吗?

四

沈胜文到银行柜员机上取了那6000块崭新的票子了吗?

是连号的吗?

回答是肯定的。

但他对母亲、岳父岳母的承诺终归没有兑现。

这6000块钱现金全用在社区居民身上了,另借的3000块钱现金,也用完了。干什么呢?给居民买菜,买日常生活用品。只要一声喊,他就来了。杂七杂八,三块五块、三十五十的,怎么好意思要居民的钱呢?

不光掏钱，他还把家里一台闲置的面包车献了出来。

捐献面包车的事就早了，还是市局下达紧急动员令，要求各派出所立即对接街道社区，协助转运收治隔离"四类人员"那会儿。当时所里能抽调用于转运的警车只有两辆，根本不够用。看到这一情况，沈胜文辗转反侧。最后，他向所长请战：把我的私家车改成转运车，我来当司机，请组织批准！于是，他家里的面包车也投入到这场战疫中。

……

那六千块钱现金，早已升值！

听说沈胜文的事迹后，来自全国各地的爱心人士先后通过他，给他工作的社区捐赠了一万多个口罩，他全部转发给了社区群干、志愿者、居民，没有给妻女留一只。老朋友送来的6000多公斤大白菜，沈胜文分给辖区困难户，没有往自己家里拿一棵。而他自己经常不能按时吃饭，这四十多天来，他吃得最多的就是方便面……

再看看他的母亲、岳父岳母、妻子、女儿。

"妈妈，您是易感人群，一定不要出门。就是吃盐水，也不要出门。"他对母亲说。

同样的话，他也对岳父岳母说了。

妻子还是那样善解人意，家里经常会有民警和社区干部来排查，她只字未提自己丈夫是民警。在这个特殊时期，她从未主动给丈夫打电话，怕影响他的工作。

每次沈胜文打电话给妻子，或是与妻子视频，他都会表达自己的歉意。

但妻子却不以为然。她说，说不准这是人生中最有意义的一个春天。疫情总会有过去的那一天，即便今年春天不能踏青、不能旅游，有什么关系呢？不还有明年、后年嘛……

妻子朴实的话语，让他感动不已。

其实沈胜文有他的害怕。

不是怕死。

对于死，他早就做好了充分的准备。

早在2月初，他就给女儿写了一封信。

说是信，其实是战前遗书。

"女儿，你好！这段时间，爸爸住在单位，除了工作，想得最多的就是你。曾经错过你上学时的辅导，错过你毕业时分享的快乐，错过你初入职场时的迷茫，也许还会有更多的错过。女儿，所有的错过，爸爸希望你能原谅。因为，我觉得我身上有太多的责任。这个时候，很多新冠肺炎患者需要运送；病患家中有视力残疾的老人需要随时关心；隔离群众中有独居老人生活没有着落；疫情当前，有群众的救命药需要送达……爸爸的工作中就是因为有这么多的不能错过，才总在错过你、亏欠你、忽视你。女儿，所有的不能错过，爸爸希望你能体谅。爸爸是一名党员，我认为党员面对疫情，就要不惧生死，逆向而行。因为我不能错过自己内心的担当。道阻且长，行则将至。我们共同期待胜利的那一天，到时候，爸爸一定不错过我们约好的踏春之行！"

沈胜文害怕的，其实是被感染。

他知道，病毒潜伏期长，而他天天要跟社区的人，要跟自己的战友打交道。假如自己被感染，则会传染很多人，殃及很多家庭。

于是他曾三次偷偷到社区医院做血象检测。虽然他的防护措施做得非常到位，虽然同事说他当兵出身，身体结实，打得死一头牛，但他还是害怕。

每次去，他都会选择在傍晚，那是人最少的时候，他要尽量减少与人接触。同时，他还会乔装打扮，怕人家认出来，怕人家无端猜疑。

除了偷偷做血象检测，他还悄悄地海量喝水，好利尿排毒。他还坚持吃连花清瘟胶囊，清瘟解毒、宣肺泄热。

沈胜文毕竟是个生活在世俗社会中的平凡之人。

在这场战疫中，他一往无前地冲在最前面，而他心里装着的是可敬的老人、可亲的妻子、可爱的女儿。

特别是可爱的女儿。

在部队时，女儿还小，他很少陪伴在她身边。转业回武汉当民警，除了每天正常的上下班，每四天还会有一个长达二十四小时的值班，女儿很少见到他。

他觉得自己对女儿的亏欠实在太多太多，没辅导过学习，没有接送过她上学，没参加过家长会，没有给她买过一份礼物，没有带她度假旅行，答应带她出去玩也基本做不到。一切的一切，给她的陪伴确实少之又少……虽然他多次立功受奖、评优评先，却不是个称职的好爸爸。女儿懂事，从来没有责怪过他、记恨于他。

唯一让他有点欣慰的是，女儿上大学后学车时，是他手把手地带着加班练习，顺利通过考试的。现在女儿的驾驶技术比他还好。

当然，女儿的优秀也让他打心底里自豪。

女儿性格有些内向，成绩优秀，从小学到高中，一直都是上的火箭班。高考时，虽然发挥失常没考上985、211学校，但她的分数还是超过一本线十来分。在大学，女儿又拿上了双学位。特别让他津津乐道的是，女儿的英语和书法，得过全国大学生英语竞赛二等奖和湖北省大学生书法大赛二等奖。

因为这场疫情，女儿也推迟了上班。于是，她跟着妈妈在家里学习厨艺，做面食、做蛋糕、炒菜。女儿是他的心头肉啊，以前他从来没让女儿进过厨房，所以女儿对于这些是陌生的。

那天，女儿发来一个自己做的蛋糕。

沈胜文一看，非常惊喜。做得真好，跟蛋糕店卖的一样漂亮。

每天深夜睡觉之前，他总要躺在床上先想想女儿，看看女儿做的蛋糕。

看着看着，他就看出了笑容，看出了眼泪。

沈胜文的春天很小，小到只有女儿，只有女儿做的一个蛋糕。

沈胜文的春天很大，大到像天空一样广阔，像大海一样宽容，像大山一样稳定。

（选自《人民文学》2020年第4期，有改动）

纪红建

人民战疫

去武汉的，岂止"白衣战士"。

1月18日，星期六，腊月二十四，南方人这天过小年。

年关将至，热情、善良、勤劳、丰收的中国人都在为春节的到来忙碌着。

他更忙。

他叫钟南山，中国工程院院士。今年84岁，已是耄耋老人。

那天，他从深圳抢救完相关病例回到广州，下午还在广东省卫健委开会时，便接到通知要他马上赶往武汉。

当天的航班已经买不到机票了，助手匆匆帮他回家收拾东西，直接到会场跟他会合后赶往广州南高铁站，挤上了傍晚5点多钟开往武汉的高铁。

春运期间一票难求，临时上车的他被安顿在餐车一角。

一坐定，他马上拿出文件来研究。

晚上，快11点到达住处，他又简单听取了武汉方面的情况。

第二天开完会，出任国家卫健委高级别专家组组长的他又前往武汉金银潭医院和武汉疾控中心了解情况。

中午来不及休息，下午开会到5点，他又从武汉登上飞往北京的航班。

到达北京，他马上赶往国家卫健委开会⋯⋯

我无法知晓他这一路来的具体细节，但我知道，他的行动，与武汉，与湖北，与人民，与国脉，息息相关，紧密相连。

而他，只是冲锋陷阵的开路先锋之一。

后面，是数以万计的浩荡大军。

武汉这是怎么啦？

武汉历来坚强如钢呀！

她强忍着泪水，伤心地对母亲长江说：妈妈，我"病了"！

其实早在去年12月8日，或许更早，她就感到身体的不适了。她还以为是小毛病没什么大不了的，不用去看医生，挺一挺就过去了。

但这次不同寻常。这种新型冠状病毒，或许是对人类不遵循自然法则的报复，或许是惩罚。她怎么会想到，这些看不见摸不着的病毒要从她的身上撕开一道口子呢。

终究还是大意了！

但她很快醒悟过来，很快振作起来！

一支又一支敢死队冲向病毒！

有人倒下，但从未有人后退！

武汉依然坚强如钢！

共产党员、院长、医生，是张定宇的三重身份。

"无论哪个身份，在这非常时期、危急时刻，都没理由退半步，必须坚决顶上去！"张定宇说。

他是武汉金银潭医院院长。

57岁的他，从一名普通医生起步，先后担任武汉市第四医院副院长、武汉血液中心主任。从医33年，曾赴汶川地震重灾区，也曾支援阿尔及利亚、巴基斯坦……

去年12月29日，4例华南海鲜市场集中发生的肺炎病例入院，他随即到岗，组织医护人员紧急投入战斗，开展检查、检测。

第二天上午，院长办公会布置腾退病房，抽调医护力量，进入病患救治一线。

随着疫情的愈发严重，金银潭医院240多名党员顶上去了，600多名职工全部跟了上去，从未有人主动要"下火线"。

至今，他们已经与病毒鏖战两个月之久。

但谁会知道，这个在前线的钢铁战士的手臂里会有一根管子呢。

2018年10月他被确诊患上了运动神经元病，也就是人们常说的渐冻症。这种罕见病目前无药可救，通常会因为肌肉萎缩而逐渐失去行动能力，就像被慢慢冻住一样，最后呼吸衰竭而失去生命。

"我会慢慢失去知觉，将来会真的跟冻住了一样。慢慢地我会缩成小小一团，固定在轮椅上。每个渐冻病人，都是看着自己一点点消逝的……"

"生命留给我的时间不多了。必须跑得更快，才能跑赢时间，把重要的事情做完。必须打赢这场战争！"

行走艰难的张定宇坚定地说。

他从来没说过，在武汉另一家医院工作的妻子，在工作中被感染新型冠状病毒，住进相隔十多公里的另一家医院。

妻子入院三天后的晚上11点多，他赶紧跑去探望，却只待了不到半小时，叮嘱了下：保重。

他把内疚、担忧、伤心，全部吞进了肚子。

他必须坚强。

幸运的是，妻子康复出院了。

刚一出院，她就来到金银潭医院，伸出胳膊，捐献血浆，共同拯救还在与病魔做斗争的病人。

……

新冠肺炎疫情牵动着14亿国人的心。

1月20日，习近平总书记对疫情防控工作作出重要批示，强调要把人民群众生命安全和身体健康放在第一位，采取切实有效措施，坚决遏制疫情蔓延势头；

1月25日，习近平总书记主持召开中央政治局常委会会议，对疫情防控工作进行再研究、再部署、再动员；

1月27日，他再次作出重要指示，要求在当前防控新型冠状病毒感染肺炎的严峻斗争中，各级党组织和广大党员干部必须牢记人民利益高于一切……

一场没有硝烟的战争在全国打响！

都是江水相连、山河襟带的兄弟，能不揪心吗！

吴安华是1月21日毅然奔赴武汉的。

他是首批援助湖北的医疗专家之一，也是湖南首位援助湖北的医务人员。他是中南大学湘雅医院感染控制中心主任，国家卫健委医院感染管理预防与控制专家组成员。

1月21日早晨他还与同事们一起在查房，接到命令后，他没有丝毫犹豫，立即放下手中的事情，回家收拾行李准备出发。其实他就住在医院内的宿舍楼，完全有时间吃了中午饭再走，但他知道疫情重大，容不得半点耽误。

于是，他就饿着肚子去了车站，只身一人毅然北上入鄂。

他的妻子叫李凤云，也是湘雅医院的一位医生。

她告诉我，老吴参加过抗洪抢险和汶川地震医疗队，参与过救治SARS病人。但他身体不太好，2009年得过心梗，心脏里还放着支架。

21日上午，老吴在电话里跟她说了，可能马上要去武汉。但她没想到的是，老吴会走得那么急。拿着旅行包，装上几件换洗的秋衣秋裤，就匆忙赶往高铁站了。走的时候，头发有些零乱，甚至衣衫不整，包里更是乱成一团。

到了武汉，老吴知道事情并不是那么简单，才委托他一个从南京过来支援的同学，买了换洗的外套。更让李凤云和老吴没想到的是，原本以为待几天就会回，却一个多月了仍不能回。老吴在武汉主要负责培训感染控制方面的医务人员，因为太忙，不方便接听电话，每天只能是抽时间给李凤云打个电话，或视频聊天一下。

我问李凤云，老吴去了武汉，担不担心，伤不伤心。她说，肯定有担心，因为她是医生，但不至于伤心，因为她也是湘雅人。面对危难，湘雅人都会这样做。

医院党委宣传部主任严丽告诉我，紧随吴安华主任身后，有数百名湘雅人去了湖北抗疫一线。但对于百年湘雅来说，这只是一个局部，一个片段。

还有湘雅二医院、湘雅三医院，还有"南湘雅、北协和、东齐鲁、西华西"中的协和、齐鲁、华西，还有……

其实他们的热血，始终奔腾在爱国情愫、民族情感的历史大潮之中。

而他们，只是南下、北上、东进、西行中的一分子。

目前在武汉，有来自全国的"白衣战士"4万多人在与病毒展开激战。

去武汉的，岂止"白衣战士"！

"谁愿意去雷神山援建？"2月3日上午8点，中建八局安徽分公司华中片区经理方磊在微信群里问。

"我愿意去！"

"我报名！"

……

2月8日就要交付使用，今天必须出发！

方磊接到这个紧急通知时，人还在淮南，他是在回合肥的路上发的微信。

不到一会儿，人就召齐了。

队伍召集齐后，大家就以最快速度准备好相关物资。

下午4点，他们就出发了，晚上8点抵达武汉。

到了武汉，方磊他们发现最大的问题就是物资比较缺乏，也没有办公室作为指挥部。他们公司在武汉有项目组，除了从安徽召集的突击队员，还有从河南和湖北等地前来汇合的伙伴，队伍总人数大概有140个人。由于是突发任务，加上又在春节期间，现场的施工材料和工人的防护用品都很缺，好在他们在当地的项目承包商帮了大忙，提供了材料，一解燃眉之急。

第二天一早，他们的项目就开工了。他们主要负责部分病房区的电气、给排水、通风等机电安装施工任务。

2月6日上午，武汉突然下起大雨，但工作不能停，他们披上雨衣，继续投入战斗。

有没有困难呢？

当然有。他们承担着施工难度最大的公共区域内通风空调系统。方磊说，由于整体工期短，施工现场必须采取交叉作业，常常一个过道上就有60多个工人。交叉作业需要工序倒置，必须做好非常准确的协调工作。于是，他们先把工序的流水线做出来，这样才能保证即便是交叉作业也不会混乱。

2月8日是元宵节。但方磊他们根本就没有意识到，也没时间去想这些。

他们只记得，那天是他们负责的A1区的收工节点，大家都想又好又快地完成国家任务，这对每一名突击队员来说是比过节更重要的事。

2月13日晚，方磊他们返回合肥后，按照相关要求，在合肥高新区进行隔离医学观察14天。

还有大年初一运送10万只口罩前往武汉疫区的快递公司货车驾驶员熊楚英；

还有……

直面病毒，就是"最美逆行者"

"谭念！谭念！"

谭念慢慢地睁开眼睛，一位同事站在了他跟前。他再环顾一下四周，才意识到自己坐在走廊上靠着墙壁睡着了。

他赶紧走进办公室，吃了一碗泡面，换上新的防护服，继续投入工作。

今年36岁的谭念,土生土长长沙人,是长沙市中医医院放射科主管技师。

这一幕发生在除夕之夜。

那天,他早早吃过团圆饭,到医院值夜班。走的时候,六岁的儿子翔翔牵着他的手说,爸爸,你要早点回来哦。他匆忙赶到医院,穿上防护服、带上护目镜,开始值夜班。医院本部和东院已开放发热门诊,放射科也安排了一个X片室和一个CT室,专门接诊发热病人。为了照顾科室的女同事,他和另外6位男技师包揽了这个任务。由于防护服穿脱很不方便,为了少上厕所,他只在刚接班时喝了几口水。

发热病人陆续前来,谭念一会儿到X室做检查,一会到CT室做检查,来来回回走动,一直忙到深夜12点多。由于连续穿着防护服,戴着口罩护目镜工作了好几个小时,他觉得有些气闷。趁稍有空隙,他打开诊室门准备去走廊上的小凳上坐坐,稍微休息透口气。

然而,只走了几步,他就觉得双腿乏力,靠着墙壁慢慢坐了下来,没想到一下就睡着了。直到十来分钟后,有同事经过看到他坐在冰凉的地上小憩,把他叫醒。

"现在是冬季流感流行季,因流感引起发烧、肺炎的患者不少,除夕当天放射科共接诊40多名发热病人,我们必须仔细排查。这是一名医务工作者的本职工作。"谭念告诉我说,"我们医院、我们科室有这样的好传统,罗春主任曾主动申请援藏一年半,罗远健副主任受伤了,但为了患者,打着石膏做手术。他们的精神一直影响着我,更何况在这个特殊的时刻。"

有病毒的地方,就是前线;直面病毒,就是"最美逆行者"。

武汉之外,也有无数支敢死队。

他们就是离病毒最近的人。

核酸提取、体系配制、扩增检测……每个操作程序背后,都是危险和希望并存。

痰标本要开盖培养病毒,震荡和高速离心处理会产生大量气溶胶,危险无处不在，一着不慎就会感染。

山东省昌乐县人民医院感染性疾病科住院医师张晴晴，今年31岁，她就是敢死队的一员。

1月27日，大年初三。

中午12时，已经上了一天夜班的张晴晴仍然坚持在隔离病区查房。当她正准备脱下防护服吃午饭时，突然接到指令：一例确诊新冠肺炎患者的密切接触者出现了发热症状，马上送到医院隔离。

她顾不上吃饭，立即着手准备医用设备和药物，并安排现场人员防护、疏散发热门诊患者。半小时后，120急救车将患者直接送至感染性疾病区，她迅速给患者问诊查体、抽血、安排做肺部CT检查等。CT检查显示患者肺部病灶特点与新型冠状病毒性肺炎高度相符，随后报告血常规白细胞极低，已经符合高度疑似病例。

下午3点，昌乐县疾控中心工作人员带专门设备来院取两个血样、血气和鼻、咽拭子、痰标本。专家们都明白，患者现在正处在排毒高峰期，抽血需要靠近患者、接触血液，血气是采取患者动脉血，存在很大的感染风险，取鼻、咽拭子需与患者面对面操作，能刺激患者咳嗽、喷嚏、恶心、呕吐，被传染风险更大！

潍坊市专家组决定通过电话指导采样。其实，这个病人本可以由白天或者下午接班的同事们操作。但是，张晴晴考虑到自己已和患者较长时间接触，为避免他人感染，她坚定地对专家组说："必须由我取样，要感染就感染我自己！"

专家组被感动了，经过慎重考虑，同意了她的请求。

现场是新闻的源头，也是记者的战场。

在这场战役中，记者也是战士，是逆行者。

1月24日，鼠年的钟声即将敲响。

除夕本是中国家庭团圆守岁的日子，但为了一个更大"家庭"的圆满，越来越多的记者写下"请战书"，执炬逆行。

"我是跑口记者，我报名。"

"我愿意！我报名！"

请战声此起彼伏。

除夕之夜，在接到山东省将派出138人的医疗救援队奔赴武汉防控疫情一线的消息时，山东广播电视台融媒体资讯中心闻声而动，于22点56分向全体记者发出"征集令"，与医疗队伍同行"出征"武汉。消息发出后不过几分钟，十几名记者争先报名。

作为其中一员，第一个报名的记者刘洋出征前还前往疫情省级定点医院采访，发回了"众志成城防控疫情"系列报道。

"作为一名预备党员，这是检验我党性初心的一次大考，我要发挥'新闻轻骑兵'的作用，全力以赴做好一线报道！"他说。

同一时间，在祖国南方，广东广播电视台电视新闻中心记者黄嘉莉正在采编南方医院医护人员踊跃报名参加武汉医疗队的新闻。接到台里的随行报道意向询问后，她很快表态参战，火速在两个小时内收拾行装，于深夜登上去往武汉的飞机。

"我是党员、转业军人，政治可靠，技术过硬。"电视新闻中心摄像臧穆也第一时间响应报名，成为黄嘉莉的同行者。

湖南广播电视台新闻中心第一个深入该医院隔离区发热门诊采访的记者叫高睿，在医生的建议和指导下用隔离服和护目镜"武装"自己，高睿和摄像师一起拍摄了医护人员为患者抽血、取样检测等检验步骤，记录了发热门诊内最真实的故事。

通过新闻镜头，医护工作者也得以为奋战一线的战友加油，向惦念着他们的家人、全国观众报平安。

还有，全国各地的普通老百姓，坚决响应号召，互相监督、互相约束、自我隔离……

正月初二早上岳母打给我的电话依然回响在耳畔：疫情这么严重不要过来了，在家里安心待着，电话拜个年就行了；现在是非常时期，没那么多讲究了，村上镇上都在进行摸底登记呢。

这个春节，表面看，少了些亲情、友情，但我们深深感受到了普通百姓的家国情怀。

这个春天，大家还没有踏青赏春，沐浴阳光，但我们已经深深感受到了春天的温暖。

相信从这个春天开始，大家都会学会当阳光，温暖自己，也温暖他人。

人民和历史不会忘却

"越来越多的患者出院了，可是我们院长再也回不来了。"

2月20日上午，武汉市武昌医院门口，一名治愈出院的新冠肺炎患者乘车远去。护士注视良久，喃喃说道。

在武昌医院防疫指挥部的大屏幕上，治愈出院患者一栏里，闪烁的数字"408"里，不包括他们的院长刘智明。

2月18日10时54分，51岁的生命从此定格。

刘院长个子很高，很儒雅。他工作起来很认真，待人也温和。

他的妻子也是抗疫一线的战士，是武汉市第三医院光谷院区重症病区护士长。新冠肺炎疫情发生以来，她几乎每天都要在重症病区工作7个小时。1月21日，她接到丈夫的电话，得知武昌医院作为市发热定点医院，要在2天内转运患者，进行院区改造，接收发热患者。

1月22日4时，妻子再次接到丈夫电话，请她帮忙收拾一点换洗衣物送去，因为成为定点医院后他就不能回家了。

谁知到了第二天下午，当她再次接到电话时，是被告知丈夫因病毒性肺炎进了重症病区。

2月3日，丈夫因为病情危重用上了呼吸机。妻子在微信视频时，再次提出要去照顾他。屏幕那头，不能说话的丈夫摇了一下头。

"折腾了一晚上……我以为我要死了，缺氧。今早打了呼吸机，好多了!"2月4日,丈夫发来几句简短对话,妻子哪想到,这竟是夫妻俩的永别。

疫情还没结束,他怎么舍得走呢!他也放不下心呀!

他最放心不下的是和他有过接触的人。他曾说过,万一别人有事,他会愧疚一辈子。

春暖花开的季节即将到来时,他永远离开了⋯⋯

不!他没有离开,只是化作这个春天最亮的一道光,去温暖世界了。

"在新冠肺炎疫情暴发时,刘智明医生感动了也挽救了无数生命。"

世界卫生组织总干事谭德塞通过社交媒体对刘院长的去世深深地表达着哀悼。

彭银华,武汉协和江南医院呼吸与危重症医学科住院医师。

他今年才29岁,正值青春年华。

1月21日,他所在的科室开始收治新冠肺炎患者,于是,他将正月初八的婚礼请柬塞进抽屉,主动请缨进驻新冠肺炎的临床一线。

疫情发展很快,他和妻子达成共识:"疫情不散,婚期延迟。"

但几天后,战斗中的他发烧咳嗽⋯⋯

2月20日21时50分,他在武汉市金银潭医院去世。

办公桌抽屉里的婚礼请柬,再也无法发出;他和妻子因疫情推迟的婚礼,再也无法举行。

而此时,他的爱人,已经怀孕6个月。

孩子肯定不知道现在世界上正在发生什么,但我相信,他(她)长大后一定会以自己拥有一位英勇的父亲而骄傲!

还有宋英杰医生、李文亮医生、姜继军医生、毛样红医生、蒋金波医生、宋云花医生、姚留记医生、徐辉医生⋯⋯

这是和平年代,最惨烈的战争。

人民和历史怎么会忘却在这场战争中倒下的白衣战士们呢!

倒在这场激战中的,还有警察、工人、志愿者、城管、支书,等等。

他们大部分是过劳牺牲，大部分是共产党员。

他们有个共同的名字：烈士！

我们同样不能忘却被病魔夺去生命的所有的不幸的同胞，和他们的亲人。

不论是院士、前市长、画家、诗人、导演、健美冠军，还是普通老百姓，他们曾以坚强的毅力，与病毒进行顽强的斗争。那些失去亲人的家庭，艰难之中，他们仍对抗击疫情的战斗给予了充分的理解和支持。

这场灾难，以生命的代价，唤起人类对生活和生命的重新审视，对大自然的敬畏！

有个故事，令我无限深思。

前两天，我电话采访了长沙一位叫刘建华的爱心妈妈，她主动请缨照顾父母感染新型冠状病毒的三岁零四个月大的桐桐，已经在酒店房间自行隔离十多天了。

2月11日下午，长沙下起了雨。

突然，桐桐跪在窗户边的沙发上与窗外的大自然对起话来。

"竹子先生，你好，你家有伞吗？"

"下这么大的雨，你都淋湿了，你冷吗？"

窗外是个小山坡，山坡上有裸露的黄泥，有高高的树儿，还有几株矮小的竹子。树梢上时不时飞来几只小鸟。

"泥土先生，你好啊，你冷吗？你怎么不盖被子呢？"

"小鸟，小鸟，你在家吗？你来陪我玩啊！"

又有几只小鸟飞了过来，站到树梢，叽叽喳喳叫个不停。

"小鸟，小鸟，你们好啊！"桐桐高兴地说，"你们在干什么？在开会吗？"

一阵叽叽喳喳后，那几只小鸟又飞走了。

"祝你们一路顺风！"桐桐一边挥着手，一边大声对它们说。

刘建华站在一旁，边听边流泪。

她想，如果大人们都如此与大自然和谐共生，新冠病毒可能也不会来侵袭人类。

17年前的非典疫情暴发,我在北京的军营,经历了那个极不平静的春天。那场危机留给中国人的教训实在太多了,人们开始反思生活习惯中存在的陋习,并学会尊重其他生物,学会尊重自然。

然而随着非典的平息,在非典时期遭到"围歼"的各种陋习开始死灰复燃,受到一致"追捧"的良好习惯渐渐被淡忘。我想说的是,相比日渐松懈的我们,我们的"敌人"却从未示弱。或许,这是本次新型冠状病毒肆虐的一个重要原因。

有两个场景总是萦绕在我脑海中。

另一个是桐桐妈妈跟我说的一番话。电话采访时她说,这个初春,虽然她一直在病床上躺着,看不到阳光,也抚摸不到春风,但她却看到满眼的春天。她说,医务人员和社会各界给她的温暖,不比春天更温暖吗?成批的病友高高兴兴地出院,不是这个春天最美的花儿吗?

一个是一则新闻。世界卫生组织总干事谭德塞说:"中方行动之快、规模之大,世所罕见,这是中国制度的优势,有关经验值得其他国家借鉴。"他还说,中国采取了从源头上控制疫情的措施,"为全世界赢得了时间","中国不仅保护了本国人民,也保护了世界人民"。

此时此刻,这场疫情防控的人民战争、总体战、阻击战仍在紧张地进行中。2月23日,统筹推进新冠肺炎疫情防控和经济社会发展工作部署会议在京召开,习近平总书记发表重要讲话。"中华民族历史上经历过很多磨难,但从来没有被压垮过,而是愈挫愈勇,不断在磨难中成长、从磨难中奋起。我相信,有党中央的坚强领导,有中国特色社会主义制度的显著优势,有强大的动员能力和雄厚的综合实力,有全党全军全国各族人民的团结奋斗,我们一定能够战胜这场疫情,也一定能够保持我国经济社会良好发展势头,实现决胜全面建成小康社会、决战脱贫攻坚的目标任务。"

这,是不获全胜决不轻言成功的决心,是人民战疫的信心!

(选自《光明日报》2020年02月26日01版)

何建明

白玉兰的春天

作为中国开放程度最高的国际性大城市,上海浦东与虹桥两个机场的境外载客流量人数占全国境外载客流量的60%以上。上海,已成为严防疫情境外输入的最前线,上海人民用自己的精气神,垒筑起一道道严丝合缝、比肩联袂的钢铁长城。

——题 记

"各部门注意了:现在有两架来自意大利和伊朗的航班马上要进站……"

"上海已经准备完毕!""江苏准备完毕!""浙江准备完毕……"

这是3月初以来,在上海浦东和虹桥两大国际机场内,几乎每隔几十分钟就要出现的一幕幕紧张而有序的场景。

"现在我们就是严防疫情境外输入的最前线,虹桥、浦东两个机场每天光承接来自疫情重点国家的航班就达数十架次、人数最多时高达上万人!"机场内,穿着防护服的上海海关防控人员一边气喘吁吁地奔跑,一边翻着"地勤日志"介绍说。

"想一想也够惊心动魄的:本来我们上海到了2月下旬就已经连续好多天新增确诊病例为零了,哪想到2月26日宁夏发现了1例自伊朗输入的新冠肺炎确诊病例,患者在沪时间长,活动轨迹涉及86名密切接触者,我们得立即对这些人进行医学观察和集中隔离。"上海市疾控应急处负责人黄晓燕说,"也正是第一个境外输入病例的出现,把我们上海一下推到了严防疫情境外输入的最前线。要知道,浦东和虹桥两个机场,每年光从国外入境的人数就达 8000 万人次,是名副其实的中国重要的'空中国门'!"

黄晓燕眼睛瞪得大大的,说着地道的上海话,"侬代阿拉告诉全国人民:放心好了!阿拉上海保证为大家守牢国门!"

自 3 月初以来,我一直在上海的"国门"前沿采访,所见所闻让我深切感受到这位上海老乡说的话是可信的。因为——

一

上海人民用自己的精气神,垒筑起一道道严丝合缝、比肩联袂的钢铁长城。

作为中国开放程度最高的国际性大城市,上海浦东与虹桥两个机场的境外载客流量人数占全国境外载客流量的 60% 以上。它已成为严防疫情境外输入的最前线。

"在我们面前只有一条路:严防死守到底,绝不出现一点漏洞!"上海人发出庄严誓言。

"欢迎回家!"从韩国大邱市来到浦东的崔先生在飞机落地后的第一时间,听到中国防疫人员进机舱说的这第一句话时,激动地举起双手跳了起来。

"请问先生您是从何处来?来之前到过何处?在上海干什么?"

"我是韩国人,但我是回家来的!我孩子十几岁了,是在上海出生的,我和夫人都在上海工作十几年了!"崔先生用熟练的中文说。

"好。我们先给您测体温,然后请您填写入境信息卡。如果没有合适的口罩,请换上我们为您准备的新口罩……"这是入境后,身穿防护服的机场海关防控人员向崔先生等机上乘客提出的几条要求,而后在查询其护照及登机前几天的"活动轨迹"之后,根据不同国度疫情情况及乘坐飞机前往中国之前的活动情况,在其护照上标贴"红""黄""绿"不同标识。

车轮滚动,向浦东新区某酒店行进。在约40分钟的路途上,崔先生细数了一下自己出机场的整个过程:过了十多道"关口"吧?他那颗悬空的心平静了一半。其实,他还并不了解全部:那些普通境外来客在出关时,同样需要经过边防海关、航站楼和上海市中心转运等3道严格的检查程序。

"我真的回家啦!"崔先生打开自家房门的那一瞬,高呼了起来。

"崔先生辛苦了!我们还有几件事请您配合。"社区居委会工作人员说,"一、请社区医生测温和遵守相关居家隔离要求,因为你来自疫情重点国家,需要在家隔离14天;二、隔离期间,在生活方面和其他方面有什么要求,可以委托我们社区和志愿者来帮忙做;三、隔离时需要每天向我们报告你的身体情况。"

"行!只要你们说到的,我都会做好!"崔先生爽朗道。

然而并非所有入境者都像崔先生那样顺利。而无论哪种情况,上海防控线上的工作人员都能做到既理解宽容,又认真耐心并一丝不苟地按照防控要求严格守好每一道关口。

这是3月初的某一天下午4时左右,虹桥机场一下来了数架从意大利、澳大利亚、韩国和美国飞来的航班。五组海关防疫小组6名工作人员穿着臃肿的防护服再度出现在刚刚打开的机舱,而此刻,他们已经连续六七个小时没有喝一口水、没上一回厕所了!

3月12日,上海市防控工作领导小组办公室宣布:从3月13日零时起,所有中外人员,凡是在进入上海之日前14天内,有过韩国、意大利、伊朗、日本、法国、西班牙、德国和美国等国家旅行或居住史的,一律实行14天居家或集中隔离健康观察。上海同时对所有疫情严重国家(地区)的入境者实施100%的流行病学调查。入境者必须如实填写相关信息,如有隐瞒或虚假填报,造成疫情传播的,将被依法追究责任。

3月14日一早,上海市卫健委通报:13日上海新增确诊病例4例,均为从意大利回国的中国公民,其中1例为上海人,3例为浙江人。

二

"流程"暖意融融。你有说得出的缝隙,我有拿得出的纳米级匠心。

"是花木街道吗?我是机场转运中心,现在通知你们:你们的联洋小区和牡丹小区有2名从俄罗斯来的意大利入境者和3名从韩国来的客人,要在半小时后到达这两个小区,请你们立即组织接应和防控准备。"13日夜晚,驻守在浦东机场T1航站楼的浦东新区转运组的几位工作人员自3月5日入驻机场以来,这已经是第七个通宵达旦了。

自3月5日以来,上海全市组织了万人队伍,开赴浦东与虹桥两大"国门"前线,筑起了"总指挥—总联络—驻场指挥—驻场工作组—各区县(包括周边省市区指挥部)"五级组织运行体系,而后又分设"海关—航站—安保—医疗—物资—转运车场—特殊旅客安置"等十多个职能队伍,形成"国门"口的战疫体系。

与此相配套的是各区县也针对所属地区内承接的疫情重点国家来的入境者管理,对应设立了"指挥部—转运中心—治疗中心—集中隔离酒店—街道转运站"等防控运行体系,而这一系统连同街道与社区人员有近十万人,他们每天24小时,全天候地工作着,组成了防止疫情境外输入的一道密不露缝的防线。这支队伍的每一个人都清楚:从海关和机场到各区县、到入境者所居住的小区,也许仅有一个小时的车程,然而这一过程中稍出一点差错,后果将不可估量。

花木街道下面有个联洋小区,是浦东新区第一个"国际社区",在此居住的外籍人士达16000多人。这段时间以来,几乎每天都有从疫情重点国家回来的居民。

"你们能保证小区的防疫万无一失?用什么来保证让人放心呢?"采访花木街道防控指挥长、花木街道党委副书记李嘉宁时,我直截了当地问他。

"我用大数据回答你。"这位年轻的街道防控前方指挥长从容地打开他的"宝贝",如数家珍地告诉我:"武汉疫情暴发后,我们街道就建立了一个大数据库。我现在可以负责地告诉你,我们街道管辖的范围内,每一个社区、每一栋楼房、每一个楼道和每一个单元里,在哪个方位,房子结构是怎样的,里面住了多少人,每个人的年龄和性别,他们是常住居民还是租户、外籍人还是本地人,他们最近是在家里待着,还是在外工作……我们街道掌握,小区的居委会掌握,防控小组掌握。如果他是隔离人员、外籍人员,那么我们还知道他是哪国人,何时来此,当天的身体状况如何,甚至每日的体温和生活供应情况、垃圾处理如何,等等,只要你说得出的事,我们都可以从大数据里找到。"

"也就是说,每一个可能和可疑的疫情,均在你们掌控之中?"我问。
"对的。"李嘉宁说。

"没有衔接上的任何缝隙?"我问。"当然有时会有,但我们会及时采取措施堵上,确保真正的滴水不漏。"李嘉宁说,有一个隔离者已经居家隔离12天了,但按照市防控领导小组新颁布的规定,她需要被集中到区一级的集中隔离点。可是这女士身边有一个才两个多月的婴儿,我们动员她去集中隔离点时,她就是不去,说再坚持三天就到了隔离结束时间,现在去了她孩子谁管?这样的情况确实很特殊。居委会书记一次次亲自上门做工作,但就是做不通。

"必须守住这一环,不能让这里漏出一滴水!"居委会的小丁书记白天派人在这位女士门口坚守,晚上由他亲自值班。小丁书记在人家的楼道里蜷缩着身体,连续度过了3个漫长的寒冷之夜,一直等到这位女士隔离完毕并报平安时才撤了"夜班"。

"就在前天深夜一点左右,我正好在这里值班,突然接到联洋小区居委会蒋冬梅书记求助,说他们地段医院接到市里通知,要他们马上在小区内找出前一天从伊朗经俄罗斯到浦东的一例确诊者的两名伊朗籍密切接触者,并将其护送到区集中隔离点。可是地段医院的医生到小区门口后,保安不让进。我抄起电话就与联洋居委会的几个职能部门协调,又马上派出街道防控队员前往小区协助行动。当120救护车把这两名密切接触者送走时，天已蒙蒙亮了。但到了早上，听说'昨晚有伊朗患者被拉走了'的信息后，许多社区居民着慌了。我们街道干部立即将那两名密切接触者的活动轨迹，在小区内进行了公示，又详尽介绍了那例确诊者的相关情况。小区居民这才放心。"花木街道防控小组副指挥长张晓山向我讲了另一个故事。

在上海，像花木街道所在地的联洋国际社区有十几个，有些小区的外籍居住者比中国居民还多。如何防控，是整个战疫最艰难、最烦琐的工作，甚至有些看起来很小的生活琐事，有可能就是一个"漏水"和"裂缝"的环节。

"我们有办法。"李嘉宁说，"在所有的小区内，尤其是外籍人士居住的国际小区，我们对所有居住者的身体状况了如指掌。每栋楼、每个楼道，都设了楼长和楼道长，他们负责每座楼宇和每个楼道居民的生活所需与防控事务，细到对每个单元、每个居住者一天的吃喝拉撒归档入表，哪家哪人提出吃的比萨、喝的咖啡，来自哪家商店、哪个品牌，我们都能掌握！"

"有这么神吗？""是这样。"李嘉宁自信地告诉我，"因为我们的所有居委会和小区在这之前已经通过调查并根据外籍人士的生活习惯与爱好，准备了足够量的生活和食物清单，他们在隔离和正常生活的日子里，基本上都按照我们提供的'菜单'所需购置。而小区的物业、快递员、保洁员、保安等，还有巡逻员，都是24小时值班。"

"如此大的工作量，谁能担当得起啊？"我觉得不可思议。"党员、干部和小区的居民们呀！"李嘉宁说，"在疫情紧急时刻，我们街道和居委会的所有干部都冲到了前线，几乎都是从大年三十坚守到现在，没有一个人下过岗位。"

"这段时间，我们人手越来越不够了。社区就先在党员中、后来又在普通居民中请大家申报志愿者，结果一下有3000多人报了名。于是我们就将这支队伍编排成上千个防控小组，每个小组由党员领队，他们编班排队，分配工作任务，成为最接地气的小区防控城墙。"李嘉宁说到这里，嗓门突然哽咽起来,"我们培花社区第九居委会党支部书记薛梁英,是个'80后'好青年,战'疫'拉响不久,就倒下了。遗体告别的时候,街道和居委会的许多干部想去,可又不能前往,最后只有我和另一位街道领导为小薛送别。"

李嘉宁的手机响了,他站起身接电话,"市里说我们这边又发现一例被确诊的浙江籍入境者,跟他同一架飞机回来的人中有我们街道好几个人,需要马上对他们进行隔离。"李嘉宁急忙朝楼下奔去。"这些日子,几乎天天这样,每时每刻都可能会冒出新的疫情来。"留下继续接受我采访的张晓山说。

我手机上一条信息是市政府防控部门的朋友发来的,他告诉我,市领导刚刚给各区和两个机场的负责人开会下达"军令状":疫情境外输入越来越严峻,上海必须全力以赴、不惜一切代价,为2400万市民守住"城门",为14亿中国人民守住"国门",绝不能出现一丝一毫的漏洞。为此,特别提出要"严格依法防控、联防联控,措施要精准,流程要优化,预案要周全,工作要细密。确保环环相扣,无缝衔接。"

我给这位朋友回发一句问话:可不可以向上海以外的海内外朋友转达你们说过的一句话:"上海可以让大家放心?"

"当然!我们上海一定而且保证能让大家放心!!!"他马上回答我,并且加了3个感叹号。

三

"上海是有温度和温情的国际化城市,所以我们愿意把家、把心都留在这里!"

多数人到上海的第一站,就是虹桥。因为它是上海最大的交通枢纽,年客流量达4.5亿,平均每天有123万多人次路过此地。虹桥还是中国改革开放后诞生的第一块国际招标批租地、第一批国家级经济开发区之一、第一家国际级专业展贸中心等等"中国第一"。

3月12日,我来到这里。现在它正式的名字叫"虹桥街道古北国际社区",居住着外籍人士28000多人,其中韩日籍占60%,欧洲人士20%,其余为港台人士。"我们古北社区居住的外籍人士数量在全上海最多,他们分别来自60多个国家,所以有'小联合国'之称。"正带领街道干部和志愿者在古北社区帮助防控工作的虹桥街道党工委书记胡煜昂介绍说。

一到社区门口,就遇上了给我测量体温的一对韩国父子。"这里是我家,家里有了事,就要出来帮帮忙。"文先生语气中带着真情,"我们韩国前阵子疫情严重的时候,上海朋友包括我们古北社区的人听说后,通过我和其他居住在这里的韩国人支援大邱市等地方。现在我们古北社区面临的防控任务重,我就跟儿子一起报名参加这里的志愿者,每天出来值几个小时班,很开心,也很骄傲。要感谢中国,感谢上海,给了我们一个安全幸福的家。"

"这个小包叫'防疫融情包',凡是居住在社区内的居民人手一个,一进门就可以知道如何做好自我防疫。"80后的荣华居委会第一书记盛弘,递给我一只小包。"'融'代表的是我们古北社区荣华居委会的意思,'融情包'则表示每一位居住在这儿的人只要按照里面的每一项提示,就可以正常防疫和正常生活。你看,它有不同语言。"

我打开小包,首先看到的是一张由虹桥街道所在的上海长宁区政府致全体外籍人士的一封温暖的"疫情告知书",上面写着上海市自3月3日起对来自境外疫情重点地区和国家的人员实施居家隔离医学观察的要求,以及隔离期间的相关事宜和隔离人及家庭在医学、自检和生活等方面的联系电话。最后有句话很温馨:"让我们共同守望、齐心协力、共克时艰!希望您安全度过隔离期。"这是上海人民给每一位来沪的外籍友人送去的一个"感情包"。

"上海是有温度和温情的国际化城市,所以我们愿意把家、把心都留在这里!"负责这个国际社区的上美置业有限公司总经理方耀民是香港人,到这里已33年了。方先生说:"我不仅见证了这个社区发展的全过程,而且最长时间地感受了上海人民对我们的温暖之情。这些天从美国、意大利等欧美地区回来的人告诉我:眼下没有哪个国家比中国更安全、更放心。"

"仅凭一个感情包是远远不够的。用我们社区干部和志愿者的话说:你还得每天靠一双腿去跑。"盛弘指了指身边的社区医院医生张梦娇说,"你问问她现在一天跑多少步?"

瘦弱的张医生羞涩地说:"两万到两万五千步吧!"张医生她们是穿着十多斤重的防护服在小区各栋和各个楼道里上下奔跑呵!

"必须这样,而且你还得提起精神来跑。"张梦娇医生告诉我,"3月3日上海第一天开始对境外疫情重点国家实施隔离后,当天我们负责的社区就有280人从韩国和日本回到这边社区,这么大的工作量从前没有遇到过。社区医院50个人全部出动,挨家挨户去核对和做好上门防控服务,基本上每个人都需要花半小时以上。后来做了统计,这一天我们共上门169户,对365人进行了防控相关医务工作。那整整十几个小时里,我们既不能脱防护服,又不能吃饭,上厕所也不行,所以得穿尿不湿。"张医生不好意思地笑了起来。

"对我们来说,最初碰到的困难还有语言不通,只能靠临时现学的几句'塑料英语'去跟外籍人士对话,常常一怕时间拖得长,二怕出差错和误会,所以格外累人。这两天古北小区共有516名境外人士需要做医学观察,我们现在是安排10个医生每天负责上门两次对他们进行检测。"张医生说。

袁艺是TEC驻上海的运营官,她所在的单位专门帮助来沪外籍人士在上海"建立一个远离家乡的家"。袁小姐给我讲了一件事:在春节前后上海疫情吃紧时,TEC机构主席Linda Painan(中文名徐凌娜,新加坡华裔)亲自到一些国家采购口罩,准备捐给中国,但发现这些国家基本断货。她便火速赶到印尼,通过熟人购置了10万只口罩和1800只白血病儿童患者医用口罩。当时多数国家通往中国的飞机已停运,徐女士又亲自护送这批口罩运到新加坡,在机场交给正在登机的一位朋友带到上海。

这批口罩对当时的古北国际社区非常重要。听到虹桥街道干部们赞扬和感谢时,袁小姐说:"要表示感谢的是我们,因为首先是上海让我们在这里有了一个幸福安全和美满的大家园,所以我们 TEC 和所有外籍人士又在这里建了自己的小家。我们越来越感到:家在上海是件多么幸福的事!"

　　这就是今天的上海,处处安全有序,春暖柳绿,白玉兰争相开放。

(选自《人民日报·海外版》2020 年 03 月 21 日 07 版)

徐向林

江苏东台人，1973年生。中国作家协会会员，盐城师范学院文学院兼职教授，盐城市作家协会秘书长。已发表纪实文学及小说千余万字，文学作品见《小说月报》《解放军文艺》《天津文学》《安徽文学》《山西文学》《雨花》及《中篇小说选刊》等刊。出版专著10余部，多部作品签售影视改编版权。曾获中国法制文学奖、中国工业文学奖等四十余项。

打开生命的通道

一

己亥年最后一场冬雨，淅淅沥沥。

一辆白色的负压转运车，快速驶进江苏省盐城市某社区卫生服务中心空旷的停车场。1月22日，一名从武汉回来的发热病人前来看门诊，警惕的社区医生经过初诊，判断这名发热病人属于新冠肺炎疑似病例。

这是战疫警报拉响后，盐城发现的首例新冠肺炎疑似病例！

在官方消息发布后，这个停车场上的所有车辆都开走了，卫生服务中心邻近的街道上显得空旷、寂寥。

驾驶负压转运车的中年男人，高个，粗壮，皮肤黝黑，他叫张劲松，盐城市急救医疗中心车管科科长。他的任务是将这例疑似患者，转运至定点的市第二人民医院。

那天，穿上防护服，戴上口罩、护目镜的张劲松与两名医护人员下了车，细密的雨水模糊了他的视线，他使劲抹了抹护目镜，雨水虽然抹去了，但眼前仍然有团团雾气。

作为医疗急救车辆的驾驶员，首先要克服的就是视线模糊问题。好在，张劲松有"秘诀"——时光回溯到17年前的抗击非典战斗，张劲松是盐城市唯一一名转运疑似和确诊患者的负压转运车驾驶员。与平时转运危重患者不一样，转运传染病患者，隔离服、口罩、护目镜一样不能少。而护目镜的雾气，常常影响到他的驾驶。

怎么办？

张劲松尝试过在护目镜上涂甘油，效果不理想；涂护手霜，效果仍不理想。后来，他改用湿纸巾擦拭，有效果了，湿纸巾上的水不易让雾气形成，保持护目镜清晰的时间最长。

这让他养成一个习惯：平时身上总会带着一两包湿纸巾。这次也不例外。

自从盐城发现首例新冠肺炎疑似患者，张劲松便进入紧张的战斗状态。

张劲松平时喜欢说自己是个退役军人，哪怕已经在急救医疗中心工作了30多年，他依然保持着军人的姿态，将平时转运、抢救危重患者称为"战斗"。

本来，他管理着二十几位驾驶员，在这次疫情防控中，他可以进行值班调度，但他说："我是军人，更是共产党员，我先上！"

这句话，成了张劲松的口头禅。

2003年，抗击非典，他说完这句话后，冲上去了。抗击非典战斗中，他独自转运了150多名疑似病人。

张劲松怕同事被感染，每转运一名疑似患者后，坚持独自一人对车辆进行消毒，清洗棉质隔离服。那段时间，他每天接触大量消毒剂，身体受到化学品的伤害，头发几乎掉光。

而他，丝毫没有怨言。

2008年，"5·12"汶川大地震发生，在组织赴灾区救援队时，张劲松也是这样说："我是军人，更是共产党员，我先上！"他带领盐城医疗救援队第一时间冲向灾区，克服无数困难，从灾区抢运了 90 多名伤员，转移了 300 多名山区受灾群众。

2016 年，盐城"6·23"龙卷风风灾发生，他同样说了这句"我是军人，更是共产党员，我先上！"又冲上去了……

这次，防控新冠肺炎疫情，依然是这句话，依然是冲在第一线。

二

1 月 22 日，张劲松驾车转运了盐城第一例新冠肺炎疑似患者。

1 月 24 日，张劲松驾车转运了盐城第一例新冠肺炎确诊患者。

24 日这天，正是大年三十。张劲松没有回家，他对负压转运车进行了消毒处理。有同事不解地问他："张科长，你不回家过年，侍弄车子干吗？"

他回答："我们已经进入了战斗状态，得提前准备好。"

果然，他的车子刚刚消毒完毕，就接到单位办公室主任打来的电话：有位刚刚从武汉回来的发热患者，需要马上转运。

他二话不说，立即脱下身上的棉衣，穿上隔离服、水靴，拉上值班待命医护人员，立马出发。车子启动的同时，张劲松给那位 30 多岁的发热男子打了电话，对方有点紧张，气喘不上来的样子，张劲松安慰他："你别着急，我们马上就到，现在有几点注意事项，提醒你一下。"

每次出发前，与转运的患者事先通电话，是张劲松的工作惯例。转运的注意事项并不复杂，一边接患者上车也可以一边交代。但张劲松喜欢提前打电话，他说这是让患者安心：你别慌，我们已经在路上了！

张劲松将患者成功转运到定点医院后，回到单位，天色已黑。

回到单位的第一件事，除了交代专业的消毒员对车辆进行消毒外，张劲松还要对自己进行全方位消毒。光是洗手，就得 7 次以上，每脱一件防护用品，就要洗一次手：进污染区的门，洗手；脱鞋子、鞋套，洗手；脱隔离服，洗手；脱护目镜，洗手；脱口罩，洗手；脱帽子，洗手；进入半清洁区，洗手；出门进入清洁区，洗手……

等消毒工作全部结束，新年的钟声已经敲响。

这个大年夜，张劲松没能和家人吃团圆饭。

1月25日，正月初一。一大早，张劲松接到通知：有一例确诊患者要从大丰区人民医院，转运到定点医院盐城市第二人民医院。

早饭还没吃的张劲松立马出发。到单位穿隔离服，对车辆隔热舱内加装隔离单，加带防护用品、消毒剂。一切妥当，拉上医护人员，风驰电掣地驶向30公里外的大丰区。

患者是一名较年轻的女子，虽然确诊，但看上去状态还不错。患者上车后，张劲松通过对讲机对隔离车厢里的患者讲："途中有什么情况，可随时通过对讲机告诉我们。"

行到半途，对讲机响了。患者有些紧张地问："我感觉有点儿不舒服，能不能躺下来？"

"可以，你别紧张，就躺到担架上，那上面舒服些。"张劲松说。

患者紧张的情绪逐渐舒缓下来。

当天，转运完这个患者，张劲松全身消毒完毕回到家时，已是晚上7点多钟。吃过饭，爱人以为他坐在沙发上看电视。走近了，却听到他轻微的鼾声，他睡着了。

爱人想扶他上床睡，他却猛地惊醒，本能地说："我还不能睡，随时可能有任务。"

他喝了杯浓茶，强压下睡意，不时掏出手机看，生怕漏接一个电话。深夜12点半，手机响了，单位通知，市区发现一名确诊患者，要急送定点医院。

张劲松立马从沙发上"弹"了起来，火速出门踏上征程。

这一阵忙碌，回到单位消完毒，已是凌晨3点。他干脆不回家了，直接在办公室和衣而眠，其实他哪睡得着呢，手机就放在耳边，每隔一会儿，他就朦朦胧胧地拿起来看看。

手机怎么没电话打进来？会不会信号不好？

可看看信号是满格啊,他还是不放心,爬起来开灯,用办公桌上的固话打自己的手机试了试,铃声响了,一切正常,他这才放心了。

三

1月26日,正月初二。

张劲松的爱人早早起了床,看到张劲松做好的红枣汤圆茶,正在餐桌上冒着热气。平日,张劲松在工作不忙的时候,会做这种红枣汤圆茶,既能当茶又能当饭,一举两得,他们夫妻都爱喝。

这次的红枣汤圆茶,是张劲松在单位一夜无眠后,赶回来做的。可是,一碗茶还没喝下去,张劲松又接到通知,要他赶紧出发,去转运一例发热患者。

爱人问他:"你手下那么多驾驶员,就不能安排一个人去吗?"

张劲松道:"新手不能上啊,他们没有经验,一步不到位,就可能被感染!"

爱人不出声了。张劲松出门的时候,她从抽屉里取出一个塑料袋,塞到张劲松手中。

"这是什么?"

"暖宝宝,穿水靴的时候往脚底一贴,脚就不冷了。"

张劲松开车到单位,里面除内衣外,只能穿薄薄的手术服,开车时不能开空调,必须开着车窗,以通风透气。这样的冷,张劲松倒不怕,毕竟他当过兵,平时也注意锻炼身体,经得住冷风吹。他难以忍受的是来自脚底的寒气。

水靴冰冷,不抵寒。尤其是夜里出任务回来,要站在污染区装满消毒液的水盆里泡水靴,泡完后,穿上拖鞋进入半污染区,而后再进入清洁区。这一过程,快的话要1个多小时,慢的话要4个小时。

寒气,张劲松可以忍受得住,但他就怕因此而受凉感冒。在这场没有硝烟的战斗中，如果不小心患上感冒，免疫力就会下降，人会变得脆弱，那就必须下火线。

有了这个"暖宝宝"，张劲松的脚暖和了，他的心更暖和！

截至3月8日，盐城通报累计确诊新冠肺炎病例27例，无症状病例8例。这些病例中，有八成都是张劲松驾车转运的。

在这场全民战疫中，我们把一线医护工作者称为"最美逆行者"。但张劲松这样转运病人的120急救车驾驶员们，同样是不可或缺的"战斗团队"。因为他们的成功转运，与时间赛跑，打开了一个个生命的通道！

（选自《人民日报》2020年03月11日20版）

陈 果

四川汉源海螺坝人，70后作家。巴金文学院签约作家。多次获得中国作家协会、国家出版基金扶持。作品散见于《人民日报》《光明日报》《中国作家》《星火》等报刊，著有《天梯之上》《听见》《勇闯法兰西》等报告文学作品多部。曾获人民日报、中国作协征文优秀作品奖。

攻 坚

一

一辆车也没看到。十分钟没看到，半小时没看到，两个小时过去了，还是没看到！好不容易追上一辆，点下油门就可以超过去，李海兵却有点舍不得——超过去又没有伴儿，太寂寞了。心一横，脚还是踩了下去。这个时候，"时间"二字，是"生命"的另一种写法。

要走的路有一千三百公里。起点四川天全，终点湖北武汉。

年前，家在武汉的李海兵挈妻将子，回到老家天全，按规定开始居家留观十四天。1月23日上午十时，武汉实行交通管制。紧接着，李海兵得到消息：武汉将十天建成火神山医院，中国建筑第三工程局有限公司（以下简称"中建三局"）领命参战，旗下总承包公司主攻，一公司、二公司、三公司策应。

李海兵正是总承包公司副总经理。战友在前线奋斗，自己在家中睡大觉，他问自己，这像什么话，这可怎么行？！

然而，留观也是命令。

李海兵一直关注着"前线":24日凌晨公司指挥部成立,但正赶上春节放假,人手设备建材都捉襟见肘,施工环境更不容乐观:工地东西有十米高差,有鱼塘需要回填,有建筑物尚待拆除……最为严峻的挑战是时间——十天,放在平时也急如星火,何况眼下要啥没啥。李海兵按捺不住往前线打探情况,领导的话很坚定:完不成也要完成,这是打仗,这是救人!

在家坐不住了。李海兵向公司领导请缨归队。

收到归队令,父亲李清强慢慢吐出四个字,千万小心。母亲把千言万语煮进了一碗面条。十二岁的儿子每每取得好成绩,父子俩会击掌相庆。这一次,儿子先伸出手来了。他知道,儿子是说,你要争取拿高分……

从雅安,经重庆,到武汉,十七小时自驾急行军。深夜两点,李海兵驾车驶出大桥服务区收费站。在武汉的家里拣了几件衣服,又冲向火神山医院建设工地。他一路开着导航。不光为了指路,他想听到有人说话。那样,他就不会睡着。

二

李海兵直奔工地。熹微晨光中,工人正在换班,来的来去的去,像两条不同方向的河在奔流。工人都是两班倒,其中一部分要从早八点一直干到晚上十二点,李海兵心下一热,这里也是战场,这些也是勇士。

因为劳动强度太大,很多工人已经累倒了。眼下急需机电安装和消防、弱电专业人员,缺口三四百人。李海兵叫来安装分公司副总经理蔡革华,要他二十四小时内如数安排。蔡革华急得脸煞白:也不看看这是啥时候?要的都是技术工,以为这是拔大葱?李海兵把他的话顶回去:你要没办法,我也不找你!

问题不是一个一个,是一堆一堆来的。李海兵只觉身在战场,阵地不容丢失。他一口气建了二十多个工作群,把责任落实到每个"群主"。若干问题需要协调，无数矛盾需要化解，连续三天，没睡过一个囫囵觉。

工程攻坚，剩下两个栋号成了最硬骨头，李海兵分到其中一根，三十六小时必须啃下来。李海兵要求各部门立即行动，火力全开。同事友情提醒：睡下才两个小时就被从被窝里拖起来，兄弟们会不会埋怨？李海兵说：攻下这个山头，别说骂，打我都行！

大家是真的拼了。

凌晨三点，护士站线缆敷设、灯具安装进入倒计时。李海兵让安装分公司副总经理安伟安排几个电工，三小时解决战斗。从不讨价还价的安伟面露难色：电工班连续作战三十个小时，早就起不来了！李海兵移步室外，只见刚从上一道工序撤下来的工人睡得横七竖八，有的倚着过道上的长椅，有的躺在冷冰冰的泥地。一位年近花甲的工人，坐在一顶工程帽上，竟也鼾声响亮！

工人被劝回宿舍，问题还摆在那里。不待李海兵发话，安伟说：再不练练手，我的专业都要荒废了！——原来，安伟也是技术岗出身。他一边说，一边带了四个年轻管理人员，大步流星走向护士站。

感动的力量来自内部，也来自外援。负压病房的氧气管道，焊接不能有任何闪失，出现泄漏就会有爆炸风险。听闻火神山医院工地告急，武钢集团焊工班全员出动，自带装备赶了过来。战斗一个接着一个，实在累得不行了，他们就把自己蜷作一团，靠着电焊机眯上一会儿。

火神山医院移交这天，清场时间还剩一刻钟，安装分公司腾松却往里边跑。李海兵吼：病人马上就要进来，你不怕被感染？腾松大声答：有个空气开关出了故障，要是不换掉，整条线路都没电。李海兵挥挥手：最多给你五分钟！那边，公司总经理邓伟华又接到电话，工程车撤离造成二次污染，进入院区的道路务必彻底清扫。说时迟那时快，邓伟华抓起扫把第一个冲了出去……

还没喘上一口气，又来了新命令：雷神山工地"战斗"全面打响，李海兵火速增援。

三

"攻打"雷神山,中建三局一公司担当主力,李海兵他们侧翼助攻。

分配任务,李海兵负责资源组织。不管雷神山医院建设工地还是火神山医院建设工地,每一间负压病房都是双管道设计,仅支管就需要几千根,而这只是工程所需的一鳞半爪。

重压之下,李海兵没想过"撤退"。千里迢迢跑回来,他就是要给自己个交代,咱是共产党员,临阵脱逃算怎么回事?想想在火神山医院时,老实说,他的心一直悬在嗓子眼。直到工人全部到位,机具一样不差,交叉施工被挖断的电缆得以恢复,四百多台风机一个不落转了起来,他的心才踏实下来。

接下来,李海兵出了一个狠招。他给管理人员下了"三个不准"死命令:不准坐办公室,全部到第一线,哪怕只是给工人递个钉子锤子;不准回食堂吃饭,只能在工地解决,避免浪费时间;不准流失一个工人。

一开始,工地旁边的道路上堆满建材,按需分配。其他增援部队比他们先到三天,拿走了不少。待李海兵他们进场,所剩已不多。空调、风机、管件、阀门……李海兵带着工程师见了有用的东西就往回搬。可机具、灯具依然样样吃紧,零星材料缺口更大。招采部经理孙健,一边上网搜罗,一边撺人出去满大街找。听说某公司有工地急需的建材,可人家放了假,库房铁将军把门。孙健支招:跟他们电话沟通,先用后付款,一分都不少。

……

月亮高高挂在空中,成为彻夜不眠的工地上最明亮的一盏灯。李海兵从没见月亮这么圆、这么大过。"十五的月亮十六圆",这句话在脑子里一闪,他才猛地记起,昨天是元宵节。这么重要的日子,竟没一个兄弟向他提起。

四

李海兵正趴在方向盘上打盹，电话又响了：湖北省中医院武东分院要在2月13日前具备救治新冠肺炎病人的条件，前方吃紧，鄂州呼叫，你去突击。

武东分院坐落在鄂州市葛店开发区。到了才知道，承担改造任务的企业心有余而力不足，不得已向鄂州市政府求援。李海兵叫来公司下属的经理张正林。张正林刚从火神山医院建设工地退下，这会儿在家休息，领到命令，拎着工程帽风驰电掣往这儿跑。安伟之前干得好，也被"点将"过来。

这里加一道门，那里开一扇窗，这个过道要封闭，那些线路要改造……没有方案也没有图纸，医疗专家指向哪里，工程队伍"打"向哪里。工程说不上复杂，连专家都说，对于你们这套人马，有点大材小用了。李海兵不这样认为。这是救命的事，救命是天大的事。

还是遇到一道难题。为保护医护人员安全、防止病毒感染，院区必须安装淋浴房。整体淋浴房来得最快，然而别说鄂州没有、武汉没有，找遍整个网上也没有。火烧眉毛，只有买组装的了。隔行如隔山，东西买回来，没有人懂得如何组装。东求西告，终于托朋友找到六个工人，李海兵赶紧协调通行证，又派了专车到武汉去接，这一关才算闯了过来。

改造完武东分院，李海兵才知道：长江职业学院也要改造成隔离病房，鄂州当初两件事捆在一起开的口。之所以领导当初没交底，也是想减轻他的思想负担。可是，李海兵能说半个"不"字吗？这些天里，公司上上下下，哪一个不是袖子一撸就放不下来？哪一个不是一刻不停连轴转？当初火神山医院建成，留下一个维保组，日常要和医生护士一样穿上防护服，不仅任务艰巨，还有感染风险，留下的二十多个人没有一个讲条件，他们都能迎难而上，我怎么可以知难而退？

一个下午外加一个通宵，李海兵和他的战友们在葛店又打了一个胜仗。

2月14日，天边露出鱼肚白，李海兵给领导发去战报。果不其然，新任务又来了。

只是这一次和历次都不一样：居家隔离，养精蓄锐，等待再次出战！

（选自《人民日报》2020年03月21日08版）

冯 锐

祖籍河北秦皇岛北戴河，1975年生于黑龙江齐齐哈尔。1995年从警，现为黑龙江省公安厅宣传总队副总队长。创作了《黑金》《胭脂脸》《不可逆转》《涉黑嫌疑》等100余万字长篇作品，及《谋杀灵感》《湄公河行动》等50万字中篇作品。2011年创作的报告文学《亮剑湄公河》获金盾文学奖，入选2012年中国十大经典报告文学。

真挚的情怀

腊月廿九，警察王春天把妻子和刚满周岁的儿子送往岳母家，以便心无旁骛地投入到派出所的抗疫工作中，没承想刚刚回到派出所，就看到了从乡下赶来陪他过年的老父老母。

寒风刺骨的早晨，怀揣着煮好的土鸡蛋，八旬老父亲与中风多年的老母亲早早从黑龙江省龙江县柳树乡出发，来到齐齐哈尔城里时已是黄昏。母亲的神志状态时好时坏，但她始终知道，自己就要见到朝思暮想的儿子了。一路上，她不停念叨的都是：儿子、春天、鸡蛋……腊月、过年、饺子……

父亲身子骨看起来还不错，却也是八旬老人了。不难想象，常年生活在乡下的老两口，这一路上需要面对多少挑战。见到父母的那一瞬间，王春天的泪水夺眶而出。

一

可是，接下来的20天，身为齐齐哈尔市公安局铁峰分局新工地派出所四级警长的王春天，再没能见上父母一面。

安顿好父母的当天，他就接到通知，他的辖区内有一家人自驾游从武汉返回齐齐哈尔，马上就要下高速了。王春天二话不说，与同事立马赶到高速出口，配合疾病防控中心工作人员，对车上5人开展疫情防控检查，然后协助工作人员将一家5人转运到医院进行核酸检测。经过检测后，未发现有感染者，王春天又将5人送回齐齐哈尔家中，并嘱咐他们一定要居家观察。

工作一旦忙起来，就没有休息日了。王春天忙着排查工作，忙着劝解非要出门遛弯的居民注意防护、赶紧回家，忙着核查外地入齐的人员信息，忙着宣传疫情防控的基本知识……每一天，王春天都要把辖区内的重点小区走上至少一遍。

王春天常常还要面对一些突发的冲突与矛盾——某小区有居民不服从管理，强行冲卡，并不顾周围群众阻拦，推搡工作人员，王春天迅速到达现场，将该居民控制，批评之后，再依法将其行政拘留；辖区内一小区发现与确诊患者密切接触人员，需要配合相关部门进行检测与观察，这个工作存在一定的危险性，王春天又主动冲在前面，把可能被感染的风险留给自己……

"春天这孩子的工作状态，我看着都心疼。一起工作的这阵子，我在他身上看到了一个警察的职责使命，他给我们所有在疫情防控一线的工作人员树了个标杆！"和王春天一起工作的朩海社区副书记慧芬大姐这样说。

由于文笔好，分局几次想调王春天到机关工作，他都没同意。王春天对好朋友说："这次我在抗疫一线看到各行各业冲在最前面的都是党员，通过这次抗疫，我真切感受到共产党员的力量。"

20天身处抗疫一线连续奋战，20天围着辖区奔波马不停蹄。2月11日，王春天驾驶警车执行排查任务时，突发心脏病，倒在了警车的方向盘前……

那天中午，王春天接到社区负责人董丽娜的电话，相约一起去做矛盾化解工作，对象是几名对防疫隔离有意见的老年人。那时，王春天原本感觉身体有些不适，却二话没说，和辅警崔红宇赶到该社区。

"董大姐，咱上哪个楼？"14时54分，王春天将警车停下和董丽娜碰头，然而话音刚落，他便晕了过去，崔红宇见状，立刻拨打120。15时许，王春天被送往附近医院，但是，虽经全力抢救，他依然没能走出急救室。

王春天的办公桌上，静静地放着一盒酸奶和一个橙子，这是王春天牺牲的那天上午，社区居民郎大姐送来的，春天还没来得及吃。画满辖区建筑平面图的工作日志摊开着，警服一件一件整齐地挂在衣柜里……一切看起来都与平日无异，但唯独少了那个内心充满阳光的民警王春天。

二

"春天最喜欢家里的两匹枣红马。我真的不该卖马，这是我做的唯一让春天不开心的事儿……"

说这话的是王春天的父亲。王春天是父亲的老来子，1990年腊月出生，属马，而且是典型的马尾巴。这很合王春天的心意，因为他打心里就很喜欢马。

读小学一年级的时候，父亲牵回了两匹枣红色的小马驹。从此，小马驹陪着王春天一起成长。小马驹很快长成了枣红色大马，可以给家里干很多活了，王春天也一天天长成了精神的壮小伙。

王春天喜欢看枣红马的眼睛，因为与枣红马对视的时候，他与马儿感觉彼此是认识的，心与心是相通的，甚至，他与枣红马的性情也是相通的——那就是面对重担，能够坚持，坚持，再坚持！

记不得从什么时候开始，王春天喜欢围着村子奔跑，在奔跑中强健体魄。一圈又一圈，大汗淋漓，这时候父亲总会鼓励他：坚持，坚持，就像咱家枣红马一样……后来，每每忙得不可开交的时候，父亲的这句话总会回响在他的耳畔。

王春天把这种坚持的精神带到了自己的工作中。由于熟练掌握电脑技术，他要额外负责全所的数据核查工作。疫情期间，每天都会有不同单位，将大量人员的数据信息上传到派出所，请求核查落地。提供的信息只有姓名和身份证号，一个人员信息又会对应多个电话号码，这就需要王春天一个一个打电话过去询问人员户籍地、抵达齐齐哈尔的时间、目的、住处、行动轨迹、同行人员、车次、有无发热症状等各种信息。不出外勤的时候，王春天就坐在办公室的电脑前，一条一条打电话，不厌其烦地重复着核查工作。最多的时候，王春天一天核查了2500余条线索。这要是换了别人，恐怕早被弄得心烦气躁了，但王春天却沉得住气，拿着电话一遍一遍拨打，丝毫不见烦乱。

大年三十那一天，人们都在团圆过年，王春天却在岗位上与警车和战友相伴。他对父亲说：疫情不退，我就战斗到底！父亲在电话里告诉他：孩子，坚持坚持，吃公家饭就要对得起公家……病中的母亲口齿不清，却传递过来同样的意思：儿呀，妈知道你忙，就别回来了，妈见你一面已经很知足……王春天流着泪，却不想让父母亲听见他的哭泣声：赶上了疫情，儿子近在咫尺，却没法回去和您二老过团圆年，您二老多多保重，等疫情过去了，我带着媳妇、孩子，和你们吃团圆饭。

大年三十没能回家，社区大妈给警车里的王春天送来一碗热气腾腾的饺子：孩子，吃口大妈包的饺子吧，就像妈妈给你做的年夜饭！王春天吃着饺子，想起家里卧病在床已经再不能给他包饺子的老母亲，还有父亲那瘦骨嶙峋的背影，心里涌起一阵难受。王春天说：大妈，这是我过年吃过的最香的饺子！

王春天有一本抗疫工作日志，上面画满了辖区内的建筑平面图，那里面记录着王春天这些天走访调查时发现的工作漏洞。每次他出去走访时，都会带上这个本子，重点排查问题多发地段，并及时和当地群众沟通。抗疫以来，他管理着辖区内2000多户居民，有的人家他反复去过多次。在这片辖区里，每个老百姓都熟悉王春天。

三

王春天结识哈尔滨六顺街派出所所长卢鹏飞,是在他围着村子奔跑的时候。那时候,卢鹏飞从部队回到柳树乡探亲,平时在部队操场上摸爬滚打惯了,一天不活动就闷得慌,于是,卢鹏飞也会每天围着村子跑上5000米。

他们一起绕着村子奔跑,爽朗的笑声传出很远。后来他们成了同行。让王春天印象深刻的,是他与卢鹏飞的3次通话。一次是王春天刚刚从警时,向当年的解放军叔叔表达激动之情,卢鹏飞叮嘱他说:面对过去,原谅生活带给我们的那些不足之处;面对未来,我们要有激情兑现当年的诺言。第二次是在王春天成为副所长的时候,向卢鹏飞请教,卢鹏飞给他传授经验:派出所工作辛苦却锻炼人,每前进一小步都要低头看看,自己做得怎么样,还有哪些不足。第三次通话就是全省公安机关抗击新冠肺炎疫情战役启动之初,卢鹏飞谈自己的体会:奋斗在前方虽然很难,但抱着姥姥、背着婆婆、扛着爷爷负重前行,是一件很有意义的事情,咱们都努力,别让各自辖区出问题。王春天则笑着回道:还是当年那句话——从警就要一丝不苟,决不要因为我们工作不到位而让老百姓留有遗憾!

卢鹏飞鼓励王春天:春天好好干,咱们柳树乡出来的,都有一种拼劲儿!

在新工地派出所,王春天是大家公认能干的社区民警、治安民警,工作多面手、业务顶梁柱,无论在安保维稳工作、"扫黑除恶"专项斗争中,还是在办理治安案件、基层基础工作中,他都冲在前面。

王春天为群众服务的故事举不胜举。2018年8月,王春天在辖区五金市场进行走访时,多名商户反映自家门店前电线盒五金件被盗情况时有发生,虽然损失不大,但每次事发后都要找专业人员断电维修,日常经营受到影响。王春天不顾天气酷热难耐,白天头顶烈日,夜间忍受着蚊虫叮咬,经过一周的蹲守，在嫌疑人再次实施盗窃时，果断出击将其抓获；2018年12月16日，王春天了解到，某小区1单元2楼居民因私改厨房，致使油烟流到一楼居民家中，双方为此多次发生纠纷，互相砸玻璃。王春天耐心地用换位思维劝说双方，几番劝解之后，终于化解了矛盾。

因为工作突出，2019年9月，在建工社区挂牌成立了以王春天名字命名的"春天警务室"。从警务室设立的那天起，老百姓的夸赞便没有停止过。任凭天寒地冻、雨打风吹，这个名为"春天"的民警总是能够暖人心窝。

辖区居民得知王春天牺牲的消息，纷纷相约在疫情结束后，去春天警务室看一看，他们还致电铁峰分局，恳请永久保留这个警务室的名字。他们说："有春天警务室在，我们就感觉警察王春天一直在。"

四

2月16日，国务委员、公安部部长赵克志签署命令，追授黑龙江省齐齐哈尔市公安局铁锋分局新工地派出所四级警长王春天"全国公安系统二级英雄模范"称号。

从警短短5年时间，王春天的工作成绩单上却写满了荣誉，这源于一名普通公安民警始终以真挚的情怀与实实在在的行动，践行着对党忠诚、服务人民、执法公正、纪律严明的时代要求。新冠肺炎疫情肆虐之时，基层派出所抗疫任务重、压力大，每前进一步都会有很大的工作量，而不怕牺牲的背后，是因为有绝对忠诚的职业精神与职业灵魂。

疫情当前，警察不退，冲锋在前，是这场战疫中人民公安的庄严承诺。一个个坚守的身影，充盈着奋力前行的力量，前赴后继，坚决打赢这场疫情防控的人民战争、总体战、阻击战！

（选自《人民日报》2020年03月09日20版）

李 英

浙江金华人。中国作家协会会员,浙江省报告文学创作委员会副主任,金华市作家协会主席。曾获得中国短篇报告文学奖、北京文学奖、徐迟报告文学奖、浙江省"五一个工程"奖、浙江省优秀作品奖等。

情满鸡鸣山

3月的义乌,柳枝吐绿,桃花正艳,春风拂面,暖意融融。

义乌国际商贸城,市场复苏,企业开工,人潮如涌,生机盎然。

鸡鸣山社区又像往常一样,车水马龙,熙熙攘攘,春节前离开的境外人员逐渐归来。

对鸡鸣山社区党委书记何文君来说,新的忙碌又要开始了。

一

何文君的工作包里总是放着一份统计表,上面密密麻麻登记着境外人员的返回情况。

鸡鸣山社区靠近义乌国际商贸城,辖区内有9个居民小区,1035家企业,其中有260多家外贸企业和一所万人学校,74个国家和地区的1380多名境外人员在这里居住、工作、学习,是义乌最大的国际化社区。

何文君心里有一本"账",她每天都关注着返程人员。3月是境外人员的返程高峰,常住的基本上都回来了。不同国籍的外国经营户、采购商、居民穿梭其中，社区里人来人往，防控压力与日俱增。

何文君上班后的第一件事，就是打开电脑，刷社区的各个微信群。她最关心的是"鸡鸣山国际健康监测"微信群，这个群里都是回社区还没满14天的外国居民，而且人数每天都在变化。

何文君在群里提醒工作人员，及时关注居家观察人群的体温，热心解释有关防疫的措施要求，及时询问他们有些什么需求。

大批外贸企业复工后，何文君特别设计了"大礼包"，有鲜花、口罩、一次性手套、消毒液，给生活在这里的异国居民一份惊喜。

住在江东四小区的韩国魏女士，看到社区送来的鲜花和大礼包，惊喜连连，告诉工作人员："你们放心，我们都挺好。"

魏女士1月底带女儿回了趟韩国，不久前返回义乌，这天正是她居家隔离的第十五天。

何文君热心叮嘱："虽然观察期过了，但还是要小心，千万不可大意啊。"

何文君送大礼包的时候，常常会和工作人员一起，细心询问，了解情况。

"有外来人员回来了，别忘了及时报告。"

"家里还需要什么吗？"

"垃圾要不要清理？"

这样的走访，何文君和工作人员日复一日，不厌其烦。

从大年三十开始，何文君连轴上班，几乎没在家里好好待过。清晨，从家里出发，天色刚刚破晓；等晚上回家，已是星星闪烁，夜深人静。

那天夜晚回到家，10岁的儿子阳阳还没睡。何文君想抱抱儿子，但最终还是把伸出去的双臂收了回来，自己天天在外面跑，与许多人接触过，万一成了密切接触者，后果不堪设想，她哪里还敢去抱儿子？

阳阳懂事地给了妈妈一个飞吻。小家伙的鼻子特灵，他指着进门处妈妈刚脱下的运动鞋，说："你的鞋子都发臭了。"

何文君有些窘迫，是啊，每天奔波在社区，要走上万步，甚至几万步。为了走路方便，天天都穿运动鞋，这双运动鞋都穿两个月了，一直没时间换洗。

抗疫期间，鸡鸣山小区医学观察隔离232人，最高峰的那段时间，小区隔离点达到42个。何文君和同事们整个春节都没有休息一天，她们用辛勤付出，换来了整个小区的"零确诊、零疑似、零感染"。

鸡鸣山社区每一个细枝末节，都充满了春天的活力，洋溢着蓬勃的生机。

二

3月的鸡鸣山社区，处处真情涌动，处处团结一心。

社区是防控的第一道防线，现在正是严防境外输入风险的关键时刻，各项防控措施比前一段更严格更细致。严格的防控举措，怎样让外国居民更好理解、自觉配合？刚开始，大家多少有些担忧，居住在社区的外国居民太多了，情况又各不相同，常常因为语言不通，沟通不畅，交流受阻。

何文君想，应该让外国居民一起参与管理，共同守护家园。于是，她在群里发起招募外国志愿者，得到哈米等外国朋友的热烈响应。

一支汇集15个国家39位外国朋友的防疫志愿服务队，迅速组建起来。

今年55岁的伊朗籍商人哈米，自2003年以来，一直在义乌做外贸生意，他同时也是伊朗义乌商会会长。他已经在中国生活了31年，精通汉语、英语、日语、法语、西班牙语、阿拉伯语等6种语言，还是地地道道的"中国通"。

今年春节，哈米一家人原来要去北京过年，但突如其来的疫情让哈米决定留在义乌，主动参与社区的防疫工作。

哈米是何文君的老朋友，社区给了他一个特殊的职务——鸡鸣山社区兼职委员，专门负责涉外纠纷的调解工作。平时，外国商人有纠纷，外国家庭闹矛盾,都乐意找哈米。只要哈米出面调解,双方往往能冰释前嫌,握手言和。

前段时间,哈米和伙伴们在卡点值守,风雨无阻,常常忙到凌晨才回家。第二天,他又总是精神抖擞地出现在卡点上。他几乎在防疫一线忙活了两个多月,每天奔走在大街小巷,为社区居民采购物资、测温登记、宣传防疫知识。

社区要给居民发放温馨提示、生活指南,何文君精心设计,把宣传品制作成中文、英语、韩语等多语言版本。外国居民有需求或困难,只要在微信群里说一声,社区工作人员和哈米们会及时回应和帮忙。

一天,有居民反映,一位意大利女士在社区草坪上遛狗。何文君和社区工作人员立即前去劝说,告知这位女士,隔离期未满,还需继续居家观察。

刚开始,这位女士不理解,连说:"NO,NO。"

何文君只好请来哈米。

哈米来到草坪,用西班牙语和这位意大利女士耐心沟通,终于说服了她。最后,这位女士表达了歉意,带着心爱的狗狗乖乖回家隔离。

前几天,哈米跟着何文君去走访刚从奥地利回来的企业主丹尼尔,刚进门,哈米就问了一连串的问题——

"体温量了吗?"

"绿码有没有变化?"

"最近有什么问题吗?"

丹尼尔连连回答:"没问题,没问题。"接着,又友好地说:"感谢中国政府,感谢中国人民!"

何文君、哈米和在场的人们都一起竖起了大拇指。

三

何文君是"85后"年轻干部,个子不高,一张娃娃脸,总是洋溢着笑容，很有亲和力。

2007年，何文君从浙江工业大学计算机专业毕业，先后担任过村干部、社区党委书记、街道团委书记等职，多年基层历练，她在工作中形成了刚毅又细心的风格。2017年4月，她被任命为江东街道鸡鸣山社区党委书记。

人们都说，社区书记干的都是家长里短、婆婆妈妈的琐事。但何文君始终认为，社区安则城市安，民生是大事，外事无小事。

鸡鸣山社区里有商业区、教工区、居民区，每天人声鼎沸，热闹非凡，2.8万居民中，"新义乌人"就有2.5万，来自31个省市区，还有各地商人来自70多个国家和地区，居民结构非常复杂，社区管理难度颇大。

以前，社区门口有一条200多米长的商业街，占道经营乱象丛生，垃圾随处乱丢，两边店铺林立，别说开车，连走路都挤挤挨挨。

何文君组织力量开展集中攻坚，协商座谈会、整改现场会开了20多次，又推出了商铺"十二分制"管理等一系列整改措施。

街道的面貌焕然一新，街道中间还由单位和商铺众筹捐助，栽上了30多株樱花，居民们把这条街命名为"樱花街"，昔日的"问题街"变成了现在的"网红打卡地"。如今，樱花开得正旺，虽然受疫情影响，但仍有不少居民戴着口罩在樱花街散步休闲。

前两天，总有外国居民找哈米，打听社区里的汉语培训班什么时候开班。何文君在微信群里告诉大家："现在已经可以报名了，等疫情结束后，马上就能上课。"

越来越多生活、工作在这里的外国居民想把中文学好。

一位在社区住了12年的外国居民说："这里就是我的家，社区、房东、邻居都很好，我不走了！"

抗疫时期的鸡鸣山社区，何文君和来自世界各地的人们，守望相助，患难与共，就像3月里的春风，温暖着每一个人……

(选自《人民日报》2020年04月13日20版，有改动)